ullstein

Das Buch

Nur auf den inständigen Wunsch ihrer Mütter nehmen Lou, Anne und Lisa-Marie einmal im Monat am Familien-Kaffeekränzchen teil. Denn eigentlich haben sich die drei erwachsenen Frauen nicht viel zu sagen, so unterschiedlich sind sie: Lou, erfolgreiche Innenarchitektin mit Eigentumswohnung in der Innenstadt, schüttelt immer wieder den Kopf über ihre dauergestresste Schwester Anne – warum musste die sich auch drei Kinder zulegen? Und die verträumte Buchhändlerin Lisa-Marie ist bei ihrer Suche nach dem passenden Mann einfach viel zu wählerisch, glauben ihre Cousinen. Doch als die drei Frauen erfahren, dass sie einen Bauernhof im Allgäu geerbt haben, packen sie die Sache gemeinsam an. Zwischen Misthaufen und Hühnerstall geraten sie sich natürlich mehrfach in die Haare, aber zum Glück sind da noch die weise Schwester Bonaventura vom nahegelegenen Ursulinen-Kloster und der junge Anhalter Jo, der sich als äußerst nützlich erweist, wenn es ums Holzstapeln geht.
Und als die Cousinen beim Aufräumen ein Bündel alter Briefe entdecken, kommen sie der Geschichte einer ungewöhnlichen Liebe und einem alten Familiengeheimnis auf die Spur – das ihr Leben verändern wird …

Die Autorin

Heike Wanner, geboren 1967, arbeitet als Angestellte bei einer Fluggesellschaft und lebt in der Nähe von Frankfurt. Sie ist verheiratet und hat einen Sohn.
Weitere Informationen finden Sie unter: www.heike-wanner.de

Von Heike Wanner sind in unserem Hause bereits erschienen:
Frauenzimmer frei
Für immer und eh nicht
Der Tod des Traumprinzen

Heike Wanner

Weibersommer

Roman

Ullstein

Besuchen Sie uns im Internet:
www.ullstein-taschenbuch.de

MIX
Papier aus verantwortungsvollen Quellen
FSC® C006701

Originalausgabe im Ullstein Taschenbuch
1. Auflage Februar 2013

Umschlaggestaltung: ZERO Werbeagentur, München
Titelabbildung: © Finepic® (Blüten), © plainpicture / Arcangel (Tasse), © plainpicture / Stockwerk / Stephan Goettlicher (Blüten und Fenster), © plainpicture / Etsa (Tischdecke)
Satz: Pinkuin Satz und Datentechnik, Berlin
Gesetzt aus der Slimbach
Papier: Holmen Book Cream
von Holmen Paper Central Europe, Hamburg GmbH
Druck und Bindearbeiten: CPI – Ebner & Spiegel, Ulm
Printed in Germany
ISBN 978-3-548-28471-2

Für alle Mütter, Tanten und Cousinen dieser Welt –
und ganz besonders für meine eigenen.
Ihr seid die Besten!

Prolog:
Peterstal / Masuren, vor vielen Jahren

Liebe auf den ersten Blick?

Nein, Marie Thune glaubte nicht daran.

Erstens war sie viel zu vernünftig für solche Gefühle. Ihrer Meinung nach war diese Art von Liebe eine Erfindung von Romantikern, die ihre kitschigen Gedanken in stundenlangen nächtlichen Sitzungen mühevoll zu Papier brachten.

Zweitens war sie schon seit ihrer frühen Kindheit stark kurzsichtig. Für sie blieben fremde Gesichter so lange verschwommen, bis die dazugehörigen Menschen nahe genug vor ihr standen. Wie sollte sie sich also auf Anhieb in einen unbekannten Mann verlieben, wenn sie ihn noch nicht einmal richtig sehen konnte?

Natürlich hätte sie ihre Brille aufsetzen können, doch dazu war sie zu eitel. Dieses blöde Drahtgestell mit den dicken Gläsern verunstaltete nicht nur ihr Gesicht, sondern drückte auch schmerzhaft auf die Nasenflügel. Nein, sie lief außerhalb der Schule lieber ohne Brille durch die Welt. Die Menschen in Peterstal hatten sich längst daran gewöhnt, dass ihre Dorflehrerin sie auf der Straße nicht erkannte, und riefen ihr deshalb immer schon von weitem einen Gruß zu.

Fremde kamen so gut wie nie in den winzigen Ort. Er lag abgeschieden inmitten saftiger Wiesen zwischen den kristallklaren Seen und den dunkelgrünen Wäldern der Masurischen Seenplatte. Gut drei Dutzend Bauernhöfe schmiegten sich eng an die Dorfkirche, deren schwarzer Holzturm die umgebenden Dächer hoch überragte. Gleich nebenan strahlte das Pfarrhaus mit seinem weißen Putz, den verklinkerten Fenstern und dem üppig blühenden Vorgarten eine friedliche Gemütlichkeit aus, die sich auf das ganze Dorf und seine Bewohner zu übertragen schien. Die kriegerischen Ereignisse im Rest von Europa schienen weit entfernt und ohne Belang zu sein.

Nur abends, wenn Marie am großen Tisch in der Wohnstube die verhasste Brille auspackte und Schularbeiten korrigierte, hörte sie manchmal die lauten Stimmen aus dem Volksempfänger, die sich angesichts der neuesten Entwicklungen vor Aufregung fast überschlugen. Der Rest ihrer Familie lauschte diesen Reportagen mit sorgenvoller Miene, doch Marie hatte es sich angewöhnt, die Berichte so weit wie möglich auszublenden.

Ärgerlicherweise gelang ihr das nicht immer, auch wenn sie sich noch so intensiv auf die Korrekturen konzentrierte.

Aber das war auch schon der einzige Störfaktor in ihrem sonst so beschaulichen Leben.

Zum absoluten Glück fehlte Marie eigentlich nur noch der richtige Mann. Leider kam keiner der Männer aus Peterstal für sie in Frage. Entweder waren sie schon vergeben, hatten sich zur Wehrmacht gemeldet, oder sie waren so dumm oder hässlich, dass selbst Maries Kurzsichtigkeit sie nicht schönzeichnen konnte.

Doch dann kam der Nachmittag Ende Mai, an dem sich Maries kleine heile Welt für immer ändern sollte.

Sie war auf dem Weg von der Schule nach Hause und ließ sich wie üblich Zeit. Langsam schlenderte sie am Pfarrhaus vorbei und sog genüsslich den Duft von frisch gemähtem Gras ein. Am Himmel zogen Mauersegler ihre Kreise. Zwar konnte Marie sie nicht sehen, weil sie viel zu hoch flogen, aber ihr aufgeregtes Kreischen war nicht zu überhören. Träumerisch bog sie auf die Dorfstraße ab. Sie liebte diese Jahreszeit, wenn der Frühling langsam dem Sommer Platz machte und alles noch frisch, saftig und grün war.

In diesem Moment quietschten Bremsen, und ein Mofafahrer in Wehrmachtsuniform kam gerade noch knapp vor ihren Füßen zum Stehen. Marie hüpfte erschreckt zur Seite.

»Ach du liebe Güte!« Der Mann sprang vom Moped und nahm seinen Helm ab. »Ist Ihnen etwas passiert?«

Marie schüttelte den Kopf und kniff die Augen zusammen, um ihr Gegenüber besser betrachten zu können.

»Wie leichtsinnig, einfach auf die Straße zu rennen! Haben Sie mich denn nicht gehört oder gesehen?« Seine tiefe Stimme hatte trotz der Aufregung einen so angenehmen Klang, dass Marie mit einem Mal eine Gänsehaut bekam.

»Nein«, antwortete sie wahrheitsgemäß und trat noch einen Schritt näher an das Motorrad. Sie musste wissen, wem diese wunderschöne Stimme gehörte.

»Nein?« Der Mofafahrer schob sich die Schutzbrille auf die Haare. Der forschende Blick seiner moosgrünen Augen traf Marie mit voller Wucht. Ihr Herz begann, schneller zu klopfen.

»Ich … äh … also …«, stammelte sie und klappte ihren

Mund überrascht wieder zu. Es kam nur selten vor, dass sie nichts Vernünftiges herausbrachte.

»Wohl in Gedanken woanders gewesen, was?« Das Gesicht mit den wunderschönen grünen Augen verzog sich zu einem jungenhaften Lächeln.

»Sozusagen. Ich habe den Mauerseglern beim Fliegen zugehört.« Obwohl das der Wahrheit entsprach, merkte Marie selbst, wie seltsam das klang.

Die Reaktion des Mannes fiel entsprechend belustigt aus. »Fliegen sie heute denn besonders laut?«, wollte er wissen und blickte prüfend Richtung Himmel.

»Kann schon sein«, murmelte Marie.

Er lachte. »Das müssen sie wohl, denn Sie haben ja nicht einmal meine Hupe gehört.«

»Tut mir leid.«

»Ist schon gut. Darf ich wissen, wer mir vors Mofa gelaufen ist?«

»Ich heiße Marie.«

»Marie?«, fragte er überrascht. »Was für ein schöner Zufall!«

»Warum? Heißen Sie auch Marie?« Sofort biss sich Marie auf die Lippen. So eine dumme Frage!

Er grinste. »Nein, natürlich nicht. Aber ich interessiere mich für Naturkunde, besonders für Insekten und ganz speziell für Marienkäfer.«

»Marienkäfer?«

»Ja. Hier in Masuren gibt es sehr viele Käfer. Sie lieben das Moor und die Wiesen. Das ist also ein idealer Standort für ein paar Untersuchungen.«

Verstohlen musterte Marie seine Uniform. »Eine ziemlich ungewöhnliche Beschäftigung für einen Soldaten.«

»Auch Soldaten haben mal Urlaub.«

»Bleiben Sie länger hier?«

»Leider nicht. Nur vierzehn Tage, dann muss ich zurück zu meiner Einheit nach Allenstein.«

»Das ist nicht weit von hier entfernt«, stellte Marie fest und wunderte sich, dass diese Tatsache sie froh machte.

Er nickte. »Mit dem Motorrad sind es gerade einmal zwei Stunden. Ich denke, ich werde im Sommer wohl öfter vorbeikommen. Pfarrer Simoneit ist ein alter Freund meines Vaters.«

»Aha«, murmelte Marie zerstreut. Was war bloß heute mit ihr los?

»Wir werden uns bestimmt häufiger treffen.«

»Äh … ja. Wahrscheinlich.« Sie tastete mit der Hand nach dem Motorradlenker, um sich festzuhalten, denn unter seinem Blick wurde ihr schwindelig.

»Ist Ihnen nicht gut?« Er legte seine Hand vorsichtig unter ihren Arm, um sie zu stützen.

»Doch, doch«, versicherte Marie. Als er daraufhin jedoch seine Hand von ihrem Arm nahm, fügte sie mit einem schüchternen Lächeln hinzu: »Obwohl – vielleicht ist mir doch ein wenig flau im Magen.«

Sofort ergriff er wieder ihren Ellenbogen. »Darf ich Sie nach Hause begleiten?«

Marie schlug die Augen nieder, unfähig, etwas zu sagen. Die Wärme seiner Finger brannte auf ihrer Haut. Diese Art von Feuer war völlig neu für sie – und es gefiel ihr. Erschreckt von ihren eigenen Gedanken räusperte sie sich. »Gern, Herr …? Ich weiß immer noch nicht, mit wem ich das Vergnügen habe.«

»Mein Name ist Johann Zabel.«

»Johann«, hauchte Marie und sah zu ihm auf. Als sich ihre Augen trafen, durchzuckten Marie zwei Erkenntnisse gleichzeitig.

Erstens: Es gab sie doch, die Liebe auf den ersten Blick.

Dies hier war der beste Beweis dafür. Denn sie hatte sich soeben unsterblich in Johann Zabel verliebt.

Und zweitens: Johann schien es ähnlich zu ergehen.

Aber war das nicht schrecklich unvernünftig?

Dortmund, im April 2010

1

An jedem zweiten Mittwoch im Monat trafen sich die weiblichen Nachkommen der Familie Zabel zum Kaffeeklatsch.

Seit fast vierzig Jahren schon hielten die Zwillingsschwestern Katharina und Helene, geborene Zabel, an dieser Tradition fest. Zu Anfang, in den siebziger Jahren, hatten die beiden Frauen allein am Küchentisch gesessen, Kaffee getrunken und trockenen Streuselkuchen gegessen, während ihre Töchter im benachbarten Kinderzimmer miteinander spielten.

Im Laufe der Jahre wandelte sich das Bild. Zuerst zogen die Schwestern aus der Küche an den wesentlich gemütlicheren Esstisch ins Wohnzimmer. Dann wechselten sie, der Gesundheit zuliebe, von koffeinhaltigem zu koffeinfreiem Kaffee und verfeinerten ihre Backkünste: Phantasievolle Kreationen wie Donauwelle oder Philadelphia-Torte ersetzten das langweilige Gebäck. Und schließlich brachten sie ihre inzwischen erwachsenen Töchter mit mehr oder weniger liebevollem Druck dazu, sich an den Treffen zu beteiligen. So wuchs die Runde nun auf fünf Personen: Neben Katharina und Helene würden auch Lisa-Marie, Lou und Anne in Zukunft regelmäßig am Kaffeetisch Platz nehmen.

Aber die Mädchen stellten Bedingungen für ihre Teilnahme. Sie legten die Dauer des Zusammenseins auf zwei Stunden fest. Offiziell, weil sie durch ein ausgefülltes Berufs- und Privatleben leider nicht mehr Zeit erübrigen konnten. Der eigentliche Grund war jedoch, dass ihnen nach spätestens zwei Stunden der Gesprächsstoff ausging. Was hatten sich drei so unterschiedliche Frauen schon großartig zu erzählen?

Als Nächstes überzeugten sie ihre Mütter, dass die Treffen ab jetzt regelmäßig im Wechsel von der jüngeren Generation ausgerichtet werden müssten. Die Gastgeberin selbst sollte nur den Kaffeetisch und die Getränke bereitstellen. Für den Kuchen müssten die Gäste sorgen – ebenfalls im Wechsel.

»›Rotation‹ ist das Zauberwort«, erklärte die tüchtige Lou ihren weiblichen Verwandten. »Dadurch hat nicht eine von uns die ganze Arbeit.«

»Apropos Arbeit: Wir können uns nur mittwochs treffen«, verlangte Lisa-Marie, die Buchhändlerin. »Das ist der einzige Wochentag, an dem mein Laden nachmittags geschlossen ist.«

»Und wenn wir bei mir sind, muss ich vorher meine Kinder wegsperren«, sagte Anne besorgt. »Sonst haben wir keine ruhige Minute.«

»Aber Anne, das ist nun wirklich übertrieben!«, wies Helene ihre Tochter zurecht.

»O nein, bestimmt nicht!«

»Meine Enkelkinder sind doch so lieb!«

»Zu dir vielleicht …«

»Können wir bitte auf das eigentliche Problem zurückkommen?«, fragte Lou, die immer sehr schnell ungeduldig wurde.

»Die Kinder sind mein eigentliches Problem.«

»Dann hättest du nicht so früh gleich drei in die Welt setzen sollen.«

Anne zuckte mit den Schultern und schwieg. Es hatte keinen Sinn, mit ihrer Schwester über Kinder zu diskutieren. Lou nahm ihr Schweigen als Zustimmung und lächelte zufrieden.

»Thema beendet. Zurück zum Rotationsprinzip. Seid ihr damit einverstanden?«

Alle nickten, doch Katharina und Helene sahen dabei nicht besonders begeistert aus. Aber sie fügten sich den Wünschen ihrer Töchter. Hauptsache, man traf sich regelmäßig!

An einem frühlingshaften Mittwoch im April 2010 war Lisa-Marie an der Reihe, das Treffen auszurichten. Eigentlich hätte sie sich damit begnügen können, den Tisch zu decken und Kaffee zu kochen. Ihre Cousinen Lou und Anne würden jeweils einen Kuchen mitbringen. Doch Lisa-Marie hielt sich nicht an die Rotationsregel. Dazu kochte und backte sie viel zu gern – und auch viel zu gut.

Außerdem hatte sie in einem gerade erschienenen Backbuch ein leckeres Rezept für eine locker-leichte Frühlingstorte gefunden, das sie unbedingt ausprobieren musste. Die Tischdekoration wollte sie farblich passend zur Jahreszeit in Grün und Gelb gestalten. Ein großer Strauß Narzissen stand bereits auf dem Esstisch. Um Geschirr, Servietten und Kerzen musste sie sich später noch kümmern.

Gerade werkelte sie fröhlich pfeifend in ihrer kleinen, sehr ordentlichen Küche herum und studierte das Ende des Kuchenrezeptes. »Zum Schluss die Torte dick mit Puderzucker bestäuben und mit den Marzipanblumen verzieren.«

Sorgfältig verteilte sie den Puderzucker auf dem Kuchen und setzte zwölf kleine Marzipantulpen dazu. Dabei achtete sie genau darauf, sie gleichmäßig am Rand zu verteilen, so dass jedes Kuchenstück später seine eigene Tulpe haben würde. Danach trat sie einen Schritt zurück und betrachtete ihr Werk.

»Perfekt«, flüsterte sie und nickte zufrieden. Im selben Moment klingelte das Telefon. Schnell wischte sie sich die Hände am Küchentuch sauber und trat vor die Holzkommode im Flur, auf der das Telefon stand. »Abraham.«

»Hier auch«, erklang die Stimme ihrer Mutter. »Was machst du gerade? Das hat ja ewig gedauert, bis du den Hörer abgenommen hast.«

»Ich habe eine Torte dekoriert.«

»Du bereitest eine Torte vor? Damit verstößt du aber gegen Lous Rotationsprinzip.« Sie sprach das letzte Wort betont langsam und spöttisch aus.

»Ich weiß. Na und? Bislang habt ihr alle meine Torten gern gegessen, egal, ob ich mit Backen dran war oder nicht.«

»Was gibt es denn Gutes?«

»Eine Marzipan-Mandarinen-Quark-Torte.«

»Das klingt lecker, bis auf das Marzipan. Eigentlich mag ich kein Marzipan, das weißt du doch!«

»Natürlich weiß ich das.« Lisa-Marie warf einen prüfenden Blick in den Spiegel über der Kommode und begann, sich Spuren von Puderzucker aus dem Gesicht zu wischen. »Aber nur die Dekoration auf der Torte ist aus Marzipan. Die kannst du vorher entfernen und Tante Helene geben.«

»Wegen der rufe ich an. Ich wollte dich nämlich daran erinnern, dass du für Tante Helene den bequemen Sessel bereitstellst. Nach ihrer Hüftoperation kann sie noch nicht so gut sitzen.«

»Bist du sicher? Als ich sie letzten Sonntag besucht habe, fühlte sie sich auf ihrem Küchenstuhl recht wohl.«

»Ach was! Helene hat ein Talent dazu, ihre Schmerzen zu verbergen. Das war schon immer so, ich kenne doch meine Schwester.«

»Anne sagt aber, dass sie sich erstaunlich schnell von der Operation erholt hat.«

»Anne kann das gar nicht beurteilen.«

»Immerhin ist sie Tante Helenes Tochter und zufällig auch noch ausgebildete Krankenschwester. Ich glaube schon, dass sie beurteilen kann, wie es ihrer Mutter geht, meinst du nicht?«

»Aber ich bin ihre ältere Schwester.«

»Ganze zehn Minuten älter.«

»Deshalb kenne ich sie ja auch so gut. Wir waren schon im Mutterleib miteinander verbunden.«

Bei diesem Argument musste Lisa-Marie wie immer passen. Sobald Tante Helene oder ihre Mutter sich auf ihre gemeinsame Zeit im Mutterleib beriefen, war jeder weitere Einwand zwecklos.

»Also gut, Tante Helene hat Schmerzen«, beendete sie die Diskussion. »Ich werde den Sessel für sie hinstellen. Sonst noch etwas?«

»Nein. Wir sehen uns ja gleich, da können wir alles andere besprechen. Dafür müssen wir jetzt nicht mein Geld verschwenden.«

»Du hast eine Flatrate.«

»Und du hast eine Torte, um die du dich kümmern musst.«

»Nicht nur das. Ich muss außerdem noch den Tisch decken und mich ein wenig frisch machen.«

»Also, dann hast du ja noch einiges zu tun. Wir sehen uns später!« Damit beendete Katharina das Gespräch.

Schmunzelnd kehrte Lisa-Marie in die Küche zurück und begann aufzuräumen. Sie freute sich auf den heutigen Nachmittag, auch wenn es beim Kaffeetrinken nicht immer ruhig und friedlich zuging. Katharina, Helene, Anne und Lou waren Lisa-Maries engste Verwandte. Sie hatte nie geheiratet, obwohl es immer mal wieder Männer in ihrem Leben gab. Doch diese Bekanntschaften kamen und gingen – während ihre Familie für immer blieb.

Lisa-Maries Blick fiel auf das unterste Foto an der Pinnwand. Es war im letzten Advent in ihrem Wohnzimmer aufgenommen worden und zeigte die Kaffeeklatsch-Runde in harmonischer Eintracht um einen weihnachtlich dekorierten Tisch. Lisa-Marie hatte das Bild eigentlich nur gemacht, um ihre selbstgebastelte Dekoration zu verewigen.

Doch nicht nur die kleinen Nikoläuse aus getrockneten Pflaumen und Walnüssen grinsten fröhlich um die Wette, auch die Gäste waren gut getroffen.

Ihre Mutter Katharina und Tante Helene saßen in der Mitte und hatten sich an den Händen gefasst. Tante Helenes kurze, rot gefärbte Haare bildeten einen auffälligen Kontrast zur grünen Seidenbluse, die sie trug. Katharina wirkte im Gegensatz dazu fast bieder. Die grauen kurzen Locken passten farblich genau zu ihrer silbernen Brillenfassung und der eleganten blasslilafarbenen Strickjacke.

Hinter Tante Helene standen deren beide Töchter Anne und Lou und lächelten freundlich in die Kamera. Das kam selten vor, denn meistens wirkte das Lächeln bei Lou zu kühl und bei Anne gehetzt. Doch an diesem

Nachmittag waren beide gelöst und gut gelaunt, was sicherlich auch an dem Glühwein lag, den Lisa-Marie serviert hatte.

Anne hatte gleich drei Tassen getrunken. Ihre Wangen waren rot gefärbt, und ihre Augen glänzten im Blitzlicht. Das stand ihr gut, denn meistens wirkte ihr Gesicht ein wenig blass und erschöpft.

Lisa-Marie hatte schon mehrere Versuche unternommen, das äußere Erscheinungsbild ihrer Cousine zu verändern. Aber weder der Ratgeber »Typenberatung für die Frau ab vierzig« noch ein Termin bei einer Kosmetikerin hatten den gewünschten Erfolg erzielt. Anne weigerte sich, mehr Zeit als nötig in ihr Äußeres zu investieren. Sie trug die langen dunkelblonden Haare konsequent zu einem Knoten gebunden, verzichtete auf Make-up und lief fast ausschließlich in bequemen Jeans und Hemdblusen herum. Nur zu besonders festlichen Anlässen tauschte sie Hemd und Hose gegen ein elegantes Kleid.

Ganz anders Annes Schwester Lou. Als erfolgreiche Innenarchitektin wusste sie, wie wichtig der erste äußere Eindruck sein konnte. Also fielen die rotblonden Strähnchen ihres Pagenkopfes stets perfekt bis auf Kinnlänge. Ihr Make-up war diskret, ihr Schmuck dezent und ihre Kleidung praktisch, aber äußerst elegant. Kurz gesagt: Lou wusste, wie man sich in Szene setzte.

Auf dem Foto trug sie eine Kombination aus brauner Jacke, türkisfarbener Bluse und einem beigen Seidenschal, den sie sich locker um den Hals geschlungen hatte. Und obwohl auch sie vorher schon zwei Tassen Glühwein getrunken hatte, stand sie aufrecht und hatte die Arme vor der Brust verschränkt – ganz die Karrierefrau, die sehr zufrieden mit sich war.

Zu Recht, musste Lisa-Marie ein wenig neidisch zugeben. Lou beschäftigte mittlerweile vier Mitarbeiter und konnte sich vor Aufträgen kaum retten. Aber nicht nur geschäftlich lief es gut für sie, auch privat hatte Lou ihr Glück gefunden. Gemeinsam mit ihrem Freund, einem bekannten Journalisten, hatte sie zu Jahresanfang eine große Eigentumswohnung mitten in der Stadt bezogen und sich dort ganz nach ihren Vorstellungen eingerichtet. Jetzt lebte sie genau das Leben, das sie sich immer erträumt hatte.

Wenn sie nur nicht so schrecklich selbstzufrieden und überheblich sein würde! Neben ihr kam sich Lisa-Marie immer vor wie eine graue Maus.

Ihre Augen wanderten auf dem Foto weiter nach rechts zu sich selbst. Da sie kurz zuvor auf den Selbstauslöser gedrückt hatte und dann schnell um den Tisch gelaufen war, wirkte ihre Person als Einzige etwas verwackelt. Die blonden Locken, die sie sonst immer hinter die Ohren schob, klebten zerzaust an ihren Wangen. Wenigstens hatte sie an den Vorblitz gedacht, so dass die Gläser ihrer randlosen Brille nicht spiegelten. Im Vergleich zu ihren beiden Cousinen erschien sie klein und zierlich, was sich zu ihrem Ärger auch durch hohe Absätze nicht ganz korrigieren ließ.

Vielleicht sollte sie mal etwas Neues ausprobieren und sich die Haare hochtoupieren? Auch Kleidung konnte eine Person größer erscheinen lassen, das hatte sie erst neulich in einem Ratgeber gelesen. Dort wurden kurze Röcke oder Dreiviertelhosen vorgeschlagen. Sie sollte dringend am Wochenende …

Wieder klingelte das Telefon und beendete damit Lisa-Maries modische Überlegungen.

»Abraham.«

Am anderen Ende der Leitung war ein Schluchzen zu

hören. Doch es reichte aus, dass Lisa-Marie die Stimme erkannte.

»Mama? Was ist passiert?«, fragte sie alarmiert.

Ihre Mutter putzte sich geräuschvoll die Nase, bevor sie antwortete. »Gerade kam ein Anruf aus Bayern. Onkel Horst ist tot!«

Ungefähr zur selben Zeit fiel Anne siedend heiß ein, dass sie noch einen Kuchen backen musste.

Sie war den ganzen Morgen unterwegs gewesen. Zuerst hatte sie die Kinder in die Schule gebracht und die Einkäufe erledigt. Dann war sie mit dem Auto ihres Mannes in die Werkstatt gefahren. Anschließend hatte zu Hause noch ein riesiger Berg Bügelwäsche auf sie gewartet, den sie am Mittag vor dem Fernseher abgearbeitet hatte.

Erst danach erinnerte sie sich an ihre Verabredung am Nachmittag.

»Verdammt!« Sie knallte das Bügeleisen aufs Brett, eilte in die Küche und öffnete den Vorratsschrank. Zu ihrer großen Erleichterung fand sie noch eine Backmischung für einen Kokoskuchen.

Eigentlich hatte sie geplant, ihre Verwandtschaft mit einer raffinierten Käsetorte zu beeindrucken. Eine mit doppeltem knusprigen Boden und einer Füllung aus geschlagener Sahne und Magerquark. Sie hatte sogar daran gedacht, alle Zutaten einzukaufen.

Und nun? Wieder einmal würde sie nur mit einem trockenen Kuchen ankommen, der neben Lisa-Maries ausgefallenen Kreationen keine Beachtung finden konnte. Außerdem würden ein Kilo Magerquark und zwei Becher Sahne im Kühlschrank vergeblich auf ihre Verarbeitung warten. Doch darüber konnte sie sich später noch Gedanken machen. Jetzt war es erst einmal wichtig, dass der Ersatzkuchen in den Ofen kam.

Schnell überflog sie den Text auf der Packung.

Dieser saftige Kokoskuchen ist garantiert ein Erfolg auf jeder Kaffeetafel. Die Mischung aus locker-leichtem Rührteig und knusprigen Kokosraspeln wird Ihre Familie begeistern.

»Wollen wir hoffen, dass das stimmt«, murmelte Anne und vermischte den Inhalt aus der Packung mit zwei Eiern, einem Esslöffel Wasser und einhundertfünfzig Gramm Margarine. Dann fettete sie eine Springform ein und gab den Teig hinein. Als sie die Backofentür öffnete, kam ihre Tochter Mia in die Küche.

»Warum riecht das hier so komisch?«, wollte das Mädchen wissen.

»Das ist der Backofen.« Anne schob die Kuchenform auf das Gitter und schloss den Ofen. »Wahrscheinlich haben deine Brüder die Krümel ihrer letzten Pizza nicht weggewischt.«

»Hm, wie lecker!« Mia nahm einen Apfel und ließ sich auf die Küchenbank fallen. »Kuchen mit verbranntem Pizza-Geschmack ist eins meiner Lieblingsessen.«

Anne ignorierte die Bemerkung. »Wieso bist du eigentlich schon wieder zu Hause?«

»Sport fällt aus.«

»Für alle oder nur für dich?«

Mia biss ein Stück vom Apfel ab und kaute sehr sorgfältig.

»Lass dir ruhig Zeit!« Anne wischte sich die Hände an ihrer Jeans ab und setzte sich dann zu ihrer Tochter an den Tisch. »Ich kann warten.«

»Also gut, ich beichte.« Mia verdrehte die Augen zum Himmel. »Ich hatte keine Lust auf Volleyball, da habe ich gesagt, dass ich starke Menstruationsbeschwerden habe.«

»Fällt deinem Sportlehrer nicht auf, dass du deine Regel inzwischen alle zwei Wochen bekommst?«

»Das ist ein Referendar, noch dazu ein ganz junger und verklemmter. Der traut sich gar nicht nachzufragen. Und meinst du etwa, der führt einen Kalender über jede von uns?«

»Wahrscheinlich nicht.«

»Übrigens war das die letzte Sportstunde meiner Schulzeit.«

»Hättest du nicht noch dieses eine Mal mitmachen können?«

»Ach, Mama! Den Geruch einer verschwitzten Turnhalle vergisst man sowieso nie wieder, also kommt es auf eine Stunde mehr oder weniger nicht an.«

Anne lachte. »Da hast du auch wieder recht.«

»Du bist nicht sauer?«

»Nein. Ich habe den Schulsport ebenso gehasst wie du.« Anne betrachtete ihre Tochter liebevoll. Wie alle weiblichen Nachkommen der Familie Zabel war Mia blond und grünäugig, doch bei ihr waren beide Farben besonders intensiv geraten. Mit ihren weizenblonden langen Locken und den hellgrünen Augen hatte sie schon früh für Aufsehen unter den männlichen Mitschülern gesorgt. Bislang hatte sie sich jedoch für keinen ihrer Bewunderer ernsthaft interessiert. Mia war ein offenes, fröhliches Mädchen, das nie Probleme gemacht hatte. In diesem Frühling steckte sie mitten in den Abiturprüfungen und war damit das erste von Annes drei Kindern, das die Schule beendete. Kein sehr schöner Gedanke – denn damit war Mia praktisch erwachsen und würde in nicht allzu ferner Zukunft das Haus verlassen.

Anne seufzte und zwang sich, an etwas anderes zu denken. »Wenn du schon so früh hier bist, begleitest du mich dann zum Kaffeeklatsch bei Lisa-Marie?«

»Ach, ist es schon wieder so weit?« Mia grinste. »Deshalb wohl auch der Kuchen.«

»Wenn du mitkommst, kriegst du ein großes Stück.«

»Das kriege ich sowieso. Ist dir noch nie aufgefallen, dass deine Kuchen immer übrig bleiben?«

»Das bedeutet vermutlich, dass du nicht mitkommst, oder?«

»Nein, das bedeutet, dass dein Kuchen den anderen nicht schmeckt.«

»Daran habe ich mich gewöhnt.«

»Keine Angst, Mama, wir essen die Reste morgen! Aber du hast recht, ich komme nicht mit. Ich muss noch lernen. Die Prüfung in Englisch ist schon an diesem Freitag.«

»Kannst du heute Nachmittag dafür sorgen, dass deine Brüder zuerst ihre Hausaufgaben machen, bevor sie sich an den PC setzen?«

»Wird gemacht.« Mia nickte. »Wann kommt Papa nach Hause?«

»Keine Ahnung, vermutlich so wie immer.«

»Also spät.«

»Er hat vorhin angerufen und gesagt, dass er noch drei kleinere Operationen auf dem Plan hat.« Annes Mann war seit zwei Jahren Chefarzt an den städtischen Kliniken.

»Immer wenn er ›kleiner Eingriff‹ sagt, kommt garantiert eine Komplikation dazwischen und er ist nicht vor Mitternacht zu Hause«, sagte Mia. »Aber ich bin da und kümmere mich um Jan und Tom.«

»Danke! Ich werde früh zurück sein.«

»Vor Weihnachten habt ihr es mal ganz lange zusammen ausgehalten, weißt du noch?«

»Das lag am Glühwein.«

»Vielleicht mixt euch Lisa-Marie heute ein paar Frühlingscocktails …«

»Du hast zu viel Phantasie«, bemerkte Anne amüsiert.

»… oder sie hat noch etwas von ihrem selbstgemachten Eierlikör übrig, den sie uns Ostern serviert hat.« Mia schüttelte sich. »Ich mag Tante Lisa-Marie ja wirklich gern, aber dieses Gesöff war einfach nur grauenhaft.«

»Das war ihr selbst ganz schön peinlich. Ich wette, sie strengt sich heute doppelt an.«

»Sie wird …« Mia hielt inne und schnüffelte. »Riechst du das auch?«

Anne hob den Kopf. »Ich sagte doch schon, das sind nur die Krümel aus dem Backofen.«

»Ich weiß nicht, die würden doch mehr nach Käse stinken, oder nicht?« Ihre Tochter legte den Apfel beiseite und erhob sich. »Das hier ist anders, irgendwie, als ob Plastik brennt. Und es kommt aus dem Wohnzimmer.«

»Das Bügeleisen!« Anne sprang nun ebenfalls auf. Gemeinsam erreichten Mutter und Tochter das Wohnzimmer, in dem noch immer der Fernseher lief. Beißender Rauch stieg vom Bügelbrett auf und hatte bereits einen Teil der Zimmerdecke dunkel gefärbt.

»Nicht anfassen!«, kreischte Anne, als Mia das Bügeleisen vom Brett heben wollte. »Das ist viel zu heiß.« Sie zog den Stecker und streifte sich einen Kamin-Handschuh über. »So müsste es gehen.« Vorsichtig trug sie das qualmende Bügeleisen Richtung Küche. Mia warf geistesgegenwärtig ein frisch gefaltetes Bettlaken über das Bügelbrett und öffnete die Terrassentür.

In diesem Moment klingelte das Telefon.

»Kannst du drangehen?«, rief Anne aus der Küche.

»Nein«, hustete Mia. »Ich ersticke gerade das Brandloch im Bügelbrett. Lass es doch einfach klingeln!«

»Sei vorsichtig!«

»Ja, ja …«

»Geht es?«

»Klar doch. Ich fürchte nur, wir brauchen ein neues Bügelbrett.«

»Das Bügeleisen ist auch hinüber.« Anne kam ins Wohnzimmer zurück und hob den Telefonhörer ab. »Bei Wassermann … hallo? … Hallo?«

»Keiner mehr dran?«

»Ja.«

»Dann wird es schon nicht so wichtig gewesen sein.«

Lou hatte für das Kaffeetrinken etwas ganz Besonderes geplant: eine Mascarpone-Macchiato-Rolle.

Sie liebte moderne Rezepte mit außergewöhnlichen Zutaten und nahm sich für die Zubereitung immer viel Zeit. Seit sie ihre Küche in einen kleinen Palast aus Chrom, Glas und Marmor verwandelt hatte, verbrachte sie oft ganze Abende vor dem Herd und zauberte raffinierte Kleinigkeiten für sich und ihren Freund Christoph. Meistens kam er dazu und öffnete eine Flasche gutgekühlten Weißwein, den sie gemeinsam am Frühstückstresen tranken, während im Backofen oder in der Pfanne etwas Leckeres vor sich hin brutzelte.

Auch heute Mittag war Lou nicht allein. Christoph saß am Küchentisch, hatte den Laptop aufgeklappt und schrieb an einem Zeitungsbericht über einen Vulkanausbruch in Island. Es kam öfter vor, dass er zu Hause arbeitete, denn in den eigenen vier Wänden hatte er mehr Ruhe als in der Redaktion.

Lou liebte es, ihn neben sich zu wissen. Das Klacken der Tastatur und sein gelegentliches zerstreutes Murmeln hatten etwas sehr Beruhigendes an sich.

Während sie vor dem Küchenschrank die Blockschokolade auspackte, musterte sie ihren Freund verstohlen. Er schien völlig in seinen Bericht vertieft zu sein. Nachdenklich rückte er die Lesebrille zurecht, die so gar nicht zu seinem braungebrannten Gesicht, den blonden Locken und der sportlichen Figur passen wollte. Doch Lou gefiel es, dass nicht alles an Christoph perfekt war. Es hatte sie von Anfang an fasziniert, dass hinter dem gutaussehenden Mann mit dem durchtrainierten Körper mehr steckte, als man ihm ansah. Viel mehr.

Gut gelaunt summte sie vor sich hin und begann damit, die dunkle Blockschokolade zu feinem Schokoladenstaub zu raspeln.

»An der Gipfelcaldera ist eine lange Spalte aufgebrochen.«

»Hm?« Verwirrt blickte Lou von der Schokolade auf.

»Der Tremor ist stark angewachsen.«

»Ich verstehe kein Wort. Wovon redest du?«

»Der Vulkan in Island.«

»Ach, der Eiafjala… dingsda …«

»Genau der!« Christoph grinste. »Er heißt übrigens Eyjafjallajökull.«

»Dieser Vulkan scheint dich ja schwer zu beschäftigen.«

»Na ja.« Christoph nahm die Lesebrille ab und strich sich mit der Hand durch den widerspenstigen Pony. »Falls er weiter so viel Asche spuckt, dann wird er bald noch deutlich mehr Leute beschäftigen.«

»Du meinst das drohende Flugverbot?«

Christoph nickte.

»Bis Freitag muss das noch warten«, scherzte Lou.

»Wenn wir im Urlaub sind, kann der Vulkan von mir aus explodieren.«

Christoph lachte, und Lou wandte sich wieder der Schokolade zu. Es dauerte etliche Minuten, bis der gesamte Block geraspelt war.

»Jetzt wird es laut«, warnte sie Christoph nach einem Blick aufs Kuchenrezept. »Ich muss Sahne schlagen.«

»Macht nichts«, entgegnete er, ohne die Augen vom Bildschirm zu nehmen.

Lou schüttete zwei Becher Sahne in eine Rührschüssel, gab Kakaopulver und Sahnesteif hinzu und startete den Küchenmixer. Während sie darauf wartete, dass das Sahnegemisch fest wurde, wanderten ihre Gedanken zum bevorstehenden Urlaub. Am kommenden Wochenende würden Christoph und sie ein luxuriöses Strandhotel in der Karibik beziehen. Der Reisekatalog versprach völlige Ruhe und Abgeschiedenheit, denn die weitläufige Ferienanlage akzeptierte nur Paare ohne Kinder. Lou seufzte voller Vorfreude.

Nach der anstrengenden Renovierung und dem Umzug in die neue Wohnung hatte sie sich diese freien Wochen wirklich verdient. Sie freute sich darauf, den Stress im Büro und das zuweilen recht anstrengende Privatleben für eine Weile hinter sich lassen zu können. Ganz zu schweigen von den lästigen Terminen mit der Verwandtschaft!

Der Gedanke an den Kaffeeklatsch am Nachmittag brachte sie in die Realität zurück. Gerade noch rechtzeitig bemerkte sie, dass die Sahne mittlerweile die richtige Konsistenz angenommen hatte. Schnell stellte sie den Mixer zur Seite.

»Wie geht es jetzt weiter? Mal sehen …« Mit dem Finger fuhr sie über die letzten Zeilen des Rezeptes.

Die geschlagene Sahne in einen Spritzbeutel mit großer Lochtülle füllen und unterschiedlich große Tuffs auf die Rolle spritzen.

»Tuffs?«, wiederholte Christoph belustigt und sah von seinem Laptop auf.

»Ich glaube, das ist so etwas Ähnliches wie ein Sahnehäubchen.«

»Wenn du dir nicht sicher bist, dann ruf doch deine Cousine an, die wird es wissen.«

»Lisa-Marie? Auf keinen Fall. Dann kriege ich zum nächsten Geburtstag ›Das kleine Lexikon des Backens‹ geschenkt.«

Christoph lachte. »Gibt es das denn überhaupt?«

»In Lisa-Maries Buchhandlung gibt es alles.«

»Viel bemerkenswerter finde ich, dass sie alle Bücher, die sie führt, auch selbst liest.«

»Sie hat schon immer viel gelesen. Eigentlich kenne ich sie nur mit einem Buch vor der Nase.«

»Es gibt blödere Hobbys.«

»Natürlich.« Lou bückte sich, um eine große Spritztüte aus der unteren Schublade zu nehmen. »Das Schlimme ist nur, dass sie ihre guten Tipps nicht für sich behalten kann, sondern immer alles besser weiß.« Sie füllte den Spritzbeutel und begann, die Sahne auf der Rolle zu verteilen.

»Bekomme ich auch etwas?« Plötzlich stand Christoph dicht hinter ihr. Er überragte sie um einen Kopf und hatte deshalb keine Schwierigkeiten, ihr über die Schulter zu greifen.

»Nein!« Lou schlug auf seine Finger, die gefährlich nahe über der Sahne-Dekoration schwebten. »Dieser Kuchen muss perfekt sein, alles andere akzeptiert meine Verwandtschaft nicht.«

»Darüber würde ich mir keine Gedanken machen. Anne bringt doch sicherlich auch etwas mit.«

»Das war gemein!« Lou lachte und schob die Platte mit dem Kuchen vorsichtshalber ein Stück zur Seite. »Anne hat so viel um die Ohren, dass ein Kuchen auf ihrer To-do-Liste ganz weit unten steht.«

»Und diese lahme Entschuldigung wird von den Zabel-Girls akzeptiert?« Christoph umfasste Lous Schultern und drehte sie zu sich herum.

»Meine Schwester hat andere Qualitäten«, sagte Lou und küsste Christoph leicht auf die linke Wange.

»Zum Beispiel?« Er hielt ihr auch seine rechte Wange hin.

»Sie ist seit zwanzig Jahren mit demselben Mann verheiratet.« Dieses Mal fiel der Kuss schon ein wenig intensiver aus.

»Wie langweilig! Weiter?«

»Sie hat drei Kinder zur Welt gebracht.«

»Die Kinder machen sie völlig fertig.« Er beugte sich zu ihr hinunter, so dass ihr Mund seine Stirn streifte.

»Ihr Mann ist ein erfolgreicher Arzt.« Bereitwillig presste Lou die Lippen auf Christophs Augen.

»Na und? Wann war er das letzte Mal mittags zu Hause, um Anne in der Küche zu überraschen?«

»Keine Ahnung. Ich glaube, bei Anne kommen die Worte ›Küche‹ und ›Überraschung‹ nur in einem Satz vor, wenn der Ofen explodiert.«

»Wer ist hier gemein?«, flüsterte Christoph und drängte sich noch näher an Lou.

»Das war nicht gemein, das hat sie selbst mal so ähnlich formuliert.« Lou seufzte wohlig. »Wie wäre es mit einem Themenwechsel?«

»Ich wüsste da was … Bist du fertig mit der Torte?«

»Ja.«

»Und wie viel Zeit bleibt uns noch, bis du gehen musst?«

»Wenn ich die Zeit für die Dusche abziehe, ungefähr eine Stunde.«

»Okay, das reicht für einen Themenwechsel.«

»Und welches neue Thema schlägst du vor?«, schnurrte Lou, obwohl sie bereits eine bestimmte Ahnung hatte.

Statt einer Antwort zog Christoph sie an sich. »Dein Handy klingelt«, flüsterte er zwischen zwei Küssen.

»Na und?«

»Willst du nicht rangehen? Vielleicht ist es das Büro.«

»Ausgeschlossen. Die haben klare Anweisungen, was zu tun ist«, murmelte Lou und öffnete Christophs Hemdknöpfe.

»Und wenn es jemand aus deiner Verwandtschaft ist?«

»Dann kann das bis zum Nachmittag warten.« Sie war mittlerweile an Christophs Bauchnabel angelangt. »Übrigens läuft die Zeit. Wir haben nur noch achtundfünfzig Minuten …«

2

Um kurz vor vier Uhr am Nachmittag trafen sich Anne und Lou vor dem alten Mehrfamilienhaus im Dortmunder Süden, in dem Lisa-Marie seit vielen Jahren wohnte.

»Du lieber Himmel!« Anne balancierte in der einen Hand den Kuchen, mit der anderen Hand stopfte sie den Autoschlüssel in ihre Handtasche. »Wir sind zwanzig Minuten zu spät!«

»Ich bin froh, dass ich nicht allein zu spät komme«, bemerkte Lou erleichtert und stellte einen Einkaufskorb vor sich auf den Boden. »Sollen wir uns eine gemeinsame Ausrede einfallen lassen?«

»Nein, das brauchen wir nicht. Ich habe einen sehr guten Grund fürs Zuspätkommen.«

»Und der wäre?«

»Mein Bügelbrett hat gebrannt.«

Lou warf ihrer Schwester einen schnellen Blick zu. »Im Ernst?«

Anne nickte grinsend. »Und wie lautet deine Entschuldigung?«

»Äh …« Lou errötete, aber zum Glück bemerkte Anne nichts von ihrer Verlegenheit.

»Ist das eine Creme-Rolle?«, fragte sie stattdessen und deutete auf den Plastikbehälter im Einkaufskorb.

»Das ist eine Mascarpone-Macchiato-Rolle.«

»Klingt lecker.«

»Schmeckt auch so.«

»Komm, lass uns reingehen!« Anne drückte auf den Klingelknopf, und kurz darauf öffnete sich die Haustür mit einem leisen Summen. Die beiden Schwestern stiegen die alte Holztreppe in den dritten Stock hinauf.

»Gut, dass ihr endlich kommt!«, begrüßte Lisa-Marie ihre Cousinen an der Wohnungstür. Sie hatte rotgeweinte Augen und sah erschöpft aus.

»Was ist passiert?« Anne ließ vor Schreck fast den Kuchen fallen.

»Onkel Horst ist tot.«

»O nein!« Onkel Horst, oder Horst Zabel, wie er mit vollem Namen hieß, war der ältere Bruder von Katharina und Helene.

»Seit zwei Stunden versuche ich, euch zu erreichen, aber keine von euch beiden ist ans Telefon gegangen.«

»Mein Bügelbrett hat gebrannt«, entschuldigte sich Anne. »Und dann hat Mia das Telefon leise gestellt, um ungestört lernen zu können.«

»Dein Bügelbrett hat gebrannt?«, wiederholte Lisa-Marie, kurz von ihrem Kummer abgelenkt.

»Lange Geschichte, erzähle ich dir später.«

»In Ordnung. Und du?« Lisa-Maries vorwurfsvoller Blick wanderte weiter zu Lou.

»Ich ... äh ... mein Handy ist kaputt.«

»Und dein Festnetz? Ich habe es auch bei dir zu Hause probiert.«

»Keine Ahnung. Und jetzt lass mich mal durch!« Lou drückte sich an Lisa-Marie vorbei in die Wohnung.

»Ihr könnt eure Kuchen auf dem Buffet abstellen.« Lisa-Marie folgte ihren Cousinen in die Küche.

Anne blickte sich suchend um. »Wo sind Mama und Tante Katharina?«

»Im Wohnzimmer.«

Wie zwei Häufchen Elend saßen die Zwillingsschwestern auf Lisa-Maries geblümtem Sofa. Katharinas Brille hing schief auf ihrer Nase, und Helenes Make-up war vom Weinen zerlaufen. Mehrere zusammengeknüllte Papiertaschentücher lagen auf dem Boden verstreut, und auf dem Wohnzimmertisch standen zwei Gläser und eine Flasche Mandellikör.

»Du hast ihnen Schnaps gegeben?«, empörte sich Lou.

»Was sollte ich machen? Sie sitzen seit halb drei hier«, verteidigte sich Lisa-Marie. »Immerhin hat der Alkohol sie beruhigt.«

»Schnaps ist keine Lösung.«

»Es war ja keine von euch mit einer besseren Idee zur Stelle!«

»Hört sofort auf zu streiten.« Anne kniete sich vor Helene auf den Boden. »Mami?«, flüsterte sie sanft.

»Anne!« Mit einem Schluchzen warf sich Helene an den Hals ihrer Tochter. »Unser Horst ist tot!«

»Ich weiß, ich weiß …« Beruhigend strich Anne ihrer Mutter über den Rücken.

Auch bei Katharina flossen erneut die Tränen. »Es ist so schrecklich!«

»Ich weiß«, wiederholte Anne hilflos, und weil niemand sonst etwas sagte, setzte sie hinzu: »Wie ist es passiert? Er war doch nicht krank.«

»Was glaubst du? Der Mann war schließlich dreiundachtzig«, warf Lou ein.

»Er hatte einen Schlaganfall.« Katharina trocknete ihr Gesicht und rückte die Brille gerade. »Der Briefträger hat ihn heute Morgen im Garten gefunden und gleich einen

Krankenwagen geholt. Aber man konnte nichts mehr für ihn tun.«

»Und wie geht es jetzt weiter?«, wollte Lou wissen. »Wir sind seine einzigen Verwandten, und er wohnt in Bayern. Wir müssen die Beerdigung organisieren und –«

»Lou!«, unterbrach Anne ihre Schwester. »Lass uns doch noch ein wenig Zeit!«

»Ist schon gut, mein Kind.« Helene löste sich aus Annes Umarmung. »Das Wichtigste haben wir schon geregelt. Wir haben vorhin mit einem örtlichen Bestattungsunternehmer gesprochen. Horst hat sich gewünscht, verbrannt zu werden. Die Beerdigung findet deshalb erst in ein paar Wochen statt.«

»Daran darf ich gar nicht denken.« Katharina schluchzte erneut los. »Ich kann es einfach nicht glauben.«

»Wenn ein geliebter Mensch stirbt, ist es immer schwer, sich damit abzufinden«, bestätigte Anne mitfühlend.

»Gestern Abend noch haben wir lange telefoniert, und da klang er putzmunter. Wir haben sogar Pläne für den Sommer gemacht.«

Seit vielen Jahren verbrachten Helene und Katharina jeden Sommer bei ihrem Bruder in Pfronten im Allgäu. Obwohl Horst achtzehn Jahre älter war als seine Schwestern, hatten die Geschwister sehr aneinander gehangen. »Er war der geplante und erhoffte Sohn und wir die ungeplant und unverhofft dazugekommenen Nachzügler«, hatten Katharina und Helene ihren Töchtern den großen Altersunterschied oft erklärt.

»Horst war der wichtigste Mann in meinem Leben«, jammerte Helene jetzt.

»Mama! Was sagst du denn da? Und was war mit Papa?«, entrüstete sich Lou.

»Ach, Kind! Dein Vater war ein guter Mann, und ich

vermisse ihn. Er ist leider viel zu früh von uns gegangen. Aber Horst hat mich über den Verlust hinweggetröstet.«

»Nach meiner Scheidung war er es, der mich wieder aufgebaut hat«, ergänzte Katharina. »Was sollen wir bloß ohne ihn machen?« Wimmernd fiel sie ihrer Schwester in die Arme.

»Ich glaube, ich brauche auch einen Likör«, flüsterte Anne Lisa-Marie zu.

»Mir kannst du gleich ein großes Glas und ein paar Eiswürfel bringen.« Lou streifte ihre Schuhe ab und ließ sich auf einen Sessel fallen. »Das kann länger dauern.«

»Das befürchte ich auch. Aber bevor wir noch mehr Alkohol trinken, sollten wir etwas essen.« Lisa-Marie holte Tassen, Teller und Besteck aus dem Buffetschrank und stellte das Geschirr auf dem Sofatisch ab. »Auf die Frühlingsdekoration müsst ihr heute allerdings verzichten, dazu hatte ich keine Zeit.«

»Macht nichts, ich kriege sowieso nichts hinunter«, schluchzte Helene. »Ob nun schön dekoriert oder nicht.«

»O doch, du wirst etwas essen«, wies ihre Schwester sie zurecht. »Sonst hast du morgen schreckliche Kopfschmerzen vom Likör.«

»Ob ich Kopfweh vom Weinen oder vom Alkohol bekomme, ist mir egal.«

»Mir aber nicht. Ich bin jetzt die Älteste in der Familie und muss auf dich aufpassen ...« Katharinas Stimme brach.

»Der Kuchen fehlt noch«, warf Lou hastig ein. »Tante Katharina, willst du Lisa-Marie nicht schnell helfen?«

»Findest du es richtig, jetzt zu essen?«, fragte Anne leise, als Katharina und Lisa-Marie in der Küche verschwunden waren.

»Was sollen wir denn sonst machen?«, entgegnete Lou gereizt. »Nur herumsitzen und weinen ist schließlich auch keine Lösung.«

»Aber es erleichtert.«

»Und Essen betäubt den Kummer.«

»Eigentlich ist es völlig einerlei, was wir jetzt tun«, mischte sich ihre Mutter mit zittriger Stimme ein. »Wichtig ist nur, dass wir zusammen sind und gemeinsam trauern.«

»Na, das kann ja heiter werden.« Lou verdrehte die Augen. »Der kollektive Klageruf der Kaffeetanten.«

»Pass auf, was du sagst!«, zischte Anne. »Man könnte meinen, Onkel Horst hat dir gar nichts bedeutet.«

»O doch, das hat er, sehr viel sogar.« Lou wurde ernst. »Aber eine von uns muss einen kühlen Kopf bewahren. Außerdem kann ich meine Gefühle nicht so öffentlich zeigen, wie ihr das tut.«

»Das brauchst du auch nicht. Es reicht, dass du da bist.«

»So, hier sind die Kuchen!« Schwungvoll stellte Lisa-Marie die Marzipantorte und die Macchiato-Rolle auf dem Sofatisch ab. Ihre Mutter folgte mit dem Kokoskuchen.

»Ist der mit Schokolade?« Misstrauisch beäugte Helene das Gebäck.

»Nein. Warum?«, fragte Anne.

»Er sieht oben ganz braun aus.«

»Er ist ein bisschen verbrannt.«

»Ich dachte, nur das Bügelbrett hätte gebrannt?«, mischte sich Lisa-Marie ein.

»Dein Bügelbrett hat gebrannt?«, fragte Helene überrascht.

Dankbar für die Möglichkeit, die Stimmung etwas aufzuheitern, begann Anne mit der Schilderung ihres Missgeschicks. »Bei dem ganzen Durcheinander habe ich völlig vergessen, den Küchenwecker zu stellen. Deshalb ist der Kuchen verbrannt«, beendete sie ihren Bericht. »Tut mir leid.«

»Macht nichts, wir essen ihn trotzdem«, tröstete ihre Mutter sie.

»Wir probieren alle drei Kuchen«, ergänzte Katharina. »Schließlich haben wir den ganzen Nachmittag Zeit.«

Zwei Stunden später goss Lisa-Marie den letzten Kaffee aus der Thermoskanne in die Tasse ihrer Cousine Lou. »Soll ich noch mal frischen kochen?«

»Nein danke, für mich nicht.« Aufseufzend ließ sich Lou in den Sessel zurücksinken.

»Ich glaube, meine Hose platzt gleich«, stöhnte Anne. Sie saß auf dem Boden und hatte sich mit dem Rücken ans Sofa gelehnt.

»Kann ich noch einen Likör haben?« Katharina schob ihr leeres Glas auffordernd in Richtung ihrer Tochter.

Lisa-Marie nickte erschöpft. Die letzten Stunden waren ein ständiges Wechselbad aus Lachen und Weinen gewesen. Katharina und Helene hatten zahlreiche Geschichten über Horst erzählt, schöne Erinnerungen ausgetauscht und zwischendurch der Trauer freien Lauf gelassen. Ihre Töchter hatten geduldig zugehört, leise mitgelacht und, wenn nötig, die Tränen ihrer Mütter getrocknet. Jetzt machte sich bei allen bleierne Müdigkeit bemerkbar.

»Möchte noch jemand?« Lisa-Marie hielt die Likörflasche in die Höhe und sah in die Runde.

»Eigentlich müssten wir einen richtigen Schnaps trinken«, sagte Helene. »Der würde den Magen aufräumen.«

»Horst hatte immer einen Kräuterschnaps im Haus.« Katharina lächelte wehmütig. »Weißt du noch?«

»Und ob ich das weiß! Er hatte ihn im Wohnzimmerschrank verschlossen. Erst an unserem zwanzigsten Geburtstag durften wir zum ersten Mal davon probieren.«

»Er war ganz schön streng mit euch, nicht wahr?«, fragte Anne.

»Stimmt«, bestätigte ihre Mutter. »Ich glaube aber, das musste so sein. Schließlich hat er uns großgezogen.«

»Ich stelle es mir schrecklich vor, die eigenen Eltern nicht zu kennen«, murmelte Lou.

Marie und Johann Zabel hatten den Zweiten Weltkrieg und seine Folgen nicht überlebt. Während Johann in Russland gefallen war, konnte Marie zwar noch zusammen mit ihrem Sohn Horst aus Masuren flüchten, starb dann aber nur wenige Stunden nach der Geburt der Zwillinge im Sommer 1945.

»Es hätte noch schlimmer kommen können«, stellte Katharina fest. »Immerhin hatten wir uns und unseren großen Bruder.«

»Horst hat um die Vormundschaft gekämpft wie ein Löwe. Er war ja gerade erst achtzehn, als unsere Mutter starb«, ergänzte Helene. »Aber irgendwie hat er es geschafft.«

»Ich habe gelesen, dass es so kurz nach dem Krieg bei den Behörden ziemlich chaotisch zuging«, warf Lisa-Marie ein. »Da war man sicherlich froh um jedes Kind, das nicht ins Waisenhaus musste.«

»Auf jeden Fall war es keine leichte Aufgabe für einen so jungen Mann. Zwei kleine Babys …« Anne schüttelte den Kopf.

»Er hat schwer geschuftet, um uns ein Zuhause bieten zu können«, erinnerte sich Katharina. »Und Gott sei Dank hatte er tatkräftige Unterstützung. Wenn er zum Arbeiten ins Stahlwerk ging, haben die Ursulinen-Schwestern auf uns aufgepasst.«

»Onkel Horsts Verbindung zu den Nonnen habe ich nie verstanden«, bemerkte Anne nachdenklich. »Wieso haben sie ihm so bereitwillig geholfen?«

»Vielleicht war eine von ihnen seine heimliche Geliebte.« Lou nippte an ihrem Likör.

»Aber Marie-Luise!« Helene benutzte den vollen Namen ihrer Tochter nur, wenn sie verärgert war.

»Ist doch nur so ein Gedanke«, verteidigte sich Lou. »Er hat ja schließlich nie geheiratet.«

»Onkel Horst in den ›Dornenvögeln‹«, schmunzelte Lisa-Marie.

»Es war eine schwere Zeit nach dem Krieg, da hat jeder jedem geholfen«, erklärte Katharina. »Es gab gewiss keine Liebelei zwischen Horst und einer Nonne.«

»Und warum hat er dann später dem Orden geholfen, in Pfronten ein Erholungsheim zu errichten?« Lou trank ihr Glas in einem Zug aus und beantwortete sich ihre Frage danach selbst. »Auf diese Weise hatte er seine geliebten Nonnen wieder um sich.«

Helene warf ihrer Tochter einen strafenden Blick zu. »Auf diese Weise«, wiederholte sie frostig, »hat er lediglich seine Dankbarkeit ausgedrückt.«

»Wir hätten ihn das alles selbst fragen können«, bemerkte Anne leise.

»Er hat oft von früher erzählt.« Lisa-Marie lächelte traurig. »Aber ich habe ihm nie richtig zugehört. Meistens habe ich gedanklich schon abgeschaltet, wenn die Sprache auf die Liebesgeschichte zwischen Marie und Johann kam. Falls er danach über sich selbst gesprochen hat, so habe ich das nie bemerkt.«

»Und jetzt ist es zu spät.« Dicke Tränen kullerten über Annes Wangen.

Selbst Lou verspürte plötzlich einen Kloß im Hals, aber sie riss sich zusammen. Womöglich ging sonst die ganze Heulerei von vorn los! Fieberhaft suchte sie nach einem unverfänglichen Thema, und zum Glück kam ihr schnell der rettende Gedanke. »Wer kümmert sich eigentlich jetzt um die Kühe von Onkel Horst?«

Vier verweinte Augenpaare blickten sie erstaunt an.

»Darüber habe ich noch gar nicht nachgedacht.«

»Die Kühe müssen jeden Abend gemolken werden, oder?«

»Wir müssen gleich mal beim Nachbarn anrufen!«

»Es sind ja nicht nur die Kühe, er hatte auch Hühner, Bienen und eine Katze.«

Lou nickte zustimmend und war wieder einmal sehr zufrieden mit sich. Die traurige Stimmung war verflogen, plötzlich drehte sich alles um die Versorgung der Tiere auf dem Bauernhof.

»Ich rufe den Nachbarn an.« Helene wollte sich erheben, aber ihre Schwester hielt sie zurück. »Du bleibst sitzen! Denk an deine Hüfte. Ich mache das schon.«

Lisa-Marie beobachtete besorgt, wie ihre Mutter mit leicht schwankendem Gang zum Telefon lief. »Wir sollten den Likör wegstellen.«

»Ja, gute Idee«, stimmte Anne zu. »Der ist mir sowieso zu süß. Ich brauche jetzt etwas Herzhaftes.«

»Ich auch«, musste Lou zugeben.

»Sollen wir uns Pizza kommen lassen? Ich habe Zeit.« Anne hatte schon vor einer Stunde mit Mia telefoniert und angekündigt, dass sie heute später nach Hause kommen würde.

Lou zögerte. »Hm, ich weiß nicht. Christoph wollte

noch mit mir essen, bevor er zu seiner Redaktionskonferenz muss.«

»Du willst doch hoffentlich jetzt nicht mehr fahren?«, fragte Helene besorgt.

»Nein, ich rufe mir ein Taxi.«

»Wir können uns das Taxi teilen«, schlug Anne vor. »Aber zuerst muss ich noch etwas essen.«

»Also gut. Ein kleiner italienischer Salat wäre nicht schlecht.« Lou holte ihr Handy aus der Jackentasche. »Ich rufe Christoph an und gebe ihm Bescheid.«

»Ich dachte, dein Handy ist kaputt.« Lisa-Marie runzelte misstrauisch die Stirn.

»Ist es vermutlich auch, das hat sie bestimmt nur vergessen.« Anne kramte ihr eigenes Telefon hervor. »Hier, du kannst meines nehmen!«

Dankbar zwinkerte Lou ihrer Schwester zu. Anne mochte zwar chaotisch und spießig sein, aber wenn es darauf ankam, konnte man sich auf ihre Geistesgegenwart verlassen.

Noch bevor sie Christophs Nummer wählen konnte, kehrte Katharina ins Zimmer zurück. »Herr Hösle kümmert sich vorerst um die Tiere«, verkündete sie.

»Das ist doch der Nachbar, der zusammen mit seiner Frau bei Onkel Horst auf dem Hof und im Haushalt hilft, oder?«, erkundigte sich Anne.

Katharina nickte.

»Gut, dass wir die beiden haben!« Helene nickte erleichtert.

»Na ja, es gibt trotzdem ein Problem.« Katharina setzte sich zu ihrer Schwester aufs Sofa. »Denn Herr Hösle muss am Freitag wegen einer kleinen Operation ins Krankenhaus, und seine Frau kann nicht zwei Höfe gleichzeitig versorgen.«

»Jetzt haben wir den Salat!«, murmelte Lou verärgert. »Warum musste sich Onkel Horst auch mit sechzig noch einen Bauernhof anschaffen?«

»Er hat lediglich ein paar Tiere aufgenommen, die keiner mehr haben wollte«, stellte ihre Mutter richtig.

»Andere Leute gehen mit sechzig in Rente und fangen an zu kegeln oder so. Aber was machte er? Er spielte lieber den Retter für ein paar ausgediente Hühner und gebrechliche Kühe.«

»Damit hat er vielen Tieren das Leben gerettet«, warf Anne ein.

»Die uns jetzt am Bein hängen!« Lou schüttelte den Kopf.

»Kann man nicht irgendwo eine Hilfskraft mieten?«, wollte Helene wissen.

»So etwas wie ›Rent a Bauer‹?« Lou lachte.

»Bleib doch mal ernst!«, wies Anne ihre Schwester zurecht. »Wir haben wirklich ein Problem, wenn die Tiere ab Freitag versorgt werden müssen.«

»Kann Herr Hösle seine Operation nicht verschieben?«

»Marie-Luise!«

»Ist ja schon gut. Ich verschwinde lieber.« Kopfschüttelnd ging Lou in die Küche, um Christoph anzurufen.

»Tja, was machen wir denn nun?« Katharina wirkte ratlos.

»Ich fürchte, wir beide müssen selbst ins Allgäu fahren und die Angelegenheit regeln«, stellte Helene fest.

»Auf keinen Fall, Mama! Du trittst am Freitag deine Reha-Kur an«, entgegnete Anne entschieden.

Katharina nickte. »Sie hat recht, Helene! Ich kann auch allein nach Bayern reisen.«

»Wolltest du nicht Tante Helene zur Kur begleiten?«, fragte Lisa-Marie.

»Ja, das hatte ich vor. Aber jetzt ändere ich meine Pläne und fahre stattdessen auf den Bauernhof.«

»Du schaffst die Arbeit nicht allein, Mama. Ich komme mit.«

»Aber du kannst doch nicht einfach deine Buchhandlung im Stich lassen!«

»Doch, das kann ich.« Lisa-Marie wirkte auf einmal etwas verlegen. »Das passt sogar sehr gut. Ich muss das Geschäft zum Wochenende sowieso erst einmal schließen.«

»Warum?«, wollte Anne wissen.

»Wegen der Bauarbeiten am Brückenplatz. Dadurch ist der Zugang zur Geschäftspassage für zwei Monate gesperrt.«

»Und das sagst du uns erst jetzt?«

»Na ja, bisher hatten wir wichtigere Themen, oder?«

»Deine Buchhandlung ist wichtig, schließlich ernährt sie dich.«

»Das tut sie vorerst auch weiterhin. Ich bekomme vom Bauträger eine Entschädigung für den Verdienstausfall.«

»Wird das Geld reichen?«

»Es ist mehr, als ich in manchen Monaten einnehme.« Lisa-Marie lächelte betont fröhlich in die Runde. »Ihr müsst euch keine Sorgen machen, im Gegenteil. Der Zeitpunkt ist perfekt. Ich habe die nächsten zwei Monate frei und kann zusammen mit Mama die Angelegenheiten in aller Ruhe regeln.«

»In aller Ruhe? Ich befürchte, das wird ganz schön stressig«, gab Anne zu bedenken.

»Ach, wir kriegen das schon hin.«

»Deinen Optimismus möchte ich haben.«

»Also«, meldete sich Helene wieder zu Wort, »das klingt alles sehr schön. Trotzdem wünschte ich mir, Katharina könnte wie geplant mit zur Kur kommen. Sonst fühle ich mich so allein, gerade jetzt, nach Horsts Tod.«

»Ich würde auch viel lieber mit dir fahren, aber wir können doch Lisa-Marie nicht die ganze Arbeit allein machen lassen.«

Wie zufällig fiel Helenes bittender Blick auf ihre Tochter.

Anne seufzte. Sie kannte ihre Mutter und wusste, was jetzt von ihr erwartet wurde. »Ich muss natürlich erst mit meiner Familie sprechen, aber vielleicht kann ich Lisa-Marie begleiten. Für ein bis zwei Wochen sollte das funktionieren.«

»Das wäre großartig, mein Schatz!«

Dankbar strahlte auch Katharina ihre Nichte an. »Und sobald die Kur beendet ist, kommen wir nach. Dann können wir uns in Ruhe Gedanken über die Zukunft des Hofes machen!«

»Äh … die Kur dauert drei Wochen, und eigentlich habe ich nur von ein bis zwei Wochen geredet«, wandte Anne ein, aber die anderen achteten nicht auf sie.

»Anne und Lisa-Marie fahren am Freitag ins Allgäu, um dort nach dem Rechten zu sehen!«, rief Helene, als Lou wieder ins Zimmer kam.

»Freitag? Hallo? Das habe ich auch noch nicht zugesagt«, beschwerte sich Anne, aber wieder hörte ihr keiner zu.

»Willst du nicht auch mitkommen, Lou?«, fragte Lisa-Marie.

»Sorry!« Lou warf ihrer Schwester einen mitleidigen Blick zu. »Ich würde ja wirklich gern mit euch fahren, aber ihr wisst doch, dass ich am Wochenende in den Urlaub fliege.«

»Wie schade«, bedauerte Lisa-Marie.

»Ja, schade«, bestätigte Anne gereizt. »Im Allgäu könnten wir dein Organisationstalent gut gebrauchen.«

»Wie auch immer, ich kann den Urlaub schließlich nicht absagen.« Lou hatte Mühe, ihre Erleichterung zu verbergen.

»Nein, dieses Mal hast du wirklich einen guten Grund«, murmelte Anne. »So viel Glück hast du eigentlich gar nicht verdient!«

3

»Ihr wollt *was*?«

Stefan Wassermann ließ seine Kaffeetasse sinken und blickte seine Frau entgeistert an.

»Lisa-Marie und ich werden am Freitag nach Pfronten fahren und dort den Bauernhof versorgen.«

»Warum hast du mir das gestern Nacht nicht gesagt?« Er stellte seine Tasse ab, ohne etwas getrunken zu haben.

»Ich war hundemüde und völlig fertig.«

»Und ein wenig angeschickert.« Schmunzelnd rieb er sich mit der rechten Hand über den Hinterkopf, an dem seine dunkelblonden Haare bereits etwas spärlich geworden waren.

»Das auch.« Anne massierte sich die schmerzende Stirn. Sie hatte gewusst, dass ihr der Mandellikör nicht bekommen würde.

»Und wie stellst du dir das vor?«

»Was? Hier? Ach, das wird schon gehen. Ich werde euch den Kühlschrank füllen und der Putzfrau Bescheid geben, dass sie täglich vorbeikommt. Außerdem hat Mia nach ihrer Englischprüfung am Freitag keinen regulären Unterricht mehr und kann ein bisschen helfen. Und –«

»Das meine ich nicht«, unterbrach Stefan sie.

»Denkst du an die Jungs? Das ist auch schon geregelt.

Wenn es bei dir später wird, sagst du bitte rechtzeitig Bescheid. Die Jungs sind groß genug, um sich abends selbst zu versorgen. Das müssen wir gleich noch mit ihnen besprechen. Es ist ja nur für ein bis zwei Wochen, und –«

»Das meine ich auch nicht.«

»Worum geht es dann? Das Auto? Das bleibt hier, keine Sorge! Wir nehmen Lisa-Maries Wagen. Ihr Gefährt sieht zwar absolut kitschig aus, aber –«

»Anne! Hol doch mal tief Luft, und lass mich ausreden!«

»Geht nicht«, seufzte Anne. »Wenn ich zu doll einatme, dann wird das Kopfweh noch schlimmer.«

»Und wenn du zu flach atmest, kippst du irgendwann um.«

»Ich werde gleich eine Schmerztablette nehmen, ich muss noch so viel erledigen.« Sie tippte auf eine Liste, die vor ihrem Teller lag. »Zuerst muss ich den Maler anrufen wegen der angekokelten Wohnzimmerdecke. Und dann fahre ich zum Einkaufen. Sollen deine weißen Hosen in die Reinigung?«

»Vergiss diese blöden Hosen, und erkläre mir bitte, wie ihr beide den Bauernhof führen wollt!«

Erstaunt über die Frage sah Anne von ihrer Liste auf. »Na, gemeinsam natürlich.«

»Gemeinsam«, wiederholte Stefan belustigt.

»Was ist daran so komisch?«

»Soweit ich mich erinnere, hatte dein Onkel sechs Kühe, ein Dutzend Hühner und zwei Bienenstöcke. Ihr könnt weder melken, noch habt ihr gelernt, einen Stall auszumisten. Ganz zu schweigen davon, dass du eine panische Angst vor Bienen hast«, bemerkte er. »Ihr werdet vielleicht gemeinsam *versuchen*, den Hof zu führen, aber ganz sicher werdet ihr auch gemeinsam *scheitern*.«

»Das werden wir ja sehen!«

»Wie lange wollt ihr bleiben?«

»So lange, bis wir eine Lösung gefunden haben.«

»Ich gebe dir drei Tage, dann bist du wieder hier.«

»Ach ja?« Anne warf den Kopf in den Nacken und ignorierte dabei ihre Schmerzen. »Soll ich dir mal was sagen? So groß wird der Unterschied zwischen meinen Aufgaben hier und der Arbeit dort gar nicht sein. Auch hier wische ich den Mist weg, den andere hinterlassen haben, bekämpfe das Chaos, das oft schlimmer ist als im Hühnerstall, oder muss mich mit Wesen herumschlagen, die viel aggressiver sind als ein launisches Volk Honigbienen.«

Wie zur Bestätigung erschienen in diesem Moment ihre Söhne in der Küche. Jan und Tom wirkten wie die jüngere Miniaturausgabe ihres Vaters: groß, schlank und dunkelblond – nur leider nicht ganz so bedächtig und ruhig, wie es Stefan war. Momentan stritten die Teenager ständig miteinander. Auch jetzt wurde lautstark um eine Zeitschrift gerangelt.

»Bei Tisch wird nicht gelesen«, wies Anne sie zurecht.

»Ich will ja auch nicht lesen, ich will das Heft nur wiederhaben«, entgegnete der fünfzehnjährige Tom und zerrte seinem ein Jahr älteren Bruder die Zeitung aus der Hand. Jan grinste verschlagen und ließ so plötzlich los, dass die Zeitschrift im hohen Bogen auf dem Tisch landete und dort Stefans Tasse umstieß.

»Jungs!«, donnerte Stefan.

»Weißt du jetzt, was ich meine?«, stöhnte Anne und wischte den Kaffee vom Tisch.

Stefan nickte. »Dieser Punkt geht an dich.«

»Welcher Punkt?«, fragte Jan. »Haben wir irgendetwas verpasst?«

»Eure Mutter will ein bisschen ›Unsere kleine Farm‹ spielen.«

»Was is'n das?«

»Das war mal eine sehr schöne Fernsehserie, weit vor eurer Zeit.« Anne setzte sich wieder an den Tisch. »Aber sie hat absolut nichts mit dem Thema zu tun.«

»Mama wird für ein paar Tage nach Pfronten fahren und den Bauernhof von Onkel Horst managen.«

»Nee, echt jetzt? Weil er tot ist, oder was?«

»Cool. Können wir mit?«

»Ihr habt Schule!«

»Wann gehst du?«

»Am Freitag.«

»So bald schon? Und wer kümmert sich um uns?«

»Das wollten wir gerade mit euch besprechen.«

In diesem Moment piepste Stefans Bereitschaftsfunker. Er warf einen kurzen Blick auf das Gerät und erhob sich. »Ich muss los.«

»Aber wir wollten doch mit den Jungs bereden, wie es hier weitergeht, wenn ich weg bin«, protestierte Anne.

»Das schaffst du doch auch allein, oder?« Stefan küsste sie flüchtig auf die Stirn.

»Kann ich dich heute mal irgendwann im Büro erreichen?«

»Keine Ahnung, frag meine Sekretärin!« Damit war er zur Tür hinaus.

Anne blickte ihm nach und seufzte unglücklich. Sie hatte Stefans Sekretärin in letzter Zeit ziemlich oft beansprucht. Er selbst war ständig unterwegs. Immer häufiger beschlich sie deshalb das Gefühl, dass Stefan und sie sich auseinanderlebten, und sie litt unter diesem Gedanken. Natürlich wusste sie, dass sein Beruf ihn forderte und er ganz in seiner Arbeit aufging. Aber wo war in seinem Alltag noch Platz für sie? Und was war mit den gemeinsamen Träumen und den Plänen für die Zeit, wenn die Kinder erwachsen waren? So weit entfernt war dieser Moment nicht mehr. Würde sie am Ende allein zu Hause sitzen?

»Die Milch ist sauer.« Tom verzog das Gesicht. »Jetzt kann ich kein Müsli essen.«

»Müsli schmeckt auch mit Quark«, sagte Anne und deutete auf den Kühlschrank. »Wir haben noch ein ganzes Kilo.«

»Quark schmeckt mir nicht.«

»Dann iss Kuchen! Es ist noch Kokoskuchen von gestern übrig. Oder mach dir ein Brot.«

Während sich die Jungs am Frühstückstisch zu schaffen machten, erzählte Anne von ihren Reiseplänen. Sie wollte gerade auf die Versorgung der Jungs zu sprechen kommen, als Jan sie unterbrach.

»Warte mal, Mama, das ist mein absoluter Lieblingssong!« Er drehte das Radio laut.

»Haben wir noch Gouda?«, brüllte Tom gegen den schnellen Rhythmus an.

»Ja, im Kühlschrank.« Anne legte erschöpft den Kopf in die Hände und beschloss, die Jungs erst einmal essen zu lassen.

»Wo bleibt eigentlich Mia?«, wollte Jan wissen, nachdem die letzten Takte des Liedes verklungen waren und er das Radio wieder leiser gestellt hatte.

»Sie hat heute erst um zehn Uhr Schule.«

»Wie ungerecht!«

»Wenn du es bis zum Abitur schaffst, darfst du auch länger liegen bleiben.«

»Natürlich schaffe ich es zum Abitur! Ich –«

Anne horchte auf. »Sei mal still!«

»Warum?«

»Psst! Mach mal lauter!«

»Wieso?«

»Frag nicht, tu es einfach! Eben ging das doch auch ohne Probleme, oder?«

Jan drehte erneut am Lautstärkenregler. Die sonore Stimme des Nachrichtensprechers berichtete von einem weiteren Ausbruch des Eyjafjallajökull.

»Die Aschewolke lähmt den europäischen Luftverkehr. In Deutschland ist im Laufe des Tages mit einer Schließung aller Flughäfen zu rechnen. Die Sperrung des Luftraums wird vermutlich mehrere Tage, wenn nicht sogar Wochen andauern.«

»Der Luftraum wird geschlossen!«, jubelte Anne.

Jan und Tom wechselten verwunderte Blicke.

»Es gibt doch noch so etwas wie Gerechtigkeit.« Anne vergaß ihre Kopfschmerzen und tanzte um den Tisch. »Jetzt hat meine liebe Schwester keine Ausrede mehr.«

»Mama?«, begann Jan vorsichtig. »Alles okay mit dir?«

»Sogar mehr als okay.«

»Wieso freut dich der Vulkanausbruch so sehr?«

»Ich muss gleich mal mit Lou telefonieren!« Anne achtete nicht auf ihre Söhne, sondern eilte ins Wohnzimmer.

»Was war das denn?«, fragte Jan entgeistert.

»Keine Ahnung. Ich tippe mal, Mama und Tante Lou haben was Geheimes laufen. Vielleicht sind die beiden unter die Vulkanier gegangen?«, witzelte Tom.

»Das heißt Vulkanologen, du Blödmann!«

»Das ist doch völlig egal. Aber irgendetwas an Mamas Miene sagt mir, dass Tante Lou gar nicht so begeistert von dem Ausbruch sein wird …«

Das Telefon auf Lous Nachttisch klingelte ohne Unterbrechung und weckte sie schließlich aus dem Schlaf. Stöhnend drehte sie sich auf den Rücken, zog ihre Decke über den Kopf und beschloss, das Geräusch zu ignorieren. Doch anscheinend hatte der Anrufer sehr viel Geduld.

»Christoph?« Sie tastete neben sich, aber das Bett war leer. Aus dem Badezimmer war das Plätschern der Dusche zu hören, und aus der Küche wehte köstlicher Kaffeeduft ins Schlafzimmer. Die erste Tasse am Morgen tranken Lou und Christoph stets gemeinsam im Bett und ließen den Tag auf diese Weise langsam angehen. Heute allerdings störte das Telefon die Ruhe.

»Sei still!«, zischte Lou und vergrub ihr Gesicht ins Kissen. Aber selbst das nutzte nichts. Wütend griff sie nach dem Telefonhörer. Der unverschämte Anrufer konnte etwas erleben!

»Hallo«, bellte sie unfreundlich.

»Hier ist Anne. Habe ich dich geweckt?«

»Ja. Was willst du? Ist etwas passiert?«

»Nein, eigentlich nicht.«

»Dann ruf nachher noch mal an!«

»Nachher bin ich unterwegs. Ich muss dich dringend etwas fragen.«

»Weißt du, wie spät es ist? Oder vielmehr, wie früh? Dieser Anruf wird dich einiges kosten.«

»Von mir aus.« Anne ließ sich durch Lous schlechte Laune nicht im mindesten stören. Im Gegenteil – Lou hatte den Verdacht, dass ihre Schwester den Anruf förmlich zu genießen schien. Aber sie war zu müde, um sich darüber Gedanken zu machen. »Hast du schon die Nachrichten gehört?«, wollte Anne wissen.

»Nein, ich habe bis jetzt geschlafen. Warum?«

»Ist nicht so wichtig.«

»War das deine Frage?«

»Nein. Es gibt noch etwas anderes.«

»Du hast genau drei Minuten. Dann schlafe ich wieder ein.« Lou gähnte und schob sich eine Nackenrolle unter den Kopf.

»Das reicht mir«, versicherte Anne.

»Also?«

»Du hast gestern gesagt, dass du nicht ins Allgäu mitkommen kannst, weil ihr in die Karibik fliegt.«

»Korrekt.«

»Aber wenn dein Urlaub nicht wäre – würdest du dann mitkommen?«

»Diese Frage stellt sich nicht.«

»Beantworte sie trotzdem.«

»Ich kann um diese Uhrzeit noch nicht richtig denken.«

»Bitte, Lou!«

»Also gut. Wenn es dir so wichtig ist: Ja, ich würde mitkommen, das wäre sogar meine Pflicht.«

»Sehr schön. Jetzt kannst du weiterschlafen.«

»Anne! Ich bin zwar noch nicht richtig wach, aber trotzdem finde ich dein Verhalten ziemlich seltsam. Was soll dieser Anruf?«

»Mach einfach das Radio an, dann weißt du es. Und jetzt entschuldige mich, ich muss die Jungs zur Schule fahren.«

Die Verbindung wurde unterbrochen. Verwundert starrte Lou auf das Telefon.

»Jetzt ist sie völlig durchgedreht.«

»Wer?« Christoph kam, nur in ein weißes Handtuch gehüllt, aus dem Badezimmer.

»Meine Schwester. Ich glaube, die Sache mit Onkel

Horst war ein bisschen zu viel für sie. Ich sollte später mal nach ihr sehen.«

»Lou?« Christoph wirkte, als hätte er gar nicht richtig zugehört. Als er sich zu ihr ans Bett setzte, wehte der Duft seines Duschgels durch den Raum und vermischte sich mit dem Kaffeearoma. Ein schöner, vertrauter Geruch, der aber so gar nicht zu seinem Gesichtsausdruck passte. »Ich fürchte, wir müssen reden.«

Das hatte er noch nie zu ihr gesagt. Lou betrachtete ihn argwöhnisch. Er sah ernst und ein wenig enttäuscht aus, aber gleichzeitig auch aufgeregt und erwartungsvoll. »Was ist passiert?«

»Der Vulkan macht Ärger.«

»Der Eiafjalla…dingsa? Inwiefern?«

»Seine Aschewolke ist nach Europa gezogen. Der Luftraum über Deutschland wird in diesen Stunden geschlossen.«

»Und das heißt?«

»Keine kommerziellen Flüge mehr, bis auf weiteres. Ich muss sofort in die Redaktion. Das wird ein langer Tag werden.«

»Keine kommerziellen Flüge mehr? Aber … aber was ist mit unserem Urlaub?«

»Ich habe schon mit dem Reisebüro gesprochen. In den nächsten Tagen wird kein Flugzeug starten, wir müssen also verschieben.«

»Wie bitte?« Mit einem Ruck setzte sich Lou auf. »Das ist unmöglich! Weißt du, wie sehr ich mich darauf gefreut habe?«

»Natürlich weiß ich das. Glaube mir, ich bin genauso enttäuscht wie du.« Er strich ihr zärtlich über die Wange. »Aber schließlich sagen wir nicht ab, wir verschieben die Reise nur um ein paar Wochen nach hinten.«

»Das geht nicht so einfach. Ich habe alle Aufträge um die nächsten drei Wochen herumgeplant.«

»Dann fliegen wir eben, sobald du wieder Zeit hast. Wir sind doch völlig flexibel.«

Lous Misstrauen wuchs. »Wieso habe ich eigentlich das dumme Gefühl, dass du diesen Vulkanausbruch gar nicht so fürchterlich findest?«

»Weil du mich gut kennst.« Christoph gab ihr einen Kuss auf die Nasenspitze. »Dieser Ausbruch ist mit Abstand das spannendste Thema, über das ich je berichten musste.«

»Wie schön, dass wenigstens einer von uns beiden dem Ganzen etwas Positives abgewinnen kann«, schmollte sie. »Das bedeutet also, dass ich dich in den nächsten Tagen kaum zu Gesicht bekommen werde.«

»Ja, so wird es sein. Die kommende Woche wird im wahrsten Sinne des Wortes heiß. Tut mir leid!«

»Ist schon gut. Ich gönne dir deinen Bericht. Aber was soll ich jetzt so kurzfristig mit drei freien Wochen anfangen?«

»Besuche doch deine Mutter in der Kur.«

Lou lachte gequält. »Nein danke. Ein Familienausflug gehört nicht unbedingt zu den Aktivitäten, für die ich meine kostbare Zeit verschwende.« Plötzlich zuckte sie zusammen.

»Dieses Miststück!«, zischte sie.

Christoph runzelte die Stirn. »Alles in Ordnung?«

»Nichts ist in Ordnung, und das habe ich meiner lieben Schwester zu verdanken. Das nächste Mal, wenn das Telefon so früh klingelt, gehen wir nicht dran!«

»Ich verstehe nicht.«

»Macht nichts, ich habe es auch erst gerade verstanden. Sie hat mich reingelegt, diese hinterhältige Hexe!«

»Wer? Anne?«

»Ja, genau. Sie hat mich heute früh praktisch dazu gezwungen, meine Zusage für einen gemeinsamen Ausflug nach Pfronten zu geben. Ich wusste ja noch nicht, dass unser Urlaub ins Wasser fällt oder vielmehr sich in Asche auflöst!«

»Ich verstehe immer noch nicht.«

Lou fasste das Telefongespräch mit knappen Worten zusammen. »Jetzt bleibt mir keine andere Wahl«, seufzte sie.

Christoph hatte Mühe, sein Schmunzeln zu verbergen. »Du wirst deinen Koffer umpacken müssen.« Er deutete auf den schwarzen Lederkoffer, der aufgeklappt vor dem begehbaren Kleiderschrank lag.

»Ja, leider.« Lou folgte seinem Blick und betrachtete bedauernd ihre neue Bademoden-Kollektion. »Ich tausche Bikini und Badelatschen gegen Gartenschürze und Gummistiefel.«

»Meinst du das ernst?«

»Ich kann ja schlecht im engen Donna-Karan-Kleid den Stall ausmisten, oder?«

»Das wäre mal was Neues für die Kühe … Aber lassen wir das. Du glaubst doch nicht wirklich, dass ihr den Hof so einfach weiterführen könnt?«

»Fürs Erste müssen wir das tun. Die Tiere brauchen uns.«

»Das geht schief. Keine von euch kann mit Tieren umgehen.«

»Woher willst du das wissen?«

»Ich kenne euch. Du machst um jeden noch so kleinen Hund einen Bogen. Anne schreit, sobald sie ein Insekt sieht. Und Lisa-Marie hat sich bislang bestenfalls für Bücherwürmer interessiert.«

»Das ist nicht komisch.«

»Eigentlich doch. Schade, dass mich der Vulkan beschäftigt. Eure Erlebnisse auf dem Bauernhof wären der Knaller in jeder Frauenzeitschrift.«

»Es würde mir helfen, wenn du das Ganze nicht als Witz ansehen würdest!«

»Ach, komm schon. Gestern Abend hast du auch über diesen Plan gelacht.«

»Da wusste ich noch nicht, dass ich Teil dieses verdammten Plans sein würde.«

»Wo bleibt dein Ehrgeiz?«

»So ein bisschen Bauernhof ist doch keine echte Herausforderung für mich!«

»Wie du meinst.« Christoph grinste über beide Ohren. »Ich glaube trotzdem, dass ihr zusammen keine Woche durchhaltet.«

»Und wenn doch?«

»Such dir einen Wetteinsatz aus!«

Lou überlegte. »Eine Flasche Champagner, wenn wir die ersten zwei Wochen schaffen.«

»Einverstanden. Keine von euch darf vorzeitig abreisen.«

»In Ordnung.« Sie schlug in Christophs Hand ein. »Es wäre doch gelacht, wenn wir das nicht hinkriegen!«

Lisa-Marie frühstückte nie zu Hause, sondern nahm sich morgens auf dem Weg ins Geschäft einen Cappuccino und einen Blaubeermuffin aus einem benachbarten Coffeeshop mit. Heute allerdings verzichtete sie auf den Muffin und gönnte sich einen großen, doppelten Espresso. Die Mischung aus Torte, Pizza und Mandellikör lag ihr immer noch schwer im Magen. Außerdem verspürte sie nie Hunger, wenn sie mit einem Problem beschäftigt war.

In kleinen Schlucken trank sie den heißen Kaffee und dachte dabei an die bevorstehende Reise. Leicht würde es gewiss nicht werden. Sie mussten die Beerdigung organisieren und den Nachlass von Onkel Horst regeln. Und dann war da noch der Bauernhof … Lisa-Marie hatte wenig Erfahrung im Umgang mit Tieren. Als Kind hatte sie einen Goldhamster besessen, der jedoch nach drei Monaten eingegangen war. Das sprach nicht unbedingt für ihr Talent.

Wie gut, dass Anne sie unterstützen würde! Immerhin war ihre Cousine dreifache Mutter. So riesig konnten die Unterschiede zwischen Kindern und Tieren eigentlich nicht sein. Beide brauchten regelmäßig Nahrung, Pflege und abends ein Dach über den Kopf. Anne würde wissen, was zu tun war. Es konnte allerdings nicht schaden, sich ein wenig auf die neuen Aufgaben vorzubereiten. Ob man wohl kurzfristig noch geeignete Ratgeber bestellen konnte?

Tatsächlich ergab Lisa-Maries Online-Suche beim Großhändler mehrere Treffer. Kurzentschlossen orderte sie drei Bücher mit den vielversprechenden Titeln »Leitfaden für den Trauerfall«, »Das kleine Einmaleins für schlaue Bauern« und »Alltag einer Honigbiene«.

Danach fühlte sie sich besser, und sie begann mit der Kassenabrechnung des Vortages. Aber bald schon merkte sie, dass dies keine gute Idee war, denn wie so oft in den letzten Monaten hatte sie kaum etwas verkauft. Immer mehr Kunden bevorzugten mittlerweile die Online-Buchhandlungen im Internet. Außerdem machte ihr die Konkurrenz durch die großen Handelsketten zu schaffen. Irgendwann in naher Zukunft würde sie eine Entscheidung für ihr Geschäft treffen müssen.

»Aber nicht heute«, murmelte sie trotzig und trank

noch einen Schluck Espresso. »Und erst recht nicht im Allgäu. Das kann warten.«

Um sich von ihren trüben Gedanken abzulenken, beschloss sie, das Regal mit den Krimis umzuräumen. Bislang waren die Bücher alphabetisch nach Autorennamen sortiert, jetzt wollte Lisa-Marie die Romane nach ihrem Schauplatz anordnen. Sie war gerade bei »Italien / Venedig« angekommen, als das Telefon klingelte.

»Buchhandlung Abraham, guten Morgen!«

»Lou fährt mit uns nach Pfronten.«

»Anne! Guten Morgen! Hast du gut geschlafen?«

»Nein, eigentlich nicht. Aber trotzdem habe ich glänzende Laune, denn Lou fährt mit.«

»Wirklich? Warum? Ich dachte, sie fliegt in den Urlaub.«

»Die Reise fällt wegen des Vulkanausbruchs aus.«

»Von dem Ausbruch habe ich in den Nachrichten gehört. Wie schade für sie.«

»Ja, ja, schade … aber wenigstens sind wir jetzt zu dritt.«

»Das ist schön. Wir können jede Hilfe gebrauchen, auch wenn deine Schwester manchmal etwas schwierig ist.«

»Tja, da hast du leider recht. Ich glaube, momentan ist sie stinksauer, weil ihr Urlaub ausfällt.«

»Sie soll sich nicht so anstellen, andere Leute können sich eine solche Reise nie leisten.«

»Sie wird sich schon wieder einkriegen.«

»Und wenn nicht, ist es auch egal. Man kann auch mit schlechter Laune einen Stall ausmisten. Hast du eigentlich schon gepackt?«

»Nein. Wieso?«

»Nimm warme Kleidung mit! Für die nächsten Tage ist

sonniges, aber kaltes Wetter angesagt. Erst dann wird es wärmer.«

»Wer sagt das?«

»Ich war heute Morgen im Internet und habe die langfristige Wetterprognose für Pfronten aufgerufen.«

»Für so etwas hast du morgens Zeit?«

»Klar, ich bin jeden Morgen im Netz und checke meine Mails.«

»Und, war etwas Interessantes dabei?« Anne wusste, dass Lisa-Marie bei diversen Online-Partnerschaftsvermittlungen angemeldet war und häufig Anfragen für ein Treffen erhielt. Sie wusste auch, dass ihre Cousine jedem der interessierten Männer eine Chance gab. Bislang jedoch hatte noch keiner der Kandidaten auf Dauer ihren hohen Ansprüchen genügen können.

»Ich habe zwei Kontaktwünsche erhalten, und beide klingen vielversprechend. Aber ich habe erst einmal abgesagt«, antwortete Lisa-Marie bedauernd. »Schließlich bin ich gar nicht zu Hause.«

»Wann schließt du deinen Laden?«

»Heute Abend. Die meisten meiner Stammkunden wissen schon länger Bescheid.«

»Im Gegensatz zu uns. Ich bin immer noch ein bisschen böse, dass du uns gar nichts erzählt hast.«

»Ich habe es euch doch gestern gesagt, oder? Außerdem war es lange Zeit gar nicht sicher, ob ich schließe oder in einem Container vor der Baustelle weitermache.«

»Das hättest du mit uns besprechen können.«

»Es war ganz allein meine Entscheidung, bei der ich mir nicht reinreden lassen wollte. Oder diskutierst du etwa alle deine Probleme mit uns?«

»Nein«, gab Anne zu.

»Na, siehst du!« Lisa warf einen Blick auf ihre Armbanduhr. In ein paar Minuten musste sie den Laden öffnen. »Ich habe nicht mehr viel Zeit. Hast du Lou gesagt, dass wir morgen losfahren, sobald wir unsere Mütter zum Zug gebracht haben?«

»Nein, darüber habe ich noch nicht mit ihr gesprochen. Ich werde sie aber später noch einmal anrufen und ihr alles Wichtige mitteilen.«

»Bei drei Personen müssen wir natürlich unser Gepäck noch weiter einschränken. In meinen Käfer passen nämlich höchstens drei Reisetaschen. Oder können wir mit Lous Auto fahren?«

»Lou hat nur einen Zweisitzer.«

»Ach ja, das schicke Cabriolet.«

»Schick, aber fürs wahre Leben völlig ungeeignet.«

»Keine Sorge, mein Käferchen wird das schon schaffen! Ich freue mich riesig auf unseren Ausflug, auch wenn der Anlass traurig ist. Weißt du eigentlich, dass wir drei noch nie allein unterwegs waren?«

»Ja«, seufzte Anne. »Ich befürchte, dass wir das aus gutem Grund bislang vermieden haben. Aber man kann sich so etwas nicht immer aussuchen. Wer weiß? Vielleicht geht ja auch alles gut.«

4

Am nächsten Morgen parkte Lisa-Marie ihren Käfer gegen neun Uhr vor Lous Haus in der Innenstadt.

»Um Himmels willen, was ist denn da passiert?« Verwundert betrachtete Lou die rote Lackierung des Autos, die auf dem Dach von runden schwarzen Tupfen ergänzt wurde.

»Das habe ich letzten Monat neu machen lassen«, entgegnete Lisa-Marie gut gelaunt. »Schön, oder?«

»Ich weiß nicht recht.« Lou lief kopfschüttelnd um das Auto herum. »Noch auffälliger ging es wohl nicht?«

»Ich wollte es genau so haben. Jetzt ist es ein richtiger Marienkäfer. Verstehst du die Bedeutung? Ich heiße Marie, und das ist mein Käfer.«

»Ergibt zusammen Marienkäfer«, murmelte Anne, die bereits auf dem Beifahrersitz Platz genommen hatte. Sie hatte Mühe, sich das Lachen zu verbeißen.

»Genaugenommen sitzen heute drei Maries im Käfer.« Lisa-Marie bemerkte weder Annes Belustigung noch Lous spöttischen Gesichtsausdruck. Leichtfüßig stieg sie aus, klappte ihren Sitz zurück und ließ Lou hinten einsteigen. »Nämlich Lisa-Marie, Marie-Luise und Anne-Marie.«

»Für die Namen hasse ich unsere Mutter noch heute«,

ächzte Lou und ließ sich auf den Rücksitz fallen. »Es ist ein Wunder, dass wir ohne Therapie so vernünftig werden konnten.«

Anne lachte. »Nach unserer Reise werden wir vermutlich alle eine Behandlung brauchen.«

»Vor allem, wenn wir längere Strecken in diesem Gefährt zurücklegen müssen. Das Ding sieht aus, als wäre es aus einem Kinderkarussell geklaut worden.«

»Das habe ich gehört!«, rief Lisa-Marie, die vor dem Kofferraum stand und Lous Gepäck verstaute. »Wenn dir das Auto nicht passt, kannst du ja zu Fuß gehen.«

»Ist schon gut. Hier drinnen hast du Gott sei Dank nichts verändert.«

»Hatten wir nicht festgelegt, dass jede nur eine Tasche mitnehmen darf?« Lisa-Marie reichte Lou durch die Tür einen Kosmetikkoffer und eine Sporttasche ins Auto. »Diese Sachen passen nicht mehr in den Kofferraum, mit denen musst du dich irgendwie arrangieren.«

»Warum steht hier hinten eine Kühlbox?« Lou schob die Box ein wenig zur Seite, um ihr eigenes Gepäck abstellen zu können.

»Reiseproviant«, erklärte Anne knapp.

»So viel? Wir fahren doch nur ungefähr sechs Stunden.«

»Mit deinem Auto vielleicht. Mit dem Käfer wird es länger dauern.«

»Was gibt es denn Gutes?« Neugierig hob Lou den Deckel an.

»Multivitaminsaft, Käsebrötchen und Erdbeerquark«, zählte Anne auf. »Den Quark habe ich selbst gemacht.«

»Seid ihr alle angeschnallt?« Lisa-Marie schloss ihre Autotür. »Dann kann es endlich losgehen!«

Fünf Minuten später fuhr Lisa-Marie auf die Autobahn auf. »Leg doch bitte mal die erste CD vom Hörbuch ein«, bat sie Anne.

»Was hast du dabei?«, fragte Lou und beugte sich interessiert vor.

»›Perfektes Portugiesisch in zwanzig Stunden‹.«

»Einen Sprachkurs für Portugiesisch?« Lou stöhnte. »Hast du nichts anderes?«

»Das ist genau das Richtige für eine lange Autofahrt«, verteidigte sich Lisa-Marie.

»Vielleicht, wenn man an die Algarve will. Aber wir fahren nur ins Allgäu.«

»Man kann nie wissen, wann man die Sprache mal braucht.«

»Zwanzig Stunden auf acht CDs!« Anne hatte inzwischen die Verpackung geöffnet. »Damit würden wir es locker bis nach Portugal schaffen.«

»Bitte nicht!«

»Ich bin hier die Fahrerin«, stellte Lisa-Marie klar. »Und ich entscheide, was läuft.«

Lou öffnete ihre Handtasche. »Ich hätte noch leichte Klassik auf meinem iPod zu bieten.«

»Ich kann beim Autofahren keine klassische Musik hören. Das macht mich nervös.« Lisa-Marie warf Anne einen auffordernden Blick zu. »Bitte, starte die erste CD!«

»Bist du sicher?« Ein wenig hilflos blickte Anne von ihrer Cousine zu ihrer Schwester.

»Lass gut sein, Anne!« Lou winkte ab. »Wenn sie unbedingt eine neue Sprache lernen möchte, dann will ich nicht stören.« Verstimmt steckte sie sich die Kopfhörer ihres iPods in die Ohren und startete ihr eigenes Programm.

Die Fahrt verlief weitgehend schweigend.

Lisa-Marie konzentrierte sich auf den Straßenverkehr und wiederholte gewissenhaft portugiesische Vokabeln und Redewendungen, wenn sie von der sonoren Stimme aus dem Lautsprecher dazu aufgefordert wurde. Lou ignorierte die Übungen ihrer Cousine geflissentlich, blätterte durch mehrere Frauenzeitschriften und holte sich gelegentlich etwas zu essen aus der Kühltasche. Anne hatte noch versucht, zwischen den beiden Frauen zu vermitteln, war dann aber eingeschlafen und schnarchte nun leise vor sich hin.

»Bei der Ausfahrt Nesselwang musst du raus«, sagte Lou schließlich, als in der Ferne die schneebedeckten Alpen auftauchten.

»Danke für den Tipp. Ich fahre lieber über Füssen, den Weg kenne ich besser«, entgegnete Lisa-Marie unfreundlich.

»Das ist aber ein riesiger Umweg.«

»So weit ist das gar nicht. Außerdem müssen wir dann am Weißensee vorbei, und diese Aussicht liebe ich.«

»Du kannst das Panorama noch länger genießen. Jetzt sollten wir auf dem schnellsten Weg ans Ziel kommen. Meine Beine sind schon völlig gefühllos, so eng ist es hier hinten.«

»Es ist nicht eng bei mir im Auto. Dein eigenes Gepäck ist dir im Weg.«

»Mein Gepäck und ich hätten genügend Platz, wenn nicht diese riesige Kühlbox herumstehen würde …«

»… aus der du dich reichlich bedient hast!«

»Anne hat gesagt, der Quark muss weg.«

»Hm?« Bei der Nennung ihres Namens erwachte Anne und rieb sich verschlafen die Augen. »Was habe ich gesagt?«

»Ist nicht so wichtig.«

»Wir sind ja schon fast da!« Verwundert betrachtete Anne die Berge. »Habe ich so lange geschlafen?«

»Allerdings.«

»Tut mir leid. Wenn ich gestern nicht so furchtbar viel zu erledigen gehabt hätte, wäre ich heute nicht so müde. Es gab vieles zu organisieren. Ihr wisst ja, wie das ist …« Anne brach ab und biss sich verlegen auf die Lippen. Natürlich konnten Lisa-Marie und Lou nicht wissen, wie es war, wenn man seine Familie für so lange Zeit allein ließ.

»Glaubst du, Stefan kommt mit den Kindern zurecht?«, fragte Lisa-Marie und lächelte Anne aufmunternd zu. Wenn die letzte Bemerkung sie verstimmt hatte, so ließ sie es sich nicht anmerken.

»Stefan?« Anne lachte ein wenig gequält. »Natürlich käme er zurecht, wenn er zu Hause wäre. Aber meistens kommt er erst so spät, dass die Jungs schon im Bett liegen. Nein, ich befürchte, Mia wird die meiste Arbeit haben.«

»Glaubst du, das geht gut?«

»Ich denke schon.« Anne verschwieg lieber, dass ihre Tochter von den Reiseplänen ganz und gar nicht begeistert gewesen war. »Spinnst du?«, hatte sie gefragt und für einen Moment richtig verzweifelt ausgesehen. »Du kannst mich doch nicht mit diesen beiden Irren allein lassen!«

»Ja, ich glaube, sie hat alles im Griff«, murmelte Anne zögernd und fragte sich, ob sie sich nicht gerade selbst belog. Mutete sie ihren Kindern zu viel zu?

»Natürlich hat sie alles im Griff. Mia ist ein tolles Mädchen, und sie versteht sich gut mit ihren Brüdern«, sagte Lou. »Was gibt es außerdem schon großartig zu tun? Die Kinder sind doch fast erwachsen.«

Anne hatte schon eine Erwiderung auf der Zunge,

schwieg dann jedoch lieber. Mia, Tom und Jan mochten zwar fast erwachsen sein, vernünftig waren sie deswegen aber noch lange nicht. Trotzdem hoffte sie, dass Lou recht hatte. Ihre Kinder würden wohl tatsächlich wunderbar ohne sie zurechtkommen. Die Jungs waren zufrieden, solange Verpflegung, saubere Kleidung und ein PC-Zugang zur Verfügung standen. Und Mia wusste sich notfalls in jeder Situation zu helfen.

Und was war mit Stefan? Für ihn würde es nur lehrreich sein, dass sie so plötzlich abgereist war und ihm nicht mehr den Rücken freihalten konnte. Wer weiß? Vielleicht würde er sie sogar vermissen? Und wenn nicht, dann hoffte sie wenigstens darauf, er würde feststellen, dass er von seinen Kindern gebraucht wurde.

Kopfschüttelnd schob sie ihre Zweifel und Bedenken beiseite. Wie gut, dass schon so viele Kilometer zwischen ihr und den Problemen zu Hause lagen.

»Dahinten kommt die Ausfahrt Nesselwang.« Lou schob sich zwischen die Vordersitze und deutete auf ein Hinweisschild.

»Ich weiß.« Lisa-Marie machte keine Anstalten, die Autobahn zu verlassen.

»Du musst hier runter!«

»Nein, ich habe doch schon gesagt, dass ich über Füssen fahren will.«

»Das ist ein Umweg«, gab Anne zu bedenken.

»Jetzt fang du nicht auch noch an.«

»Lisa-Marie will unbedingt heute noch am Weißensee vorbei«, klärte Lou ihre Schwester auf. »Das hat sie vorhin angekündigt, als du noch geschlafen hast.«

»Ich bin immer über Füssen gefahren«, verteidigte sich Lisa-Marie. »Das hat Tradition.«

»Wir hatten auch so ein Ritual. Wenn Stefan und ich

mit den Kindern bei Horst zu Besuch waren, sind wir immer gleich nach der Ankunft mit der Gondel auf den Breitenberg gefahren und haben dort ein Allgäuer Hefeweizen getrunken.«

»Und immer wenn ich ankam, bin ich ins nächste Geschäft gerannt und habe mir warme Klamotten gekauft, weil es so kalt war«, sagte Lou und betrachtete stirnrunzelnd die schneebedeckten Berge. »Ich fürchte, ich habe auch jetzt nicht genug Pullover dabei.«

»Sind die Alpen nicht jedes Mal wieder ein toller Anblick?«, schwärmte Lisa-Marie. »Und dazu noch bei Sonnenschein!«

»Es sind gerade mal zehn Grad«, bemerkte Lou. »Ich werde bitterlich frieren.«

»Wir machen den Kamin an, sobald wir ausgepackt haben. Dann haben wir es heute Abend schön warm.«

»Soweit ich mich erinnere, hat das Haus eine gut funktionierende Zentralheizung.«

»Aber ein Kamin ist einfach gemütlicher«, wandte Lisa-Marie ein. »Wir können uns in Decken wickeln und einen Tee trinken.«

»Wir können das aber auch lassen.«

»Lou!«, warnte Anne.

»Ist doch wahr! Ich darf euch daran erinnern, dass ich nicht freiwillig hier sitze. Eigentlich hätte ich mich jetzt auf den Weg in die Karibik machen sollen. Und wenn ich mich in etwas gewickelt hätte, dann wäre das ein Badetuch gewesen und keine kratzige Wolldecke vor einem blöden Kachelofen.«

»Wenn es dir mit uns keinen Spaß macht, dann fahr doch wieder nach Hause«, entgegnete Lisa-Marie mürrisch. »Das wäre auch für uns einfacher, denn seit du im Auto sitzt, nörgelst du rum.«

»Ihr werdet aber leider mit mir leben müssen. Ich bleibe nämlich«, antwortete Lou beleidigt und dachte im Stillen an ihre Wette und die Flasche Champagner.

»Das muss ich jetzt nicht verstehen, oder?« Lisa-Marie schüttelte den Kopf.

»Da vorn kommt die Ausfahrt Füssen!«, rief Anne erleichtert, noch bevor Lou etwas erwidern konnte. »Gott sei Dank, wir sind gleich da.«

Eine halbe Stunde später, nach einem kurzen Stopp am Weißensee, passierte der Käfer die Ortsgrenze von Pfronten. Idyllisch lag die kleine Gemeinde am Fuße der Allgäuer Alpen, die mit ihren verschneiten Gipfeln scheinbar bis in den strahlend blauen Himmel ragten. Im Tal hatte bereits der Frühling Einzug gehalten: Die Obstbäume auf den Wiesen standen in voller Blüte, und in den Gärten der Bauernhäuser waren die ersten Narzissen und Tulpen zu sehen.

Langsam fuhr Lisa-Marie an der Pfarrkirche vorbei und bog in eine Seitenstraße ab. Das alte Bauernhaus von Horst Zabel stand am Ende einer Sackgasse direkt am Ufer des kleinen Flüsschens Vils. Von hier aus konnte man das Alpenpanorama besonders gut erkennen, denn kein Baum und kein fremdes Haus störten die grandiose Aussicht.

Wie in dieser Region üblich, waren Wohnbereich und Stallungen in einem einzigen Gebäude untergebracht, das L-förmig an einen großen, üppig blühenden Vorgarten grenzte. Im Erdgeschoss des Wohnbereiches glänzten die weißverputzten Wände in der Nachmittagssonne. Die beiden übrigen Stockwerke sowie Stall und Scheune waren mit dunklem Holz verkleidet, ebenso der lange Balkon im Dachgeschoss. Die mit Schnitzwerk verzierten Fensterläden und Blumenkästen leuchteten in hellem Blau, und auch die Gartenbank, die links neben der Eingangstür stand, war in dieser Farbe gestrichen worden.

Als Horst Zabel den Hof vor dreiundzwanzig Jahren gekauft hatte, ließ er das Gebäude von innen komplett modernisieren. Die äußeren Hauswände hatte er in mühevoller Kleinarbeit selbst restauriert. Das Ergebnis war ein schmuckes Bauernhaus im alpenländischen Stil, das innen genauso viel Komfort und Behaglichkeit bot, wie es von außen ausstrahlte.

Lisa-Marie lenkte das Auto langsam die Einfahrt hinauf und parkte es weit abseits des Wohnhauses vor dem sogenannten »Austragshäuschen« – einem kleinen, zweistöckigen Gebäude, das traditionell von der ältesten Generation einer Bauernfamilie bewohnt worden war. Horst hatte dieses Haus jedoch nie als Wohnfläche genutzt, sondern seine alten Bücher und Möbel hier gelagert und gelegentlich einen Besucher im Erdgeschoss des Hauses untergebracht.

»Warum fährst du nicht direkt vors Wohnhaus?«, wollte Lou wissen. »Wir haben Gepäck zu schleppen.«

»Onkel Horst hat es nicht so gern, wenn ein Auto direkt vor der Tür steht.«

»Onkel Horst ist tot.«

»Das weiß ich auch. Aber deswegen müssen wir nicht gleich alle seine Regeln brechen. Du bist ganz schön herzlos!«

»Nein, bin ich nicht. Ich bin realistisch. Von hier aus ist der Weg zum Haus sehr weit, und jede von uns hat mindestens zwei Taschen zu tragen.«

»Sie hat recht, Lisa-Marie«, mischte sich Anne ein. »Horst würde dafür sicherlich Verständnis haben.«

»Wenn ihr meint …« Lisa-Marie legte den Rückwärtsgang ein und hielt vor dem Gartentor. »Zufrieden?«

»Perfekt«, entgegnete Lou. »Aber wartet bitte noch mit dem Aussteigen.«

»Warum?«

»Wir müssen ein paar Kleinigkeiten klären. Wer von euch hat den Haustürschlüssel?«

Lisa-Marie deutete auf ihre Handtasche.

»Fein! Nächste Frage: Habt ihr euch schon überlegt, wo ihr schlafen wollt?«

»Ich schlafe im Zimmer meiner Mutter«, sagte Lisa-Marie sofort. Da Katharina und Helene oft im Allgäu gewesen waren, hatte Horst für seine Schwestern jeweils ein eigenes Zimmer eingerichtet.

»Dann nehme ich Mamas Zimmer«, sagte Lou schnell und wandte sich an Anne. »Für dich bleibt das große Gästezimmer.«

»Na super! Da stehen vier Betten.«

»Dann hast du immerhin die größte Bettenauswahl. Du kannst auch Onkel Horsts Zimmer oder die kleine Kammer neben dem Gästeklo haben.«

»Nein danke.«

»Oder du gehst ins ›Austragshäuschen‹.«

»Ohne Heizung und warmes Wasser? Bestimmt nicht! Dann nehme ich lieber das große Zimmer.«

»Können wir jetzt endlich reingehen?« Lisa-Marie rutschte ungeduldig auf ihrem Sitz hin und her.

»Gleich. Ich habe noch einen wichtigen Punkt: Wie teilen wir uns die Arbeit ein?«

»Warum müssen wir das ausgerechnet jetzt besprechen?«, wollte Anne wissen.

»Weil wir gerade so schön zusammensitzen.«

»Wir haben fast acht Stunden zusammengesessen.«

»Du hast geschlafen, und Lisa-Marie hat Portugiesisch gelernt. Die Einzige, die sich Gedanken gemacht hat, war ich.«

Anne gähnte. »Schieß los!«

»Ich habe mir das so gedacht: Ihr beide übernehmt den Stall, und ich selbst kümmere mich um das Haus.«

»Das gilt hoffentlich nur für heute Abend?« Anne musterte ihre Schwester misstrauisch.

»Mal sehen, wie wir zurechtkommen«, antwortete Lou ausweichend.

»Kommt gar nicht in Frage! Jede muss mal in den Stall«, protestierte Lisa-Marie. »Mitgefangen, mitgehangen.«

»Ich hänge aber nicht freiwillig mit euch hier herum«, entgegnete Lou ärgerlich. »Ich wurde dazu gezwungen.«

»Das hast du heute schon mal gesagt.«

»Da siehst du, wie ernst ich es meine!«

»Nur weil du ursprünglich nicht mitkommen wolltest, kannst du dir jetzt nicht die Rosinen herauspicken und machen, was dir gefällt. So funktioniert das nicht.«

»Eine von uns muss die Führung übernehmen.«

»Wer sagt, dass du das bist? Und überhaupt – wir sind gleichberechtigt. Wir –«

»Lou! Lisa-Marie! Hört sofort auf zu streiten!«, schimpfte Anne. »Ihr seid schlimmer als meine Jungs.«

»Sie hat angefangen!«

»Immer muss sie recht behalten!«

Beide Frauen redeten gleichzeitig auf Anne ein, unterbrachen sich aber verblüfft, als plötzlich die Eingangstür des Hauses von innen geöffnet wurde. Eine Ordensschwester in schwarzer Tracht trat vor das Haus und schaute erwartungsvoll zum Auto.

»Wer ist das?«, fragte Lisa-Marie.

»Was macht sie in Onkel Horsts Haus?«, ergänzte Anne.

»Ich wusste, dass er etwas laufen hat«, flüsterte Lou, bevor sie eine unschuldige Miene aufsetzte und ihre Fensterscheibe herunterkurbelte. »Guten Tag!«

»Grüß Gott.« Die Nonne kam langsam durch den Vorgarten auf sie zu und blieb abwartend am Gartentor stehen. Dicke Brillengläser ließen ihre blauen Augen größer erscheinen, als sie tatsächlich waren. »Sie müssen Horsts Nichten sein. Brauchen Sie Hilfe beim Aussteigen?« Sie sprach mit leichtem schwäbischen Dialekt.

»Nein, eigentlich nicht.« Anne schüttelte den Kopf.

»Entschuldigen Sie meine Frage. Es ist nur so, dass ich Ihre Ankunft durchs Küchenfenster beobachtet habe und mich fragte, was Sie so lange im Auto machen.«

»Wir hatten etwas zu besprechen.« Lou löste ihren Sicherheitsgurt. »Und dann haben wir uns gefragt, was *Sie* in Onkel Horsts Haus machen.«

»Lou!«

»Das waren ungefähr deine Worte, Anne.«

Das rosige Gesicht der Nonne verzog sich zu einem Lächeln. »Ich bin Schwester Bonaventura und leite seit kurzem das Erholungsheim unseres Ordens. Sie wissen ja, dass uns eine lange Freundschaft mit Ihrem Onkel verbunden hat.«

»Allerdings. Darüber müssen Sie uns gelegentlich mehr erzählen.«

»Gern. Er war ein ganz wunderbarer Mensch.«

»Ja, das war er«, bestätigte Lisa-Marie.

»Mein herzliches Beileid.« Schwester Bonaventura wirkte ehrlich bekümmert.

»Vielen Dank.«

»Was Ihre Frage betrifft: Sie können ganz beruhigt sein, ich wollte nur schnell nach den Tieren sehen. Ich hatte mit der Nachbarin, Frau Hösle, vereinbart, dass ich sie versorge, falls Sie später kommen.«

»Danke, das ist sehr nett von Ihnen.« Lisa-Marie stieg aus dem Auto. »Ich heiße übrigens Lisa-Marie.«

»Es freut mich, Sie kennenzulernen.«

»Mein Name ist Anne, und das ist meine Schwester Lou.«

Die Nonne nickte freundlich. »Soll ich die Kühltasche nehmen, Anne?«

»Ja, bitte!«

»Haben Sie gerade gesagt, dass Sie nach den Tieren sehen wollen?«, erkundigte sich Lou, als sie alle mit Schwester Bonaventura zum Haus liefen.

»Richtig.«

»Können Sie zufällig melken?«

»Aber ja.«

»Hühner versorgen?«

»Ja.«

»Wie steht es mit der Imkerei?«

»Eines meiner liebsten Hobbys.«

»Sie schickt der Himmel!«

»Wenn Sie es sagen ...« Schwester Bonaventura schmunzelte.

»Wir hatten schon Angst, dass wir hier nicht zurechtkommen«, gab Lou zu. »Aber mit Ihnen in der Nähe sollte das kein Problem sein.«

»Ich kann nicht jeden Tag kommen, aber ich werde mein Möglichstes tun. Schließlich möchten wir Ihnen viel von dem zurückgeben, was Horst uns gegeben hat.«

»Äh, ja. Was genau hat er denn ...« Lou zögerte für einen Moment, schwieg dann aber lieber, als Anne ihr einen warnenden Blick zuwarf.

Gemeinsam erreichten die Frauen das Haus und traten durch die massive Eichentür in den langen Flur des Bauernhofes.

»Ich habe schon Feuer gemacht, damit Sie es warm und gemütlich haben. Tagsüber scheint zwar die Sonne, aber abends kann es noch sehr kalt werden«, sagte Schwester Bonaventura, während sie mit der Kühltasche in die Küche ging.

»Das ist sehr nett von Ihnen, danke!« Anne, Lou und Lisa-Marie stellten das Gepäck an der Treppe ab und folgten ihr.

»Beim Feuermachen ist mir aufgefallen, dass kaum noch Brennholz da ist. Sie werden neues kaufen müssen.«

»Das kommt gleich auf den Einkaufszettel.« Lou lehnte an der Küchentür und ließ ihren Blick durch den Raum wandern. Seit ihrem letzten Besuch hatte sich nichts verändert. Onkel Horst war nie ein Freund von Einbauküchen gewesen und hatte deshalb alle Küchengeräte einzeln aufgestellt. Spüle, Herd, Spülmaschine und Kühlschrank teilten sich an zwei gegenüberliegenden Wänden den Platz mit mehreren Regalen und Vitrinen. Zusammen mit einem großen Arbeitstisch in der Mitte des Raumes und einer gemütlichen Essecke neben dem Kamin wirkte der Raum warm und behaglich.

»Oje!« Schwester Bonaventura schaute auf die alte Küchenuhr über der Eckbank. »Ich weiß zwar, dass Sie gerade erst angekommen sind und sich vermutlich am liebsten ausruhen würden. Aber in etwas mehr als einer Stunde schließen die meisten Läden im Dorf. Falls Sie noch etwas einkaufen wollen, sollten Sie bald losfahren. Außerdem muss ich um sechs Uhr zur Abendmesse. Bis dahin müssen die Tiere versorgt sein.«

»Anne und Lisa-Marie werden Sie in den Stall begleiten, damit sie lernen, wie man mit den Tieren umgeht«, entgegnete Lou, noch bevor die beiden anderen Frauen etwas sagen konnten. »Ich selbst werde mich um die Einkäufe kümmern.«

»Aber ich lasse dich nicht mit meinem Auto fahren«, protestierte Lisa-Marie.

»Mit diesem hässlichen Ding will ich auch gar nicht unterwegs sein«, entgegnete Lou verärgert. »Ich laufe zu Fuß.«

»In *den* Schuhen?« Anne betrachtete kopfschüttelnd Lous hohe Absätze.

»Du hast doch gehört, die Läden schließen bald. Da bleibt keine Zeit zum Umziehen.« Lou zog sich ihre Jacke über. »Ich bin es außerdem gewohnt, auf hohen Absätzen herumzulaufen.«

»Vergiss den Einkaufskorb nicht!«

»So viel muss ich ja nicht besorgen, wir können morgen ausführlich shoppen gehen.«

»Viel Spaß beim Herumstöckeln!«, sagte Lisa-Marie ein wenig schadenfroh. »Ich wette, wir haben es im Stall viel gemütlicher.«

5

»Für deine Bemerkung über den gemütlichen Stall sollte ich dich eigentlich erwürgen«, murmelte Anne dreißig Minuten später. Sie saß auf einem kleinen Holzschemel und hatte ihre Stirn in die rechte Bauchseite einer rotbraunen Kuh gedrückt, die den Namen »Mette-Marit« trug.

Horst Zabel hat alle Kühe nach Mitgliedern aus europäischen Adelshäusern benannt. Gleich neben »Mette-Marit« stand »Queen Elizabeth« in der Box und knabberte zufrieden an ihrem Heu. Außerdem gab es noch eine »Beatrix«, eine »Letizia«, einen Ochsen mit Namen »Willem-Alexander« sowie ein Kalb, das »Carl-Gustav« getauft worden war.

»Nur Mette-Marit und Letizia geben noch Milch, die anderen beiden Kühe sind zu alt dazu«, hatte Schwester Bonaventura ihnen erklärt, als sie den Stall betraten.

»Und von wem ist das Kalb?«, hatte Anne gefragt und dabei das wollige Fell von »Carl-Gustav« gestreichelt.

»Das ist von Letizia. Horst hat beide vor ein paar Wochen von einem Bauern mitgenommen, der seinen Hof aufgegeben hat. Solange das Kalb säugt, müssen Sie Letizia nicht melken, sondern nur Mette-Marit. Sie haben Glück.«

Jetzt, Auge in Auge mit einer launischen Kuh, bezweifelte Anne, dass man beim Melken von »Glück« sprechen konnte. Immer wieder versuchte sie, sich mit dem unruhigen Tier auf engstem Raum zu arrangieren. Während sie den Melkschemel vorsichtig ein Stück näher an Mette-Marit schob und dabei den Euter berührte, drehte diese den Kopf nach hinten und glotzte sie überrascht an.

»Ist schon gut«, versuchte Schwester Bonaventura die Kuh zu beruhigen und gab ihr einen sanften Klaps aufs Hinterteil. »Sie ist etwas nervös, weil sie Sie nicht kennt«, erklärte sie Anne.

Diese lachte. »Das trifft sich gut, ich bin nämlich auch nervös.«

»Weißt du, dass du genau wie Onkel Horst aussiehst?«, fragte Lisa-Marie und betrachtete ihre Cousine amüsiert. Anne trug riesige Gummistiefel, eine blaue Arbeitshose mit Hosenträgern und eine alte Baseballkappe.

»Da hinten hängt noch mehr Schutzkleidung.« Schwester Bonaventura deutete auf einen alten Schrank in der Ecke des Stalls. »Ziehen Sie sich auch um, Lisa-Marie! Dann kann ich Ihnen beiden das Melken zeigen.«

Gehorsam machte sich Lisa-Marie auf den Weg. Als sie an einem Gehege vorbeikam, das mit kleinmaschigem Draht abgetrennt worden war, blieb sie neugierig stehen.

»Das ist der Hühnerstall«, erklärte Schwester Bonaventura überflüssigerweise, denn das aufgeregte Geflatter und Gackern der Vögel war nicht zu übersehen und zu überhören. »Sie wissen, dass es gleich etwas zu fressen gibt.«

Lisa-Marie zählte elf Hennen und einen Hahn. »Wieso laufen sie nicht draußen herum?«

»Ich habe sie eingesperrt, weil ich nicht wusste, wann

Sie ankommen. Ab morgen können Sie die Hühner gern wieder freilassen.«

»Und wie kriegen wir sie abends zurück in den Stall?«, wollte Anne wissen.

»Die Hühner gehen von allein, sobald es dunkel wird.«

»Wirklich?« Anne klang nicht überzeugt.

»Aber natürlich. Es sind alles ganz harmlose, friedliche Tiere.« Schwester Bonaventura schmunzelte. »Alle, bis auf Akihito.«

»Akihito?«

»Das ist der Hahn. Horst hat ihn im Winter einem Wanderzirkus abgekauft, der hier in der Nähe sein Quartier aufgeschlagen hatte. Akihito ist schon recht alt und eigentlich ganz umgänglich. Nur manchmal hat er ein paar Schrullen und Macken.«

»Zum Beispiel?« Interessiert näherte sich Lisa-Marie dem Gitter und musterte den Hahn neugierig. Akihito hob den Kopf, schüttelte sein braunes Gefieder und starrte aus kleinen gelben Augen feindselig zurück.

»Er schläft viel und kräht dann jedes Mal, wenn er wach wird, gleichgültig, zu welcher Uhrzeit das ist«, erklärte Schwester Bonaventura. »Außerdem attackiert er aus heiterem Himmel jeden, der sich ihm in den Weg stellt.«

»Ups«, murmelte Lisa-Marie und trat einen Schritt zurück. »Dann komme ich ihm lieber nicht zu nahe. Wie oft muss denn der Hühnerstall gereinigt werden?«, fragte sie, während sie den Schrank öffnete und sich Hose, Schuhe und eine Kappe aussuchte.

»Alle zwei bis drei Tage.«

»Reicht es, wenn wir das morgen machen?«

»Ja, natürlich.«

»Fein! Dann kann Lou das übernehmen.«

Anne grinste, sagte aber nichts. Als Lisa-Marie in grünen Gartenschuhen, brauner Latzhose und geblümtem Sonnenhut neben der Kuh stand, begann Schwester Bonaventura ihren Melkunterricht.

»Sie legen die Hand um die Zitze, Daumen nach oben. Und dann drücken Sie nacheinander Zeigefinger, Mittelfinger, Ringfinger und kleinen Finger zusammen und ziehen gleichzeitig ein wenig nach unten. Ungefähr so!« Mühelos demonstrierte sie den Griff, und sofort spritzte Milch auf den Boden.

»Das sieht eigentlich ganz einfach aus.« Anne beugte sich zum Euter hinab, umfasste eine Zitze und begann, die Finger zu bewegen.

»Kommt etwas?« Neugierig spähte Lisa-Marie von der anderen Seite durch die Beine der Kuh.

»Nein.« Anne schüttelte ihre Hand aus. »Aber ich glaube, ich habe gerade einen Krampf im Zeigefinger.«

Schwester Bonaventura schmunzelte. »Das ist alles reine Übungssache, Sie müssen nur locker bleiben.«

»Locker bleiben«, wiederholte Anne leise, als die Nonne sie kurz verlassen hatte, um einen Eimer zu holen. »Das sagt sich so einfach.« Erneut begann sie, an den Zitzen zu ziehen.

»Da, es kommt etwas!«, jubelte Lisa-Marie. Ein dünner Strahl Milch tropfte auf Annes Gummistiefel.

»Ich kann melken!«, rief Anne begeistert und klatschte Mette-Marit schwungvoll auf das Hinterteil. Doch leider hatte die Kuh kein Verständnis für Annes Freude. Im Gegenteil – sie erschrak so heftig, dass sie mit ihren Beinen ausschlug und Anne vom Hocker ins Stroh stieß.

»Ist alles in Ordnung?«, erkundigte sich Lisa-Marie besorgt.

»Ich weiß es noch nicht.« Anne erhob sich ächzend

und rieb sich den schmerzenden Oberschenkel. »Diese Kuh hat ganz schön viel Kraft, ich befürchte, das gibt einen riesigen blauen Flecken.«

»Was machen Sie denn da?« Kopfschüttelnd stellte Schwester Bonaventura den Eimer unter das Euter von Mette-Marit.

»Ich kann melken«, berichtete Anne stolz. »Soll ich es Ihnen zeigen?«

»Gern«, antwortete Schwester Bonaventura. »Und danach machen Sie allein weiter, während ich mich mit Lisa-Marie um das Futter für die Hühner kümmere und den Kuhstall ausmiste.«

Unterdessen erledigte Lou im kleinen Supermarkt neben der Kirche den Einkauf. Sie kam langsamer voran als geplant, denn ihre Füße schmerzten höllisch. Die hochhackigen Schuhe hatten auf der Schotterstraße keinen Halt gefunden, waren tief im Boden versunken und hatten ihre Fersen wundgerieben. Zum Schluss musste sie auf Zehenspitzen bis zur Hauptstraße balancieren. Verflixt! Warum hatte sich Onkel Horst nie darum gekümmert, dass seine Zufahrt betoniert wurde?

Jetzt stand sie endlich im Laden und humpelte langsam von einem Regal zum nächsten. »Blasenpflaster«, murmelte sie und sah sich um. Auf einer kleinen Sonderfläche mit Gesundheitsprodukten entdeckte sie schließlich das Gesuchte. Danach legte sie noch ein Brot, Butter, Käse, Tomaten, Tee und eine Packung Kaffee in ihren Einkaufskorb. Das reichte fürs Erste. Mehr würde sie allein gar nicht tragen können, den großen Einkauf konnte Lisa-Marie am nächsten Morgen mit dem Auto erledigen.

Als sie die Waren an der Kasse auf das Band legte, wurde sie von einer älteren Frau angesprochen, die hinter ihr in der Schlange stand. Sie war in einen dicken schwarzen Wintermantel gehüllt und trug gelbe Gummistiefel.

»Du khersch doch zur Helene, oder?« Das faltige Gesicht unter der roten Wollmütze verzog sich zu einem freundlichen Lächeln. Ein Schwall Knoblauchduft schlug Lou entgegen, und sie trat schnell einen Schritt zurück.

»Wie bitte?«

»Vom Horscht seir Schwestar di Föhl!«

Lou verstand nur »Horst« und »Schwester«, konnte sich aber die Frage zusammenreimen. »Ja, ich bin Horsts Nichte Lou.«

»I bi vom Schäfflerhof. Traudl Hösle. Kennsch mi no?«

»Frau Hösle!« Erleichtert darüber, wenigstens den Namen herausgehört zu haben, nickte Lou. Jetzt erinnerte sie sich auch wieder an die ältere Dame, die mit ihrem Mann auf dem Nachbarhof wohnte und in den letzten Jahren ihrem Onkel im Haushalt zur Seite gestanden hatte. Frau Hösle sprach mit breitem Allgäuer Dialekt und extrem undeutlich, war aber sehr freundlich und hilfsbereit. Leider hatte sie schon immer eine Vorliebe für Knoblauchgerichte gehabt.

»Sind dir heit komme?« Frau Hösle richtete ihren Knoblauchatem direkt auf Lou.

Diese zuckte etwas hilflos mit den Schultern.

»Ja, es muess heit gwese sei«, beantwortete sich Frau Hösle ihre Frage selbst. »Übrigens: Herzliches Beileid!« Dieses Mal bemühte sie sich, Hochdeutsch zu reden.

»Danke.«

»Am Dienstag hat er no im Garte garket, und am näxte Morge isch a nimma. Grauslig!«

»Tja …«, murmelte Lou unbestimmt und hoffte, dass man ihr nicht ansah, dass sie die Frau abermals nicht richtig verstanden hatte. Glücklicherweise fiel ihr noch eine Frage ein, die sicherlich zum Gespräch passte. »Wie geht es Ihrem Mann? Hat er die Operation gut überstanden?«

»Ja, des goat scho mea. Übenext Wuche kommt a hoim.«

Da Frau Hösle immer noch freundlich lächelte, nahm Lou an, dass es keine Komplikationen gegeben hatte. »Fein«, sagte sie deshalb und atmete auf, weil sie inzwischen direkt an der Kasse angelangt war. Umständlich stopfte sie die Einkäufe in eine Tragetasche und hoffte, dadurch erst einmal Zeit zu gewinnen. Solange sie nichts fragte, konnte Frau Hösle auch nichts antworten.

Doch leider war Frau Hösle in Plauderlaune. »I han's Auto da«, bemerkte sie. »Magsch mitfahre?«

»Auto?«, hakte Lou vorsichtshalber nach.

Frau Hösle nickte.

»Äh …« Eine Autofahrt mit der unverständlichen Frau Hösle und ihrer Knoblauchfahne war das Letzte, worauf Lou jetzt Lust hatte, selbst wenn die Blasen an ihren Füßen noch so sehr schmerzten. Doch was sollte sie antworten? Schnell blickte sie sich um und entdeckte durch die Schaufensterscheibe auf der gegenüberliegenden Straßenseite eine Apotheke. »Ich muss noch in die Apotheke, aber danke für das Angebot«, erklärte sie, erleichtert darüber, eine Ausrede gefunden zu haben.

»Soll I warte?«, bot Frau Hösle an. Auch sie hatte mittlerweile bezahlt und stand nun neben Lou am Ausgang des Supermarktes.

»Oh, das dauert länger. Ich muss … äh …« Lou kniff die Augen zusammen, um die Werbeschilder der Apotheke besser lesen zu können. »Ja, genau, ich will meinen Blutdruck überprüfen lassen und den Zuckergehalt messen.« Wenn es sein musste, würde sie das tatsächlich tun!

Frau Hösle musterte sie besorgt. »Bisch krank?«

Lou lachte gekünstelt. »Keine Angst, mir geht es gut. Ich bin nur ein wenig überarbeitet.« Mit diesen Worten ergriff sie ihre Tüte und winkte Frau Hösle zum Abschied zu. »Bis bald, und noch mal vielen Dank fürs Versorgen der Tiere!«

Eilig steuerte sie auf die Apotheke zu. Ein Blick über die Schulter sagte ihr, dass Frau Hösle sie immer noch beobachtete. Ihr blieb also nichts anderes übrig, als tatsächlich in die Apotheke zu gehen und etwas zu kaufen. »Verdammt, warum ist das kein Modegeschäft?«, schimpfte sie leise vor sich hin. In einer Boutique hätte sie ungestört stöbern können, aber in der Apotheke war das kaum möglich. Prompt trat dann auch ein älterer Herr mit Halbglatze und weißem Kittel an die Theke. »Grüß Gott, wie kann ich Ihnen helfen?«

Lou überlegte krampfhaft, welches Produkt sie verlangen sollte. »Ich brauche Hustenbonbons«, sagte sie schließlich und räusperte sich lautstark.

»Ist der Husten trocken oder produktiv?«, wollte der Apotheker wissen.

»Trocken. Das hört man doch.«

Trotz ihrer unhöflichen Bemerkung blieb der Mann freundlich. »Haben Sie Halsweh?«

»Nein, nur Husten.«

»Sind Sie allergisch gegen irgendetwas?«

»Nein.« Aus den Augenwinkeln sah Lou, wie Frau Hösle in ihr Auto stieg und davonfuhr. Sie atmete auf.

»Sollen die Bonbons gefüllt sein?«

»Das ist egal.«

»Möchten Sie eine einheimische Marke?«

»Von mir aus.« Was wollte dieser Mann eigentlich noch alles fragen?

»Wir haben da etwas mit Latschenkiefer, etwas mit Bergwiesenheu-Extrakt und etwas ganz Neues aus Fichtennadeln.« Der Apotheker legte drei verschiedene Verpackungen auf den Tisch.

»Ich nehme alle drei.«

Verwundert blickte der Apotheker auf. »Sind Sie sicher?«

»Ja.« Lou zückte ihren Geldbeutel und bezahlte.

»Sie sollten die Bonbons aber nicht alle durcheinander lutschen«, warnte der Mann noch, bevor Lou die Apotheke verließ.

»Das habe ich auch nicht vor«, versicherte Lou. Genau genommen würde dieser Vorrat an Hustenbonbons bis an ihr Lebensende reichen. Aber vielleicht würde sie auch zwei Tüten an Lisa-Marie und Anne weitergeben. Die Bonbons aus Bergwiesenheu würde sie für Christoph aufheben, der liebte nämlich ausgefallene Geschmacksrichtungen.

»Ach, Christoph!«, seufzte sie sehnsüchtig und holte das Handy aus ihrer Handtasche. Um diese Zeit war er sicherlich noch in der Redaktion und hatte das Telefon gleich neben sich auf dem Schreibtisch liegen.

Tatsächlich meldete er sich schon nach dem ersten Klingeln. »Hallo, meine Schöne! Seid ihr schon da? Wie läuft es?«

Es tat gut, seine Stimme zu hören. Lou merkte auf einmal, wie müde und erschöpft sie war. Doch das wollte sie ihm gegenüber nicht zugeben. »Ganz toll«, sagte sie stattdessen und bemühte sich um einen munteren Tonfall. »Du glaubst ja gar nicht, wie viel Spaß wir haben. Wir verstehen uns blendend und werden uns richtig gut erholen …«

»Ich bin völlig fertig«, gestand Anne zur gleichen Zeit ihrer Tochter am Telefon. »Und außerdem dreckig. Ich stinke nach Kuhmist und habe einen riesigen blauen Fleck auf dem Oberschenkel. Aber was soll ich sagen? Das hat trotz allem viel Spaß gemacht!« Langsam spazierte sie durch den Vorgarten Richtung Haus.

»Du melkst tatsächlich Kühe.« Mia lachte. »Schade, dass ich nicht dabei bin!«

»Schwester Bonaventura sagt, ich mache das sehr gut. Ach, du müsstest sie kennenlernen! Sie ist ein Goldstück, packt überall mit an, ist immer gut gelaunt und äußerst geduldig.«

»So jemanden könnte ich hier gut gebrauchen.«

Mit schlechtem Gewissen erinnerte sich Anne an ihre Mutterpflichten. »Wie sieht es bei euch aus? Kommst du zurecht?«

»Nun ja … es geht schon irgendwie.«

»Und wie war die Englischprüfung?«

»Englisch war easy. Jetzt bin ich fertig mit den schriftlichen Prüfungen, ist das nicht toll?«

»Ja, ich freue mich für dich. Was sagt Papa? Ist er schon zu Hause?«

»Nein, natürlich nicht.«

Anne biss sich verärgert auf die Lippen. Wie üblich würde Stefan auch heute Überstunden machen und erst spät in der Nacht nach Hause kommen. Störte es ihn nicht, dass Mia mit den Jungs allein war? Und würde er überhaupt merken, dass seine Frau nicht neben ihm im Bett lag?

»Was machen deine Brüder?«

»Die haben sich eine Pizza aufgewärmt und sitzen vor der Glotze. Also alles so wie jeden Freitag.«

Anne nickte zufrieden und setzte sich auf die blaue

Gartenbank. Zumindest heute Abend würde Mia ihre Ruhe haben.

»Was tust du jetzt? Gehst du das vorläufige Ende der Lernerei feiern?«

»Aber klar! Die Mädels holen mich gleich ab, wir wollen in die Stadt.«

»Pass auf dich auf, hörst du?«

»Mache ich, Mama! Grüß meine Tanten und die Kühe!«

»Gib deinen Brüdern einen Kuss von mir! Bis bald!« Anne stopfte das Handy in ihre Hosentasche, streckte ihre Beine aus, legte den Kopf in den Nacken und schloss die Augen. So ließ es sich am besten nachdenken.

Das Gespräch mit ihrer Tochter war leider ein weiterer Beleg dafür, dass sich zu Hause so schnell nichts ändern würde. Statt Mia zu beschäftigen, hätte sie auch irgendeine Haushaltshilfe einstellen können, die die Jungs versorgte. Stefan würde so oder so kaum etwas davon bemerken. Nein, die Reise ins Allgäu würde ihre Probleme nicht lösen. Aber sie konnte den tristen Alltag zumindest eine Zeitlang vergessen – und das tat gut!

Zum ersten Mal seit langem hatte sie heute das Gefühl gehabt, etwas Neues und Ungewöhnliches geschafft zu haben. Zwar schmerzten ihr inzwischen alle Finger, doch der Milcheimer war voll gewesen. Und das war ganz allein ihr Verdienst!

Müde, aber merkwürdig zufrieden hob sie den Kopf und ließ ihre Augen über den Hof schweifen. Inzwischen war die Sonne hinter den Bergen verschwunden, und im Tal wurde es langsam dunkel. Die melodischen Glocken der Pfarrkirche läuteten zur Abendmesse. Eine Schar Spatzen lärmte lautstark in einem Forsythienstrauch und schielte hin und wieder argwöhnisch auf eine Katze hinunter, die es sich unter dem Busch bequem gemacht hatte.

»Komm mal her!«, lockte Anne das schwarzweiß gefleckte Tier, und tatsächlich kam die Katze schnurrend auf Annes Schoß gesprungen. »Du gehörst hier auf den Hof, nicht wahr? Leider kann ich mich aber nicht an dich erinnern.«

Die Katze schien das nicht übelzunehmen, sondern rollte sich gemütlich auf Annes Beinen zusammen.

»Wie heißt du denn?«, fragte Anne und klappte einen kleinen, herzförmigen Anhänger am Halsband der Katze auf. »Heino«, las sie laut vor. »Hm, ich muss schon sagen, Onkel Horst hatte wirklich eine Vorliebe für außergewöhnliche Namen.«

»Anne?« Lisa-Maries Kopf erschien in der Haustür. »Ich habe gerade eine E-Mail von unseren Müttern erhalten. Willst du sie lesen?«

»Gern!« Anne nahm den Kater auf die Arme und folgte ihrer Cousine in die Küche.

»Ist das Onkel Horsts Katze?«, wollte Lisa-Marie wissen.

»Kater«, verbesserte Anne. »Horsts Adresse steht im Halsband, also gehört er wohl hierher. Er heißt übrigens Heino.«

Lisa-Marie grinste. »Schön, dich kennenzulernen, Heino!«

Der Kater schmiegte sich noch enger in Annes Arme und maunzte leise.

»Ich glaube, du hast einen neuen Freund gefunden.«

»Scheint mir auch so.« Zärtlich drückte Anne das Tier an sich.

In der Küche war es angenehm warm. Lisa-Marie knipste zwei kleine Lampen an, die über der Eckbank hingen. »Hier wird es schnell dunkel«, stellte sie verwundert fest.

»Ich frage mich, wo Lou bleibt«, sagte Anne und schaute besorgt aus dem Fenster.

»Die kommt schon noch, keine Panik!«

»Hast du irgendwo Katzenfutter gesehen? Der Kater ist bestimmt hungrig.«

»Ja, im Schrank neben der Spüle.«

Nachdem Anne das Tier versorgt hatte, setzte sie sich zu Lisa-Marie auf die Eckbank.

»Hier, lies!« Lisa-Marie deutete auf ihren Laptop, der aufgeklappt vor ihr auf dem Tisch stand.

Liebe Anne, liebe Lou, liebe Lisa-Marie,
wir sind gut und fast pünktlich in Bad Rappenau angekommen. Helene hat ein schönes Zimmer in der Reha-Klinik, und mein Zimmer im Gasthof »Zum Löwen« gefällt mir auch sehr gut.
Wir waren heute Nachmittag schon zusammen Kaffee trinken, zum Glück hat Helene ja keine Diätvorschriften, sondern nur einen Gymnastikplan.
Meldet euch doch bitte kurz bei uns, damit wir wissen, dass ihr gut angekommen seid.
Viele liebe Grüße, Mama bzw. Tante Katharina

»Hast du schon zurückgeschrieben?«

Lisa-Marie nickte.

»Seit wann hat deine Mutter einen Laptop?«

»Den habe ich ihr zu Weihnachten geschenkt.«

»Und ich wusste gar nicht, dass Onkel Horst einen Internetanschluss besitzt.«

»Tut er auch nicht, aber ich habe einen Webstick. Damit kann ich überall in Deutschland ins Internet.«

»Ohne Netz geht bei dir gar nichts, oder?«

Lisa-Marie grinste. »Wie soll ich denn sonst meine vielen potentiellen Liebhaber kennenlernen?«

»Versuch's doch mal im richtigen Leben!«, schlug Anne vor. Sie hatte Lisa-Maries Online-Partnersuche schon immer mit großem Misstrauen beobachtet.

»Der örtliche Apotheker ist ganz niedlich«, kam Lous Stimme von der Tür. »Er hat zwar kaum noch Haare, berät aber unheimlich gut. Schaut her!« Sie warf zwei Bonbontüten auf den Tisch. »Ich habe euch etwas mitgebracht!«

»Was willst du mit so vielen Hustenbonbons?«, wollte Lisa-Marie wissen. »Und warum humpelst du?«

»Ich humpele nicht«, widersprach Lou und streifte sich ihre Schuhe ab. Betont leichtfüßig begann sie, die Einkäufe auszupacken. »Ich bin nur immer noch etwas steif von der Autofahrt.«

»Hast du Husten?«

»Nein, aber bei der Kälte ist das nur eine Frage der Zeit. Ist Bonnie eigentlich noch hier?«

»Sie heißt Schwester Bonaventura«, stellte Anne richtig. »Und nein, sie ist nicht mehr hier.«

»Schade, ich hätte sie gern ein wenig ausgequetscht.«

»Worüber?«

»Über ihr Verhältnis zu Horst. Wie hat sie das gemeint, als sie heute Nachmittag sagte, dass sie uns zurückgeben will, was Horst den Nonnen gegeben hat? Was genau hat er ihnen gegeben? Geld? Liebe? Sex?«

»Gott sei Dank bist du still geblieben!«, stöhnte Anne. »Ich hatte schon Angst, du fragst nach irgendwelchen unehelichen Kloster-Kindern!«

»Das hätte ich auch getan, wenn du mich nicht so böse angesehen hättest.« Lou legte Brot, Käse, Butter und Tomaten auf den Tisch. »Möchte jemand einen Tee?«

»Ja, gern.« Lisa-Marie klappte ihren Laptop zu und steckte ihn in die rosafarbene Schutzhülle.

»Wie ist es mit den Kühen gelaufen?«, wollte Lou wissen, während sie den Wasserkocher füllte. »Offensichtlich seid ihr euch nähergekommen, oder? Ihr riecht nämlich beide etwas streng.« Sie zog die Nase kraus.

»Wir hatten Schutzkleidung an, aber völlig lässt sich der Stallgeruch nicht vermeiden. Dafür haben wir einen ganzen Eimer Milch gemolken.« Anne platzte fast vor Stolz.

»Und wo ist die Milch jetzt?«

»Wir haben sie Schwester Bonaventura mitgegeben.«

»Warum?«

»Lisa-Marie trinkt keine Milch, und ich mag eigentlich auch nur Dosenmilch. Hättest du welche gewollt?«

Lou schüttelte den Kopf. Seit der Begegnung mit Frau Hösle und ihrer Knoblauchfahne war ihr übel, und der Gedanke an kuhwarme Milch verstärkte dieses Gefühl noch. »Von mir aus könnt ihr sie weiterhin bei Bonnie abgeben!«

»Das haben wir schon mit ihr besprochen. Einmal am Tag kommt jemand vom Schwesternheim und holt die Milch. Und noch einmal: Sie heißt Bonaventura.«

»Für mich bleibt sie die wunderbare Bonnie mit den vielen unerwarteten Talenten.« Lou stellte eine Kanne auf den Tisch und warf zwei Teebeutel hinein. »Ein echtes Geschenk des Himmels.«

Anne lachte. »Das sagst ausgerechnet du! Wann warst du das letzte Mal in der Kirche?«

»Bei der Taufe deiner Kinder.«

»Das ist aber schon eine Weile her.« Lisa-Marie begann, den Tisch zu decken.

»Na und? Ich zahle Kirchensteuer, also darf ich auch

an den Himmel glauben«, entgegnete Lou. »Aber jetzt erzählt doch mal weiter.«

Während des Abendessens berichtete Anne ausführlich von ihren Erlebnissen mit Kühen und Hühnern. »In der nächsten Woche soll es wärmer werden. Dann können auch die Kühe wieder nach draußen«, schloss sie. »Dazu brauchen wir aber eine neue Einzäunung, sagt Schwester Bonaventura.«

»Ein neuer Zaun?« Lou runzelte die Stirn. »Kann man den irgendwo kaufen?«

»Keine Ahnung.«

»Ach, ihr kriegt das irgendwie hin. Ihr habt schließlich auch schon den Stall im Griff, und das nach nur einem Abend«, sagte Lou anerkennend. Damit war das Thema offenbar für sie erledigt.

Nicht für Lisa-Marie. »Moment mal! Das heißt nicht, dass wir das jetzt immer so machen«, protestierte sie.

»Wieso nicht? Ich übernehme dafür andere Dinge.«

»O nein, so läuft das nicht! Morgen früh gehst *du* mit Anne in den Stall.«

»Ich werde nicht …«

»Doch, du wirst!« Lisa-Marie grinste verschlagen. »Wir machen das nämlich im Rotationsprinzip. Diese Idee sollte dir bekannt sein, nicht wahr?«

Lou funkelte ihre Cousine böse an. »Und was tust du in der Zeit? Ausschlafen?«

»Nein. Ich gehe einkaufen.«

»Wir sollten uns auch hier im Haus ein wenig umsehen.« Anne versuchte einen Themenwechsel, denn die ständigen Streitereien der beiden Frauen gingen ihr auf die Nerven. »Irgendwo muss Onkel Horst ja seine Papiere aufbewahrt haben. Vielleicht müssen wir Verträge kündigen oder Rechnungen bezahlen.«

Lisa-Marie nickte zustimmend. »Ich habe einen Ratgeber für Trauerfälle dabei.«

»Das habe ich mir schon gedacht«, stichelte Lou. »Du hast für alles das richtige Buch.«

»Was ist so schlimm daran, wenn man sich gründlich informiert?«

»Man kann sich nicht sein ganzes Leben aus Büchern zusammenlesen.«

»Oh, entschuldige. Ich habe vergessen, dass du die Weisheit mit Löffeln gefressen hast!« Lisa-Marie knallte wütend ihre Tasse auf den Tisch.

Lou lächelte überheblich. »Man darf nicht nur auf Bücher vertrauen. Du musst selbst Erfahrungen sammeln und Fehler machen. Falls du es noch nicht bemerkt haben solltest: Es gibt ein Leben jenseits der geschriebenen Worte.«

»Was du nicht sagst!«

»Und weil wir gerade dabei sind: Es gibt auch *echte* Verabredungen und nicht nur virtuelle Kontakte. Das nennt man dann übrigens *Realität* und *richtige* Menschen!«

»Lou!« Anne stieß ihrer Schwester unter dem Tisch warnend ans Schienbein. »Das geht zu weit!«

Lou warf ihr einen bösen Blick zu, gab aber nach. »Entschuldigung«, murmelte sie unfreundlich.

»Schon gut.« Lisa-Marie sah aus, als ob sie noch mehr sagen wollte, aber dann überlegte sie es sich anders und presste beleidigt die Lippen zusammen.

Anne atmete auf.

Doch schon bald stellte sie fest, dass die Stille am Tisch nicht besser war als der lautstarke Streit. Ihre Schwester kaute schweigend an einem Käsebrot, und Lisa-Marie konzentrierte sich völlig auf die Tomaten auf ihrem Teller. Der Einzige, der gelegentlich ein Geräusch von sich gab, war der Kater, der sich vor dem Kamin ausgestreckt hatte und leise vor sich hin schnurrte.

Stöhnend stützte Anne ihren Kopf in die Hände. Hatte sie wirklich noch vor einer halben Stunde gehofft, hier im Allgäu Ruhe zu haben? Hatte sie ernsthaft geglaubt, es würde mit ihrer Schwester und ihrer Cousine weniger Probleme geben als zu Hause mit Kindern und Mann?

Es sah nicht danach aus. Dieser erste Abend versprach auf jeden Fall nichts Gutes.

6

»Hier, der ist für dich!« Anne warf Lou am nächsten Morgen einen blauen Arbeitskittel zu und schlüpfte selbst in die Stallkleidung, die sie schon am Abend zuvor getragen hatte.

Lou machte keine Anstalten, den Kittel zu fangen, sondern gähnte nur herzhaft und ließ das Kleidungsstück zu Boden fallen.

»Lou!«

»Du siehst mit der Latzhose aus wie Karlsson vom Dach.«

»Na und?«

»Weißt du eigentlich, wie spät es ist? Noch nicht einmal sieben Uhr!«

»Ich weiß. Eigentlich hätten wir noch früher aufstehen sollen.«

»Noch früher? Spinnst du?«

»Zu Hause stehe ich immer schon um sechs Uhr auf.«

»Und ich frühstücke im Bett und gehe erst gegen acht Uhr unter die Dusche. Wie wäre es mit einem Kompromiss?«

»Aufstehen um sieben und danach Frühstück im Bett?«

»Mach aus der Sieben eine Acht, und ich bin dabei.«

»Wenn wir hier fertig sind, kannst du gern wieder ins Bett gehen.«

»Wenn wir hier fertig sind, muss ich zwei Stunden lang duschen.« Lou rümpfte die Nase. »Es stinkt gewaltig.«

»Genau deshalb sind wir ja im Stall – wir machen jetzt sauber. Los, zieh den Kittel über, und dann lass die Hühner raus!«

»Die haben es doch ganz gemütlich da drinnen.« Lou betrachtete die Tiere, die mit aufgeplustertem Gefieder in ihrem Stall hockten und nur ab und zu ein leises Gackern von sich gaben. »Ich finde, sie sehen nicht so aus, als ob sie unbedingt rauswollten. Draußen ist es dunkel und nebelig.«

»Es wird bald hell. Nun mach schon! Aber pass auf Akihito auf.«

»Akihito?«

»Der Hahn.« Anne rückte sich den Melkschemel zurecht. »Willst du mal sehen, wie gut ich melken kann?«

»Von mir aus«, sagte Lou ohne jegliche Begeisterung. Sie hob den Kittel vom Boden auf und schlüpfte in das viel zu große Kleidungsstück. »Das hängt an mir herunter wie ein Sack!«

»Na und? Wir veranstalten schließlich keine Modenschau.« Annes Blick fiel auf Lous Füße. »Hast du keine anderen Schuhe?«

»Warum? Die sind doch schick.« Zufrieden betrachtete Lou ihre türkisfarbenen Ballerinas. »Echte Maloles mit Fußbett und schmalen Absätzen.«

»Schick vielleicht, aber nicht sehr praktisch. Schon gar nicht hier im Stall.«

»Keine Sorge, ich passe schon auf, dass ich mich nicht unnötig schmutzig mache.«

»Das glaube ich gern«, murmelte Anne und beugte

sich zum Euter der Kuh hinab. Konzentriert presste sie ihre Finger um Mette-Marits Zitzen, und langsam füllte sich der Milcheimer. »Ich kann es noch«, stellte sie zufrieden fest.

»Toll!«, lobte Lou spöttisch.

»Lou?« Anne hob den Kopf.

»Ja?«

»Denk an die Hühner.«

»Okay, ich gehe ja schon …« Gehorsam öffnete Lou das Tor zum Hühnerstall und blieb abwartend am Eingang stehen. »Ihr habt gehört, was meine große Schwester gesagt hat. Raus mit euch!«

Die Hennen beäugten sie misstrauisch, machten jedoch keine Anstalten, ihr Gehege zu verlassen.

Plötzlich jedoch schoss ein braunes Federbündel aus einer Ecke direkt auf Lou zu. Noch ehe sie reagieren konnte, stürzte sich der Hahn laut schimpfend auf Lous Füße und begann, die türkisfarbenen Schuhe zu attackieren.

»Hilfe!« Hektisch trat sie nach dem Tier und versuchte, sich auf einem Bündel mit Stroh in Sicherheit zu bringen. Einen Moment lang sah es so aus, als habe sie sich damit gerettet. Doch dann flatterte Akihito laut schreiend hinterher.

»Zieh die Schuhe aus!«, brüllte Anne.

Panisch streifte Lou ihre Ballerinas ab und versteckte sie unter ihrem Kittel. Sobald der Hahn die Schuhe nicht mehr sehen konnte, beruhigte er sich, krähte einmal durchdringend und marschierte dann durch die geöffnete Stalltür in den Hof.

»Eins zu null für Akihito.« Anne hatte Mühe, ihr Lachen zu verbergen. »Ich glaube, er mag kein Türkis.«

»Und ich glaube, das Vieh ist vollkommen verrückt«, knurrte Lou. »Verrückt und gefährlich.«

»Ich habe dir gleich gesagt, dass du andere Schuhe anziehen sollst.«

»Und jetzt? Barfuß kann ich hier wohl nicht helfen.«

»Im Schrank stehen mehrere Paar Gummistiefel.«

»Du erwartest doch wohl nicht im Ernst von mir, dass ich gebrauchte Gummistiefel trage?«

»Ich erwarte, dass du mir hilfst, egal, in welchen Schuhen. Und zwar heute noch!« Annes Kopf verschwand unter dem Bauch der Kuh.

Seufzend hüpfte Lou vom Strohballen und stakste barfuß und mit angewidertem Gesichtsausdruck Richtung Schrank. »Wer weiß, was ich mir hier gerade alles einfange«, schimpfte sie leise vor sich hin. Dennoch tat sie, was ihre Schwester verlangt hatte: Sie legte die Ballerinas zur Seite und schlüpfte in ein Paar braune Gummistiefel.

Dann kehrte sie zum Hühnerstall zurück und schaute vorsichtig hinein. Immer noch saßen die Hennen eng beisammen und gackerten argwöhnisch.

»Husch! Raus!«, befahl Lou. »Ich habe nicht den ganzen Tag Zeit.«

»Ich glaube, das funktioniert besser, wenn du ihnen nicht im Weg stehst«, sagte Anne.

»Meinst du?« Lou trat ein paar Schritte zurück und wäre fast über eine Mistgabel gestolpert, die Lisa-Marie am vorherigen Abend gegen die Wand gelehnt hatte. »Das ist ja wirklich gemeingefährlich hier!«, schimpfte sie leise vor sich hin und wickelte sich noch fester in den unförmigen blauen Kittel.

»Vielleicht kannst du sie mit Futter locken«, schlug Anne vor und deutete auf einen großen Sack, der neben dem Hühnerstall stand. Lou ergriff eine Hand voll Körner und warf diese in Richtung der Tiere. Erschreckt und unter lautstarkem Gegacker flogen sie auseinander.

»Du sollst sie nicht abwerfen, sondern herauslocken«, schimpfte Lisa-Marie.

Verärgert drehte sich Lou zur Stalltür um. »Was willst du denn hier? Ich dachte, du fährst einkaufen.«

»Das mache ich auch gleich. Ich wollte dir nur noch schnell etwas bringen.« Sie überreichte Lou einen großen Spachtel.

»Was soll ich damit?«

»Der ist für den Hühnerstall«, grinste Lisa-Marie.

»Müssen die Wände gestrichen werden?«

»Die Wände sind gut so, wie sie sind. Aber schau dir mal den Boden an!«

Misstrauisch folgte Lou ihrem Blick – und plötzlich verstand sie. »Ich soll damit die Hühnerkacke entfernen?«

»Du kannst auch gern deine frisch manikürten Finger nehmen.« Lisa-Marie machte sich keine Mühe, ihre Schadenfreude zu verbergen. »Aber mit dem Spachtel geht es vermutlich schneller.«

»Anne? Meint sie das ernst?« Hilfesuchend wandte sich Lou an ihre Schwester, aber diese zuckte nur bedauernd mit den Schultern.

»Ja. Tut mir leid, Lou.«

»Je eher du anfängst, desto schneller bist du fertig.« Lisa-Marie blickte auf ihre Armbanduhr. »Aber jetzt muss ich los.«

Lisa-Marie lenkte das Auto langsam durch den Morgennebel Richtung Füssen. Um diese frühe Tageszeit waren kaum Menschen unterwegs, und so fand sie problemlos einen Parkplatz vor einem großen Einkaufszentrum. Die Sonne hatte es auch hier in der Stadt noch nicht durch die Nebelwolken geschafft, nur die grelle Neonreklame über dem Eingang des Supermarktes erleuchtete den Vorplatz. Fröstelnd nahm Lisa-Marie einen Einkaufswagen und beeilte sich, in den warmen Laden zu kommen.

»Ganz schön kalt da draußen, was?« An einem Tisch der Supermarkt-Bäckerei saß ein junger Mann vor einer Tasse Cappuccino.

Kaffee war eigentlich gar keine schlechte Idee, fand Lisa-Marie. Sie hatte zu Hause noch nicht gefrühstückt und brauchte dringend Koffein. Deshalb nickte sie dem Mann freundlich zu, suchte sich einen freien Platz und bestellte einen doppelten Espresso und eine Ofennudel mit Pflaumenmus. Das Gebäck war noch warm und duftete süß und fruchtig. Hungrig biss Lisa-Marie ein Stück davon ab und ging in Gedanken ihre Einkaufsliste durch.

Es fehlte an fast allem. Weder in der Küche noch in der Tiefkühltruhe oder im Keller hatte sie bei ihrem morgendlichen Kontrollgang Lebensmittelvorräte gefunden. Onkel Horst schien immer nur das eingekauft zu haben, was er täglich brauchte.

Merkwürdigerweise hatte er jedoch für seine Tiere gesorgt. Stall und Scheune waren gut gefüllt, und auch Katzenfutter war reichlich vorhanden.

Wie hatte er auf diese Weise leben können? Lisa-Marie war es gewohnt, einen festen Vorrat an Lebensmitteln zu Hause zu haben, denn sie war oft bis spätabends im Geschäft und kam nicht zum Einkaufen. Onkel Horst hingegen war anscheinend jeden Tag zum kleinen Supermarkt an der Kirche gelaufen. Vielleicht, weil er kein Auto hatte und nur immer eine bestimmte Menge tragen konnte. Vielleicht aber hatte er es auch deshalb getan, weil er auf diese Weise vor die Tür kam und andere Menschen traf.

Richtige Menschen, wiederholte sie im Geiste Lous

Worte vom Vorabend. Die Kritik ihrer Cousine hatte sie tiefer getroffen, als sie zugeben wollte. Was wusste die erfolgreiche hübsche und selbstbewusste Lou schon von ihren zahlreichen Versuchen, einen Mann kennenzulernen? Lou hatte einfach Glück gehabt, als sie Christoph über den Weg lief.

Ihr selbst war es trotz diverser Mitgliedschaften in Tanzclubs und Sportvereinen bislang nicht gelungen, den passenden Mann zu treffen. Zumindest nicht auf *reale* Weise. Was sprach also gegen eine virtuelle Verabredung und ein erstes Kennenlernen am Computer?

»Gar nichts!«, murmelte sie mit vollem Mund. Der junge Mann am Nebentisch sah erstaunt herüber, aber sie beachtete ihn nicht.

Ihre Gedanken waren längst weitergewandert zum nächsten unbehaglichen Thema, das sie derzeit beschäftigte: Die wirtschaftliche Lage ihrer Buchhandlung. Sie wusste, dass sie kurz vor der Pleite stand. Die Zuschüsse des Bauträgers würden die Kosten der nächsten Monate tragen und ihr zudem ein kleines Einkommen sichern. Aber dann? Auf Dauer würde sie die Verluste mit ihrem Ersparten nicht ausgleichen können. Sie brauchte dringend Geld, sonst war das Geschäft verloren. Woher aber sollte sie so viel Geld nehmen?

Ihre Mutter oder ihre Familie würde sie auf keinen Fall um Hilfe bitten, das stand fest. Vielleicht würde der Verkauf des Bauernhofes Geld bringen? Beschämt verscheuchte Lisa-Marie diesen Gedanken. Wie konnte sie nur daran denken, das Haus zu verkaufen, in dem ihre Familie so viele glückliche Stunden verbracht hatte? Das war mehr als gemein, das war gewissenlos und habsüchtig!

Deprimiert trank sie den Espresso aus, machte sich auf

den Weg durch die Supermarktregale und arbeitete ihre Einkaufsliste ab. Zum Schluss bog sie mit vollgepacktem Wagen in die Abteilung »Haus & Heim« ab und blieb vor einem Stapel Kaminholz stehen. Ein Verkäufer im grünen Kittel, der auf einem kleinen Gabelstapler saß, grüßte sie freundlich.

»Kann ich Ihnen behilflich sein?«

»Ja. Ich hätte gern eine Kiste mit Brennholz.« Sie deutete auf den Stapel vor sich.

»Kiste?«

»Oder was auch immer die Einheit ist!«

»Wir verkaufen halbe oder ganze Raummeter.«

»Dann hätte ich gern einen halben Raummeter Buchenholz.«

»Hm.« Er betrachtete sie neugierig. »Sie sind nicht von hier, oder?«

»Na und? Dürfen nur Einheimische Holz kaufen?«

»Nein, das nicht … Einen halben Raummeter, sagten Sie? Sind Sie sicher?«

»Hören Sie, ich weiß, was ein halber Raummeter ist«, entgegnete Lisa-Marie schnippisch, obwohl sie in Wirklichkeit keine Ahnung hatte. Aber es ärgerte sie, dass der Mann sie offensichtlich nicht ernst nahm.

»Also gut.« Endlich gab er nach. »Sind Sie mit dem Lieferwagen da?«

»Nein, aber in meinen Käfer passt mehr rein, als man glaubt.«

»Käfer?« Der Verkäufer hatte Mühe, sein Grinsen zu verbergen.

»Ja, Käfer. Wenn Sie fertig sind mit Lachen, könnten Sie dann bitte das Holz in meinen Einkaufswagen laden?«

»Gern!« Der Mann nickte, startete den Gabelstapler und hob eine große Kiste Holz auf die Stapelfläche.

»Wohin genau soll ich das Holz legen? Aufs Toastbrot?«, fragte er amüsiert.

Überrascht starrte Lisa-Marie auf das Holz. »Kann ich auch erst einmal nur einen Teil der Ladung mitnehmen?«, fragte sie kleinlaut und sah den Verkäufer bittend an. »Ich komme dann wieder und hole den Rest.«

Langsam ließ der Mann das Holz wieder zu Boden sinken. »In Ordnung, weil Sie es sind. Soll ich Ihnen beim Einladen helfen?«

»Nein danke!« Auf keinen Fall wollte sie sich weiter blamieren. Lieber würde sie das Holz allein in ihr Auto schaffen.

Doch keine zehn Minuten später bereute sie ihren Entschluss. Sie hatte die Einkäufe auf dem Rücksitz verstaut und schob nun den Einkaufswagen, in dem das Holz lag, langsam aus dem Supermarkt hinaus. Trotz des Nebels, der immer noch im Tal hing, schwitzte sie inzwischen aus allen Poren. Der Wagen war verdammt schwer zu schieben!

»Kann ich Ihnen helfen?« Der junge Mann, der vorhin in der Bäckerei gesessen hatte, legte beide Hände neben ihre an den Griff, und sofort bewegte sich der Wagen vorwärts.

Erleichtert ließ Lisa-Marie los. »Danke!«

»Wo steht Ihr Auto?«

»Dort drüben.« Sie deutete auf den Käfer.

»Der sieht aber lustig aus! Wie sind Sie auf die Idee mit den Punkten gekommen?«

»Na ja«, hob Lisa-Marie an und wischte sich den Schweiß von der Stirn, »ich heiße Marie, eigentlich Lisa-Marie, und das ist ein Käfer. Sozusagen ein Marienkäfer, wenn Sie verstehen, was ich meine …«

»Ja.« Der junge Mann schmunzelte. »Coole Idee!«

»Danke.« Lisa-Marie schnappte nach Luft. Irgendwie brachte der Junge sie durcheinander. Sein Lächeln war einfach hinreißend, und auch der Rest von ihm war durchaus sehenswert. Groß, gut gebaut, braun gebrannt – und schrecklich jung, höchstens zwanzig Jahre alt, wie Lisa-Marie jetzt leicht bedauernd feststellte. Er trug seine kinnlangen braunen Haare offen und hatte sich scheinbar heute Morgen noch nicht rasiert.

Trotzdem wirkte er nicht ungepflegt. Das weiße T-Shirt und die Jeans waren zwar ungebügelt, aber sauber. Über die Schulter hatte er einen großen Rucksack gehängt, den er jetzt am Auto auf den Boden stellte. »Da sind wir!«

»Ja.« Eine sinnvollere Bemerkung fiel Lisa-Marie so schnell nicht ein. Hektisch kramte sie in ihrer Tasche nach dem Schlüssel. Aus den Augenwinkeln konnte sie den frechen Verkäufer im Supermarkt erkennen, der seine Nase am Schaufenster plattdrückte und sie genau zu beobachten schien. Vermutlich wartete er nur darauf, dass sie ihn zu Hilfe rief.

»Soll ich noch einladen?«, fragte der Junge.

»Gern.« Das kam ja wie gerufen! Erleichtert öffnete sie den Kofferraum und trat zur Seite.

Er arbeitete sich schweigend und effizient durch den Holzstapel. Minute um Minute verging, und das Holz im Einkaufswagen wurde immer weniger. Als der Kofferraum gefüllt war, räumte Lisa-Marie die Rückbank frei, und gemeinsam mit ihrem jungen Helfer gelang es ihr, alles im Auto zu verstauen.

»Das hättest du wohl nicht gedacht, oder?«, murmelte sie triumphierend, während sie den Wagen zum Eingang des Supermarktes schob und dem Verkäufer durch die Scheibe freundlich zuwinkte.

Wieder beim Auto, öffnete sie ihren Geldbeutel und holte einen Zehneuroschein heraus. »Das ist für Sie!« Sie hielt dem jungen Mann das Geld entgegen. »Vielen Dank für die Hilfe.«

Dieser schüttelte jedoch den Kopf. »Ich möchte kein Geld, danke.«

»Oh, aber wie …«

»Wie Sie mir entgegenkommen können? Nun, Sie haben nicht zufällig einen Job für mich?«

Lisa-Marie wollte schon bedauernd mit dem Kopf schütteln, doch dann überlegte sie es sich anders. Eigentlich konnten sie tatsächlich Hilfe auf dem Hof gebrauchen. Das Ausmisten der Ställe erforderte enorm viel Kraft, wie sie gestern am eigenen Leib erfahren hatte. Dazu kamen das mühevolle Schichten des Kaminholzes, der Bau eines Weidezaunes und diverse kleinere Tätigkeiten in Haus und Garten. Durfte sie es riskieren, den Jungen ohne Rücksprache mit ihren Cousinen einzustellen?

Lou hätte sicherlich nichts gegen einen männlichen Helfer für die schmutzigen und schweren Arbeiten. Und Anne? Die wäre vermutlich glücklich, wenn sie jemanden bemuttern konnte. Abschätzend musterte sie ihr Gegenüber. Welche Gegenleistung würde er verlangen?

»Ich arbeite für Verpflegung, Unterkunft und ein kleines Taschengeld von … sagen wir 50 Euro pro Woche.« Lisa-Marie schlug verschämt die Augen nieder. Scheinbar vermochte er, Gedanken zu lesen.

»Haben Sie schon mal auf einem Bauernhof gearbeitet?«

»Ja, auf der Schwäbischen Alb, für drei Monate.«

»Dann sind Sie ja mit dem Landleben vertraut.«

»Allerdings. Ich kann melken, Stall ausmisten und – wenn es sein muss – auch ein Huhn schlachten.«

Lisa-Marie schauderte. »Das wird bei uns nicht nötig sein.«

»Umso besser.«

»Wie alt sind Sie?«

»Einundzwanzig.«

»Und wie heißen Sie?«

»Jo.«

»Jo?« Ein merkwürdiger Name.

»Wie Jojo.«

Er hatte Humor und war nicht auf den Mund gefallen. Aber Lisa-Marie war noch nicht fertig mit ihrer Befragung. »Warum sind Sie hier allein unterwegs? Sie stammen nicht von hier, das hört man.«

»Sie auch nicht.« Er grinste und sah dabei einfach unverschämt gut aus.

»Meine Geschichte erzähle ich Ihnen später. Jetzt sind Sie dran!«

»Da gibt es nicht viel zu berichten.« Er zuckte mit den Schultern. »Ich nehme mir gerade eine Auszeit von meiner Familie und schlage mich mit Gelegenheitsjobs durch.«

»Hm.« Vermutlich war das nicht die ganze Geschichte, dennoch fasste Lisa-Marie einen Entschluss. »Hätten Sie Lust, auf unserem kleinen Bauernhof zu helfen?«

»Gern. Heißt das, ich habe den Job?«

»Ja. Steigen Sie ein! Meine Einkäufe müssen Sie halt auf den Schoß nehmen.«

»Lisa-Marie! Was hast du dir bloß dabei gedacht?«

»Ich, äh …«

»Offensichtlich gar nichts. Als ich dir gestern geraten habe, *echte* Verabredungen mit *richtigen* Menschen zu treffen, habe ich damit nicht gemeint, dass du loslaufen und den nächstbesten Jüngling von irgendeinem Supermarktparkplatz abschleppen sollst!«

Lou schüttelte entgeistert den Kopf. Sie hatte sich gerade noch zusammenreißen können, als Lisa-Marie ihnen ihren Beifahrer an der Eingangstür vorstellte. Jetzt aber, nachdem Jo in der kleinen Kammer neben der Gästetoilette im Erdgeschoss verschwunden war, ließ sie ihrem Ärger freien Lauf. Wütend leerte sie Lisa-Maries Einkäufe aus dem Korb und stellte einige der Lebensmittel lautstark auf dem Küchentisch ab.

»Ich habe ihn nicht abgeschleppt«, verteidigte sich Lisa-Marie, während sie den Kühlschrank einräumte. »Er ist freiwillig mitgekommen.«

»Und wie stellst du dir das Zusammenleben mit ihm vor? Wir drei haben schon genug Probleme miteinander. Da brauchen wir nicht auch noch so einen jugendlichen Johnny-Depp-Verschnitt. Er wird alles durcheinanderbringen.«

»Das wird er nicht«, widersprach Lisa-Marie. »Er wird uns helfen.«

»Wobei?« Lou knallte eine weitere Dose Rotkohl auf die Tischdecke. »Zum Streiten brauchen wir ihn nicht, das kriegen wir prima ohne Hilfe hin …«

»Aber im Stall, bei den Zäunen und mit dem Holz könnten wir Unterstützung gebrauchen.«

»Er sieht nicht wie der typische Bauer aus.«

»Das tun wir auch nicht, und trotzdem sind wir hier.«

»Ich finde, Lisa-Marie hat recht«, mischte sich Anne ein. Sie stand in der Küchentür und hatte den Kater auf dem Arm, der ihr inzwischen überallhin folgte. »Wir sollten ihm eine Chance geben.«

Wie üblich brachte sie ihre Schwester mit ihrer sanften Stimme aus dem Konzept. »Ach, wirklich?«, fragte Lou überrascht und beendete ihren lautstarken Protest auf der Tischplatte. »Warum?«

»Er hat sich angeboten, die schwere Stallarbeit zu übernehmen«, erklärte Anne. »Wir brauchen uns also nicht mehr darüber zu streiten, wer wann Stalldienst hat. Das ist schon mal ein Konflikt weniger.«

Sie hat recht, dachte Lou und erinnerte sich mit leichtem Schaudern an ihre Begegnung mit Akihito und den Dreck im Hühnerstall. Obwohl sie danach ein Vollbad genommen hatte, meinte sie immer noch, den Geruch an Haut und Haaren zu spüren. Die Vorstellung, dass ihnen jemand diese Schmutzarbeit abnahm, war verlockend. Aber noch war sie nicht bereit nachzugeben. »Und weiter?«

»Wenn er sich um den Stall kümmert, haben wir mehr Zeit für andere Dinge.«

»Zum Beispiel?«

»Onkel Horsts Beisetzung. Auch wenn sie erst in ein paar Wochen stattfindet, muss doch schon vorher einiges organisiert werden. Oder denkt an seine Papiere und seinen Nachlass! Wir müssen entscheiden, was mit dem Hof und den Tieren wird.«

»Ist das nicht Mamas und Tante Katharinas Sache?«, fragte Lou.

Zufrieden nahm Anne zur Kenntnis, dass ihre Schwester auf ihre Argumente einging. Lous Widerstand bröckelte offensichtlich. »Natürlich ist das die Entscheidung der beiden. Aber glaubst du ernsthaft, sie können alles allein regeln?«

»Nein.« Nachdenklich schüttelte Lou den Kopf.

»Dank Jo haben wir Zeit, uns darüber Gedanken zu machen«, warf Lisa-Marie vorsichtig ein.

»Hm.« Lou nickte. »Wie viel Geld will er haben?«

»Fünfzig Euro pro Woche und freie Kost und Logis.«

»Das ist nicht viel«, bemerkte Anne. »Meine Jungs verlangen schon zwanzig Euro fürs Rasenmähen.«

»Und? Heißt das, er darf bleiben?« Lisa-Marie schloss die Kühlschranktür und erhob sich ächzend.

»Von mir aus«, knurrte Lou. »Vorausgesetzt, er macht keinen Ärger!«

»Welchen Ärger sollte er machen?«, fragte Anne.

»Ich könnte mir massenhaft Mädels einladen und hier auf dem Hof heiße Feten feiern«, sagte eine belustigte Stimme direkt hinter ihr. Erschreckt fuhr Anne zusammen und hätte beinahe den Kater fallen lassen. Grinsend schob sich Jo an ihr vorbei in die Küche. Er hatte sich umgezogen und trug nun statt der Jeans eine olivgrüne Baumwollhose.

»Oder, noch besser, ich lade nur Sie drei zu einer kleinen Fete ein.« Langsam ging er zum Tisch. »Dann mache ich Sie betrunken und klaue Ihren Schmuck. Lou hat zum Beispiel einen Diamantring am Finger.« Er hob Lous Hand an und ließ den Ring im Sonnenlicht funkeln. Verlegen zog Lou ihre Hand zurück.

»Lisa-Maries Silberkette ist auch sehr schön.« Sanft tippte er Lisa-Marie an den Hals und berührte dabei kurz ihre Kette.

Lisa-Marie schluckte, während Anne den Kater auf den Boden setzte und ihre Hände in die Hüften stemmte.

»Nicht frech werden, junger Mann«, warnte sie.

»Ach, kommen Sie, das ist doch alles Blödsinn!« Jo lachte. »Sie glauben doch nicht im Ernst, dass ich mich zuerst bei Ihnen einmieten würde, um Sie anschließend zu bestehlen?«

»Äh …«, stammelte Lou.

»… natürlich nicht«, ergänzte Lisa-Marie und grinste albern.

»Ich bin nicht kriminell.« Jo schüttelte den Kopf. »Und ich kann Ihnen versichern, dass ich tatsächlich nur ein Dach über dem Kopf brauche und dafür arbeiten will.«

Lou und Lisa-Marie nickten beeindruckt. Verwundert betrachtete Anne ihre Schwester und ihre Cousine. Was war denn mit den beiden los?

»Wie alt sind Sie noch mal, Jo?«, wollte sie wissen.

»Einundzwanzig.«

»Einundzwanzig«, wiederholte Anne langsam. »Meine älteste Tochter ist gerade neunzehn geworden. Rein rechnerisch könnten Sie also mein Sohn sein.« Ihr warnender Blick traf die beiden anderen Frauen. »Oder der Sohn von Lou oder Lisa-Marie.«

»Okay, ich habe verstanden.«

»Daran hatte ich keinen Zweifel«, entgegnete Anne freundlich. Die Frage war nur, ob auch die beiden Frauen begriffen hatten, worum es ihr ging. »Wir müssen bestimmte Regeln für unser Zusammenleben aufstellen«, fuhr sie fort.

»Kein Problem.« Er zuckte mit den Schultern.

»Offensichtlich wollen Sie nicht darüber sprechen, woher Sie kommen und wer Sie sind.«

»Korrekt.«

»Das ist in Ordnung für uns, solange Sie im Gegenzug nicht anfangen, sich in unsere Angelegenheiten zu mischen.«

»Das habe ich nicht vor.«

»Keine Partys.«

»Okay.«

»Das obere Stockwerk ist tabu für Sie.«

Amüsiert zog er eine Augenbraue hoch, nickte aber. »Klar.«

»Und wir können Ihnen nur eine Zusage für die nächsten Wochen geben. Was danach kommt, wissen wir selbst noch nicht.«

»Lisa-Marie hat mir im Auto schon alles erzählt.«

»Dann ist ja jetzt alles klar.«

»Bei mir schon. Darf ich gehen?«

»Wohin?«

»Zuerst will ich das Holz stapeln. Und dann schaue ich mir den Hof an, falls das nicht gegen irgendeine Ihrer Regeln verstößt.«

»Keineswegs. Gehen Sie nur!« Freundlich winkte Anne ihn hinaus und drehte sich dann langsam zu Lou und Lisa-Marie um. »Einundzwanzig. Ohne Adresse. Ein Gelegenheitsarbeiter.« Sie sprach laut und überdeutlich. »Ich wiederhole: Einundzwanzig!«

»Aber irgendwie süß.« Lisa-Marie kicherte.

»Hast du gesehen, wie schön seine Augen sind?«, schwärmte Lou. »Ich freue mich schon darauf, wenn er Bonnie trifft!«

7

Überraschenderweise kamen Jo und Schwester Bonaventura vom ersten Augenblick an gut miteinander aus. Die beiden lernten sich am Dienstagmorgen kennen, als Schwester Bonaventura ihr Fahrrad auf den Hof schob und dabei auf den jungen Mann traf, der das Gelände für die neue Viehweide absteckte.

»Guten Morgen«, grüßte sie ein wenig atemlos.

»Guten Morgen.« Jo unterbrach seine Arbeit auf der Wiese und kam Schwester Bonaventura entgegen. »Alles in Ordnung bei Ihnen?«, erkundigte er sich besorgt, weil die Nonne immer noch keuchte.

»Keine Sorge! Ich bin nur etwas außer Atem.«

Jo deutete auf das Fahrrad. »Hier in den Bergen ist das ganz schön anstrengend, nicht wahr?«

»O ja! Ich bin noch nicht so lange hier und muss mich erst einmal an das Bergauf und Bergab gewöhnen.«

»Mit Hose würde Ihnen das Radfahren leichter fallen.« Er musterte ihr schwarzes Kleid.

»Mit Hose wäre vieles leichter, das können Sie mir glauben! Aber leider führt unsere Kloster-Boutique in diesem Jahr keine Hosen.«

»Schade!« Jo lächelte. »Wenn die heilige Angela Merici

noch leben würde, hätte sie garantiert Hosen für alle organisiert.«

»Sie kennen unsere Ordensgründerin?«, fragte Schwester Bonaventura verblüfft.

Jo nickte.

»Woher?«

»Gehört das nicht zur Allgemeinbildung?«

»Eigentlich nicht.«

»Na ja, da, wo ich herkomme, war das jedenfalls bekannt.«

»Wo kommen Sie denn her?«

»Aus dem Norden«, antwortete er ausweichend. »Und Sie?«

»Aus dem Süden.« Sie betrachtete ihn nachdenklich und beschloss, das Thema zu wechseln. Anscheinend wollte er nicht über sich reden. Deshalb ließ sie ihren Blick weiter zur Wiese wandern. »Haben Sie das alles allein abgesteckt?«

»Ja.« Jo nickte. »Der Stall ist auch schon fertig.«

»Sehr fleißig!«, sagte sie anerkennend. »Verraten Sie mir Ihren Namen, oder ist der auch geheim?«

»Nein, natürlich nicht. Ich bin Jo. Die drei Ladys haben mich am Samstag zum Arbeiten engagiert.«

»Ich heiße Schwester Bonaventura.«

»Oh, die berühmte Bonnie, von der die Damen in den höchsten Tönen schwärmen. Ich habe schon viel von Ihnen gehört …«

»Ich wünschte, ich könnte das Gleiche von Ihnen sagen.«

»Da gibt es nicht viel zu berichten. Ich bin sozusagen zugelaufen.«

»Zugelaufen? Wem?«

»Lisa-Marie. Den Rest können Sie sie selbst fragen, da

kommt sie.« Jo winkte zum Abschied. »Ich muss weitermachen.«

»Guten Morgen!«, rief Lisa-Marie fröhlich. Sie trug Jeans und einen rosafarbenen Wollpullover mit Rollkragen, den sie fast bis zu den Ohren hochgezogen hatte. Um diese frühe Tageszeit war es immer noch empfindlich kalt. Dicker Raureif hatte Dächer und Autos über Nacht weißgefärbt, und noch schien die Morgensonne nicht stark genug, um den Reif aufzutauen. »Wie ich sehe, haben Sie sich schon bekannt gemacht.«

»Ja, das haben wir.« Schwester Bonaventura lehnte ihr Fahrrad gegen die Hauswand.

»Ich habe gerade Tee gekocht. Sie trinken doch sicher eine Tasse mit, oder? Möchtest du auch Tee, Jo?«

»Nein danke!« Der junge Mann schlug einen Pfosten ein. »Ich mache das erst einmal fertig.«

»Hast du schon gefrühstückt?«

»Nein.«

»Ich bringe dir gern eine Tasse Tee und ein Brot.«

»Nicht nötig.«

»Okay.« Lisa-Marie sah ein wenig enttäuscht aus, erinnerte sich dann aber wieder an ihren Gast und zog die Nonne mit sich ins Haus. »Kommen Sie! Drinnen ist es gemütlicher.«

»Woher haben Sie den Jungen?«, wollte Schwester Bonaventura wissen, als die beiden Frauen am Küchentisch saßen und Pfefferminztee tranken.

Lisa-Marie errötete. »Ich habe ihn im Supermarkt kennengelernt, und weil er zufällig gerade einen Job suchte, habe ich ihn mit hergebracht.«

»Einfach so?«

»Warum denn nicht? Er sah absolut ehrlich und zuverlässig aus.«

»Nun ja«, entgegnete Schwester Bonaventura belustigt. »Seine Zuverlässigkeit ist nicht unbedingt das Erste, was einem ins Auge springt.«

»Sondern?«

»Sein hübsches Gesicht. Sein Körperbau. Die Augen.«

»Aber Schwester Bonaventura!«

»Ach, kommen Sie, Lisa-Marie. Nur weil ich Nonne bin, muss ich nicht automatisch blind sein für männliche Reize.«

»Seine männlichen Reize sind mir völlig egal«, versicherte Lisa-Marie und schaufelte sich ein wenig zu hektisch drei Löffel Zucker in ihren Tee. »Aber er ist eine wirkliche Hilfe. Fragen Sie Lou oder Anne!«

»Wo sind die beiden?«

»Anne ist nach Füssen gefahren, und Lou liegt noch im Bett. Sie hat sich vorhin eine Tasse Kaffee geholt und behauptet, sie hätte Kreislaufprobleme.«

»Oje, hoffentlich wird sie nicht krank.«

»Keine Angst! Ich glaube, meine liebe Cousine ist einfach nur nicht daran gewöhnt, den ganzen Tag körperlich zu arbeiten. Seit Sonntag räumen wir Onkel Horsts Schränke auf und sortieren seine Unterlagen. Das dauert bis spät in die Nacht, und wir sind immer noch nicht ganz fertig.«

»Es ist nicht einfach, den Nachlass eines geliebten Menschen zu regeln.«

»Es ist furchtbar traurig«, bestätigte Lisa-Marie. »Momentan sammeln wir alle persönlichen Dinge in seinem Schlafzimmer, damit meine Mutter und meine Tante später noch einmal in Ruhe alles ansehen können. Es riecht dort so intensiv nach ihm: eine Mischung aus Aftershave, Tabak und Weichspüler. Der Geruch ist wahnsinnig vertraut.« Sie schluckte. »Ich denke jeden Moment, dass er zur Tür hereinkommt. Aber das wird nicht geschehen.«

Tröstend nahm Schwester Bonaventura ihre Hand, und Lisa-Marie atmete tief durch. Die Anwesenheit der Nonne hatte etwas sehr Beruhigendes.

»Haben Sie schon Vorbereitungen für die Trauerfeier getroffen?«

»Nein, das erledigen wir heute Nachmittag.« Lisa-Marie trank vorsichtig einen Schluck Tee und verzog das Gesicht. Das Getränk war viel zu süß. »Wir haben um vier Uhr einen Termin beim Pfarrer.«

»Wenn Sie Hilfe brauchen, lassen Sie es mich wissen. Wir vom Schwesternheim wollen bei der Feier gern das eine oder andere übernehmen.«

»Danke, das ist sehr nett.«

»Guten Morgen!« Lou schlurfte in die Küche und ließ sich stöhnend auf die Eckbank sinken. Sie sah blass und müde aus, hatte jedoch schwarze Leggins und ein buntes Fleece angezogen und sich sogar ein wenig geschminkt.

»Hallo, Lou! Geht es Ihnen besser?«, erkundigte sich Schwester Bonaventura freundlich.

»Eigentlich nicht«, stöhnte Lou und stützte ihre Stirn mit beiden Händen. »Ich bin total erledigt. Heute Nacht bin ich dreimal durch diesen verdammten Hahn geweckt worden. Er hat um eins, um halb drei und um Viertel nach vier gekräht.«

»Wirklich?«, fragte Lisa-Marie. »Ich habe gar nichts gehört.«

»Mein Zimmer liegt sehr nahe am Stall. In Zukunft werde ich nur noch bei geschlossenem Fenster schlafen!«

»Sie Arme«, bedauerte Schwester Bonaventura. »Sie müssen müde sein.«

»Ja, das bin ich. Aber ich kann ja nicht den ganzen Tag im Bett liegen bleiben.«

»Warum nicht? Zu Hause tust du das doch auch«, warf Lisa-Marie ein.

»Zu Hause habe ich ja auch Christoph, einen Flachbildfernseher und eine vernünftige Kaffeemaschine. Aber lassen wir das jetzt, sonst fange ich noch an zu weinen.«

»Ich weiß etwas, was Sie aufheitern wird«, sagte Schwester Bonaventura.

»Und das wäre?«

»Die Bienen.«

»Na toll!« Lou vergrub ihren Kopf noch tiefer in die Hände. »Immer wenn ich miese Laune habe, denke ich an lustige Bienen, und dann geht es mir wieder gut …«

»Lou!«, warnte Lisa-Marie. »Lass sie doch mal ausreden!«

»Ist schon gut.« Schwester Bonaventura lächelte verständnisvoll. »Ich vergesse immer, dass Sie längst nicht so mit dem Landleben vertraut sind, wie ich es bin. Vermutlich finden Sie an Bienen überhaupt nichts Spannendes.«

»Das kann man so sagen«, bestätigte Lou.

»Sie werden aber sehen, dass die Arbeit mit den Honigbienen Spaß macht.«

»Erzählen Sie das mal meiner Schwester! Sie hat eine panische Angst vor allem, was sticht.«

»Diese Angst ist völlig unbegründet. Solange man es richtig macht, muss man sich nicht vor Angriffen fürchten.«

»Und was genau sollen wir ›richtig‹ machen?«

»Im Wesentlichen müssen wir nächste Woche nur kontrollieren, wie stark sich das Volk inzwischen vermehrt hat und ob die Tiere gesund sind.«

»Klingt einfach.«

»Das ist es auch. Ich werde meine Schutzkleidung mitbringen und dann mit einer von Ihnen zu den Bienen gehen.«

»Ich denke, das ist etwas für dich.« Lou nickte Lisa-Marie zu. »Du hast doch bestimmt schon den Ratgeber gelesen, den du mitgebracht hast. ›Biene Maja erzählt aus ihrem Leben‹ oder so ähnlich … Du bist also bestens vorbereitet.«

»Wieso immer ich?«

»Anne können wir nicht schicken.«

»Das weiß ich. Aber was ist mit dir?«

Lou kam nicht mehr dazu, sich zu rechtfertigen, denn in diesem Moment betrat Jo die Küche.

»Ich bin fertig«, sagte er und setzte sich zu den Frauen an den Tisch. Lisa-Marie warf Lou noch einen bösen Blick zu und wandte sich dann an Jo. »Möchtest du jetzt einen Tee?«

»Gern.« Jo machte Anstalten, sich wieder zu erheben.

»Lass mal, ich mache das schon.« Lisa-Marie legte für einen Moment ihre Hand auf Jos Schulter. »Tee mit Zucker? Und soll ich dir auch eine Butterbrezel machen?«

»Äh … ja, bitte.«

»Mir kannst du das Gleiche bringen«, verlangte Lou. »Umrühren und kauen kann ich aber noch selbst.«

»Gut zu wissen.« Lisa-Marie war knallrot angelaufen.

Stirnrunzelnd hatte Schwester Bonaventura den Wortwechsel verfolgt. Der gereizte Tonfall zwischen den Frauen gefiel ihr nicht, und auch Jo schien sich in dieser Situation nicht wohl zu fühlen. »Wie wäre es, wenn wir unseren Tee mit nach draußen nehmen und Sie mir zeigen, wie Sie sich den Bau des Weidezauns vorstellen?«, schlug sie Jo deshalb vor.

Dieser nickte erleichtert. »Gern.«

»Und die Butterbrezel?«, protestierte Lisa-Marie. »Du musst etwas essen!«

»Ich frühstücke vor der Tür«, antwortete Jo, während er Tee und Brezel nahm und Schwester Bonaventura nach draußen folgte.

Verblüfft starrten Lou und Lisa-Marie den beiden hinterher.

»Ich fürchte, wir haben eine Nebenbuhlerin.« Lou grinste und stieß ihrer Cousine freundschaftlich mit dem Ellenbogen in die Seite. Vergessen war der Streit um die Bienen. »Die gute Bonnie steht auf Jo!«

»Ich weiß gar nicht, was du meinst«, entgegnete Lisa-Marie hölzern. Sie konnte nicht so leicht verzeihen wie Lou.

»Ach, komm schon, Lisa-Marie!«

»Ich habe kein Interesse an Jo. Du etwa?«

»Nein! Schließlich ist er viel zu jung. Aber gucken darf man doch, oder?«

»Und was ist mit Christoph?«

»Was soll mit ihm sein? Wir telefonieren zweimal am Tag, falls du dir Sorgen um unsere Beziehung machen solltest.«

»Das tue ich nicht.« Lisa-Marie zögerte. Einerseits war sie immer noch böse auf Lou, andererseits musste sie dringend etwas mit ihrer Cousine besprechen. Schließlich siegte die Vernunft, und sie schluckte ihren Ärger hinunter. »Deine Beziehung ist sicher in Ordnung. Aber ich frage mich die ganze Zeit schon, ob in Annes Ehe alles stimmt.«

Erstaunt sah Lou auf. »Warum?«

»Sie hat noch gar nicht mit ihrem Mann telefoniert, seit wir hier sind.«

»Woher willst du das wissen?«

»Anne und ich schreiben unseren Müttern jeden Morgen eine E-Mail. Anne verfasst dann immer noch Nachrichten für ihre Kinder, und die drei antworten regelmäßig. Außerdem ruft Mia ab und zu an. Mit Stefan hingegen hat sie bislang noch kein einziges Mal gesprochen.«

»Vielleicht telefoniert sie mit ihm, ohne dass wir etwas davon mitbekommen.«

»Nein.« Lisa-Marie schüttelte den Kopf. »Ich habe sie heute Morgen danach gefragt.«

»Und?«

»Sie meinte, dass Stefan am Wochenende Dienst hatte und ihm deshalb sowieso keine Zeit zum Telefonieren blieb.«

»Klingt logisch.«

»Logisch vielleicht, aber nicht sehr fürsorglich. Christoph hat auch viel zu tun, trotzdem ruft er dich an.«

»Hm.« Lou runzelte nachdenklich die Stirn. Konnte es sein, dass ihre Schwester tatsächlich ein Problem hatte? Wenn es so sein sollte, dann war es sehr ärgerlich, dass es Lisa-Marie eher aufgefallen war als ihr selbst. »Meinst du nicht, sie würde mit mir darüber sprechen?«, fragte sie und betonte dabei absichtlich das »mir«.

»Bist du dir da so sicher?« Wenn Lou Lisa-Marie mit ihrer Bemerkung getroffen hatte, so ließ diese es sich nicht anmerken.

»Nein«, musste Lou zugeben.

»Sollen wir sie mal fragen?«

»Von mir aus. Aber erwarte nicht zu viel! Anne sorgt immer nur dafür, dass es allen anderen gutgeht. Über sich selbst spricht sie nicht gern.«

»Die Jungs nerven ganz fürchterlich, Mama!« Mias Stimme am Telefon klang gereizt. »Entweder hängen sie vor dem Computer oder wollen durch die Gegend chauffiert werden. Im Haushalt helfen sie kein Stück. Aber weißt du, was am ätzendsten ist?«

»Was denn?«, erkundigte sich Anne besorgt, während sie dem Kellner im eleganten Füssener »König-Ludwig-Café« mit Handzeichen zu verstehen gab, dass sie noch einen Kaffee wollte.

»Sie erwarten regelmäßige Mahlzeiten und merken dann nicht einmal, dass ich mir mit dem Kochen besondere Mühe gebe.«

»Tust du das?«

»Ja, klar. Ich habe doch von Lisa-Marie zum Geburtstag ein Kochbuch geschenkt bekommen. Für Jan und Tom ist das allerdings reine Zeitverschwendung, denn sie setzen sich einfach an den Tisch und fressen drauflos ... Ab jetzt serviere ich ihnen die Nudeln ungekocht!«

Anne unterdrückte ein Lächeln. »Aber sonst geht es euch gut?«

»Ja, klar. Allerdings fällt mir hier langsam die Decke auf den Kopf. Ich spiele ja nur noch Hausfrau und Mutter.«

»Triffst du dich denn nicht mit deinen Freundinnen?«

»Aber Mama, Chris und Lara sind doch für ein paar Tage nach Amsterdam gefahren, hast du das schon vergessen? Und der Rest bereitet sich aufs mündliche Abitur vor.«

»Das solltest du auch tun.«

»Für Mathe muss ich nicht viel machen, ich bin doch ein Naturtalent.«

Das stimmte tatsächlich – die mündliche Prüfung in drei Wochen war für Mia reine Formsache. »Dann sprich doch mal mit Papa! Vielleicht hat er in der Klinik eine Beschäftigung für dich.«

»Mit Papa zu sprechen ist fast so schwer, wie eine Audienz beim Papst zu bekommen.«

»Ach, ist dir das auch schon aufgefallen?«

»Er hatte das ganze Wochenende Dienst und hat sich nur einmal am Samstagabend erkundigt, ob wir zurechtkommen.«

Anne seufzte. Genau das hatte sie erwartet.

»Er ist echt keine Hilfe, und ich habe große Lust, ihm den Kram vor die Füße zu werfen«, beklagte sich Mia. »Wie hältst du das eigentlich mit ihm aus? Wann redet er mit dir? Im Bett?«

»Manchmal schon. Meistens schläft er aber sofort ein.«

»Sein Job ist ganz schön stressig, oder?«

»Ja, seit er Chefarzt ist, wird es immer schlimmer.« Aber es war gedankenlos, darüber den Rest der Familie zu vergessen. Gereizt knüllte Anne ihre Serviette zusammen.

»Lass uns über was anderes reden. Wie läuft es denn so bei euch?«, wollte Mia wissen.

»Na ja, es geht so. Wir sortieren gerade Onkel Horsts Unterlagen und kümmern uns um den ganzen Schriftkram. Heute war ich bei seiner Bank und bei seiner Versicherung. Zum Glück hatte er keine komplizierten Verträge.«

»Und was macht das Landleben?«

»Wir gewöhnen uns langsam daran. Die Kühe und das Melken sind mein Spezialgebiet. Lisa-Marie hingegen kommt besser mit den Hühnern zurecht. Seit wir hier sind, haben sie jeden Tag ein Ei gelegt.«

»Und was macht ihr mit den vielen Eiern?«

»Kuchen. Lisa-Marie backt täglich.«

Mia lachte.

»Nur Lou hat ein paar Schwierigkeiten, insbesondere mit dem Hahn. Er hat sie schon zweimal attackiert.«

»Oje, die Arme!«

»Anscheinend mag er keine bunten Schuhe. Lou trägt draußen jetzt nur noch ihre dunkelblauen Stiefeletten.«

»Und wie teilt ihr euch die Stallarbeit auf?«

»Gar nicht. Seit dem Wochenende haben wir nämlich eine Hilfe, die uns das abnimmt.«

»Wie schön für euch! Dann kannst du es ja ein wenig ruhiger angehen lassen.«

»Das wäre schön, aber ich muss ständig zwischen Lou und Lisa-Marie vermitteln. Du weißt ja, wie die beiden sind.«

»Die können nicht schlimmer sein als meine Brüder …«

»Oh, dagegen sind Tom und Jan harmlos.«

Mia lachte. »Apropos Lisa-Marie: Wusstest du, dass im neuen Einkaufszentrum am Brückenplatz eine große Buchhandlung eröffnen wird? Praktisch gleich neben Lisa-Maries Laden.«

»Nein, das wusste ich nicht«, entgegnete Anne betroffen.

»Das stand heute in der Zeitung. Es ist eine große Kette, ich kann mich nur gerade nicht an den Namen erinnern.«

»Das kann für Lisa-Marie das Ende ihres Geschäftes bedeuten.«

»Hat sie noch nicht mit euch darüber gesprochen?«

»Nein.« Der Kellner brachte den Kaffee. Anne nickte ihm zu und goss einige Tropfen Dosenmilch in die Tasse. »Momentan haben wir genug andere Probleme.«

»Aber der neue Laden ist mit Sicherheit bald schon das größte Problem für Lisa-Marie.«

»Das ist gut möglich. Ich werde sie fragen.«

»Tu das! Warte mal, mein Handy klingelt. … Hallo? … Hi, Tom, was willst du? … Jetzt schon? Es ist erst kurz nach zwölf! … Okay, ich komme … Ja, bis dann! … Mama?«

»Hm?«

»Das war Tom. Er hat heute früher Schluss, ich muss los.«

»Mach's gut, meine Kleine.«

»Du auch!«

»Ach, und Mia … wenn es zu schlimm wird, dann rede mit mir, okay?«

»Mache ich. Tschüs!«

Gedankenverloren steckte Anne ihr Handy in die Tasche, nahm einen Schluck Kaffee und kratzte auf ihrem Teller die letzten Krümel des Käsekuchens zusammen.

Die Probleme zu Hause schlugen auf ihre Stimmung, doch das ließ sich derzeit nicht ändern. Aber jetzt auch noch diese Sache mit Lisa-Marie! Wie konnte sie einfach für mehrere Wochen wegfahren, obwohl sie sich viel dringender um ihr Geschäft kümmern müsste? Und warum erzählte sie nichts von ihren Sorgen? Während sich Anne die Gabel mit den Kuchenkrümeln in den Mund steckte, fasste sie einen Entschluss. So bald wie möglich wollte sie ihre Cousine zur Rede stellen!

8

»Ich glaube, ich brauche jetzt dringend ein Glas Rotwein«, verkündete Lou am selben Abend, als die drei Frauen nach dem Essen in der Küche saßen.

Im großen Kachelofen brannte ein warmes Feuer, das ab und zu leise knisterte, und der Schein einer Kerze auf dem Küchentisch tauchte den Raum in ein behagliches Licht.

»Ja, das haben wir uns verdient«, stimmte Lisa-Marie zu.

»Ich kann nichts mehr hören über Choräle, Gebete und Fürbitten«, stöhnte Anne, während sie den Kater streichelte, der sich neben ihr auf der Eckbank zusammengerollt hatte. »Dieser Pfarrer hat mich ganz verrückt gemacht!«

»Wie gut, dass wir Bonnie haben.« Lou entkorkte eine Flasche italienischen Rotwein und füllte drei Weingläser. »Sie hat zugesagt, sich um die Einzelheiten des Trauergottesdienstes zu kümmern.«

»Sie ist wirklich ein Schatz«, bestätigte Lisa-Marie.

»Auf Bonnie!« Lou erhob ihr Glas.

»Wo ist eigentlich Jo?«, wollte Anne wissen, nachdem alle einen Schluck getrunken hatten.

»Im Schwesternheim. Er repariert das Klavier«, antwortete Lisa-Marie.

»Jo kann ein Klavier reparieren? Der Junge wird mir langsam unheimlich.«

Lisa-Marie lächelte selbstzufrieden. »Ich habe doch gleich gewusst, dass er etwas Besonderes ist.«

»Darauf stoßen wir an.« Lou prostete ihnen erneut zu. »Auf den wunderbaren Jo!«

»Du bist um diese Tageszeit aber gut gelaunt«, wunderte sich Anne.

»Abends geht es mir immer gut, da wache ich erst so richtig auf.«

»Fein! Dann können wir vielleicht jetzt mal in Ruhe miteinander reden, ohne gleich zu streiten«, begann Anne vorsichtig. Sie wusste nicht recht, wie sie die Angelegenheit mit Lisa-Maries Buchhandlung zur Sprache bringen sollte. Gerade wollte sie sich an ihre Cousine wenden, als ihre Schwester das Wort ergriff.

»Ja, es ist wirklich ein guter Zeitpunkt, um über Probleme zu sprechen«, bestätigte Lou und nickte Anne mitfühlend zu. Dass es so leicht werden würde, nach ihren Schwierigkeiten mit Stefan zu fragen, hatte sie nicht erwartet. »Los, fang an!«

»Das wollte ich ja gerade. Also, Lisa-Marie …«

»Lisa-Marie? Mit mir kann man wohl nicht so gut sprechen?«, rief Lou und verschränkte beleidigt die Arme vor der Brust. Es kränkte sie, dass ihre Schwester ihr Herz offensichtlich lieber bei ihrer Cousine ausschütten wollte.

»Doch, natürlich kann man mit dir reden. Allerdings weiß ich nicht, was du zu diesem Thema beisteuern könntest.«

Lou sprang auf. »Seit wann ist Lisa-Marie eine Fachfrau für Beziehungsfragen?«

»Welche Beziehungsfragen?«, fragte Anne verwirrt.

»Und wieso bin ich auf diesem Gebiet nicht kompetent?«, mischte sich Lisa-Marie ein. »Ich hatte bestimmt schon mehr Beziehungen als du, Lou!«

»Ach, und was sagt uns das jetzt?«

Es dauerte einen Moment, bis Lisa-Marie verstand. »Du bist gemein!«, zischte sie.

»Und du bist …«

»Hört sofort auf!«, rief Anne verärgert. »Ich bin es wirklich leid mit euch. Könnt ihr nicht wenigstens so tun, als ob wir eine Familie sind? Zumindest so lange, bis unsere Arbeit hier beendet ist?«

Von den anderen beiden kam zunächst keine Antwort. Lou presste verärgert ihre Lippen zusammen, und Lisa-Marie schaute gekränkt zu Boden. Aber als Lou den flehenden Blick ihrer Schwester auffing, gab sie nach und setzte sich wieder an den Tisch. »Von mir aus … tut mir leid.« Sie nahm einen großen Schluck Wein, und es sah aus, als versuche sie, ihren Ärger hinunterzuspülen.

»Mir tut es auch leid«, murmelte Lisa-Marie kaum hörbar.

»Will noch jemand Wein?«, fragte Lou, augenscheinlich um einen versöhnlichen Tonfall bemüht.

»Ja, bitte«, antwortete Lisa-Marie höflich und schob ihr Glas in Lous Richtung.

»Ihr müsstet euch mal sehen können! Wie die kleinen Kinder …« Anne lächelte, aber sie gab sich keiner Illusion hin. Jetzt mochte zwar Ruhe eingekehrt sein, aber ein dauerhafter Frieden war wohl nicht in Sicht. Sie gähnte. »Lasst uns die Unterhaltung lieber auf morgen vertagen. Ich bin zu müde, um weiter zu streiten. Ich glaube, ich gehe ins Bett.«

»Warte!« Lisa-Marie hielt sie fest und deutete auf einen Schuhkarton, der auf einem der Küchenstühle lag. »Ich habe noch etwas für euch.«

Anne beugte sich vor. »Was ist das?«

»Hast du dir neue Schuhe gekauft?«, fragte Lou.

»Nein. Ich habe den Karton heute Vormittag in Onkel Horsts Kleiderschrank gefunden«, erklärte Lisa-Marie. »Ihr müsst das unbedingt sehen!«

»Was ist denn so Besonderes daran?«

»Der Inhalt.«

»Und was ist drin? Damenschuhe in Größe 46?«

»Nein, Briefe.«

»Briefe«, wiederholte Anne überrascht. »Von wem? Dürfen wir die so einfach lesen?«

Lou zuckte mit den Schultern. »Wieso sollten wir es nicht dürfen? Schließlich sind wir Horsts Nichten.«

»Genau!« Lisa-Marie stellte den Karton auf den Tisch und öffnete den Deckel. Ihre Cousinen warfen einen neugierigen Blick in die Schachtel. Zuoberst lag ein cremefarbenes Tuch.

»Was ist das?«, wollte Lou wissen.

»Ein Seidenschal.«

»Der muss schon sehr alt sein.« Vorsichtig berührte Anne den Stoff. »Er ist zwar vergilbt, aber immer noch wunderschön.« Sie nahm den Schal aus dem Karton und legte ihn zur Seite. Darunter kam ein Stapel mit Briefumschlägen zum Vorschein, der mit einer roten Schleife zusammengebunden war.

»Hast du die Briefe schon gelesen, Lisa-Marie?«, fragte Lou.

»Nein. Ich wollte auf euch warten.«

»Ich hätte nicht gewartet«, gestand Lou ein. »Dazu bin ich viel zu neugierig.«

»Das wissen wir«, sagte ihre Schwester lächelnd.

»Lasst uns anfangen!«

Vergessen war der Streit. Lisa-Marie holte das Paket

mit den Briefen aus dem Karton, löste die Schleife und faltete den ersten Brief auseinander. »Das ist nicht Onkel Horsts Schrift«, stellte sie überrascht fest. Die Buchstaben waren fein geschwungen und leicht verschnörkelt.

Lou tippte mit dem Finger auf einen Namen am Ende des Schreibens. »Marie Thune«, las sie vor. »Der Brief ist von unserer Großmutter!«

»Ich dachte, es gibt keine Unterlagen von unserer Großmutter Marie«, wunderte sich Anne. »Das hat Horst jedenfalls immer erzählt. Alles sei bei der Flucht aus Masuren verlorengegangen.«

»Offensichtlich hat er nicht die Wahrheit gesagt«, murmelte Lou. »Ich möchte wissen, warum.«

»Vielleicht sind wir schlauer, wenn wir die Briefe gelesen haben.«

Gemeinsam beugten sich die Frauen über den ersten Brief.

Dienstag, 23. Mai 1944

Sehr geehrter Herr Zabel!
Vielen Dank, dass Sie mich gestern nach Hause begleitet haben. Ich darf Ihnen noch einmal versichern, dass Sie mir mit Ihrem Mofa keinen Schaden zugefügt haben. Im Gegenteil. Ich empfand Ihre Gesellschaft als sehr angenehm. Die Ausführungen über Marienkäfer haben mich sehr beeindruckt. Ich wünsche Ihnen bei Ihren Exkursionen ins Moor viel Erfolg!
Wussten Sie eigentlich, dass sich schon so bekannte Dichter wie Brentano und von Arnim mit den kleinen Insekten beschäftigt haben? Ich habe die folgenden Zeilen in einem meiner Bücher gefunden:

Marienwürmchen, setze dich
Auf meine Hand,
Ich tu dir nichts zu Leide.
Es soll dir nichts zu Leid gescheh'n,
Will nur deine bunten Flügel seh'n,
Bunte Flügel meine Freude.

Ist das nicht ein schönes Gedicht?
Herzlichst
Ihre Marie Thune

PS: Falls Sie mir antworten wollen, so können Sie Ihren Brief gern bei mir zu Hause auf dem Thune-Hof abgeben. Ich selbst werde dieses Schreiben dem Pfarrer mitgeben, denn er schaut sowieso jeden Morgen bei uns in der Schule vorbei.

»Wie süß!« Anne war die Erste, die den Kopf hob.

Lisa-Marie nickte gerührt.

»Sie muss den Brief an Johann geschrieben haben, kurz nachdem sie sich kennengelernt haben«, meinte Lou.

Anne lachte. »Könnt ihr euch noch an die Geschichte erinnern?«

»Wie sollten wir nicht?«, stöhnte Lou. »Unsere Mutter hat uns immer wieder davon erzählt: Johann, Marie und der Unfall mit dem Mofa ...«

»Von Liebesbriefen war aber nie die Rede. Komisch!«

»Lasst uns weiterlesen.« Lisa-Marie öffnete den nächsten Umschlag. »Ich glaube, hier kommt Johanns Antwort ...«

Dienstag, 23. Mai 1944

Liebe Marie!
Vielen Dank für Ihre nette Nachricht und die Verse. Ich bin sehr erleichtert, dass Sie unseren kleinen Unfall gestern gut und unversehrt überstanden haben.
In der Tat war ich schon zweimal allein im Moor unterwegs. Der Pfarrer hat mich allerdings vor den vielen untiefen Stellen gewarnt und mir dringend dazu geraten, einen ortskundigen Führer mitzunehmen.
Darf ich Sie deshalb fragen, ob Sie mich begleiten würden? Sie waren die erste Person, die ich hier in Peterstal kennengelernt habe, und ich schätze Ihre Gesellschaft sehr.
Hochachtungsvoll
Ihr Johann Zabel

»Mann, der geht aber ran!«, bemerkte Lou amüsiert. »›Ich schätze Ihre Gesellschaft sehr.‹ Vermutlich hat er im Moor ein lauschiges Plätzchen für gewisse Stunden gefunden …«

»Liebe auf den ersten Blick«, schwärmte Lisa-Marie. »Jetzt weiß ich, woher ich meine romantische Ader habe!«

»Du liest zu viele Liebesromane«, murmelte Lou.

»Kann schon sein. Aber das ist viel besser als alles, was ich bislang gelesen habe.«

»Hier – es geht weiter …«

Mittwoch, 24. Mai 1944

Lieber Johann,
ich fühle mich geehrt von Ihrer Bitte. Aber sind Sie ganz sicher, dass Sie keine andere, passendere Begleitung finden können?
Ich weiß nämlich nicht, ob ich Sie die ganze Zeit unterhalten kann. Ich bin eher ein stiller Mensch. Außerdem muss ich Ihnen gestehen, dass ich nicht besonders gut sehe. Ich bin kurzsichtig.
Es wäre also besser, wenn Sie sich eine andere Begleitung suchen würden!
Ihre Marie Thune

»Sie will nicht«, stellte Anne überrascht fest.

»Doch, aber sie ziert sich ein bisschen.« Lou nahm die nächsten Briefe zur Hand und entfaltete sie. »Aber warte ab, noch ein oder zwei Nachrichten von ihm, und sie sagt ja.«

»Habt ihr das bemerkt? Marie war kurzsichtig«, sagte Lisa-Marie und rückte ihre Brille gerade. »Dann habe ich wohl nicht nur die romantische Ader, sondern auch meine Fehlsichtigkeit geerbt.«

»Wer weiß, was noch alles herauskommt!«

Mittwoch, 24. Mai 1944

Liebe Marie,
ich gehe nicht ins Moor, um zu reden, sondern um die Käfer zu beobachten. Und selbst wenn – ich glaube nicht, dass ich mich in Ihrer Gesellschaft unwohl fühlen würde. Was Ihre Kurzsichtigkeit betrifft: Haben Sie keine Brille? Ich selbst habe auch eine Sehhilfe fürs Schreiben und Lesen. Somit haben wir eine erste Gemeinsamkeit!

Nein, ich möchte keine andere Begleitung. Ich möchte Sie, und nur Sie!
Herzliche Grüße
Ihr Johann

»Er möchte sie, und nur sie«, wiederholte Lisa-Marie fasziniert. »Warum schreibt man mir nicht so schöne Briefe?«

Donnerstag, 25. Mai 1944

Lieber Johann,
also gut, wenn Sie darauf bestehen, komme ich mit ins Moor. Und ich bringe meine Brille mit.
Da ich vormittags in der Schule bin, können wir erst am Nachmittag losziehen. Gleich morgen? Ich werde einen Korb mit Apfelmost und Plätzchen mitbringen.
Ihre Marie

»Habe ich es nicht gesagt?«, bemerkte Lou. »Marie hat angebissen!«

»Die nächsten drei Briefe sind recht kurz.« Anne überflog die Texte.

Donnerstag, 25. Mai 1944

Liebe Marie,
ja, morgen! Ich werde Sie um drei Uhr abholen. Ich freue mich auf unseren gemeinsamen Nachmittag.
Ihr Johann

Samstag, 27. Mai 1944

Lieber Johann,
danke für die schönen Stunden gestern! Ich habe sehr viel über Marienkäfer gelernt. Es war außerdem sehr nett von Ihnen, als Sie sagten, dass Sie meine Brille nicht stört. Ich werde sie ab jetzt immer tragen, wenn wir im Moor sind.
Bis morgen!
Ihre Marie

Samstag, 27. Mai 1944

Liebe Marie,
morgen bin ich für den Proviant zuständig. Lassen Sie sich von mir überraschen! Ich kann es kaum erwarten, Sie wiederzusehen.
In freudiger Erwartung,
Ihr Johann

»Ist es euch eigentlich bewusst, dass wir gerade die Liebesgeschichte unserer Großeltern nachlesen können?«, fragte Lisa-Marie mit feierlicher Stimme.

»Das ist wunderschön und traurig zugleich«, murmelte Anne. »Wunderschön zu lesen und fürchterlich traurig, wenn man an das Ende denkt.«

»So weit sind wir noch nicht.« Lou öffnete einen neuen Umschlag.

Montag, 29. Mai 1944

Lieber Johann,
ich hoffe, Sie haben gestern auch ohne meine Hilfe aus dem Moor zurück nach Hause gefunden. Bitte entschuldigen Sie mein unhöfliches Verhalten, aber

Sie haben mir nach Ihrem plötzlichen Kuss keine andere Möglichkeit als die Flucht gelassen.
Ich erwarte keine Entschuldigung für das, was passiert ist. Aber ich verlange, dass so etwas zwischen uns nie wieder vorkommt!
Darf ich Sie außerdem darum bitten, Ihre Briefe – falls Sie mir überhaupt noch schreiben wollen – zukünftig unter die Schmutzmatte vor dem Schulhaus zu deponieren, statt sie auf unserem Hof abzugeben? Meine Großmutter Helene ist zwar eine alte, aber auch eine sehr neugierige Frau. Ich will nicht, dass sie auf falsche Gedanken kommt.
Gruß
Marie

»Ups! Anscheinend ist der gute Johann frech geworden. Er wollte wohl doch mehr als nur Marienkäfer angucken«, grinste Lou.

»Das ist bekannt, oder?« Auch Lisa-Marie musste lächeln. »Sonst säßen wir alle nicht hier.«

»Aber Marie war scheinbar nicht so leicht zu kriegen.«

»Immerhin haben sie sich geküsst. Darauf sollten wir trinken.« Lou prostete den anderen beiden zu. »Auf Johann und Marie!«

Lisa-Marie blätterte den nächsten Brief auf. »Der arme Johann musste sich ganz schön anstrengen«, sagte sie. »Lest selbst.«

Montag, 29. Mai 1944

Liebe Marie!
Was sind »falsche Gedanken«, wenn es um die Gefühle zwischen dir und mir geht? Es ist nichts Unrechtes daran, einen anderen Menschen zu küssen. Besonders

dann nicht, wenn unser beider Empfinden so tief und rein ist.
Ich kümmere mich nicht darum, was andere denken. Ich höre nur auf meine eigenen Gefühle. Und die sind momentan im Rausch – im Rausch nach dir. Ich weiß, dass du ähnlich empfindest. Dein Kuss hat es mir gesagt.
Ich kann dir deshalb nicht versprechen, dass es nie wieder vorkommt, denn ich weiß vielmehr, dass es wieder passieren wird …
Aber ich will respektieren, dass du auf andere Menschen Rücksicht nehmen musst. Mir ist es egal, wenn du unsere Liebe geheim halten möchtest! Die Blumenwiesen und das Moor um Peterstal sind groß genug, und der Sommer ist gerade erst zu voller Schönheit erwacht. Gibt es eine bessere Bühne für unsere Liebe? Lass mich nicht allein bei den Marienkäfern sitzen, liebste Marie. Ich warte auf dich!
Dein Johann

Dienstag, 30. Mai 1944

Liebe Marie!
Du bist gestern nicht gekommen, aber ich werde weiter hoffen.
Dein Johann

Mittwoch, 31. Mai 1944

Liebste Marie!
Auch heute habe ich dich nicht getroffen. Merkst du nicht, wie ich leide? Ich muss dich wiedersehen!
Dein Johann

Donnerstag, 01. Juni 1944

Liebste Marie!

Wenn du heute nicht kommst, dann werde ich dich nicht weiter drängen, sondern akzeptieren, dass du mich nicht willst. Es wird mir das Herz brechen. Aber wenn es das ist, was du wünschst, werde ich Peterstal noch heute Abend verlassen. Ist dieser Brief also wirklich ein Abschiedsbrief?

Für immer – dein Johann

»Der arme Mann kann einem fast leidtun.« Anne seufzte.

»Ja, er beißt sich ganz schön die Zähne an Marie aus«, bestätigte Lou. »Das macht sie mir sehr sympathisch.«

»Wie gut, dass wir wissen, dass es ein Happy End für die beiden gab!«

»Stimmt«, Lisa-Marie nickte. »Und hier kommt es schon …«

Donnerstag, 01. Juni 1944

Lieber Johann,

ich warte heute um halb vier Uhr am Nachmittag vor dem Altensteiner Moorweiher auf dich.

Marie

»Das klingt aber noch viel zu sachlich und zu kurz für ein Happy End«, stellte Anne fest.

»Immerhin schreibt sie ihm wieder.« Lou füllte erneut die Weingläser.

»Schade, jetzt ist nur noch ein Brief übrig.« Lisa-Marie faltete das Papier auseinander. Lou und Anne rückten näher zu ihrer Cousine und blickten ihr erwartungsvoll über die Schulter.

Freitag, 02. Juni 1944

Meine liebste Marie!

Du hast mich gestern zum glücklichsten Menschen der Welt gemacht, als du vor dem Moorweiher standest. Niemals hätte ich gedacht, dass Liebe so wunderbar ist. Deine Augen, deine Haare, deine Haut, dein Körper! Gestern habe ich alles auf einmal genießen dürfen, und ich bin noch immer überwältigt von meinen Gefühlen.

Ich kann es kaum erwarten, dich heute wiederzusehen. Wir haben den ganzen Nachmittag im Moor für uns und müssen den Ort nur mit den Käfern teilen. Und auch, wenn ich am Sonntag zu meiner Einheit nach Allenstein zurückkehren muss, so weiß ich doch, dass du hier auf mich warten wirst. Ich möchte jeden freien Tag mit dir verbringen!

Jetzt werde ich diesen Brief beenden, ihn zum Schulhaus bringen und danach noch ein wenig durch Peterstal spazieren. Zu aufgewühlt bin ich, um jetzt schlafen zu können! So schrieb schon Joseph von Eichendorff:

Still kann ich hier nicht mehr bleiben,
Durch die Brust ein Singen irrt,
Doch zu licht ist's mir zum Schreiben,
Und ich bin so froh verwirrt.
Also schlendr' ich durch die Gassen,
Menschen gehen her und hin,
Weiß nicht, was ich tu und lasse,
Nur, dass ich so glücklich bin.

Genau so fühle ich mich!

In Liebe
dein Johann

»Wow!« Lou räusperte sich. »Ich bin sprachlos, und das will was heißen.«

»Das ist mit Abstand der schönste Liebesbrief, den ich je gelesen habe«, flüsterte Lisa-Marie.

»Wunderschön«, bestätigte Anne gerührt. »Die beiden haben schnell zusammengefunden.«

»Ja, das waren gerade mal …« – Lisa-Marie blätterte in den Briefen und prüfte die Datumsangaben – »… das waren nicht mal zwei Wochen.«

»Bei Christoph und mir hat es auch nicht lange gedauert«, sagte Lou und schwenkte träumerisch den Rotwein in ihrem Glas hin und her.

Anne grinste. »Stefan hat fast drei Monate warten müssen, bis er mal mehr durfte als küssen.«

»Ihr wart ja auch sehr jung«, entgegnete ihre Schwester. »Neunzehn oder zwanzig, nicht wahr?«

»Neunzehneinhalb.«

»Neunzehneinhalb? Dann wette ich, es ist passiert, als Stefan mit dem Studium begonnen hat und du ihn zum ersten Mal besucht hast.«

»Das verrate ich nicht. Es sei denn, du sagst mir auch, wann und wo du mit Christoph zum ersten Mal …«

»Vergiss es!« Lou prostete ihrer Schwester zu. »Auf die Liebe!«

»Auf die Liebe und unsere Großeltern!« Auch Anne hob ihr Glas und blickte auffordernd zu Lisa-Marie.

Doch diese hatte den Wortwechsel der Schwestern anscheinend gar nicht mitbekommen. Stirnrunzelnd blätterte sie immer wieder durch die Briefe und murmelte Zahlen vor sich hin.

»Lisa-Marie?«

»Hm?«

»Was tust du da?«

»Ich rechne.« Lisa-Marie kratzte sich nachdenklich am Kopf. »Irgendetwas stimmt hier nicht.«

»Inwiefern?« Anne stellte ihr Glas ab und nahm den letzten Brief zur Hand.

»Schau mal auf das Datum.«

»Freitag, zweiter Juni«, las Anne vor.

»Und weiter?«

»1944.«

»Ja, genau, 1944!«

Anne stutzte. »Das verstehe ich nicht. Ich dachte, sie hätten sich weit vor dem Krieg kennengelernt.«

»Das muss auch so gewesen sein. Onkel Horst war schließlich ihr erstes Kind und wurde 1927 geboren.«

»Und Marie war 1944 schon sechsunddreißig Jahre alt.«

»Merkwürdig.« Lou zog den Stapel Briefe zu sich heran und blätterte ihn sorgfältig durch.

»Vielleicht soll das immer 1926 oder 1927 heißen, und wir können es nur nicht richtig lesen«, sagte Anne.

»Nein, hier steht überall eindeutig 1944«, widersprach Lou.

»Aber wenn sich Johann und Marie erst 1944 kennengelernt haben, Horst jedoch schon 1927 geboren wurde, dann kann er nicht der Sohn der beiden sein«, folgerte Lisa-Marie.

»Vielleicht haben sie ihn adoptiert«, schlug Anne vor.

»Blödsinn!« Lou schüttelte den Kopf. »1944 war Horst siebzehn Jahre alt. Das ist kaum das Alter, in dem man noch adoptiert wird. Außerdem hatten die Leute zu dieser Zeit andere Sorgen.«

»Oder er ist Maries uneheliches Kind aus einer früheren Beziehung.«

»Das könnte möglich sein.«

»Aber hätte sie dann nicht irgendwann mal in ihren Briefen erwähnt, dass sie schon ein Kind hat?«

»Eher nicht. So etwas kann das Interesse eines jeden Mannes ziemlich schnell abkühlen lassen.«

»Onkel Horst ist also möglicherweise nur unser Halbonkel«, stellte Lisa-Marie fest. »Wieso hat er uns das nie erzählt?«

»Er stammt aus einer anderen Generation. Vielleicht hat er sich geschämt.«

Anne nickte. »Möglicherweise hat er deshalb auch den Namen Zabel angenommen. Damit niemand merkt, dass er ein uneheliches Kind war.«

»Tja, das kann sein …« Unschlüssig betrachtete Lou die Briefe. »Aber das würde nicht richtig zu ihm passen.«

»Oder er hat es getan, um die Vormundschaft für seine beiden kleinen Schwestern zu bekommen«, vermutete Lisa-Marie. »Auch das wäre möglich.«

»Schade, dass wir keine weiteren Informationen haben«, sagte Anne mit einem bedauernden Blick in den leeren Schuhkarton. »Und was machen wir jetzt?«

»Das ist doch ganz klar, oder?«, fragte Lou und gab sich dann selbst die Antwort. »Wir suchen nach weiteren Briefen und Unterlagen.«

»Wo denn? Sein Kleiderschrank ist inzwischen leer«, warf Lisa-Marie ein.

»Irgendwo muss etwas sein. Notfalls stellen wir das ganze Haus auf den Kopf«, beschloss Lou. »Ich möchte wissen, was passiert ist. Ihr nicht?«

»Doch, natürlich.« Anne nickte. »Wir haben ja auch keine Alternative. Ich würde diese Briefe ungern unseren Müttern zeigen, bevor wir nicht auch eine Lösung parat haben. Sie sollen sich nicht unnötig aufregen.«

»Dann werden wir weitersuchen.« Lou legte die Briefe

in den Karton zurück. »Gehen wir nach oben und fangen an?«

In diesem Moment öffnete sich die Haustür, und gleich darauf trat Jo in die Küche. Überrascht blieb er stehen, als er die drei Frauen am Küchentisch entdeckte. »Guten Abend! So spät noch wach?«

»So spät noch unterwegs?«, konterte Lou und schaute auf die Küchenuhr. »Es ist kurz nach zehn. Hat es bei den Nonnen so viel Spaß gemacht?«

Jo grinste. »Allerdings.«

»Ich würde dir ja gern ein Glas Rotwein anbieten, aber leider ist die Flasche leer.«

»Macht nichts, ich trinke sowieso lieber Wasser.« Jo holte sich eine Flasche Mineralwasser aus dem Kühlschrank und blieb dann abwartend vor dem Tisch stehen. »Verstößt es gegen eine Regel, wenn ich mich zu euch setze?«

»Äh …« Unschlüssig blickte Lisa-Marie von ihren Cousinen zu dem Karton mit den Briefen. »Ich weiß nicht …«

»Natürlich kannst du dich setzen.« Anne rückte ein Stück zur Seite und nahm den Kater in ihre Arme. »Wir sind hier sowieso gerade fertig geworden. Hast du heute Abend schon etwas gegessen?«

»Ja, Schwester Bonaventura hat mich versorgt.«

»Und das Klavier spielt wieder?«, wollte Lou wissen, während sie das Seidentuch auf die Briefe legte und dann den Karton mit dem Deckel verschloss.

»Ist wie neu.« Jo schraubte den Deckel von der Wasserflasche und nahm einen großen Schluck.

»Wir haben auch Gläser«, ermahnte Anne ihn.

»Ich weiß. Aber ich nehme die Flasche gleich mit zu mir ins Zimmer.«

»Trotzdem – man trinkt nicht aus der Flasche.«

»Schon gut.« Jo erhob sich und holte ein Glas aus dem Küchenschrank.

»Was machen wir denn jetzt mit … mit dem da?« Lisa-Marie deutete auf den Schuhkarton.

»Morgen ist auch noch ein Tag.« Zum wiederholten Mal gähnte Anne herzhaft. »Ich muss jetzt dringend ins Bett. Die nächste Zeit wird hoffentlich etwas ruhiger, da haben wir genug Zeit zum Suchen.«

Verwundert betrachtete Jo den Schuhkarton. »Wonach wollt ihr denn suchen?«

»Das ist unser Geheimnis«, antwortete Lou augenzwinkernd. »Sozusagen ein ziemlich neues, aber schon sehr altes Familiengeheimnis.«

9

Jo fuhr am nächsten Nachmittag mit Lisa-Maries Auto nach Füssen, um die letzte Fuhre Brennholz aus dem Supermarkt zu holen.

Sorgfältig stapelte er das Holz in den Kofferraum und brachte den Einkaufswagen zurück ins Geschäft. Danach holte er sich beim Bäcker einen Cappuccino und schlenderte langsam über den Parkplatz Richtung Auto. Trotz des Lärms und des Betriebs auf dem Parkplatz lag Frühlingsstimmung in der Luft. Sogar die Sonne hatte sich hinter den Wolken hervorgewagt und verbreitete angenehme Wärme.

Zufrieden nahm Jo einen großen Schluck Kaffee und suchte nach den Autoschlüsseln. Er war so damit beschäftigt, seine Hosentaschen zu durchwühlen, dass er das Mädchen, das an Lisa-Maries Käfer lehnte und die Nase in die Sonne streckte, erst im letzten Moment bemerkte.

Überrascht blieb er stehen. »Hallo!«

Das Mädchen hob den Kopf und schob ihre Sonnenbrille in die blonden Locken. Hübsch, stellte er fest. Bildhübsch – aber nicht besonders gut gelaunt. Ihre klaren grünen Augen musterten ihn gereizt. »Kennen wir uns?«

»Irgendwie erinnerst du mich an jemanden.« Das entsprach der Wahrheit, denn ihre Mimik und ihre Gesten kamen ihm seltsam bekannt vor. Trotzdem klang diese Phrase selbst für ihn ziemlich abgedroschen.

Entsprechend kühl fiel ihre Reaktion aus. »Wirklich? Ich habe schon bessere Anmachsprüche gehört.« Sie setzte die Sonnenbrille wieder auf und legte den Kopf an das Autodach. »Übrigens stehst du mir in der Sonne.«

»Und du lehnst an meinem Auto!«

Erneut schob sie die Sonnenbrille hoch. Dieses Mal wirkte ihr Blick noch eine Spur unfreundlicher. »Das ist nicht dein Auto.«

»Doch.«

»Nein!«

»Woher willst du wissen, dass es nicht meins ist?«

»Weil ich weiß, wem es gehört.«

»Ach ja?«

»Ja! Meiner Tante nämlich.« Verärgert stemmte sie ihre Hände in die Hüften. »Du wolltest es klauen, stimmt's? Pech für dich, dass ich gerade vorbeikam. Aber ich will nett sein und gebe dir eine Chance: Ich rufe erst bei ›zehn‹ die Polizei. Also? Lauf weg! Eins …«

»Äh, du, hör mal …« Inzwischen war Jo klargeworden, wen er vor sich hatte.

»Zwei … drei … vier …«

»Ich weiß jetzt, wer du bist!«

»Fünf … das ist ja auch nicht schwer zu erraten: die Nichte der Autobesitzerin … sechs …«

»Du musst Annes Tochter Mia sein!«

Überrascht unterbrach sie das Zählen. »Woher weißt du das?«

»Na, ganz einfach: Nur Anne hat Kinder, und wenn Lisa-Marie deine Tante ist, dann bleiben nicht viele Möglichkeiten übrig, oder?«

»Warum bist du so gut über unsere Familie informiert? Und woher kennst du Lisa-Marie?« Mia musterte ihn skeptisch. »Doch hoffentlich nicht aus dem Internet, oder?«

»Internet?«

»Ach, schon gut.«

»Ich arbeite seit Samstag auf dem Bauernhof von Lisa-Marie, Anne und Lou.«

»Du? Du bist die Hilfe? Also, dich hatte ich mir aber ganz anders vorgestellt.«

»Ehrlich? Was ist denn falsch an mir?« Er blickte prüfend an sich hinunter. Die olivgrüne Arbeitshose war frisch gewaschen, und wie immer trug er dazu ein weißes T-Shirt.

Mia war seinem Blick gefolgt. »Na ja«, antwortete sie gedehnt. »Ich dachte, du wärst älter. Und kräftiger. Und würdest nicht so gut …« Sie unterbrach sich hastig. »Lassen wir das. Kannst du mich mit zum Bauernhof nehmen?«

»Natürlich.« Jo drückte sich an ihr vorbei und öffnete die Beifahrertür. Mia verstaute ihre Tasche auf der Rückbank und setzte sich.

Er startete den Wagen und fuhr los. »Ich heiße übrigens Jo«, sagte er, nachdem sie eine Weile lang schweigend nebeneinandergesessen hatten.

»Jo? Nur zwei Buchstaben?«

Er grinste. »Mia hat auch nur drei, oder?«

»Das ist trotzdem ein richtiger Name, so wie auch Tom und Jan.«

»Deine Brüder?«

»Ja.«

»Deine Eltern hatten es wohl nicht so mit vielen Buchstaben.«

»Ich glaube eher, die Namenswahl war eine Art stiller

Protest meiner Mutter gegen die Ungetüme von Namen, die sie selbst, ihre Schwester und ihre Cousine tragen müssen«, widersprach Mia.

»Was ist an Lou, Anne und Lisa-Marie so schlimm?«

»Ihre richtigen Namen. Lisa-Marie hat als Einzige noch Glück gehabt. Sie kam kurz nach der Geburt von Lisa-Marie Presley, der Tochter von Elvis, zur Welt. Und weil meine Tante ein großer Elvis-Fan war, erhielt auch ihr Baby diesen Namen.«

»Und Lou und Anne hatten nicht so viel Glück?«

»Nein.« Mia schüttelte den Kopf. »Sie sind ebenfalls nach ihrer Großmutter Marie benannt worden. Es ist nicht schwer zu erraten, wie sie wirklich heißen.«

»Marie-Luise und Anne-Marie.«

»Richtig! Aber sag nicht, dass du das von mir hast!« Mia lächelte zum ersten Mal.

»Kein Wort, ich schwöre es.« Jo musterte sie verstohlen von der Seite. »Weiß deine Mutter eigentlich, dass du kommst? Sie hat beim Mittagessen gar nichts gesagt.«

»Nein, sie weiß nichts. Ich bin sozusagen von zu Hause abgehauen und mit dem Zug bis Füssen gefahren. Eigentlich war ich gerade auf der Suche nach der Bushaltestelle, als ich Lisa-Maries Käfer entdeckt habe.«

»Wenn man über achtzehn ist und zur Mutter flüchtet, dann kann man das nicht unbedingt als ›abhauen‹ bezeichnen.«

»Dann frag mal meinen Vater und meine Brüder«, entgegnete sie verärgert und blickte auf ihre Armbanduhr. »Ich wette, sie stellen jetzt gerade fest, dass noch niemand die Tiefkühlpizza in den Ofen geschoben hat.«

»Hm.« Jo wusste nicht recht, was er darauf erwidern sollte. Doch zum Glück erwartete Mia gar keine Antwort. »Aber lassen wir das Thema«, fuhr sie fort. »Es reicht schon, dass ich das gleich mit meiner Mutter diskutieren muss. Erzähl mir lieber, wie es auf dem Bauernhof läuft.«

»Eigentlich ganz gut. Ich kümmere mich um den Stall, und die Ladys regeln den Nachlass deines Onkels. Allerdings … seit gestern Abend benehmen sie sich irgendwie seltsam.«

»Wie meinst du das?«

»Als ich gestern Abend nach Hause kam, saßen sie in der Küche, tranken Wein und starrten alle nachdenklich in einen Schuhkarton.«

»In einen Schuhkarton?« Mia lachte. »Müssen ja phantastische Schuhe gewesen sein!«

»Das ist ja das Merkwürdige. Der Karton war leer, bis auf ein paar Blätter Papier und ein Tuch.«

»Das ist allerdings seltsam.«

»Heute räumen deine Mutter und Lisa-Marie schon den ganzen Tag hektisch im Haus herum, so als ob sie etwas suchen würden.«

»Und Lou?«

»Die liegt im Bett und behauptet, sie hätte den Wein nicht vertragen, was ihr die anderen beiden aber nicht glauben.«

»Oh, das klingt nach Zickenkrieg! Es ist bestimmt nicht leicht, mit ihnen auszukommen, oder?«

»Doch, eigentlich schon. Deine Mutter zum Beispiel ist total in Ordnung, auch wenn sie gern ein wenig an mir herumerzieht.«

»Typisch Mama!«

»Und Lou und Lisa-Marie sind auch sehr nett zu mir.«

»Ach ja?« Mia runzelte die Stirn. »Dann scheint ja alles sehr harmonisch abzulaufen.«

»Du klingst nicht überzeugt.«

»Ich kenne sie ein bisschen besser als du.«

»Nun, jetzt hast du ja Gelegenheit, das selbst herauszufinden. Wir sind da.« Jo bog in die Einfahrt des Bauernhofes ein. Erschreckt flüchteten sich ein paar Hühner auf die Viehweide, auf der an diesem Nachmittag zum ersten Mal die Kühe grasen durften. Die Tiere lagen entspannt auf der Wiese und genossen die Frühlingssonne, nur das Kalb lief neugierig herum und hob seine Schnauze vorwitzig in den warmen Wind.

Doch Mia hatte keinen Blick für diese Idylle. Sie atmete einmal tief durch und öffnete die Autotür. »Auf in den Kampf!«

»Mia!« Überrascht beugte sich Anne vom Balkon des Dachgeschosses. »Was machst du denn hier?«

»Mia?« Neben Anne erschien jetzt Lisa-Marie. »Wieso bist du in Pfronten?«

»Ich dachte, ich komme euch einfach mal besuchen.« Mia blickte zu ihrer Mutter und ihrer Tante hinauf und versuchte ein fröhliches Lächeln, das jedoch eher wie ein verkrampftes Grinsen aussah. »Hier bin ich!«

»Es ist doch hoffentlich zu Hause nichts passiert, oder?«, erkundigte sich Anne besorgt.

»Nein, keine Sorge.«

Im ersten Stock öffnete sich ein Fenster, und Lou steckte den Kopf heraus. »Was macht ihr denn hier für einen Lärm? War das nicht gerade Mias Stimme?«

»Allerdings«, bestätigte Anne.

»Hallo, Tante Lou!«

»Mia!«

»Geht es dir jetzt besser?«, fragte Lisa-Marie in den ersten Stock hinunter.

»Ein wenig.« Lou nickte schwach und wandte sich dann ihrer Nichte zu. »Wieso bist du hier?«

Mia seufzte. »Ich bin abgehauen«, sagte sie leise.

»Wie bitte?«, rief Anne aus dem Dachgeschoss.

»Sie sagt, sie sei abgehauen«, wiederholte Lou lauter als nötig.

»Und warum? Was ist passiert?«

»Ich hatte einen fürchterlichen Streit mit Papa.«

»Ich habe dich doch gebeten, in einem solchen Fall zuerst mit mir zu reden«, schimpfte Anne.

»Du hast aber nicht gesagt, dass das nur telefonisch geht«, verteidigte sich ihre Tochter. »Hier bin ich, und jetzt können wir reden.«

»Okay«, stöhnte Anne. »Schieß los!«

»Papa hat einfach … äh … also …« Mia stockte.

»Warte!«, rief Lou. »Das bereden wir besser in Ruhe und nicht hier, wo jeder mithören kann.« Anne und Lisa-Marie folgten ihrem Blick, und auch Mia drehte sich um. Jo saß immer noch im Auto, hatte aber die Tür geöffnet und beobachtete die Szene am Haus mit großem Interesse. Und auf einem Feldweg nahe der Grundstücksgrenze stand Frau Hösle, die anscheinend gerade einen Spaziergang mit ihrem Hund machte und durch den Lärm angelockt worden war. Sie grüßte freundlich herüber.

»Griaß euch!«, rief sie. »Wi hander's?«

»Was hat sie gesagt?«, flüsterte Lisa-Marie und winkte freundlich zurück.

»Keine Ahnung. Aber antworte bloß nicht, sonst kommt sie noch rüber«, zischte Lou leise und schüttelte sich, als sie an den Knoblauchduft dachte.

»Heit isch's reacht warm! Ma braucht gar koin wullenes Häs me«, ließ Frau Hösle verlauten und deutete dabei auf die Sonne.

»Wahrscheinlich will sie uns sagen, dass sie es heute ziemlich warm findet«, vermutete Anne.

»Nicht antworten!«, warnte Lou erneut.

Frau Hösle störte sich nicht an der fehlenden Reaktion. »Allat beim Arbede, des isch reacht so«, bemerkte sie zufrieden.

»Sie redet einfach weiter«, wunderte sich Lisa-Marie.

»Ja«, bestätigte Lou. »Das macht sie wohl immer so.«

Mia wurde ungeduldig. »Können wir jetzt endlich irgendwo in Ruhe sprechen?«

»Wir kommen runter!« Anne grüßte noch einmal flüchtig in die Richtung von Frau Hösle und verließ dann zusammen mit Lisa-Marie den Balkon.

»Bin gleich da!« Auch Lous Kopf verschwand.

»Phiadi!« Enttäuscht über das plötzliche Ende der Vorstellung zog Frau Hösle mit ihrem Hund weiter.

»Ich nehme an, dass ich bei eurer Zusammenkunft nicht erwünscht bin, oder?«, wollte Jo wissen, als Mia ihre Tasche aus dem Auto holte.

»Nein, du gehörst nicht zur Familie. Und glaube mir, darüber kannst du gerade jetzt sehr froh sein.«

»Mias Verhalten ist ganz und gar unverantwortlich«, schimpfte Stefan.

»Wieso?« Anne ließ sich aufs Bett fallen und streifte ihre Turnschuhe ab. Umständlich stopfte sie sich mit einer Hand ein Kissen in den Nacken, während sie mit der anderen Hand ihr Mobiltelefon umklammerte. Sie hielt es fester als nötig – wohl auch deshalb, weil Mias plötzliches Auftauchen und die damit verbundene Aufregung ihr stark zugesetzt hatten.

Stefans Anruf war nicht unerwartet gekommen. Sie hatten alle um den Küchentisch gesessen und Mia getröstet, die bei der Schilderung der Ereignisse in Tränen ausgebrochen war.

Mit einem kurzen Blick auf das Display hatte sich Anne zum Telefonieren in ihr Zimmer zurückgezogen. Es war besser, wenn sie erst einmal allein mit ihrem Mann sprach, auch wenn sie eigentlich noch etwas Zeit gebraucht hätte, um sich ein objektives Bild von der Lage zu machen. Vor allem hätte sie gern mit ihren Söhnen gesprochen. Jetzt war sie gezwungen, ihre Tochter zu verteidigen, ohne alle Einzelheiten zu kennen.

»Ach, komm schon, Stefan! Mia ist neunzehn. Sie kann tun und lassen, was sie will.«

»Auf einmal? Ich dachte, sie soll dich hier vertreten. Da kann sie doch nicht einfach abhauen.«

»Sie sollte mich nicht vertreten, sondern nur ein paar kleinere Aufgaben übernehmen. Außerdem ist sie nicht abgehauen, sondern zu mir gekommen.«

»Sie hätte mich wenigstens informieren können, dass sie geht!«

»Sie sagt, dass du nicht zu erreichen warst.«

»Ich war auf einem medizinischen Kongress in Düsseldorf …«

»… von dem du ihr nichts erzählt hast. Sie hat sich schreckliche Sorgen gemacht, als du gestern Abend nicht nach Hause gekommen bist.«

»Das hat sich doch geklärt.«

»Um ein Uhr morgens!«

»Es tut mir leid, dass sie Angst um mich gehabt hat.«

»Du hast sie schlichtweg vergessen!«

»Nein, ich war nur zu beschäftigt, um an sie zu denken.«

»Umso schlimmer. Sie hält dir den Rücken frei, und du ignorierst sie. Weißt du, wie alleingelassen man sich da fühlt?«

»So ein Blödsinn!«

»Sie sagt, sie sei nur dazu da gewesen, den Haushalt zu führen und die Jungs zu versorgen. Von dir kam leider keinerlei Unterstützung.«

»Aber darüber hätten wir doch reden können!«

»Wann denn?« Anne lachte bitter. Sie fragte sich, ob es Stefan klarwar, dass es längst nicht mehr nur um Mia ging, sondern auch um ihre eigene Rolle.

Offensichtlich nicht, stellte sie fest, denn er nahm ihre Frage wörtlich. »Wann? Zum Beispiel heute. Ich habe bis zum Wochenende frei.«

»Schön, dann kannst du dich ja um die Jungs kümmern.«

»Eigentlich wollte ich mein Arbeitszimmer aufräumen.«

»Die Jungs brauchen nicht viel, das kriegst du locker hin, und zur Not rufst du an.«

»Heißt das, dass Mia nicht zurückkommt?«

»Ja. Sie bleibt bei uns.«

»Wie lange seid ihr noch fort?«

»Keine Ahnung. So lange, wie es dauert.«

»Und was mache ich am Wochenende, wenn ich wieder arbeiten muss?«

»Lass dir etwas einfallen. Notfalls musst du Urlaub nehmen.«

»Anne!«

»Tut mir leid, Stefan, aber ich kann hier gerade nicht weg.« Und ich will auch gar nicht, setzte sie in Gedanken hinzu. Es wird Zeit, dass ich auch mal an mich selbst denke.

»Na gut«, seufzte Stefan. »Wir drei Männer werden das schon irgendwie schaffen.«

»Das glaube ich auch.«

»Aber Mia sollte nicht ohne Strafe davonkommen.«

»Weshalb? Weil sie keine Lust mehr hatte, euer Dienstmädchen zu spielen?«

»Anne! Auf welcher Seite stehst du eigentlich?«

»Ich weiß es nicht«, antwortete Anne traurig.

Stefan überhörte ihren Kummer. »Wir waren uns doch einig, dass wir als Eltern gegenüber unseren Kindern eine Einheit bilden müssen.«

»Tja, weißt du, eine Einheit besteht aus mehr als einer einzigen Person …«

»Genau deshalb solltest du meiner Meinung sein!«

»Nein, Stefan.« Anne holte tief Luft. »Genau deshalb bleibe ich hier. Vielleicht stellst du in den nächsten Tagen fest, dass es auf dieser Welt nicht nur dich und deinen Job gibt.«

»Aber …«

»Du kannst mich jederzeit anrufen. Aber jetzt entschuldige mich, ich muss zurück zu den anderen.«

Als Anne in die Küche kam, saßen auch Jo und Schwester Bonaventura mit am Tisch. Lisa-Marie hatte Kaffee gekocht und einen Hefezopf angeschnitten, den sie am frühen Morgen gebacken hatte. Sie huschte geschäftig zwischen Küchenschrank und Esstisch hin und her und schien ihre Rolle als Gastgeberin zu genießen.

Ganz anders Lou. Sie saß mit bleichem Gesicht vor einer Tasse Kamillentee und sah aus, als ob sie sich gleich übergeben müsste. Müde und ohne Appetit kaute sie auf einem Stück Hefezopf herum.

»Schwester Bonaventura und ich haben uns schon bekannt gemacht«, sagte Mia zu ihrer Mutter. Sie hatte eine Kaffeetasse in der Hand und sah schon viel fröhlicher aus als bei ihrer Ankunft. Das mochte auch daran liegen, dass Jo neben ihr Platz genommen hatte. Die beiden tauschten interessierte Blicke aus und kamen offenbar sehr gut miteinander aus.

Anne runzelte die Stirn. Das Letzte, was sie jetzt noch gebrauchen konnte, war eine Liebesgeschichte mit unbekanntem Ausgang. Warnend hob sie eine Augenbraue, als Jo ein Stück näher an Mia heranrutschte, um ihr auf der Eckbank Platz zu machen. »Das reicht schon, danke.«

»Hier, Anne.« Schwester Bonaventura schob ihr eine Tasse Kaffee vor die Nase. »Trinken Sie erst einmal etwas.«

»War das Stefan?«, wollte Lou wissen.

»Ja.« Anne betrachtete ihre Schwester besorgt. »Du bist furchtbar blass. Fehlt dir etwas?«

»Lenk jetzt bitte nicht vom Thema ab.«

»Das tue ich gar nicht. Ich habe dir deine Frage doch beantwortet: Ja, das war Stefan.«

»Und?« Mia beugte sich interessiert vor und streifte dabei wie zufällig Jos Arm.

»Ich habe ihm gesagt, dass du erst einmal hier bei uns bleiben wirst.« Geflissentlich übersah sie Jos erfreutes Grinsen.

»Wie schön«, sagte Lisa-Marie. »Noch ein junger Mensch mehr im Haus. Ich liebe es, wenn das Haus voll ist!«

»War Papa sehr böse auf mich?«, erkundigte sich Mia.

»Ja, aber zu Unrecht. Das habe ich ihm hoffentlich deutlich machen können.«

»Hältst du das aus? So viele Weiber?«, wandte sich Lou an Jo.

»Äh … ich denke schon«, stotterte Jo.

»Mia schläft bei mir«, bestimmte Anne. »Und, Jo, es gelten immer noch dieselben Regeln wie vorher.«

»Ich weiß.«

»Das hoffe ich!« Ihr prüfender Blick wanderte weiter zu ihrer Tochter. »Hast du dein Mathebuch mitgebracht? In einem Monat ist die mündliche Prüfung.«

Mia nickte. »Alles im grünen Bereich. Entspann dich, Mama!«

»Wenn das mal so einfach wäre«, murmelte Anne.

»Wartet mal!« Als Schwester Bonaventura, Jo und Mia am frühen Abend Richtung Stall aufgebrochen waren und auch Lisa-Marie und Anne die Küche verlassen wollten, hielt Lou ihre Schwester und ihre Cousine zurück. »Ihr habt noch gar nichts von eurer Suche erzählt. Habt ihr heute oben in Onkel Horsts Schlafzimmer weitere Papiere entdeckt?«

»Nein, leider nicht.« Anne ließ sich wieder auf die Eckbank sinken und nahm noch ein Stück Hefezopf.

»Wir haben alles abgesucht«, ergänzte Lisa-Marie.

Lou runzelte die Stirn. »Ich bin mir sicher, dass irgendwo hier auf dem Hof die Lösung versteckt sein muss!«

»Meine Mutter konnte leider auch nicht weiterhelfen«, sagte Lisa-Marie.

»Du hast doch nicht etwa deiner Mutter davon erzählt?«, fragte Anne entsetzt.

»Natürlich nicht! Ich habe sie lediglich gefragt, ob es etwas Besonderes gibt, das wir noch nicht über Onkel Horst wissen.«

»Na super, das klingt ja überhaupt nicht auffällig«, stöhnte Lou und rieb sich erschöpft die Augen.

»Ich habe das sehr geschickt angestellt«, verteidigte sich Lisa-Marie. »Ich habe ihr erzählt, dass der Pfarrer die Informationen für seine Trauerrede benötigt.«

»Und was hat sie geantwortet?«, wollte Anne wissen.

»Meine Mutter schreibt, dass es nichts weiter gibt als das, was wir sowieso schon wissen. Ich zeige es euch.« Lisa-Marie nahm ihren Laptop vom Küchenregal, schaltete ihn ein und rief ihr Mail-Programm auf. »Hier!«

Meine liebe Lisa-Marie,
danke, dass ihr euch so lieb um die ganzen Formalitäten für Horsts Beerdigung kümmert! Was täten wir ohne euch? Ich bin sicher, der Pfarrer wird bei der Trauerfeier die richtigen Worte finden. Alles, was Horst für uns getan hat, wisst ihr ja auch und könnt es dem Pfarrer erzählen. Ich glaube, das reicht dann schon aus für eine gute Rede, meint ihr nicht?
Hier in Bad Rappenau ist alles in Ordnung. Helene und ich genießen den Aufenthalt. Jeden Nachmittag gehen wir Kaffee trinken. Es gibt eine hervorragende Konditorei.
Ab 17 Uhr ist Tanztee. Ich habe einen sehr netten Tanzpartner kennengelernt. Er heißt Friedhelm und kuriert hier eine komplizierte Ellenbogen-Fraktur aus. Gott sei Dank braucht man den Arm ja nicht zum Tanzen. Er legt ihn einfach vorsichtig um meine Schulter, und dann geht es los.
Helene darf leider noch nicht tanzen, aber sie unterhält sich während dieser Zeit immer vortrefflich mit ein paar Leuten aus ihrem Gymnastikkurs.
Wie ihr seht, geht es uns wirklich gut!
Viele liebe Grüße, Mama

»Tja, das klingt wirklich so, als ob sie nichts wüssten. Schade!« Enttäuscht lehnte sich Anne zurück.

»Dafür scheinen sie sich aber prächtig zu amüsieren«, schmunzelte Lou.

»Gönnen wir ihnen den Spaß«, bemerkte Anne. »Dann werden wir eben hier weitersuchen, nicht wahr, Lisa-Marie?«

»Hm?« Die Augen ihrer Cousine hingen immer noch am Bildschirm.

»Ist noch eine Mail gekommen? Etwa ein neues Date für dich?« Lou beugte sich vor.

»Nein, das nicht«, antwortete Lisa-Marie. »Aber hier in den News steht, dass der deutsche Luftraum wieder geöffnet werden soll. Der Vulkanausbruch ist erst einmal vorüber.«

»Ich weiß. Das hat Christoph mir heute Morgen schon erzählt.«

»Und?«

»Und was?«

»Willst du nicht deine Sachen packen und doch noch in den Urlaub verschwinden?«

»Nein.«

»Nein?«, wiederholten Anne und Lisa-Marie gleichzeitig.

»Ich bleibe hier.« Lou zuckte mit den Schultern. »Was ist daran so erstaunlich?«

»Eigentlich alles«, antwortete Lisa-Marie. »Ich hätte wetten können, dass du die erste Gelegenheit zur Flucht ergreifst.«

»Tue ich aber nicht.«

»Warum nicht?«, wollte Anne wissen. »Du wirkst nicht so, als ob du hier besonders viel Spaß hast.«

»Den habe ich auch nicht.«

»Außerdem bist du bestimmt schon nervös wegen deines Büros.«

»Ich telefoniere jeden Tag mit meiner Assistentin. Es läuft gut, auch ohne mich.«

Lisa-Marie schüttelte den Kopf. »Diesen Sinneswandel musst du uns jetzt aber bitte erklären.«

»Das ist ganz einfach: Ich bin Architektin, und ich hasse offene Baustellen.«

»Aha«, sagte Anne, doch man sah ihr an, dass sie nicht verstand, was ihre Schwester meinte.

»Hier in Pfronten gibt es gerade einige davon«, begann Lou. »Da wäre zunächst einmal die Frage, was aus dem Hof wird. So etwas kann man nicht auf die Schnelle entscheiden. Die Zukunft der Tiere hängt davon ab.«

»Seit wann interessierst du dich ernsthaft für die Tiere? Bislang kannst du die Kühe ja nicht einmal auseinanderhalten. Und was den Hahn betrifft – dazu muss ich wohl nicht viel sagen, oder?«

»Das Vieh gehört in den Kochtopf.«

»Lou!«

»Und dann sind da unsere Neuzugänge Mia und Jo«, fuhr Lou fort, ohne auf ihre Schwester einzugehen. »Ich glaube, mit den beiden könnte es noch ganz lustig werden.«

Anne warf ihr einen bösen Blick zu, doch Lou ignorierte das. »Und schließlich möchte ich auch noch das Geheimnis um die Briefe lösen.«

»Hm«, machte Anne. »Und nur aus diesen Gründen bleibst du hier?«

Lou seufzte und verdrehte ihre Augen zum Himmel. »Was willst du denn noch hören?«

»Vielleicht, dass dir auch noch andere Dinge wichtig sind.«

»Okay.« Lou zögerte. »Die Freundschaft zu Bonnie ist mir wichtig.«

»Nur die Freundschaft zu Bonnie?«

»Na gut, vielleicht auch das Zusammensein mit

euch … ein bisschen zumindest, aber das sage ich nur unter dem Einfluss von Kamillentee«, brummte Lou.

Anne unterdrückte ein zufriedenes Lächeln. »Hast du mit Christoph darüber gesprochen, dass du noch nicht zurückkommst?«

»Ja, natürlich. Glücklicherweise steckt er selbst noch mitten in seinen Reportagen zum Vulkanausbruch. Ein Urlaub passt bei ihm gerade gar nicht.«

»Mal ganz abgesehen davon, dass es dir sowieso nicht gutgeht.«

»Das auch.« Lou seufzte. »So schlecht wie jetzt habe ich mich selten gefühlt.«

»Für solche Zwecke habe ich immer einen kleinen Ratgeber ›Krankheit unterwegs‹ dabei. Möchtest du mal lesen?«, bot Lisa-Marie an.

»Nein danke! Ich weiß auch so, was ich habe.«

»So?« Anne runzelte die Stirn. »Und wie lautet deine Selbstdiagnose?«

»Ich habe eine Magenverstimmung und Wechseljahresbeschwerden.«

»Wechseljahre?«, fragte Anne erstaunt. »Du bist doch erst einundvierzig.«

»Na und? In manchen Familien passiert das sehr früh.«

»Ich habe noch keine Probleme damit«, sagte Lisa-Marie.

»Du bist ja auch erst neununddreißig.«

»Ich habe das auch noch nicht, obwohl ich schon vierundvierzig bin«, ergänzte Anne. »Das Familienargument kannst du also schon mal vergessen.«

»Aber alles andere passt gut«, beharrte Lou.

»Alles andere? Welche Symptome hast du denn?«

»Ach bitte, Anne, jetzt komm mir nicht mit der Krankenschwester-Nummer!«

»Immerhin bin ich ausgebildet. Du nicht!«

»Okay …« Lou stützte ihre Stirn in die Hände. »Also, ich fühle mich total schlapp, mir ist ständig übel, ich habe schreckliche Stimmungsschwankungen und schlafe schlecht.«

»Das kann auch am Stress liegen. Immerhin hast du in letzter Zeit viele Überstunden gemacht und kommst erst jetzt dazu, ein wenig abzuschalten.«

»Das glaube ich nicht. Ich arbeite ja nicht erst seit gestern so viel.«

»Das bedeutet gar nichts. Irgendwann wehrt sich der Körper gegen den Stress.«

»Und was ist dann mit meiner ausbleibenden Regel? Ist das auch stressbedingt?« Lou hob den Kopf.

»Deine Regel ist ausgeblieben? Wie lange schon?«, fragte Anne überrascht.

»Seit ungefähr zwei Wochen. Mir ist das im Trubel der letzten Tage gar nicht aufgefallen, bis ich heute Morgen nachgerechnet habe.«

»Du bist seit zwei Wochen überfällig?«, rief Lisa-Marie. »Das würde mir an deiner Stelle schwer zu denken geben.«

»Quatsch!« Lou schüttelte den Kopf. »Ich kann nicht schwanger sein, schließlich verhüten wir konsequent.«

»Manchmal passiert das trotz aller Vorsicht«, widersprach Anne. »Ich würde mir einen Schwangerschaftstest besorgen.«

»Ich bin nicht schwanger«, beharrte Lou. »Ich bin in den Wechseljahren.«

Anne lächelte überlegen. »Wie du meinst. Wir werden sehen … so oder so!«

10

Lou erwachte auch am nächsten Morgen mit den Beschwerden: Sobald sie sich erhob, wurde ihr schwarz vor den Augen. Außerdem verspürte sie einen leichten Würgereiz und versuchte krampfhaft, nicht an Essen zu denken.

Vorsichtig richtete sie sich auf, zog die Vorhänge zurück und öffnete ein Fenster. Fast augenblicklich traf die frische, kalte Morgenluft ihr Gesicht. Erleichtert atmete sie ein und ließ ihren Blick durch den Hof schweifen. Alles lag noch ruhig im ersten Licht der Sonne, nur der Kater kam anscheinend gerade von einem nächtlichen Jagdausflug zurück. Zielstrebig lief er durch den Vorgarten und ließ sich auf der Bank nieder. War das eine Maus, die er im Maul trug?

Lou schüttelte angewidert den Kopf. Darum sollte sich Anne kümmern. Ihr selbst wurde schon beim Gedanken an eine tote Maus übel!

Müde schlich sie sich ins Badezimmer. Beim Anblick ihres bleichen Gesichts im Spiegel verzog sich ihr Mund zu einem schiefen Grinsen voller Selbstmitleid. Nein, es ging ihr wirklich nicht gut, besonders morgens nicht.

Aber musste man deshalb gleich auf eine Schwangerschaft schließen? War Anne nicht ein wenig voreilig?

Schließlich ähnelten sich die Symptome einer Schwangerschaft und die der Wechseljahre erheblich. Lou schnitt sich selbst eine Grimasse. »Entweder werden wir alt, oder wir werden Mutter«, teilte sie ihrem Spiegelbild mit. »Das klingt beides nicht sehr angenehm.«

Ein Baby würde ihr bisheriges Leben völlig auf den Kopf stellen. Mehr noch – sie und Christoph waren sich einig gewesen, dass sie keine Kinder wollten. In ihrer perfekten Partnerschaft war kein Platz für einen weiteren Menschen. Mit Schaudern erinnerte sich Lou an die Zeit, als Annes Kinder zur Welt gekommen waren. Die kleinen Biester hatten rücksichtslos gefordert und nur wenig zurückgegeben. Schon bald hatte ihre Schwester ausgesehen wie ein Zombie, und noch heute wirkte Anne selten völlig entspannt und gelöst. Sie selbst hatte die Stunden mit ihren kleinen Neffen und ihrer Nichte jedes Mal genossen, war aber auch immer froh gewesen, wenn sie die Kinder wieder abgeben konnte. Wie wäre es, wenn sie das nicht könnte? Wenn ein Baby bei ihnen einziehen würde?

»Fürchterlich!«, flüsterte sie.

Keine ruhige Nacht mehr, kein wilder Sex auf dem Küchenboden – und ihre blitzblanke, elegante Einrichtung würde sie vermutlich bald nicht mehr so nennen können. Ganz zu schweigen von den tollen Weltreisen, die sie mit Christoph geplant hatte. Stattdessen würde kindgerechter Urlaub in einer Ferienwohnung an der Nordsee auf dem Programm stehen, inklusive Anfahrt in einem dieser familientauglichen Kombi-Vans. Eine Aussicht, die ihr eine spontane Gänsehaut verursachte.

Doch dann schob sich ein anderes Bild vor ihr inneres Auge. Eines mit einem friedlich schlafenden Baby in dem weißen Holzbettchen, das Onkel Horst einst für seine Nichten geschnitzt hatte. Sie selbst und Christoph standen Arm in Arm vor dem Bett und betrachteten das Kind zärtlich. Unwillkürlich legte Lou die Hände auf ihren Leib. Was wäre, wenn …

»Oh, Entschuldigung!« Auf einmal stand Mia in der Badezimmertür. Sie trug einen gestreiften Pyjama und gähnte verschlafen. »Du hast nicht abgeschlossen.« Irritiert starrte sie auf Lous Hände. »Hast du Bauchweh?«

»Nein, schon gut«, murmelte Lou und griff nach ihrer Zahnbürste. »Aber ich war zuerst hier. Raus mit dir!«

Gehorsam trat Mia den Rückzug an.

Lou drückte Zahncreme auf ihre Zahnbürste und ließ einen Strahl Wasser über die Bürste laufen. Während sie sich gründlich die Zähne putzte, rang sie sich zu einer Entscheidung durch: Sie würde noch eine Woche abwarten und sich dann einen Schwangerschaftstest besorgen. »Es sind bestimmt die Wechseljahre«, versicherte sie ihrem Spiegelbild. »Aber irgendwann brauchen wir Gewissheit.«

»Igitt! Hier liegt eine tote Maus auf der Bank!« Lisa-Maries erschreckter Aufschrei im Vorgarten war bis in die Küche zu hören, wo Anne und Mia noch immer beim Frühstück saßen.

»Dann räum sie fort!«, rief Anne zurück und schnitt eine Grimasse in Mias Richtung.

»Das geht nicht! Ich kann keine toten Tiere anfassen.«

»Keine Panik, ich mache das schon.« Anscheinend war auch Jo schon im Garten und übernahm die Angelegenheit, denn gleich darauf kehrte Lisa-Marie in die Küche zurück.

»Der Junge ist phantastisch!«

»Nur weil er eine tote Maus beerdigt?« Mia schüttelte amüsiert den Kopf.

»Oh, nicht nur deshalb.«

»Du hast doch nicht etwa eine Schwäche für ihn?«

»Natürlich hat sie das.« Anne schmunzelte. »Genauso wie Lou.«

»Was ist mit mir?« Lou erschien in der Küchentür.

»Ist nicht wichtig«, versicherte Mia ihr. »Mama übertreibt mal wieder.«

»Du wirst es ja sehen.«

»Außerdem haben wir ein viel interessanteres Problem.« Mia schob sich den Rest ihres Butterbrezels in den Mund. »Mama hat mir nämlich beim Frühstück von den Briefen erzählt«, erklärte sie kauend. »Ich sehe das genauso wie ihr. Wenn Johann und Marie sich erst 1944 kennengelernt haben, dann kann Horst nicht Johanns Sohn sein.«

»Er ist vermutlich nur unser Halbonkel«, bestätigte Anne.

»Wäre das so schlimm?«

»Natürlich nicht. Aber wir würden trotzdem gern wissen, was damals wirklich geschehen ist.«

»Ich wette, es gibt eine logische Erklärung.«

»Natürlich gibt es die.« Lisa-Marie räumte das Frühstücksgeschirr ab. »Die Frage ist nur, ob wir die Lösung finden.«

»Ihr müsst systematisch vorgehen«, schlug Mia vor. »Zimmer für Zimmer.«

»Sehr effizient, meine Nichte!«, lobte Lou. Sie lehnte am Spülbecken, trank ein Glas Wasser und schaute aus dem Fenster. »Übrigens steht Frau Hösle schon wieder auf dem Feldweg und gafft zu uns herüber.«

»Echt?« Lisa-Marie stellte einen Schwung Geschirr auf der Spüle ab und hob die Gardine an. »Tatsächlich! Und den Hund hat sie auch wieder dabei.«

Anne lachte. »Lasst ihr doch das Vergnügen! Vermutlich wartet sie darauf, dass wir ihr eine ähnliche Show wie gestern bieten.«

»Sie guckt gar nicht zu uns. Sie beobachtet Jo«, murmelte Lisa-Marie verwundert.

Lou stieß einen anerkennenden Pfiff aus. »Sie hat Geschmack, die Gute.«

Anne trat zu ihrer Schwester und ihrer Cousine ans Fenster. »Was macht er da?«, wollte sie wissen und kniff die Augen zusammen.

»Er stapelt das Holz aus dem Baumarkt. Scheint ganz schön anstrengend zu sein«, flüsterte Lisa-Marie, ohne den Blick vom Fenster zu nehmen.

Neugierig trat auch Mia hinter die drei Frauen und schaute ihnen über die Schulter. Die Sonne schien bereits warm und hell in den Vorgarten, wo Jo stand und das Brennholz an die Hauswand schichtete. Er hatte sein T-Shirt ausgezogen und arbeitete mit nacktem Oberkörper.

»Das glaube ich jetzt nicht!«, empörte sich Mia.

»Ja, das ist wirklich unglaublich«, bestätigte Lou. »Ich habe selten einen Mann mit so einem gutgebauten Körper gesehen.«

»Und dazu noch so jung«, seufzte Lisa-Marie.

»Seid ihr verrückt geworden? Was um alles in der Welt soll das?«, rief Mia aufgebracht.

»Gar nichts«, verteidigte sich Lisa-Marie.

»Alles ganz harmlos«, bestätigte Lou grinsend. »Wir spülen doch nur ab.«

»Tatsächlich? Es ist aber nicht einmal Wasser im Becken!«

Lisa-Marie öffnete den Wasserhahn. »Jetzt schon.« Immer noch hing ihr Blick an Jo.

Mia schob sich an den Frauen vorbei und steckte den Stöpsel ins Becken. »So, jetzt könnt ihr abwaschen. Und bitte entschuldigt mich, ich habe draußen etwas zu erledigen.« Mit diesen Worten stürmte sie aus der Küche.

Jo wischte sich zum wiederholten Mal den Schweiß von der Stirn und nahm einen Schluck aus der Wasserflasche. Aus den Augenwinkeln nahm er eine Bewegung am Feldrand wahr und grüßte höflich, als er Frau Hösle erkannte. Dann widmete er sich wieder dem Stapel Holz.

Plötzlich kam Mia aus dem Haus gerannt. »Zieh dir sofort etwas über!«, rief sie schon von weitem.

Erstaunt, aber durchaus erfreut über ihren Anblick, hielt Jo inne. »Es ist nicht kalt.«

»Das weiß ich.« Inzwischen hatte sie ihn erreicht. »Trotzdem!«

»Es ist nett, dass du dir Gedanken um meine Gesundheit machst. Aber noch mal: Mir ist nicht kalt.« Er bückte sich, um ein paar Holzscheite vom Boden zu nehmen.

»Ich mache mir weniger Gedanken um deinen Zustand als um die geistige Verfassung meiner Verwandtschaft.«

»Das verstehe ich nicht.«

»Musst du auch nicht. Aber zieh bitte dein T-Shirt wieder an.«

»Nein.« Langsam erhob er sich.

»Jo, bitte!«

»Warum?«

»Weil ...« Sie biss sich auf die Lippen. »Weil dein nackter Oberkörper Besuch anlockt.«

Er grinste. »Wirklich?«

Sie nickte und deutete mit dem Kopf in Richtung Frau Hösle.

Jo folgte ihrem Blick. »Kennst du sie näher?«

»Frau Hösle? Nein.«

»Und warum stört es dich dann, dass sie zusieht?«

»Weil sie nicht die Einzige ist«, zischte Mia und schaute zum Küchenfenster.

»Na und? Was ist denn schon dabei, wenn sie gucken?« Jo lachte gutmütig.

Mia wurde jetzt richtig ärgerlich. »Ich zeige dir, was dabei ist!« Sie zog ihre Strickjacke aus und streifte sich danach auch noch das T-Shirt über den Kopf. Ihre Zopfspange löste sich, und die langen Haare fielen ihr auf die Schultern.

»Was macht sie denn da?«, kreischte Anne in der Küche.

»Sie zieht sich aus«, stellte Lou grinsend fest.

»Wo um alles in der Welt hat sie diesen Büstenhalter gekauft?« Anne schlug die Hände vors Gesicht.

»Der ist von mir«, antwortete Lou. »Am Kirchenplatz hat doch ein neues Dessous-Geschäft eröffnet, da war ich mit Mia shoppen.«

»Er sieht sehr hübsch aus«, sagte Lisa-Marie. »Schwarze Spitze und Rüschen – man merkt nicht unbedingt, dass es Unterwäsche ist.«

»Eigentlich gehört noch ein String-Tanga dazu. Zusammen läuft das unter der Kollektion ›Black Bunny‹«, erklärte Lou.

Anne wimmerte leise.

»Keine Angst!«, versuchte Lou, ihre Schwester zu beruhigen. »Den String-Tanga wollte Mia nicht.«

»Das reicht.« Anne wandte sich zur Tür. »Ich hole sie herein.«

»Nein!« Lou hielt ihre Schwester zurück. »Lass sie. Sie weiß genau, was sie tut.«

»Tolles Oberteil!« Jo nickte anerkennend.

»Danke.« Mia schob sich die Haare aus dem Gesicht, legte ihre Kleidung auf der Gartenbank ab und drehte sich dann wieder zu Jo um. »Wo kann ich helfen?«

»Du willst tatsächlich mit anpacken?«

»Was hast du denn gedacht?«

»Ich weiß es nicht. Zieh dich wieder an.«

»Nein.«

»In diesem Outfit kannst du hier nicht rumlaufen. Frau Hösle steht kurz vor einem Schlaganfall!«

»Meine Mutter vermutlich auch. Aber ich ziehe mich nur an, wenn du dir ebenfalls dein Hemd anziehst.«

»Mein nackter Oberkörper ist ja wohl harmloser als dieses … dieses schwarze Ding!«

»Findest du?«

»Da hinten kommt der Postbote. Zieh dich an!«

»Warum? Ich wette, der Postbote hat schon öfter halbnackte Frauen gesehen.«

»Also gut, du hast es nicht anders gewollt.« Jo ließ das Holz fallen und packte Mia. Ohne Anstrengung warf er sie über seine Schulter und schleppte sie zum Stall. »Hier drinnen kannst du nackt arbeiten«, sagte er, als er die protestierende Mia neben der Box von Mette-Marit abstellte. Die Kuh hob ihren Kopf aus dem Futtereimer und glotzte die beiden erstaunt an.

»Das tue ich auch, wenn du nicht endlich dein T-Shirt anziehst.«

»Du spinnst doch.«

»Also gut.« Mia grinste verschlagen und tänzelte vor der Kuh hin und her. »Na, Mette-Marit, so einen schönen BH hast du bestimmt noch nie gesehen, nicht wahr? Der hat nicht mal Verschlusshaken, sondern Reißknöpfe. Ein Ruck, und schon ist alles offen.«

»Mia!«, warnte Jo.

»Soll ich dir das mal zeigen? Auf fünf. Eins … zwei …«

»Wieso musst du immer auszählen?«

»Weil's Spaß macht. Drei …«

»Mia!«

»Vier …«

»Schon gut.« Resigniert hob Jo seine Hände. »Ich ziehe mein T-Shirt wieder an.«

»Das hätten wir eher haben können.« Sie verschränkte etwas verschämt ihre Arme vor der Brust. »Kannst du mir wohl meine Klamotten bringen? Es ist ein wenig frisch hier.«

»Okay.« Jo öffnete die Stalltür.

»Jo?«

»Hm?«

»Was hättest du bei ›fünf‹ gemacht?«

»Die Augen geschlossen. Und du?«

»Ich hätte mich hinter der Kuh versteckt.«

»Gut zu wissen.«

»Warum?«

»Ich hätte geblinzelt.«

»Da kommt er wieder!« Aufgeregt deutete Lisa-Marie auf die Stalltür.

»Ohne Mia«, stellte Lou fest.

»Gott sei Dank«, sagte Anne mit Blick auf den Briefträger, der in diesem Moment das Haus erreichte und die Post einwarf.

Jo grüßte kurz in seine Richtung, zog sich sein Hemd über den Kopf und verschwand mit Mias Kleidung im Stall.

»Weg ist er!« Lou klang ein wenig enttäuscht. »Ob die beiden jetzt im Stall weitermachen?«

»Lou!« Anne schüttelte den Kopf. »So habe ich mir Mias ersten Tag hier bestimmt nicht vorgestellt. Was denkt sich das Mädchen eigentlich?«

»Sie denkt sich, dass Jo verdammt attraktiv ist. Damit schließt sie sich einer Mehrheit hier im Haus an, nicht wahr, Lisa-Marie?«

»Äh … ja.« Widerwillig nickte ihre Cousine.

»Vielleicht wollte sie uns aber auch nur zeigen, zu wem Jo altersmäßig am besten passt«, fuhr Lou fort.

»Muss sie deshalb fast nackt mit ihm auf dem Hof herumhüpfen und dann im Stall verschwinden?«, fragte Anne gereizt.

»Sie ist neunzehn.«

»Das ist mir bekannt. Trotzdem – wer weiß, was die beiden jetzt da drinnen machen.«

»Gar nichts.« Erneut deutete Lisa-Marie auf die Stalltür. »Da sind sie, und beide sind angezogen.« Einträchtig schlenderten Jo und Mia über den Hof und begannen, das Holz zu stapeln.

Lou grinste. »Schade für Frau Hösle. Es gibt schon wieder nichts zu sehen …«

11

»Kannst du mir einen Gefallen tun?«, fragte Lou am Sonntagabend. Wie immer telefonierte sie noch einmal mit Christoph, bevor sie ins Bett ging.

»Gern. Welchen denn?«

»Schau doch diese Woche mal bei Stefan und den Jungs vorbei! Stefan hat sich ein paar Tage Urlaub genommen und spielt jetzt Hausmann. Anne braucht dringend eine neutrale Einschätzung der Lage.«

»Dafür bin ich als Journalist ja bestens geeignet. Will sie eine schriftliche Zusammenfassung?«

»Nein, es reicht, wenn du mir das am Telefon erzählst. Ich werde dann die wesentlichen Informationen herausfiltern und an sie weitergeben.«

Er lachte. »Mit anderen Worten: Du erzählst ihr nur das, was du erzählen willst.«

»Ja. Ich möchte sie nicht unnötig aufregen, denn sie erholt sich gerade so gut und blüht richtig auf.«

»Schön, das hat sie dringend nötig.«

»Aber weißt du, was merkwürdig ist?«

»Was denn?«

»Sie hält sich völlig aus der Haushaltsführung heraus, obwohl sie eigentlich diejenige ist, die es gewohnt ist, viele Menschen zu versorgen.«

»Oje, jetzt bist aber hoffentlich nicht du fürs Kochen zuständig, oder?«

»Hast du Angst, dass es mir zu stressig wird?«

»Nein, eher Mitleid mit den anderen.«

»Du weißt, dass ich kochen und backen kann …«

»… wenn es etwas Raffiniertes für wenige Personen ist. Aber Hausmannskost war noch nie dein Ding.«

»Keine Sorge! Ich rühre derzeit den Herd nicht an.«

»Geht es dir immer noch schlecht?«

Lou seufzte. »Ja, leider.«

»Du solltest zum Arzt gehen!«

Zuerst mache ich einen Schwangerschaftstest, dachte Lou. Aber sie hatte nicht vor, mit Christoph darüber zu sprechen, schließlich wollte sie ihn nicht unnötig beunruhigen. Also lachte sie nur. »Es wird ja langsam besser«, log sie.

»Hoffentlich.« Christoph schien zu spüren, dass sie ihm etwas verheimlichte, denn eine Zeitlang blieb es still in der Leitung. Wartete er darauf, dass sie etwas sagte? Oder bildete sie sich diese Spannung nur ein?

»Lisa-Marie hat das Kochen und Backen übernommen«, plauderte sie schließlich drauflos und bemühte sich um einen beiläufigen und fröhlichen Tonfall. »Das ist auch so eine Sache, die ich bemerkenswert finde. Diejenige, die sich sonst nur um sich selbst kümmern muss, bekocht auf einmal die ganze Familie. Und sie genießt es auch noch!«

»So langsam scheint ihr eine gewisse Routine im Zusammenleben zu entwickeln, oder? Ich fürchte, den Champagner habe ich verloren.«

»Welchen Champagner?«

»Wir hatten doch gewettet, dass ihr es keine zwei Wochen miteinander aushaltet.«

»Oh, daran habe ich gar nicht mehr gedacht.« Und nach Champagner ist mir momentan sowieso nicht, setzte sie in Gedanken hinzu.

»Du enttäuschst mich!«

»Ja, ich weiß, das passt nicht zu mir. Aber irgendwie habe ich das Gefühl, dass es hier um viel mehr geht als nur um die Abwicklung eines Todesfalls oder eine blöde Wette«, versuchte Lou zu erklären.

»Worum geht es denn dann?«

»Wir wachsen langsam als Familie zusammen.«

»Hm.«

»Ich weiß, das klingt komisch – gerade dann, wenn ich es sage.«

»Ich finde diese neue familiäre Seite an dir ausgesprochen interessant.«

»Danke!« Lou lächelte. »Trotzdem vermisse ich dich ganz furchtbar.«

»Ich dich auch.«

»Schlaf gut.«

»Du auch!«

Am Montagmorgen war Lisa-Marie schon früh unterwegs. Gut gelaunt schlenderte sie durch das Dorf Richtung Bäcker und genoss dabei die Aussicht auf die Berge. Der Himmel war wolkenlos, es würde also wieder ein schöner Tag werden. Um diese Uhrzeit war die Straße noch leer, nur ein paar Kinder befanden sich auf dem Weg zur Schule, und ein älterer Herr führte seinen Dackel spazieren.

Lisa-Marie hatte es sich in den letzten Tagen angewöhnt, vor ihren Cousinen aufzustehen, denn sie hasste es, am frühen Morgen Rede und Antwort stehen zu müssen. Falls Lou überhaupt so früh aufstand, sagte sie zwar nicht viel, hatte aber ständig etwas auszusetzen. Mal war ihr das Wasser zu kalt, dann wieder fehlte ihr ein Handtuch, oder sie beschwerte sich, dass jemand, ohne zu fragen, ihre teure Lotion benutzte. Lisa-Marie hatte diese Creme tatsächlich schon am ersten Morgen heimlich ausprobiert, jedoch bald gemerkt, dass sie kleine Pickel davon bekam – zum Glück am Oberschenkel, wo Lou sie nicht sehen konnte.

Anne hingegen konnte schon am frühen Morgen fröhlich schwatzen. Das lag vermutlich daran, dass sie es gewohnt war, gleich nach dem Aufstehen auf andere Menschen zu treffen. Sie brauchte anscheinend keine Anlaufzeit, sondern war sofort hellwach und munter.

Und jetzt, da auch noch Mia im Haus war, herrschte im gemeinschaftlichen Badezimmer reger Betrieb. Deshalb hatte Lisa-Marie ihren Wecker auf eine halbe Stunde früher gestellt, um in der Küche allein und in aller Ruhe eine erste Tasse Kaffee trinken zu können. Den Rest des Kaffees goss sie danach in eine große Thermoskanne und machte sich auf den Weg zum Bäcker.

Wie jeden Morgen kaufte sie auch heute eine Mischung aus Weizenbrötchen und Brezeln. Vor der Tür der Bäckerei stopfte sie die Brötchentüte in ihren Rucksack und trat den Heimweg an. Da es immer noch sehr früh war, entschied sie sich für einen kleinen Umweg über den Kurpark. Hinter der Kirche wandte sie sich nach rechts und lief ein Stück die Hauptstraße entlang, vorbei an einem Blumengeschäft, einer Tankstelle und einer Metzgerei.

Vor der Metzgerei stellte eine Verkäuferin gerade eine Tafel mit den Tagesangeboten auf. »Heute frische Brätknödel«, las Lisa-Marie. Kurz entschlossen trat sie ins Geschäft und kaufte zehn große Knödel. Die würde sie heute Mittag in Brühe kochen und zusammen mit ein paar Butterbrezeln servieren.

Als sie weiterging, fiel ihr Blick auf ein Gebäude auf der gegenüberliegenden Straßenseite. Es war ein typisches Allgäuer Bauernhaus mit Holzverkleidung, Balkon und Blumenkästen vor den Fenstern. Irgendwann in letzter Zeit hatte man das Erdgeschoss zu einem modernen Ladenlokal umgestaltet. Zu beiden Seiten der Eingangstür waren große Schaufenster eingebaut worden, die den Blick auf eine helle und geräumige Ladenfläche freigaben.

Offensichtlich stand das Geschäft leer. Neugierig überquerte Lisa-Marie die Straße und drückte ihre Nase gegen die Scheiben. An den Wänden waren raumhohe Holzregale angebracht worden, und auch Decken und Böden waren aus Holz. Eine breite Tür führte im hinteren Bereich zu einem weiteren Zimmer, das vermutlich ebenfalls als Verkaufsraum genutzt worden war. Lisa-Marie lief ein Stück um das Haus herum und stand plötzlich vor einem Gartenzaun, der den Hof von der Straße trennte. Eine üppige Rosenhecke rankte sich an Zaun und Hauswand entlang, und über dem Gartentor prangte ein reichverziertes Holzschild mit grüner Schrift: »Eisenwaren Andreas Lampertinger«.

»Suchen Sie etwas?«, fragte eine Stimme hinter Lisa-Marie.

Erschrocken fuhr sie herum. Eine ältere Dame hatte ihr Fahrrad am Straßenrand gestoppt und schaute neugierig zu ihr herüber.

»Nein.« Lisa-Marie schüttelte den Kopf.

»Den Laden vom Lampertinger gibt es nicht mehr, sie haben ihn Ende des letzten Jahres geschlossen.«

»Aha.«

»Wenn Sie jetzt etwas brauchen, müssen Sie nach Füssen fahren. Der junge Lampertinger hat dort ein neues, viel größeres Geschäft eröffnet, das angeblich mehr Kundschaft bringt als der kleine Laden hier.« Es war der Frau deutlich anzusehen, dass sie von dieser Neuerung nicht viel hielt.

Lisa-Marie schüttelte abermals den Kopf. »Danke, aber ich brauche nichts.«

»Oder wollen Sie das Geschäft mieten? Es gehört den Lampertingers. Irgendwo an der Tür müsste eine Telefonnummer stehen, die man bei Interesse anrufen kann.«

»Ich habe kein Interesse …«, begann Lisa-Marie, doch die Frau hatte bereits wieder ihr Fahrrad bestiegen und winkte zum Abschied.

»Phiadi!«, rief sie und radelte davon.

»Ich habe kein Interesse«, wiederholte Lisa-Marie leise und sah ihr kopfschüttelnd nach. Dann drehte sie sich noch einmal zum Haus um und betrachtete nachdenklich die leerstehenden Räume. »Oder vielleicht doch?«

»Ist euch eigentlich aufgefallen, dass es in Pfronten keine einzige Buchhandlung gibt?«, fragte Lisa-Marie beiläufig, als wenig später alle am Frühstückstisch saßen.

»Das Schreibwarengeschäft hat ein kleines Regal mit Taschenbüchern, und die Tankstelle führt ein paar Krimis.« Anne schnitt ihr Weizenbrötchen auf und bestrich es dick mit Butter. »Aber du hast recht, mehr Angebot gibt es tatsächlich nicht.«

»Findet ihr das nicht schade? Ich wette, so ein Laden würde gut laufen.«

»Besonders zu Ferienzeiten, wenn viele Urlauber hier sind«, sagte Mia. »Wann hat man sonst so viel Zeit zum Stöbern und Lesen?«

»Für dich mussten wir immer eine Tasche voller Bücher mitschleppen«, sagte Anne und lächelte bei der Erinnerung an frühere Familienreisen.

»Internatsgeschichten oder eher ›Die wilden Hühner‹?«, wollte Jo wissen.

»›Die wilden Kerle‹«, antwortete Mia. »Der Rest war mir zu mädchenhaft.«

»Ich habe alle ›Drei Fragezeichen‹ gelesen. Und dann, als ich älter wurde, natürlich Harry Potter.«

»O ja! Ich liebe Harry Potter.«

»Sogar ich habe alle Harry-Potter-Bücher gelesen«, mischte sich Lou in die Unterhaltung ein. Sie war an diesem Morgen blass und müde zum Frühstück erschienen, bemühte sich aber um gute Laune. »Und neulich habe ich die Twilight-Reihe beendet, die Mia mir geliehen hat.«

Jo grinste Mia an. »Du hast ›Twilight‹ gelesen?«

Mia warf ihrer Tante einen bösen Blick zu. »Ja.«

»Sie ist ganz verrückt nach Jacob, dem Werwolf.« Lou ignorierte Mias warnende Blicke. »Muskulöser Oberkörper, lange, dunkle Haare und braune Haut …« Vielsagend zwinkerte sie Jo zu.

»Äh … ja …« Er wirkte auf einmal sehr verlegen.

»Lou, hör auf damit!«, kam Anne ihm zu Hilfe. Ihr war nicht verborgen geblieben, dass sich Jo und Mia ausnehmend gut verstanden und jede freie Minute miteinander verbrachten.

»Möchte noch jemand Kaffee?« Hektisch und mit hochrotem Kopf sprang Mia auf. »Lisa-Marie?«

»Hm?« Die Angesprochene fuhr erschreckt zusammen.

»Ob du noch Kaffee willst?«

»Ja, gern.« Abwesend hielt Lisa-Marie ihre Tasse in die Höhe.

»Ich nehme auch noch einen.« Jo schob seine Tasse in

Mias Richtung, vermied es jedoch, sie anzusehen. Eine Zeitlang war es still am Tisch, dann ergriff Lisa-Marie plötzlich wieder das Wort.

»Was glaubt ihr, hätte eine Buchhandlung eine Chance in Pfronten?«

»Das scheint dich aber ganz schön zu beschäftigen«, bemerkte Lou überrascht. »Willst du dich verändern?«

»Ich bin mir noch nicht sicher. Vielleicht?«

Mia und Anne tauschten vielsagende Blicke, sagten jedoch nichts. Lou hingegen, die noch nichts von Lisa-Maries geschäftlichen Problemen wusste, schien Gefallen an der Idee zu finden und plante munter drauflos. »Natürlich hätte so ein Buchladen gute Chancen hier, schon allein wegen der vielen Urlauber. Dazu brauchst du aber viel Platz, den richtigen Standort und noch ein paar neue Ideen.«

»Zum Beispiel?«

»Ein kleines Café direkt im Laden.« Lou biss vorsichtig in eine Brezel. Sie traute ihrem Magen noch nicht so recht. »Dann könnte man sich mit einem Buch bei einer Tasse Kaffee irgendwo hinsetzen und in aller Ruhe Probe lesen.«

»Im Sommer im Hof, und im Winter drinnen. Vielleicht gibt es sogar noch einen Kamin.« Lisa-Marie seufzte. »Das klingt alles so schön!«

»Kamin? Hof? Für mich klingt das, als ob du mit deinen Überlegungen schon sehr weit bist«, stellte Lou verwundert fest. »Gefällt es dir in Dortmund nicht mehr?«

»Natürlich gefällt es mir dort, schließlich ist das meine Heimat. Aber manchmal geht es nicht darum, was man möchte, sondern darum, was man tun muss.«

»Und du musst dich starker Konkurrenz stellen, nicht wahr?«, brachte Anne das Thema behutsam zur Sprache.

Lisa-Marie blickte ihre Cousine überrascht an. »Woher weißt du das?«

»Von mir«, antwortete Mia. »Es stand letzte Woche in der Zeitung.«

»Ach, fangen die Neuen etwa jetzt schon mit ihrer Werbung an?«

»Ja, es gab eine ganze Seite voller Angebote und Aktionen.«

»Hallo?« Lou runzelte die Stirn. »Kann mir mal jemand erklären, wovon ihr redet?«

»Gleich neben Lisa-Maries Laden wird eine neue Buchhandlung eröffnet«, erklärte Mia ihrer Tante. »Eine dieser großen Handelsketten. Sie hat praktisch keine Chance gegen diese Konkurrenz.«

»Oje, du Arme!« Lou legte impulsiv den Arm um die Schultern ihrer Cousine, was Lisa-Marie mit einem überraschten Gesichtsausdruck zuließ. »Warum hast du uns das nicht längst erzählt?«

»Was hätte das genützt?«

»Wir hätten zuhören und trösten können.«

»Speziell du?«

»Immerhin sind wir eine Familie.«

»Und seit wann tun wir so etwas in unserer Familie?«

»Na ja.« Lou dachte nach. »Nach Onkel Horsts Tod haben wir es getan.«

»Das war aber auch eine Premiere. Normalerweise sitzen wir einmal im Monat unsere Zeit ab und stopfen aus Langeweile viel zu viel Kuchen in uns hinein.«

»Okay, du hast recht. Bislang haben wir uns gegenseitig weitgehend ignoriert«, gab Lou zu. »Aber es ist nie zu spät, sich daran zu erinnern, dass wir eine große Familie sind. Ihr wisst schon, Blut ist dicker als Wasser.«

»Und das sagt ausgerechnet die Frau, für die erst ein

Vulkan ausbrechen musste, damit sie an einem Familienausflug teilnimmt«, murmelte Anne kopfschüttelnd.

»Ach, ich weiß auch nicht, was mit mir los ist«, verteidigte sich Lou. »Das muss euer schlechter Einfluss sein.«

Oder die Hormone, dachte Anne im Stillen, sagte aber nichts. Lous »Wechseljahresbeschwerden« würden noch früh genug für Aufregung sorgen. Jetzt war es erst einmal wichtig, ihrer Cousine zu helfen.

Lisa-Marie schien sehr erleichtert zu sein, dass sie über ihre Schwierigkeiten offen reden konnte. Wie lange trug sie dieses Problem wohl schon mit sich herum?

»Du wirst also dein Geschäft in Dortmund schließen müssen«, griff Anne das Thema wieder auf.

Lisa-Marie nickte. »Solange ich die Entschädigung für die Baustelle bekomme, halte ich noch durch. Danach sieht es düster aus.«

»Und warum denkst du jetzt ausgerechnet darüber nach, in Pfronten einen neuen Laden zu eröffnen?«, wollte Lou wissen.

»Mir hat es hier schon immer gut gefallen. Außerdem glaube ich fest daran, dass eine Buchhandlung hier Erfolg haben könnte.«

»Es wird aber nicht leicht sein, im Dorf ein geeignetes Ladenlokal zu finden.«

»Das ist es ja, ich glaube, ich habe schon etwas.« Lisa-Marie kramte einen Zettel aus ihrer Hosentasche. »Schräg gegenüber der Metzgerei steht ein Geschäft leer, das wie geschaffen für eine Buchhandlung ist. Ich habe mir die Telefonnummer des Vermieters notiert. Es schadet ja nichts, sich die Räume einmal anzuschauen.«

»Darf ich mitkommen?«, erkundigte sich Lou. »Vielleicht habe ich ja die eine oder andere Idee für die passende Einrichtung.«

»Gern. Ich rufe heute Mittag an und mache einen Termin.«

»Bevor du weiterplanst, solltest du erst einmal mit der Bank klären, ob du überhaupt genug Kapital für einen Neuanfang zur Verfügung hast«, gab Anne zu bedenken.

»Das sollte kein Problem sein«, mischte sich überraschend Jo in die Unterhaltung ein. Vier Köpfe drehten sich erstaunt in seine Richtung.

»Dass du mit am Tisch sitzt, hatte ich ganz vergessen«, murmelte Anne.

»Dachte ich mir schon.« Jo grinste. »Soll ich aufstehen und gehen?«

»Nein!«, bestimmte Lou. »Sag uns erst, warum du glaubst, dass die Kapitalbeschaffung für Lisa-Marie kein Problem ist.«

»Fast alle Banken bieten Darlehen für Existenzgründer an«, erläuterte Jo. »Die meisten sogar ohne Eigenkapitalquote und mit unterschiedlich langer Laufzeit.«

»Das hört sich ziemlich einfach an.«

»Ist es eigentlich auch. Man braucht dazu nur einen überzeugenden Businessplan und ein Geschäftskonzept. Wenn du möchtest, helfe ich dir gern bei den Unterlagen.«

»Woher weißt du das alles so genau?«, fragte Mia argwöhnisch.

Jo zuckte gleichgültig mit den Schultern. »Ist das nicht allgemein bekannt?«

»Nein. Also?«

»Sei nicht so neugierig!«

Mia presste ihre Lippen zusammen und schwieg.

»Wir sollten mit der Arbeit anfangen.« Anne erhob sich und begann, das Frühstücksgeschirr abzuräumen. »Heute haben wir einiges vor.«

Jo schob sich ein letztes Stück Brezel in den Mund und schaute auf seine Armbanduhr. »Wir müssen auch los. Schwester Bonaventura wird gleich da sein, wir wollen die Bienenstöcke überprüfen.« Freundschaftlich boxte er Mia in die Seite. »Komm!«

»Autsch!« Böse funkelte sie ihn an, sagte aber kein einziges Wort mehr, während die beiden gemeinsam die Küche verließen.

Lou sah ihnen kopfschüttelnd nach. »Wieso ist Mia auf einmal so schlecht gelaunt?«

»Männer!«, seufzte Anne. »Habt ihr nicht bemerkt, dass sie eine Schwäche für Jo hat?«

»Natürlich haben wir das bemerkt! Und ich glaube, er schwärmt auch für sie.« Lisa-Marie lächelte verträumt. »Wie romantisch!«

»Aber wenn sie weiter so herumzickt, wird das nichts«, warf Lou ein.

»Das wäre auch besser so.«

»Ach, komm schon, Anne! Du wusstest doch, dass sie sich früher oder später mal verlieben würde.«

»Aber doch nicht gleich in den erstbesten Typen mit muskulösem Oberkörper und geheimnisvollem Lebenslauf.« Anne runzelte nachdenklich die Stirn. »Irgendetwas stimmt nicht mit Jo, und das spürt Mia auch. Er sagt uns nicht die ganze Wahrheit, habt ihr das nicht bemerkt?«

»Warum sollte er auch? Bis vor kurzem haben wir das ja nicht einmal innerhalb unserer eigenen Familie geschafft.«

»Trotzdem.« Wieder seufzte Anne besorgt.

»Mia weiß, was sie tut«, beruhigte Lisa-Marie ihre Cousine. »Da würde ich mir an deiner Stelle gar keine Sorgen machen.«

»Ich auch nicht.« Lou schmunzelte. »Der arme Jo kann einem sogar ein wenig leidtun. Ich wette, gerade in diesem Moment sind stechende Insekten für ihn das kleinere Übel.«

»Als Erstes kontrollieren wir, ob noch genug Futter in den Waben vorhanden ist«, erklärte Schwester Bonaventura, als sie mit Jo und Mia auf der Wiese neben dem alten Austragshäuschen stand. Alle drei waren mit Schutzkleidung, Hut, Schleier und Handschuhen ausgestattet und bewegten sich vorsichtig in Richtung der Bienenstöcke.

Jo grinste. »Wir sehen aus wie Astronauten. Fehlt nur noch die Flagge, die wir gleich hier irgendwo in den Boden rammen.« Fröhlich blickte er sich nach Mia um, doch die zuckte nur gleichgültig mit den Schultern.

»Los geht's!« Langsam zog Schwester Bonaventura einen Holzrahmen aus dem ersten Bienenstock und überprüfte den Zustand der Waben. Die Bienen, die auf dem Rahmen herumkrabbelten, ließen sich durch die vorsichtigen Bewegungen nicht stören. »Hier, seht ihr? In den Waben ist noch reichlich Futter vorhanden«, stellte sie fest. »Das ist gut so, denn zurzeit brüten die Bienen vermehrt und brauchen deshalb viel Nahrung. Ihr könnt jetzt genau nach dem gleichen Schema die anderen Waben untersuchen. Aber immer schön ruhig bleiben!«

Folgsam zogen Jo und Mia zwei weitere Rahmen heraus und überprüften den Inhalt. Plötzlich klingelte ein Telefon. Mia blickte fragend zu Jo, aber dieser schüttelte den Kopf.

»Das ist für mich, entschuldigt mich.« Schwester Bonaventura entfernte sich langsam von den Bienen und wühlte in ihrer Kleidung herum. Gleich darauf zog sie ein Handy hervor und begrüßte den Anrufer lautstark. »Guten Tag, Herr Pfarrer!«

»Der Herr Pfarrer – das kann dauern«, sagte Jo und holte einen neuen Holzrahmen aus dem Bienenstock. »Dieser ist ebenfalls noch gefüllt«, sagte er und schob ihn vorsichtig zurück.

Mia nickte nur und arbeitete schweigend weiter.

»Ist was?«, erkundigte sich Jo nach einer Weile.

»Was soll sein?«, erwiderte Mia schnippisch.

»Du bist so still.«

»Ich denke nach.«

»Worüber?«

»Ich frage mich, woher du die ganzen Informationen über Kredite und so hast.«

»Ich lese viel.«

»Wirtschaftsliteratur? Das glaubst du doch wohl selbst nicht!« Heftiger als nötig stieß Mia ihren Rahmen zurück in die Befestigung.

»Vorsichtig!«, mahnte Jo. »Diese kleinen Biester verstehen keinen Spaß.«

»Ich auch nicht.«

»Soll heißen?«

»Ich mag es nicht, wenn man mir nicht die Wahrheit sagt.«

»Ach, komm schon! Von dir weiß ich doch auch längst noch nicht alles. Außer, dass du tolle Reizwäsche trägst und scheinbar auf Typen wie mich stehst.«

»Bilde dir bloß nichts darauf ein!«

»Fährst du am Mittwochabend mit nach Füssen?«, fragte Jo, ihre schlechte Laune ignorierend. »Dort findet in einer Kneipe ein Konzert mit einer Band von hier statt.«

»Ich fasse es nicht!«

»Was? Dass es hier eine Band gibt?«

»Nein.« Mia trat ein paar Schritte zurück und lüftete ihren Schleier. »Ich bin stinkwütend auf dich, weil du mir nicht die Wahrheit über dich sagst, und du merkst das nicht einmal und lädst mich stattdessen zu einem Konzert ein!«

»Ich habe dich nicht eingeladen, ich habe nur gefragt, ob du mitkommen willst.« Sanft zog Jo Mias Schleier wieder über den Hut und zupfte ihn nach unten.

»Nur, wenn du mir sagst, woher du dein Finanzwissen hast.«

»Ist das ein ›Ja‹ mit einer festen Bedingung?«

»Von mir aus.«

»Okay«, seufzte Jo. »Wenn es dir so wichtig ist: Ich habe eine Banklehre absolviert.«

»Im Ernst?«

Jo nickte.

»Du wirkst nicht wie ein typischer Bankkaufmann.«

»Das bin ich auch nicht, sonst wäre ich wohl nicht hier, oder?«

»Und wieso bist du hier? Warum sitzt du nicht in deiner Bank und verkaufst Sparbriefe?«

»Weil es nicht das ist, was ich ein Leben lang machen möchte.«

»Was möchtest du denn dein Leben lang machen?«

»Zunächst einmal möchte ich Spaß haben.« Jo rückte Mias Hut zurecht und ließ seine Hände behutsam auf ihre Schultern sinken. »Was dann kommt, weiß ich noch nicht.«

»Ich hasse Typen, die keinen Plan haben«, brummte Mia.

»Ach ja? Hast du denn einen Plan?«

»Natürlich.«

»Und der wäre?«

»Ich werde Medizin studieren und irgendwo in der Dritten Welt arbeiten.«

»Das klingt ja irrsinnig konkret!«

»Etwas weniger Ironie bitte.« Sie zog seine Hände von ihren Schultern. »Was ist so falsch an meiner Idee?«

»Gar nichts, im Gegenteil, mir gefällt das. Während du die Welt rettest, kann ich hier wenigstens noch eine Weile abhängen, ohne ein schlechtes Gewissen zu haben.«

»Aber irgendwann bist du zu alt, um nur ›abzuhängen‹. Und dann?«

»Du redest wie mein Vater.«

»Dann ist dein Vater ein intelligenter Mann.«

»Er ist ein Langweiler.«

»Und du bist geistig auf dem Niveau meiner kleinen Brüder.«

»Nicht jeder findet ein spießiges Leben erstrebenswert.«

»Spießig? Sagtest du spießig? Du bist … du bist so was von blöde!« Mia riss sich den Hut vom Kopf und stapfte ohne ein weiteres Wort davon, vorbei an Schwester Bonaventura, die ihr Telefongespräch gerade beendet hatte und nun wieder zu den Bienenstöcken zurückkehrte.

»Was ist los?«, wollte sie wissen.

»Gereizte Stimmung«, antwortete Jo knapp.

»Das kommt hin und wieder vor.« Schwester Bonaventura lächelte versonnen. »Gott sei Dank hat sich das nicht auf die Bienen übertragen!«

12

»Wir haben jetzt zwei Tage lang den Keller durchsucht«, seufzte Lou am Mittwochabend. »Und das Einzige, was wir herausgefunden haben, ist, dass der Kater drei geheime Lager für tote Mäuse angelegt hat.«

Lisa-Marie blickte von ihrem Krimi auf und schauderte. »Erinnere mich bloß nicht daran!«

Die beiden Frauen hatten es sich auf dem großen Sofa im Wohnzimmer gemütlich gemacht. Lisa-Marie lag ausgestreckt in einer Ecke, während Lou auf der anderen Seite ihre Füße angewinkelt hatte und an einer Tasse Tee nippte. Einträchtig teilten sie sich eine grüne Wolldecke und eine Packung Butterkekse.

»Telefoniert Anne immer noch mit Stefan?«, wollte Lisa-Marie wissen.

Lou nickte. »Eigentlich müssen wir Mia dankbar sein. Seit sie aus Dortmund fort ist, sprechen Anne und Stefan mehrmals täglich miteinander.«

»Weißt du, wie es bei den Jungs läuft?«

»Ja, Christoph war gestern bei ihnen. Jan und Tom kommen wohl ganz gut mit der Situation zurecht. Aber Stefan versinkt im Haushaltschaos.«

»Hoffentlich überzeugt er sie nicht, dass sie nach Haue kommen muss!«

»Das hat er wohl versucht, aber sie hat nein gesagt.«

»Sie will nicht?«, fragte Lisa-Marie erstaunt und setzte sich auf. »Warum nicht?«

»Ich glaube, sie will Stefan eine Lektion erteilen«, vermutete Lou. »Durch ihre Abwesenheit zwingt sie ihn dazu, sich endlich mal um die Familie zu kümmern.«

»Du meinst den Rest der Familie«, korrigierte Lisa-Marie. »Diejenige, um die er sich eigentlich kümmern sollte, sitzt hier …«

»… und sucht verzweifelt das Haus nach alten Liebesbriefen ab«, ergänzte Lou den Satz schmunzelnd. »Und ich wette, sie wird nicht eher Ruhe geben, bis wir irgendetwas gefunden haben.«

»So lange wird Stefan also noch warten müssen«, vermutete Lisa-Marie. »Geschieht ihm ganz recht!«

»Mama?« Mia steckte den Kopf durch die Tür und sah sich suchend im Wohnzimmer um.

»Sie ist oben und telefoniert mit deinem Vater.«

»Umso besser!« Mia schlüpfte ins Zimmer und blieb abwartend vor dem Sofa stehen. Bereitwillig rückte Lisa-Marie ein wenig zur Seite. »Möchtest du auch mit aufs Sofa?«

»Nein. Eigentlich wollte ich dich fragen, ob du mir heute Abend dein Auto leihst.«

»Gern.«

»Warte, nicht so schnell!«, rief Lou. »Wohin willst du?«

Mia verdrehte die Augen. »Nach Füssen, dort gibt es ein Konzert.«

»Dasselbe, zu dem Jo geht?«, wollte Lisa-Marie wissen.

»Kann sein.«

»Schade, er ist schon fort. Sonst hättest du ihn mitnehmen können. Jetzt ist er mit dem Bus gefahren.«

»Der Arme!« Mia sah nicht so aus, als ob Jo ihr besonders leidtat.

»Ich dachte, du hast dich mit Jo zerstritten.«

Mia schüttelte den Kopf. »Wir haben nicht gestritten.«

»Aber ihr habt seit Montagmorgen nicht mehr miteinander geredet. Das war mehr als offensichtlich.«

»Wer nicht redet, kann nicht streiten.«

»Seltsame Logik!«

»Du hast die letzten zwei Tage nichts getan, als deine Nase ins Mathebuch zu stecken«, stellte Lou fest.

»Mama hat gesagt, ich soll lernen.«

»Natürlich.« Lou grinste vielsagend.

»Und jetzt bin ich fertig«, fuhr Mia trotzig fort. »Jetzt will ich zur Abwechslung mal Spaß haben!«

»Es hört sich aber überhaupt nicht so an, als ob du dich darauf freust.«

»Wir werden sehen«, antwortete Mia ausweichend und drehte sich zur Tür. »Sagt meiner Mutter bitte, dass es sehr spät werden kann.«

»Die Autoschlüssel hängen im Flur.«

»Fahr vorsichtig!«

Beide Frauen sahen sich erstaunt an, als die Haustür ins Schloss fiel. »Verstehst du, warum sie unbedingt zum Konzert will?«, fragte Lisa-Marie.

Lou nickte. »Ich glaube, sie hat sich in Jo verliebt und läuft ihm jetzt hinterher.«

»Ob das gutgeht?« Lisa-Marie schüttelte bedenklich den Kopf.

»Wer weiß das schon?« Lou nahm sich einen Keks. »Die Liebe ist ein Glücksspiel. Der eine landet einen Volltreffer, der andere zieht lauter Nieten.«

Lisa-Marie warf ihrer Cousine einen misstrauischen Blick zu. Machte sie sich etwa lustig über sie? Doch Lou sah nicht so aus, als ob sie die letzte Bemerkung als Scherz gemeint hätte. Sie knabberte an ihrem Keks und schaute nachdenklich in die Ferne. Eine Weile lang blieb es still, nur das gleichmäßige Ticken der großen Standuhr war zu hören.

»Ich nehme an, Christoph ist ein solcher Volltreffer«, bemerkte Lisa-Marie schließlich.

Lou seufzte sehnsüchtig. »Ich weiß bis heute nicht, warum gerade ich solch ein Glück gehabt habe. Ich meine, ich habe ja praktisch nur für meine Arbeit gelebt. Ein Mann war in meinem Leben überhaupt nicht vorgesehen.«

»Du hast ihn nicht gesucht, aber gefunden«, stellte Lisa-Marie ein wenig neidisch fest.

»Ach, gesucht und gehofft hatte ich schon. Schließlich ist es mit der Liebe ähnlich wie beim Lottospielen: Wer keinen Spielschein ausfüllt, der darf auch keinen Gewinn erwarten.«

»Es schadet also nicht zu spielen?«

»Natürlich nicht, man darf es nur nicht übertreiben. Wer säckeweise Lotto spielt, darf sich auch nicht wundern, wenn er irgendwann zwischen dem ganzen Papier steckenbleibt und sich selbst verliert.«

»Kannst du das mal ins Deutsche übersetzen?«

»Gern.« Lou schmunzelte. »Einfach ausgedrückt, bedeutet es Folgendes: weniger Internet-Bekanntschaften, dafür aber mehr echtes Leben.«

»Danke für den heißen Tipp!«

»Gern geschehen.«

»So philosophisch kenne ich dich gar nicht.«

»Ach, ignorier mich einfach. Ich bin seit ein paar Tagen irgendwie komisch drauf.«

»Mir gefällt die neue Lou.«

»Mir macht sie Angst.«

Lächelnd nahm Lisa-Marie ihr Buch zur Hand und begann wieder zu lesen. Sie ahnte, dass dieses Gespräch an einem Punkt angelangt war, an dem es besser war, zu schweigen und die neu entstandene Harmonie zu genießen.

Dankbar registrierte Lou Lisa-Maries taktvollen Rückzug. Sie rutschte ein wenig tiefer ins Sofa und zog sich die Decke bis zum Kinn. Fast automatisch legte sie danach die Hände auf ihren Bauch, wie schon öfter in den letzten Tagen.

Der Gedanke an eine mögliche Schwangerschaft erschreckte sie nicht mehr, auch wenn ihre Gefühle immer noch sehr zwiespältig waren.

Einerseits gewöhnte sie sich langsam an die Vorstellung, eventuell neues Leben in sich zu tragen. Ein Baby, das ganz allein ihr und Christoph gehören würde. Aber andererseits hatte sie nach wie vor keine Ahnung, wie sich ein Kind mit ihrem unabhängigen Lebensstil vereinbaren lassen würde.

Und überhaupt: Was würde Christoph dazu sagen? Sie hatte schreckliche Angst vor seiner Reaktion. Denn was wäre, wenn es ihren großen Lotteriegewinn nur ohne eine kleine Zusatzzahl gab?

Mia erreichte die Gastwirtschaft, in der das Konzert stattfinden sollte, mit zwanzig Minuten Verspätung. Auf der Suche nach einem Parkplatz war sie eine Zeitlang in Füssen herumgeirrt und hatte das Auto schließlich auf dem großen Gelände vor dem Supermarkt abgestellt. Ein Verkäufer mit grünem Kittel hatte sie neugierig angestarrt, als sie die Türen des Käfers verschloss und sich auf den Weg in die Stadt machte.

»Brauchen Sie noch mehr Holz?«, wollte er wissen.

»Nein.« Eilig verließ Mia den Platz.

»Sie dürfen hier nur parken, wenn Sie etwas kaufen!«, rief der Mann ihr hinterher.

Mia blieb stehen, atmete einmal tief durch und schluckte eine freche Antwort hinunter. Der Mann tat schließlich nur seine Pflicht und konnte nichts dazu, dass Jo ein Idiot war und sie wütend machte.

Sie versuchte ein Lächeln, drehte sich um und betrat gleich hinter dem Verkäufer das Geschäft. Zielstrebig lief sie auf das Kühlregal zu und nahm eine Flasche Piccolo mit. Natürlich wurde sie an der Kasse nach ihrem Ausweis gefragt, aber darauf war sie vorbereitet.

»Kann ich jetzt noch länger parken?«, fragte sie den Mann im grünen Kittel, der am Ausgang die Einkaufswagen zusammenschob.

»Von mir aus«, antwortete er und schielte auf die Uhr. »Es ist ja schon fast acht Uhr, wir schließen gleich.«

»Danke!«

»Außerdem ist der rote Käfer neuerdings so etwas wie Stammkundschaft«, grinste er. »Nur der Fahrer wechselt ständig.«

»Danke«, sagte Mia noch einmal und verließ eilig den Laden. Auf dem Weg zum Konzert trank sie den Sekt und rechnete sich dabei aus, dass sie in ein paar Stunden wieder fahrtüchtig sein würde. Auf keinen Fall würde sie sich von Jo nach Hause fahren lassen! Sollte er doch sehen, wo er blieb – sie würde sich heute Abend amüsieren und ihm zeigen, dass sie sehr wohl in der Lage war, das Leben zu genießen.

Seit zwei Tagen schon ignorierte er konsequent ihr beleidigtes Schweigen. Er war die ganze Zeit auf dem Hof unterwegs und erschien nur zu den Mahlzeiten im Haus. Abends zog er sich früh in sein Zimmer zurück, angeblich, um zu lesen.

»Ha!«, stieß Mia hervor, während sie die leere Flasche schwungvoll in einen Mülleimer beförderte. Was denn, bitte schön, sollte er lesen? Etwa ein anspruchsvolles Buch? Mit Sicherheit nicht, denn über ernste Texte konnte man selten lachen. Und Spaß schien ihm extrem wichtig zu sein … Nein, vermutlich lag er einfach nur herum und blätterte in irgendwelchen blöden Comics.

Mia war ein paarmal drauf und dran gewesen, in sein Zimmer zu stürmen und ihn zur Rede zu stellen. Aber das traute sie sich dann doch nicht, zumal ihre Mutter und ihre Tanten auf der Suche nach alten Unterlagen meistens irgendwo im Haus unterwegs waren. Man wusste nie, wann und wo eine von ihnen plötzlich auftauchte.

Mia hatte es schließlich aufgegeben, über Jo nachzudenken, und stattdessen ihr Mathebuch hervorgekramt. Wenigstens war sie jetzt, dank Jo und seines unmöglichen Benehmens, fit für die mündliche Prüfung!

Inzwischen war sie an der Gastwirtschaft angekommen. Vor der Eingangstür standen einige Raucher und blickten ihr neugierig entgegen. Mia fuhr sich kurz mit der Hand durch ihre Haare, die sie heute offen gelassen hatte. Dazu trug sie enge Jeans, Stiefel und eine schwarze Lederjacke – kurz: Sie fand selbst, dass sie umwerfend aussah.

Entsprechend erfreut fielen die Kommentare zu ihrer Begrüßung aus. »Hey, du bist neu hier!«, sagte einer der Raucher, ein dürrer Typ mit Pickeln im Gesicht.

»Hübsch!«, ergänzte sein Freund, ein kleiner Dicker mit schwarzen Haaren.

Mia wollte schon wortlos an ihnen vorbeigehen, überlegte es sich dann aber anders. Es schadete nicht, hier ein paar Freunde zu gewinnen. Und sicherlich würde es mehr Eindruck auf Jo machen, wenn sie in Begleitung kam.

»Selber hey«, sagte sie deshalb und schüttelte ihre langen Locken nach hinten. »Läuft das Konzert schon?«

Der Dicke und der Pickelige starrten sie an. Offensichtlich konnten sie ihr Glück kaum fassen, denn sie hatten nicht ernsthaft damit gerechnet, dass Mia bei ihnen stehen bleiben würde.

»Hallo?«, fragte sie noch einmal. »Ich möchte wissen, ob die da drinnen schon angefangen haben.«

Der Dicke fing sich als Erster wieder. »Nein«, sagte er und schluckte. »Es gibt irgendwelche Probleme mit der Akustik.«

»Fein, dann habe ich ja nichts verpasst. Übrigens – ich bin Mia.«

»Ich heiße Florian«, stellte sich der Dicke vor und deutete dann auf den Pickeligen. »Und das ist Phillip.«

»Freut mich!« Mia schenkte ihren neuen Bekannten ein freundliches Lächeln, von dem sie hoffte, dass es nicht allzu einladend auf die beiden wirkte. Schließlich war sie hier, um Jo zu beeindrucken, und nicht, um sich einen einheimischen Verehrer zu angeln.

Doch im Laufe der nächsten Minuten stellte sie erleichtert fest, dass die beiden tatsächlich nette und harmlose Jungs waren, mit denen man Spaß haben konnte. Phillip und Florian nahmen sie stolz in ihre Mitte, als sie das Lokal betraten, und lenkten sie zu einem Tisch, an dem bereits einige Freunde saßen. Von hier aus hatte man die Bühne gut im Blick. Danach wetteiferten sie darum, Mia ein Getränk auszugeben. Mit bedauerndem Blick auf das Cocktail-Angebot entschied sich Mia für eine Cola. Schließlich musste sie später noch fahren.

Mit einer Dreiviertelstunde Verspätung betrat die Band die Bühne. »Das sind ja lauter Mädchen!«, stellte Mia erstaunt fest.

»Die da hinten, mit der Gitarre, das ist meine Schwester Anna«, erklärte Florian stolz.

»Die sieht dir aber gar nicht ähnlich«, sagte Mia und betrachtete neugierig das hübsche dunkelhaarige Mädchen, das sich gerade die Gitarre umhängte und sich gleichzeitig nach rechts beugte, um ihrem Begleiter etwas ins Ohr zu flüstern.

Mia traf fast der Schlag. Das war Jo! Lässig stand er auf der Bühne, wie immer unrasiert, aber unverschämt gut aussehend. Seine Haare waren zu einem kleinen Zopf zusammengebunden, und immer noch hing diese Anna mit ihren schwarzgefärbten Lippen an seinem Ohr. Erzählte sie ihm ihre gesamte Lebensgeschichte, oder warum dauerte das Gespräch so lang?

»Ist der Typ da ihr Freund?«, wollte Mia von Florian wissen und deutete auf Jo.

»Nein. Den hat sie erst vor ein paar Tagen kennengelernt. Ich glaube, in einem Musikgeschäft, als sie sich eine neue Gitarre ausgesucht hat.«

»Aha.« Misstrauisch beobachtete Mia, wie Jo lachte und Anna leicht an der Schulter berührte. Dann, kurz bevor das Licht erlosch, zog er sich zurück, und die Band begann zu spielen.

Die Mädchen spielten gut, das musste man ihnen lassen. Besonders Anna hatte eine so tolle Stimme, dass Mia während des Konzertes gelegentlich vergaß, wo sie sich befand und warum sie eigentlich hier war. Neunzig Minuten lang spielte die Band eine Mischung aus Rock und sanften Balladen. Dann ging das Licht wieder an. Unter tosendem Beifall traten die Mädchen gemeinsam zum Bühnenrand vor und verbeugten sich. Gereizt registrierte Mia, dass sich Anna nach Jo umdrehte und ihn auf die Bühne winkte. Jo lachte, kam vor und ließ seinen Blick durchs Publikum schweifen. Um nicht gleich gesehen zu werden, versteckte sich Mia schnell hinter Florian.

»Wir haben heute eine besondere Zugabe für euch!«, brüllte Anna ins Mikrophon. »Hier kommt er: mein neuer Freund Jo!« Bereitwillig rückten die Bandmitglieder zur Seite und machten Platz für Jo. Mia war fassungslos. Neuer Freund? Also doch? Vorsichtig lugte sie über Florians Schulter und beobachtete Jo, der Annas Gitarre nahm, sich auf einen Barhocker setzte und zu spielen begann.

Und wie er spielte!

Mia hatte sich noch nie besonders für Musik interessiert. Entweder gefiel ihr ein Stück, oder es gefiel ihr nicht. Darüber, wie gut oder schlecht ein Musiker sein Instrument beherrschte, machte sie sich sonst keine Gedanken.

Jetzt aber, als sie Jo spielen hörte, wurde ihr auf einmal bewusst, dass es das Schönste war, das sie je gehört hatte. Die leisen, sanften Töne gingen ihr sofort unter die Haut, und die Melodie war einzigartig. Jo selbst wirkte vollkommen versunken in sein Spiel, seine Finger bewegten sich geschickt über die Saiten der Gitarre, und seine Augen waren geschlossen.

Als das Lied verklungen war, brandete erneut tosender Beifall auf. Ohne nachzudenken, erhob sich Mia und bahnte sich einen Weg durch die Menge. Erst direkt vor der Bühne blieb sie stehen.

Jo entdeckte sie in dem Moment, als er Anna die Gitarre zurückgab. Wenn er überrascht war, so ließ er es sich nicht anmerken. Stattdessen flüsterte er der Musikerin etwas ins Ohr und sprang dann direkt neben Mia von der Bühne.

»Du bist also doch gekommen«, begrüßte er sie.

»Ja.«

»Und du scheinst sogar wieder mit mir zu reden.«

»Ja.«

»Kannst du noch etwas anderes sagen? Und warum bist du eigentlich hier?«

»Tja ...« So genau wusste Mia das auf einmal selbst nicht mehr. Ursprünglich hatte sie Jo beweisen wollen, dass sie nicht spießig war und auch ihren Spaß haben konnte. Jetzt aber, nach seinem unglaublichen Auftritt und da er ihr so nahe gegenüberstand, musste sie zugeben, dass das nicht die ganze Wahrheit war. Sie war ihm einfach gefolgt – wie ein dummer, verliebter Teenager ...

»Okay, das reicht.« Jo kletterte zurück auf die Bühne. »Wenn dir noch ein anderes Wort einfällt, weißt du ja, wo du mich findest.«

»Bei Anna?«, rutschte es Mia heraus.

»Ja.«

»Ich bin mit zwei Typen hier. Florian und Phillip.«

»Cool. Viel Spaß!«

»Gleichfalls.« Wütend starrte Mia ihm nach. »Und glaub bloß nicht, dass ich dich nachher im Auto mit nach Hause nehme«, setzte sie leise hinzu.

Zwei Stunden später war sie so betrunken, dass an eine Autofahrt nicht mehr zu denken war. Und daran war ganz allein Jo schuld, redete sie sich ein.

Aus lauter Frust hatte sie sich von Florian und Phillip zu diversen Cocktails einladen lassen. Die beiden kannten viele Leute im Lokal, und schon bald saßen sie in einer großen Runde zusammen und unterhielten sich lebhaft. Mia achtete ständig darauf, dass Jo sie sehen konnte, und flirtete ausgiebig mit jedem männlichen Wesen am Tisch. Aber Jo tat so, als ob ihn das nicht interessierte – oder vielleicht interessierte es ihn tatsächlich nicht. Er steckte die ganze Zeit mit Anna und ihrer Band zusammen und schien sich prächtig zu amüsieren.

Nach dem fünften Cocktail war Mia das völlig egal. Sie genoss die Aufmerksamkeiten der Jungs und ließ sich bereitwillig zu weiteren Drinks einladen.

»Jetzt bin ich wieder dran!«, rief Florian und wandte sich an Mia. »Was möchtest du trinken?«

»Weißnich«, nuschelte Mia. »Ich komma mit.« Sie erhob sich und wankte hinter Florian her. Im Gedränge vor der Theke wurde sie plötzlich von einem bärtigen Mann in Lederkleidung umarmt.

»Wen haben wir denn da?«, grölte er. »Frischfleisch!«

»Huch«, machte Mia und versuchte, sich zu befreien.

»Lass sie los!«, protestierte Florian.

»Halt's Maul, Fettkloß.«

»Du hast gehört, was er gesagt hat«, erklang Jos drohende Stimme, der auf einmal direkt hinter Mia stand. »Lass sie los!«

Der Typ in Lederkleidung grinste und blickte von Jo zu Florian. Anscheinend rechnete er seine Chancen aus, sich mit beiden anzulegen. »Okay, okay«, murmelte er schließlich, löste sich von Mia und verzog sich.

»Danke, Mann!« Florian wirkte sehr erleichtert.

»Ja, danke, Mann«, wiederholte Mia und bemühte sich, gerade stehen zu bleiben. »Unjetz brauch ich wassu trinken!«

Jo runzelte die Stirn. »Meinst du nicht, dass du schon genug getrunken hast?«

»Nö.«

»Ich glaube aber, doch.«

»Gehtich nix an!« Mia hakte sich bei Florian unter. »Dassa is übrings Flo.«

»Ich bin Annas Bruder«, erklärte Florian stolz. »Und ich fand es echt toll, wie du vorhin gespielt hast.«

»Wie kommst du nach Hause?«, wollte Jo wissen, ohne auf Florians Bemerkung einzugehen.

Mia kramte in ihrer Hosentasche herum und zog den Autoschlüssel hervor. Noch bevor sie reagieren konnte, schnappte sich Jo den Schlüsselbund. »Du fährst heute nicht mehr. Ich fahre!« Und zu Florian gewandt, sagte er: »Hol ihr bitte mal einen Kaffee.«

»Hey!«, protestierte Mia.

»Kennt ihr euch?«, wollte Florian wissen. »Du benimmst dich, als wärst du ihr Bruder oder ihr Vater.«

»Wir wohnen derzeit zusammen.«

»Tun wir garnich … er wohnt unnen und wir oben«, stellte Mia richtig. »Er darf nämmich nich rauf.«

»Mia?«

»Ja?«

»Trink einen Kaffee. Ich bin gleich wieder da.« Jo verschwand in der Menge.

Fürsorglich zog Florian Mia an die Theke, wo er tatsächlich darauf bestand, dass sie eine Tasse Kaffee trank und dazu einen Schokoriegel aß.

»Er is wirklich nich mein Freund«, versicherte Mia ihrem neuen Bekannten kauend.

»Ist schon okay.« Florian grinste. »Selbst wenn es so wäre, könnte ich damit leben.«

In diesem Moment kam Jo zusammen mit Anna zurück. Mias Miene verfinsterte sich. Was wollte die denn hier?

»Das ist Mia«, stellte Jo vor. »Normalerweise ein hochintelligentes Mädchen. Nur heute Abend will sie uns offensichtlich das Gegenteil beweisen.«

»Hallo!« Anna lächelte Mia freundlich an. »Ich bin Anna. Wie ich sehe, hast du meinen Bruder schon kennengelernt. Schön, dass ihr euch so gut versteht.«

»Jetz glaub abba bloß nich, dass wir zu viert was machn, bloß weil zwei Paare das manchma so tun!«, entgegnete Mia erbost. »Weil nämlich Jo nich deiner is und Flo nich meiner, un überhaup ...«

»Ich verstehe nicht.« Anna blickte hilflos von Mia zu Jo.

»Sie versteht das vermutlich gerade selbst nicht.« Jo lächelte entschuldigend.

»Ich verstehe alles. Abba so läuft das nich! Auf drei lässu die Finger von Jo«, drohte Mia. »Eins ... hicks ...«

»Wir sollten besser gehen. Komm, Mia!«

»Zwei ...«

Florian grinste seine Schwester an. »Nüchtern ist sie schon absolut süß. Aber so betrunken wie jetzt ist sie einfach nur der Hammer.«

»Das finde ich nicht«, widersprach Anna und presste verärgert ihre schwarzgeschminkten Lippen aufeinander. Dieses betrunkene Mädchen, das soeben »Drei!« brüllte, durchkreuzte ihre Pläne für den weiteren Verlauf des Abends gewaltig.

»Ganz ruhig«, murmelte Jo, nachdem er Mia davon abgehalten hatte, sich auf Anna zu stürzen. Vorsichtig hob er ihr Kinn an und sah ihr direkt in die Augen. »Wir gehen jetzt nach Hause, hast du das verstanden?«

»Bin ja nich blöd. Abba du muss fahn.«

»Überredet.«

»Rufst du mal an?«, fragte Anna.

»Sicher!«

»Ich ruf dich auch an!« Mia warf Florian zum Abschied eine Kusshand zu.

Fürsorglich legte Jo den Arm um Mias Schultern und drängte sie sanft Richtung Ausgang.

Vor der Kneipe war es ruhig und angenehm kühl. Gierig atmete Mia die frische Luft ein. Während sie schweigend neben Jo die Straße entlanglief, wurde ihr Kopf ein wenig klarer. Sie erinnerte sich nicht an jede Einzelheit des Abends, aber ein paar Ereignisse hatte sie trotz des vielen Alkohols behalten.

Zum Beispiel: Jo konnte wunderschön Gitarre spielen.

Oder: Die Mädchen schienen ihm zu Füßen zu liegen, aber für Mia hatte er sogar Anna sitzen lassen.

Und: Jetzt sorgte er dafür, dass sie sicher nach Hause kam.

Aber das Wichtigste war: Er hatte immer noch den Arm um sie gelegt!

»Geht es?«, erkundigte er sich jetzt und drehte den Kopf in ihre Richtung. Da sie genau das Gleiche getan hatte, waren sich ihre Gesichter auf einmal sehr nahe.

Verschämt wandte sich Mia ab und presste ein »Klar doch!« heraus. Sicherlich roch ihr Atem ganz schrecklich nach Alkohol. Außerdem hatte sie Angst, irgendetwas Dummes zu sagen, was ihn dazu bringen würde, die Hand von ihrer Schulter zu nehmen.

Also schwieg sie, und er ließ seinen Arm dort, bis sie das Auto erreicht hatten. Erleichtert sank Mia in den Beifahrersitz und war wenige Minuten später fest eingeschlafen.

»Mia?« Sanft versuchte Jo, das Mädchen wach zu rütteln. »Wir sind da.«

»Lass mich«, brummte Mia und rollte sich auf dem Autositz zusammen.

»Du kannst nicht im Auto schlafen.«

Statt einer Antwort war ein leises Schnarchen zu hören.

Jo seufzte, beugte sich über Mia und zog sie vorsichtig aus dem Auto. Als er sie in den Arm nahm, grunzte Mia zufrieden. »Hmmmm, du riechst so gut!«

Mit einem Fuß stieß er die Autotüre zu. Am Hauseingang stellte er Mia ab. »Wir müssen jetzt ganz leise sein, sonst wecken wir alle«, schärfte er ihr ein.

»O Gott, meine Mutter bringt mich um, wenn sie mich so sieht!«, rief Mia und schlug die Hände vors Gesicht.

»Psssst!«

Behutsam öffnete er die Haustür und zog Mia hinter sich her. An der Treppe zum ersten Stock blieb er stehen. »Meinst du, du findest allein ins Bett?«

»Willst du mitkommen?«

»Mia!«

»War nur'n Witz.« Sie setzte sich auf die erste Stufe und lehnte sich ans Treppengeländer.

»Was machst du da?«

»Ich schlafe heute hier. Der Weg nach oben ist zu anstrengend.«

»Du kannst nicht hier bleiben. Dann leg dich wenigstens ins Wohnzimmer.«

»Da will ich nicht hin, da schläft der Kater. Womöglich hat der wieder eine Maus gekillt.«

»Also gut.« Er zog sie hoch. »Dann kommst du mit zu mir.«

»Zu dir?«, wiederholte Mia lauter als nötig.

»Psssst!«

»Ich will aber nicht …«

»Keine Angst, ich auch nicht!«

Er nahm sie mit in seine Kammer und deutete auf das Bett. »Das ist groß genug für zwei Leute. Du kannst gern deine Klamotten anlassen, aber bitte zieh zumindest deine Schuhe aus.«

Gehorsam setzte sie sich aufs Bett und öffnete ihre Stiefel. Als Jo ein paar Minuten später aus dem angrenzenden Bad zurückkam, lag Mia schon unter der Bettdecke und hatte die Augen geschlossen. Auf einem Stuhl hatte sie ihre Jacke, ihre Jeanshose und ihre Socken ordentlich übereinandergestapelt.

Vorsichtig kroch Jo ins Bett und achtete darauf, einen gewissen Abstand zu Mia einzuhalten. Dann löschte er das Licht aus.

»Jo?«

»Ich dachte, du schläfst schon.«

»Ich muss dir etwas sagen.«

»Was denn?«

»Mir ist kalt.«

»Willst du deine Socken haben?«

»Kannst du nicht lieber etwas näher zu mir rutschen?«

»Nein.«

»Dann komme ich zu dir.« Auf einmal spürte er ihren Körper viel näher, als es ihm lieb war. Sie schob sogar seinen Arm zur Seite, so dass ihr Kopf an seiner Schulter ruhen konnte. »Das ist besser«, schnurrte sie.

Er schluckte.

»Jo?«

»Hm?«

»Warum kannst du eigentlich so gut Gitarre spielen?«

»Ich spiele, seit ich sechs Jahre alt bin. Ich liebe Musik.«

»Toll! Das hätte ich dir gar nicht zugetraut.«

»Danke.«

»Du hast mich heute ganz schön überrascht.« Ihr warmer Atem strich sanft über seine Schulter. »Gibt es noch etwas, das ich über dich wissen sollte?«

»Äh … nein.«

»Dann bist du also wirklich nur ein ehemaliger Banklehrling, der super Gitarre spielen kann«, fasste sie zusammen.

Jo zögerte. »Das kann man so sagen«, bestätigte er dann.

»Okay.« Sie schien sich mit dieser Antwort zufriedenzugeben.

»Gute Nacht, Mia.«

Sie schmiegte sich noch ein wenig enger an ihn. Eine Weile lang blieb es ruhig, bis Mia erneut das Wort ergriff. »Jo?«

»Was ist denn jetzt schon wieder?«

»Ich glaube, ich bin betrunken.«

»Das glaube ich auch.«

»Und deshalb sage ich dir jetzt etwas ganz Wichtiges.«

»Kann das nicht bis morgen warten?«

»Nein.« Plötzlich schlang sie ihren Arm um seine Brust. »Morgen bin ich wieder nüchtern, da traue ich mich das nicht.«

»Und was ist so wichtig, dass du es nur betrunken sagen kannst?«

»Ich … ich«, stotterte sie und nahm dann scheinbar ihren ganzen Mut zusammen. »Also ich … äh … ich habe mich ein klitzekleines bisschen in dich verliebt. Ist das nicht komisch?«

Sie kicherte, atmete einmal tief durch und war kurz darauf eingeschlafen.

»Ich finde das gar nicht komisch«, flüsterte Jo und vergrub sein Gesicht in Mias Haaren. Ich habe mich auch in dich verliebt, setzte er in Gedanken hinzu. Nicht nur ein bisschen, sondern ziemlich gründlich.

Und das brachte seine Pläne gehörig durcheinander.

13

Jo schlief noch, als sich Mia am nächsten Morgen heimlich aus seinem Bett stahl. Er lag so, wie er in der Nacht eingeschlafen war: auf dem Rücken und mit einem ausgestreckten Arm, in den sie sich bis vor fünf Minuten hineingekuschelt hatte. Hastig streifte sie ihre Hose über und schlich dann leise aus Jos Zimmer und Richtung Küche. Sie brauchte dringend eine Kopfschmerztablette und etwas zu trinken. Erst, wenn sie wieder klar denken konnte, wollte sie sich mit den Ereignissen des gestrigen Abends auseinandersetzen.

Doch leider war die Küche nicht so leer wie erhofft. »Guten Morgen!« Anne saß am Frühstückstisch und hatte eine Tasse Kaffee vor sich stehen.

Mia stöhnte. Die letzte Person, mit der sie jetzt reden wollte, war ihre Mutter. »Guten Morgen«, antwortete sie deshalb kurz angebunden und nahm die Kopfschmerztabletten aus dem Schrank.

»Willst du auch eine Tasse?«

Das Verlangen nach einem starken Kaffee war größer als die Angst vor einer mütterlichen Strafpredigt. Deshalb nickte Mia vorsichtig, spülte die Tablette mit einem Glas Wasser hinunter und ließ sich neben Anne auf die Eckbank fallen.

»Du solltest etwas Warmes anziehen!«

»Ich will zuerst duschen.«

Anne schob ihr eine Tasse Kaffee unter die Nase. »Hier! Aber pass auf, der ist heiß.«

»Danke.« Sie trank in kleinen Schlucken und wartete auf das Donnerwetter, das jeden Moment losbrechen würde. Doch ihre Mutter blieb still. Schließlich konnte Mia es nicht länger ertragen. »Nun fang schon an!«

»Womit?«

»Willst du nicht schimpfen?«

»Warum?«

»Ich war letzte Nacht nicht in meinem Bett.«

»Das weiß ich. Ich schlafe schließlich im selben Zimmer wie du.«

»Möchtest du wissen, wo ich war?«

»Auch das weiß ich schon. Du warst gestern Abend nicht zu überhören.«

»Echt?« Mia vergrub ihr Gesicht in den Händen. »O Gott, ich war total betrunken!«

Jetzt lächelte Anne, was Mia mit Erleichterung zur Kenntnis nahm. »Stimmt. Aber du bist über achtzehn. Theoretisch musst du mich nicht mehr fragen, wenn du in fremden Betten übernachtest.«

»Das war kein Fremder, das war Jo.« Mia war froh, dass sie ihr Gesicht hinter den Händen verstecken konnte, denn allein bei der Nennung seines Namens lief sie feuerrot an.

Das Lächeln verschwand von Annes Gesicht. »Ich hoffe, du weißt was du tust.«

»Da bin ich mir leider momentan nicht so sicher«, murmelte Mia verträumt. »Aber trotzdem …«

»Trotzdem bist du schrecklich verliebt«, ergänzte Anne den Satz und strich ihrer Tochter zärtlich über die Haare.

»Ja«, gestand Mia leise ein. »So wie jetzt war es noch nie.«

Anne nickte verständnisvoll und zog es vor zu schweigen. Sie wollte Mia diesen Morgen nicht verderben.

Für eine Weile saßen Mutter und Tochter einträchtig nebeneinander und tranken ihren Kaffee aus. Dann erhob sich Mia. »Ich schaue mal nach, ob Jo aufgewacht ist«, sagte sie. »Ist noch genug Kaffee da? Dann nehme ich für ihn eine Tasse mit.«

Mit zwei vollen Kaffeetassen machte sich Mia auf den Weg zu Jos Zimmer. Nachdenklich starrte Anne ihrer Tochter hinterher. Sie gönnte ihr das Glück der ersten großen Liebe. Aber konnte man Jo vertrauen? Und wie lange würde diese Verbindung halten? Mia konnte bald mit dem Studium beginnen, während Jo scheinbar planlos in den Tag hineinlebte. Würde er sein Leben Mia zuliebe ändern?

Unwillig schüttelte Anne über sich selbst den Kopf. Sie machte sich schon wieder viel zu viele Gedanken!

In diesem Moment klingelte ihr Handy.

Nanu? Stefan rief freiwillig an? »Hallo, Stefan!«

»Hallo, Anne. Wie geht es dir und Mia?«

»Gut.« Sie wählte absichtlich eine knappe Antwort, denn sie hatte nicht vor, Mias Beziehung zu Jo am Telefon zu diskutieren. »Und wie läuft es bei euch?«

»Toll. Einfach super.«

»Wirklich?«

»Ja, denn stell dir vor: Ich habe die Lösung für alle unsere Probleme gefunden!«

»Und die wäre?« Jetzt wurde Anne misstrauisch. Hoffentlich hatte er kein Au-pair-Mädchen engagiert.

Aber es war noch schlimmer. »Meine Mutter kommt und bleibt so lange, bis ihr wieder da seid.«

»Deine Mutter?«, quiekte Anne.

Eigentlich hatte sie ein gutes Verhältnis zu ihrer Schwiegermutter, was aber hauptsächlich daran lag, dass Dagmar fast vierhundert Kilometer von Dortmund entfernt an der Nordsee lebte. »Deine Mutter?«, wiederholte sie aufgebracht. »Wie kannst du mir so etwas antun?«

»Wieso? Damit sind wir auf einen Schlag alle Probleme los: Ich kann wieder arbeiten gehen, die Jungs sind versorgt, und du kannst so lange in Pfronten bleiben, wie du willst.«

»Super«, lobte Anne ohne Begeisterung und überlegte, ob sie nicht auch eine Kopfschmerztablette nehmen sollte.

»Nicht wahr?« Er überhörte die Ironie. »Mama kommt schon heute Nachmittag.«

»Wie schön für dich!«

»Ich will noch ein wenig aufräumen. Welche Bettwäsche soll ich für ihr Bett nehmen?«

»Die mit den blauen Blümchen ist für Besuch«, antwortete Anne mechanisch.

»Haben wir noch ein neues Stück Seife fürs Gäste-WC?«

»Im Badezimmerschrank.«

»Und wo steht koffeinfreier Kaffee?«

»In der Speisekammer.«

»Fein. Wenn mir noch etwas einfällt, rufe ich wieder an. Aber jetzt will ich als Erstes im Gästezimmer staubsaugen.«

Staubsaugen? Sie hatte Stefan noch nie mit einem Staubsauger in der Hand gesehen. Auch für Seife, Blümchenbettwäsche und koffeinfreien Kaffee hatte er bislang kaum Interesse gezeigt. Doch für seine Mutter tat er offensichtlich Dinge, die er für sie, Anne, nicht tun würde.

Wut kroch in ihr hoch – Wut und das merkwürdige Gefühl, laut lachen zu müssen.

Nachdem sie aufgelegt hatte, starrte sie noch eine Weile lang in die leere Kaffeetasse und versuchte, ihre Gedanken zu ordnen. Es gelang ihr nicht. Doch immerhin siegte der Humor über die Wut. Und deshalb legte sie den Kopf in den Nacken und lachte, bis ihr die Tränen kamen.

Währenddessen war Mia in Jos Zimmer zurückgekehrt. Vorsichtig stellte sie die Tassen auf dem Nachttisch ab und setzte sich auf die Bettkante. Er schlief noch. Zärtlich betrachtete sie sein Gesicht und fragte sich, ob sie es wagen konnte, ihn wach zu küssen.

Aber vielleicht wollte er das gar nicht? In der letzten Nacht waren sie sich sehr nahe gewesen, doch heute Morgen sah die Welt schon wieder ganz anders aus. Vor allen Dingen war sie nicht mehr betrunken, und deshalb traute sie sich gewisse Dinge nicht. Seufzend griff sie nach ihrer Kaffeetasse.

Doch dann nahm Jo ihr die Entscheidung ab. Plötzlich spürte sie seine Finger, die liebevoll über ihre Hände strichen. »Guten Morgen«, sagte er leise.

»Hallo!«, entgegnete sie schüchtern und reichte ihm den Kaffee. Mit der anderen Tasse in der Hand schlüpfte sie unter die Bettdecke und lehnte sich an die Wand. Jo setzte sich auf und rutschte neben sie. Eine Zeitlang war es still.

»Wie hast du geschlafen?«

»Schmeckt dir der Kaffee?«

Sie sprachen beide gleichzeitig und lachten verlegen.

»Du zuerst«, forderte Jo Mia auf.

»Ich habe gut geschlafen.«

»Und mir schmeckt der Kaffee, danke der Nachfrage.«

»Meine Mutter hat ihn gekocht.«

»Oh, dann hast du sie also schon getroffen.«

»Ja.«

»Und? Hat sie dir den Kopf abgerissen?«

»Warum sollte sie? Es ist doch nichts passiert.«

»Hm.«

»Oder doch?« Erschreckt starrte sie ihn an.

»Nein, es ist nichts passiert«, beruhigte er sie. »Dazu warst du viel zu betrunken. Und ich ...«

»Ja?«

»Ich bin viel zu anständig, um das auszunutzen. Wobei es mir ziemlich schwergefallen ist.«

»Ehrlich?«

»Was glaubst du denn? Seit deinem Strip im Kuhstall kann ich an nichts anderes mehr denken«, sagte er grinsend.

Mia boxte ihn sanft in die Seite.

»Außerdem bin ich altmodisch. Ich finde, wir sollten die richtige Reihenfolge einhalten.«

»Du machst mir jetzt aber keinen Heiratsantrag, oder?«

»Nein.« Er stellte seinen Kaffeebecher ab. »Aber vor dieser Sache« – er deutete mit einer verlegenen Geste auf das Bett – »sollten wir uns zumindest mal geküsst haben.«

»Äh ... okay ...« Mias Herz klopfte auf einmal bis zum Hals.

»Auf drei«, flüsterte Jo und näherte sich langsam ihrem Gesicht.

»Eins ...«

Er nahm ihr die Tasse ab und stellte sie neben das Bett.

»Zwei ...«

Sein warmer Atem an ihrem Ohr verursachte eine Gänsehaut. »Und drei ...«

Gleich darauf spürte sie Jos Lippen auf ihrem Mund. Zuerst weich und zart, dann aber leidenschaftlich und fordernd. Flüchtig registrierte sie noch, dass in der Küche jemand lachte. Doch dann war ihr das auf einmal gleichgültig – denn als er sie an sich zog und mit seinen Händen durch ihre Haare fuhr, existierte für Mia nur noch dieser Kuss.

»Anne?« Nacheinander betraten Lisa-Marie und Lou die Küche.

»Warum bist du schon so früh auf den Beinen?«

»Und was ist so lustig?«

Anne wischte sich die Lachtränen ab. »Mein Mann hat die Lösung für alle seine Probleme gefunden.«

»Und die lautet?«, fragte Lou.

»Daggi!«

»Deine Schwiegermutter?«

»Ja. Sie reist noch heute an und wird den Haushalt übernehmen.«

»Ich sehe nicht, was daran komisch ist.«

»Das ist doch offensichtlich: Daggi kocht, Daggi putzt, Daggi versorgt die Jungs, und Daggi wartet jeden Abend auf ihn.« Annes Stimme überschlug sich. »Die perfekte Frau.«

Lisa-Marie und Lou wechselten einen alarmierten Blick und setzten sich zu Anne an den Tisch. »Dagmar wird nicht ewig bleiben«, versuchte Lou, ihre Schwester zu trösten.

»Darum geht es doch gar nicht.« Anne schüttelte den Kopf. »Im Gegenteil, ich gönne ihr den Besuch. Ja, ich beneide sie sogar ein wenig.«

»Hast du Heimweh? Möchtest du nach Hause?«, erkundigte sich Lisa-Marie vorsichtig.

»Bloß nicht!«, entgegnete Anne heftig, und fügte dann erklärend hinzu: »Ich beneide Daggi, weil sie frei und ungebunden ist. Sie kann für ein paar Tage die liebende Mutter und Oma spielen. Und dann verschwindet sie rechtzeitig, bevor sie feststellt, dass dieses Leben auf Dauer nicht genug ist.«

»Empfindest du das denn so?«, fragte Lisa-Marie erstaunt.

»Ein wenig, ja«, gab Anne widerstrebend zu. »Ich liebe meine Familie und sorge gern für sie.« Trotzig hob sie den Kopf. »Aber ich will mehr sein als nur Hausfrau und Mutter. Ich habe das Recht auf mehr, ich bin schließlich auch noch Stefans Frau.«

»Natürlich bist du das.«

»Sag das mal Stefan!«

»Er weiß es sicher.«

Anne lachte höhnisch und winkte ab.

»Stefan hat sehr viel zu tun, seit er Chefarzt ist«, gab Lisa-Marie zu bedenken.

»Ja, klar. Er ist ein toller Chirurg, ein Lebensretter, der Mann für aussichtslose Fälle.«

»Ein wahrer Gott in Weiß«, ergänzte Lou ironisch.

Anne nickte. »Deshalb fällt es mir auch so schwer, ihn zur Rede zu stellen. Was soll ich denn sagen? So etwas wie ›Entweder ich oder die Herztransplantation‹?«

»Er steht nicht immer im Operationssaal. Irgendwann hat er auch mal einen freien Tag.«

»Aber dann braucht er Ruhe – und keine Frau, die ihm auf die Nerven geht.«

»Jetzt verteidigst du ihn auch noch«, stellte Lou fest. »Das verstehe ich nicht.«

»Da siehst du, wie durcheinander ich gerade bin!«

»Soll ich mal mit ihm reden?«

»Bloß nicht«, murmelte Anne. Stefan und Lou verstanden sich nicht besonders gut. »Ich werde selbst mit ihm sprechen.«

»Wann?«

»Irgendwann. Wenn es passt.« Verärgert funkelte Anne ihre Schwester an. Inzwischen tat es ihr leid, dass sie das Thema so offen zur Sprache gebracht hatte. Sie hätte es lieber in Ruhe mit sich selbst ausmachen sollen. »Ich kriege das allein hin«, versicherte sie den beiden.

»Natürlich.« Lou nickte. »Du kriegst immer alles allein hin.«

»Stört dich das etwa?«

»Nein. Aber dein Anblick heute Morgen hier in der Küche, der hat mich gestört.«

»Ich bin von den Neuigkeiten überrascht worden, das ist alles«, verteidigte sich Anne und lächelte betont zuversichtlich in die Runde. »Aber jetzt geht es mir schon wieder viel besser.«

»Wirklich?« Lisa-Marie warf ihrer Cousine einen skeptischen Blick zu. Anne wirkte alles andere als entspannt.

»Natürlich.«

»Wie du meinst.« Unzufrieden runzelte Lou ihre Stirn. Der kleine Moment der Schwäche war bei Anne offensichtlich schon wieder vorbei. Jetzt hatte es keinen Zweck mehr, sie aus der Reserve zu locken – sie würde alle Fragen abblocken und alle gutgemeinten Ratschläge ignorieren. Aber wenn sie, Lou, es geschickt anstellte, konnte sie Annes Problem irgendwann in den nächsten Tagen erneut zur Sprache bringen.

»Lasst uns das Thema wechseln.« Anne schraubte den Verschluss der Thermoskanne auf. »Wer kocht frischen Kaffee?«

»Ich mache das.« Lisa-Marie erhob sich.

»Hast du die erste Kanne ganz allein getrunken?«, fragte Lou erstaunt. »Kein Wunder, dass du so nervös bist.«

»Mia und Jo haben auch schon Kaffee gehabt.«

»Sind die beiden schon draußen?« Neugierig spähte Lisa-Marie aus dem Küchenfenster. »Ihr seid heute aber wirklich alle früh dran.«

»Nein. Sie sind … irgendwo im Haus unterwegs, nehme ich an.«

»Beide?«, fragte Lou.

Anne zuckte mit den Schultern, sagte aber nichts. Es war nicht ihre Sache, die Liebesbeziehung der beiden öffentlich zu machen. Das konnte ihre Tochter später selbst erledigen. Sie würde sicherlich bald zum Frühstück kommen, denn Jo musste in den Stall.

Und tatsächlich, eine halbe Stunde später erschien Mia frisch geduscht in der Küche. »Guten Morgen!« Sie setzte sich neben Lou und biss hungrig in ein Stück selbstgebackenen Marmorkuchen.

»Sind die Kopfschmerzen fort?«, erkundigte sich Anne.

Mia nickte.

»Wie war es gestern Abend?«, wollte Lisa-Marie wissen.

»Gut.«

»Hast du Jo mit nach Hause gebracht?«

»Äh … ja, gewissermaßen.«

»Dann habt ihr euch wieder vertragen?«

»So kann man das auch nennen«, murmelte Anne und verbiss sich ein Grinsen.

Lou musterte ihre Nichte nachdenklich. »Du siehst irgendwie verändert aus.«

»Kann nicht sein.«

»Doch! Deine Augen strahlen. Und hier …« – sie deutete auf eine Stelle an Mias Hals – »… ist das etwa ein Knutschfleck?«

Hektisch zog Mia ihre Strickjacke hoch. »Sei nicht so neugierig!«

»Es ist also ein Knutschfleck«, sagte Lou amüsiert. »Lass mich raten – von Jo?«

Mia lief feuerrot an.

»Mia hat sich unseren Jo geschnappt!«

»So ein Pech. Den hatten wir eigentlich für uns reserviert.«

»Ihr seid unmöglich!« Mia sprang auf. »Mit euch kann man sich nicht vernünftig unterhalten.«

»Dann geh doch zu Jo«, schlug Lisa-Marie vor. »Der kann bestimmt gut reden …«

»… aber noch besser küssen«, ergänzte Lou.

»Übrigens sieht man den Knutschfleck immer noch«, bemerkte Anne. Als alle drei in Gelächter ausbrachen, legte sich Mia wortlos ein weiteres Stück Marmorkuchen auf ihren Teller und wandte sich zur Tür.

»Was machst du?«

»Ich frühstücke im Wohnzimmer. Da liegt zwar der Kater im Weg, aber zumindest macht der keine blöden Witze.«

»Darf ich jetzt die Augen wieder aufmachen?«, fragte Jo, als Mia ihn am frühen Abend die Treppen des Austragshäuschens hinaufführte.

»Gleich!« Sie öffnete die Haustür und schob ihn durch den Gang in ein kleines Zimmer. »So, jetzt darfst du gucken.«

Jo öffnete die Augen und sah sich interessiert um. Er hatte dem alten Gebäude bislang wenig Beachtung geschenkt. Zu Unrecht, wie er jetzt feststellte, denn der

Raum, in dem sie sich befanden, wirkte einladend und gemütlich.

Das Erste, was ihm auffiel, war das knisternde Feuer, das in einem kleinen Ofen in der Ecke des Zimmers brannte. An einer Wand war ein raumhohes Regal angebracht, bis zur Decke mit Büchern gefüllt. Einige Bildbände lagen aufgeschlagen auf dem Boden vor dem Regal, und auch die beiden Fensterbänke dienten als Ablagefläche für Bücher. Gegenüber der Fenster stand ein altes Sofa, das mit vielen bunten Kissen dekoriert war. Gleich daneben, auf einem kleinen Tisch, verbreitete eine Leselampe warmes Licht.

Mia schob einen dunklen Polstersessel, der bislang in der Mitte des Zimmers gestanden hatte, näher an die Lampe. »Und? Wie findest du es?«, fragte sie.

»Nett.«

»Es ist der einzige Raum hier im Haus, der eingerichtet ist.«

»Das ist schade. Aus dem Gebäude könnte man viel machen.«

»Ja, aber es gibt weder eine Heizung noch warmes Wasser. Onkel Horst hatte im Bauernhof genug Platz, deshalb hat er dieses Haus nie ausgebaut. Er kam nur manchmal hierher, wenn er einen ›Perspektivwechsel‹ brauchte, wie er es nannte.«

Jo warf einen neugierigen Blick aus dem Fenster. »Von hier aus sieht der Hof tatsächlich ganz anders aus.«

»Außerdem hat er uns oft mitgenommen, um uns hier etwas vorzulesen. Ich erinnere mich noch gut daran. Wir Kinder saßen auf dem Sofa, und er hockte im Sessel, rauchte seine Pfeife und hat aus allen möglichen Büchern gelesen.«

»Kinderbücher?«

»Nicht nur. Er war der Meinung, dass man Kindern durchaus auch schon schwierigere Literatur zumuten konnte. Mit vierzehn Jahren kannte ich Goethes Faust.«

Jo pfiff anerkennend. »Respekt!«

»Er war ein toller Mensch.« Mia lächelte traurig. »Eigentlich viel mehr ein Opa als ein Onkel.«

Jo legte seine Hand in ihre. »Du hast ihn sehr gemocht, oder?«

»Stimmt.«

»Und warum hast du mich heute hierhergeführt?«

»Weil ich dir das Zimmer zeigen wollte. Außerdem möchte ich mit dir allein sein.«

»Zum Alleinsein hätten wir auch in meine Kammer gehen können.«

»Wo meine Familie sofort vor der Tür hockt und auf jedes Geräusch hört?« Mia schüttelte den Kopf. »Die drei sind mir heute beim Frühstück mit ihren dummen Bemerkungen ziemlich auf die Nerven gegangen.«

»Du Arme.« Jo legte seine Arme um Mia. »Aber du hast recht, hier ist es perfekt. So schön einsam«, murmelte er und küsste sie.

»Warte!« Mia entzog sich seiner Umarmung. »Zuerst will ich dir etwas vorlesen.« Sie setzte sich in den Sessel und deutete aufs Sofa. »Mach es dir bequem.«

»Ohne dich?«

»Vorerst ja. Bist du bereit?« Sie ergriff ein kleines Buch, das in grünes Leder gebunden war.

»Eichendorff?«, fragte Jo überrascht.

»Das waren die Lieblingsgedichte meines Onkels. Hier, zum Beispiel dieses …« Mit weicher, klarer Stimme begann sie zu lesen.

»Wie jauchzt meine Seele
Und singet in sich!
Kaum dass ich's verhehle,
So glücklich bin ich.

Rings Menschen sich drehen
Und sprechen gescheut,
Ich kann nichts verstehen
So fröhlich zerstreut. –«

Liebevoll betrachtete Jo seine Freundin. Mia war völlig versunken in die Gefühlswelt des Dichters und trug die Zeilen fast andächtig vor. Ihre Wangen waren gerötet, vermutlich durch die Wärme des Feuers oder vielleicht auch wegen seiner Nähe. Ihre Haare hatten sich aus der Spange gelöst und fielen ihr immer wieder ins Gesicht. Mit einer ungeduldigen Geste, die typisch für sie war, klemmte sie die Strähnen hinters Ohr und las unbeirrt weiter.

»Das war wunderschön«, sagte er schließlich, als sie das Gedicht beendet hatte und aufblickte.

»Soll ich noch weiterlesen?«

»Gern.« Er erhob sich, trat an den Sessel und beugte sich über sie. Sanft schob er ihre Haare beiseite und küsste sie auf die Wange. »Aber dann bitte bei mir auf dem Sofa.«

»Einverstanden.« Sie schlang die Arme um seinen Hals. Langsam zog er sie hoch und trug sie zum Sofa, wo beide in den weichen Kissen versanken.

»Ich dachte, ich soll weiterlesen«, erinnerte Mia ihn etwas atemlos zwischen zwei Küssen.

»Später. Wir haben den ganzen Abend Zeit.«

Entspannt und zufrieden schmiegte sich Mia an Jo.

Als sie nach einem Kissen griff, um es sich noch ein wenig bequemer zu machen, stießen ihre Finger an etwas Hartes. Zuerst träge, dann aber immer aufmerksamer betastete Mia den Gegenstand.

Es fühlte sich an wie … wie ein Pappkarton!

Jo bemerkte nichts von Mias Entdeckung. Langsam begann er, ihre Blusenknöpfe zu öffnen. Nach jedem Knopf küsste er sie sanft auf den Hals, was Mia für einen Moment von ihrem Fund ablenkte. Glücklich seufzend schloss sie die Augen und überließ sich den Liebkosungen.

Doch dann siegte ihre Neugier. »Sorry!« Sie schob Jo ein Stück zur Seite und richtete sich auf.

»Was ist los?«

»Da ist irgendetwas.« Mia griff hinter sich und zog einen Schuhkarton aus den Kissen. Sie schob den Deckel zur Seite – und hielt plötzlich mehrere Briefe in den Händen. »Das gibt es doch nicht!«

»Was ist das?«

»Ich glaube, das sind Liebesbriefe.« Hastig untersuchte Mia ihren Fund und blickte dann triumphierend auf. »Ja, das sind tatsächlich weitere Briefe.«

»Das kapiere ich nicht. Welche weiteren Briefe? Gibt es denn noch welche?«

»Ich fürchte, das darf ich dir nicht erzählen. Ich muss zuerst mit den anderen sprechen.«

Jetzt endlich verstand Jo. »Gehört das etwa zu dem Familiengeheimnis, von dem Lou neulich mal gesprochen hat?«

»Ja.«

»Schon wieder so ein alter Schuhkarton«, stellte er schmunzelnd fest. »Deine Familie sollte ihr Aufbewahrungssystem überdenken.«

Mia lachte. »Ich muss ihnen das sofort zeigen, auch wenn ich viel lieber bei dir bleiben würde. Können wir unser Date auf später verschieben?«

»Ungern.« Er zog sie an sich.

»Ich habe auch keine Lust, dich allein zu lassen«, flüsterte Mia nach einem weiteren Kuss. »Aber das hier ist wichtig für meine Familie.«

»Okay.« Widerwillig gab er sie frei. »Kann ich wenigstens noch ein wenig hierbleiben und lesen?«

»Natürlich, solange du willst.« Sie erhob sich und blickte bedauernd auf ihn hinab. »Schade, ich hatte gerade Gefallen an dieser Knutscherei gefunden.«

»Und ich erst«, grinste er und warf ihr zum Abschied eine Kusshand zu.

14

»Ich habe sie gefunden!«, kreischte Mia zwei Minuten später, als sie mit dem Karton ins Wohnzimmer des Bauernhauses stürmte. Hinter ihr flog die Tür mit einem lauten Knall zu.

Ihr plötzlicher Auftritt blieb nicht ohne Wirkung. Lou, Anne und Lisa-Marie, die gemeinsam vor dem Fernseher gesessen hatten, zuckten erschreckt zusammen, und der Kater verkroch sich ängstlich unter den Tisch. Lou schaltete den Fernseher leiser und warf ihrer Nichte einen verärgerten Blick zu. »Das nächste Mal klopfst du vorher an!«

»Wie siehst du überhaupt aus?« Anne schüttelte missbilligend den Kopf. Hektisch schloss Mia die Knöpfe ihrer Bluse und fuhr sich mehrmals mit der Hand durch die Haare.

Lisa-Marie war die Einzige, die freundlich blieb. »Was hast du gefunden?«, erkundigte sie sich neugierig.

»Noch mehr Briefe.« Mia deutete auf den Schuhkarton.

»Wirklich?«

»Ich glaube es nicht!«

Alle drei Frauen sprangen auf und wollten Mia den Karton aus den Händen reißen. Aber sie trat einen Schritt zurück und schüttelte grinsend den Kopf. »Nicht so eilig.

Zuerst will ich einen netteren Empfang. Oder ein ›Danke schön, Mia, dass du gefunden hast, wonach wir vergeblich gesucht haben‹.«

»Den netten Empfang kannst du vergessen«, sagte Anne.

»Aber das ›Dankeschön‹ bekommst du«, ergänzte Lou. »Und jetzt zeig uns die Briefe!«

»Wo hast du sie gefunden?«, wollte Anne wissen.

»Im Lesezimmer, drüben im Austragshäuschen.«

»Wie bist du denn darauf gekommen?«

»Eher zufällig.« Verlegen blickte Mia zu Boden. »Ich war mit Jo dort, und wir … wir lagen so auf dem Sofa herum … und dann steckte der Karton auf einmal zwischen den Sofakissen.«

»Was du nicht sagst.« Lou lachte amüsiert, während Anne nur wieder mit dem Kopf schüttelte.

»Nun kommt schon!« Aufgeregt zog Lisa-Marie die anderen wieder aufs Sofa.

Mia stellte den Karton vorsichtig zwischen einer Flasche Rotwein, einer Dose Cola, mehreren Gläsern, einer Schachtel Pralinen und einer Dose Erdnüsse auf dem Tisch ab.

Lisa-Marie nahm die Briefe aus dem Karton. »Der erste Umschlag ist noch verschlossen«, stellte sie überrascht fest.

»Er ist an uns alle adressiert«, sagte Lou aufgeregt. »Seht nur: ›An Katharina, Helene, Anne, Lou und Lisa-Marie‹.«

»Los, mach ihn auf!«

»Das ist Onkel Horsts Schrift.« Lisa-Marie riss den Umschlag auf und überflog die Zeilen mit den akkurat und leicht eckig geschriebenen Blockbuchstaben. »Vielleicht ist es eine Art Abschiedsbrief.«

»Oder sein Testament.«

Samstag, 03. Juni 2000

Ihr Lieben,

wenn ihr diese Zeilen zu lesen bekommt, bin ich tot. Was für ein dramatischer Satz! In der Literatur und im Fernsehen steht er oft zu Beginn eines herzzerreißenden Abschiedsbriefes.

Ich hätte nie gedacht, dass ich mal so etwas schreiben würde. Und ich glaube auch, dass ich noch eine Weile leben werde, aber der Tod von Helenes Mann in der letzten Woche hat mir mehr als deutlich gemacht, dass auch ich nicht mehr der Jüngste bin und dass ich jederzeit mit meinem Ableben rechnen muss.

Und ich habe euch immer noch nicht gesagt, was ich euch eigentlich sagen müsste!

Ich habe auch jetzt nicht den Mut, es persönlich zu berichten. Stattdessen habe ich ein paar alte Briefe und Fotos herausgesucht, die die letzten Jahrzehnte weitgehend unbeschadet überstanden haben. Sie werden euch nach meinem Tod Stück für Stück enthüllen, was vor fast sechzig Jahren geschah.

Damit sind wir auch schon bei der ersten Lüge, für die ich mich entschuldigen muss (und das ist noch die leichteste Übung!). Ihr habt geglaubt, dass es keine Papiere, keine Briefe und auch keine Fotos aus dieser Zeit gibt. Ich habe euch erzählt, dass alles bei der Flucht aus Masuren verlorenging. Das stimmt nicht.

In Wahrheit existiert dies alles – ich bin nur nicht mutig genug, es euch zu zeigen. Stattdessen wähle ich jetzt diesen Weg …

Aber lest selbst. Und vergesst nicht: Alles passierte aus Liebe! Bitte fällt euer Urteil erst, wenn ihr alles gelesen habt, versprecht mir das.

Euer Horst

»Er hat den Brief geschrieben, kurz nachdem Papa gestorben ist«, bemerkte Anne nachdenklich. »Ich weiß noch, dass ihn das damals ziemlich mitgenommen hat.«

Lisa-Marie nickte. »Ja, ich kann mich gut erinnern.«

»Und es scheint tatsächlich ein Geheimnis zu geben.«

»Das habe ich doch gleich gesagt«, stellte Lou ein wenig selbstzufrieden fest.

Anne nahm den Kater, der sich zu ihren Füßen zusammengerollt hatte, auf den Schoß. »Was kann so schlimm sein, dass er nicht darüber reden wollte?«

»Keine Ahnung.«

»Der nächste Brief scheint wesentlich älter zu sein.« Mia faltete das Papier auseinander und schaute auf das Datum. »September 1944. Das war kurz vor Kriegsende.«

Montag, 11. September 1944

Mein geliebter Johann,
bitte entschuldige, dass ich mich mehrere Tage nicht bei dir melden konnte. Ich weiß, wie wichtig dir meine Briefe sind. Aber diese schreckliche Grippe hat mich doch noch erwischt!
Zum Glück geht es mir jetzt wieder besser, also musst du dir keine Gedanken um mich machen.
Wie geht es dir? Gefällt dir die Arbeit im Lazarett in Königsberg noch? Ich danke Gott, dass du eine Sanitäter-Ausbildung gemacht hast und deshalb nun im Pflegedienst eingeteilt bist. Im Krankenhaus bist du wenigstens sicher!
Leider gibt es aus Peterstal keine guten Nachrichten zu berichten. Meine Großmutter Helene ist letzte Woche an der Grippe gestorben. Mein Vater und meine Brüder wurden zum Volkssturm eingezogen, so dass meine Mutter, mein Großvater und ich allein sind.

Kommt der schreckliche Krieg nun auch nach Masuren? Weshalb kann es nicht ruhig und friedlich bleiben? Warum musste der Krieg uns beide nach nur einem gemeinsamen Sommer trennen? Du fehlst mir so sehr – du und dein unerschütterlicher Glaube daran, dass alles gut wird. Ich sende dir meine ganze Liebe und bitte dich inständig: Pass gut auf dich auf!
In Liebe,
deine Marie

»Das klingt nicht mehr nach ländlicher Idylle.« Betroffen starrte Anne auf den Brief. »Der Sommer mit den Marienkäfern war vorbei.«

»Arme Marie! Armer Johann!«

»Der folgende Brief ist von Johann.«

Montag, 16. Oktober 1944

Liebste Marie,
wie glücklich dürfen wir uns schätzen, dass uns das Schicksal hier in Königsberg wieder vereint hat! Ich konnte mein Glück kaum fassen, als du gestern plötzlich im Krankenhaus unversehrt vor mir standest. Ich habe vor Sorge kaum schlafen können, seit ich gehört hatte, dass die Dörfer in Masuren von der Roten Armee angegriffen werden.
Deine Liebe hat dich zu mir geführt, und ich werde dir helfen, dein Leid zu vergessen. Deine Trauer muss grenzenlos sein. Du weinst um deine Familie und deine Heimat. Ich bitte dich: Lass mich deine neue Familie sein. Lass mich beweisen, dass ich ein erwachsener Mann bin. Heirate mich!
Mir ist es egal, was die Leute denken. Mir ist es auch

egal, was die Zukunft bringt. Die Hauptsache ist doch, dass wir uns lieben, hier und jetzt.
In Liebe,
dein Johann

Lisa-Marie runzelte die Stirn. »Den Satz mit dem ›erwachsenen Mann‹ verstehe ich nicht.«

»Ich auch nicht.« Anne schüttelte den Kopf.

»Aber er hat eine wunderbare Art, Trost zu spenden«, schwärmte Mia.

»Uns ist schon bei den ersten Briefen aufgefallen, dass er sehr romantisch schreibt«, bemerkte Lou. »Er hat sogar Eichendorff zitiert.«

Mia seufzte und schaute sehnsüchtig durchs Fenster hinaus Richtung Austragshäuschen, wo im Lesezimmer immer noch Licht brannte.

»Möchtest du wieder rübergehen?« Anne war ihrem Blick gefolgt.

»Nein. Das hier ist super spannend.«

Mittwoch, 18. Oktober 1944

Mein lieber Johann,
du hast recht: Ich habe alles verloren. Fast alles. Denn ich habe ja dich und deine Liebe! Auch wenn ich dich jetzt immer nur für ein paar Stunden in einem einfachen Hotel sehen kann, so sind das doch die schönsten Augenblicke seit langem für mich. Unsere Zweisamkeit ist das, was mich am Leben erhält. Denn die Wirklichkeit jenseits unseres Hotelzimmers ist erbarmungslos. Ich habe auf dem Weg nach Königsberg so viel Leid gesehen, dass es kaum zu fassen ist. Früher konnte ich die grausame Realität ignorieren, heute geht das nicht mehr. Ich musste

meine Familie in Peterstal zurücklassen, und ich habe Menschen sterben sehen, darunter Kinder und alte Menschen. Ist es nicht sonderbar, dass ich jetzt meine Brille trage, obwohl es so vieles gäbe, das sich auszublenden lohnte?

Trotz allem bin ich bereit, an das Leben zu glauben. Wie gesagt: Ich habe ja dich und deine Liebe.

Außerdem hilft mir mein Aufenthalt bei den Ursulinen-Schwestern dabei, ein neues Alltagsleben aufzubauen. Besonders Schwester Katherina ist sehr nett zu mir. Die Lehrtätigkeit bei den Flüchtlingskindern ist ein erster Schritt in die richtige Richtung. Ich bin mir sicher, dass weitere folgen werden, mit dir an meiner Seite.

Deine Marie

»Die Ursulinen-Schwestern!«, rief Lou. »Endlich kommen sie ins Spiel! Das hat ja auch lange genug gedauert. Ich begann schon, an die harmlose Freundschaft zu glauben, die Bonnie uns immer weismachen will.«

»Schwester Bonaventura kann eigentlich gar nicht viel über diese Zeit wissen. Sie ist zu jung, um dabei gewesen zu sein«, entgegnete Anne skeptisch.

»Vielleicht hat diese Schwester Katharina ihr alles erzählt.«

»Das glaube ich nicht. Ich vermute, sie hat Schwester Katharina nicht einmal gekannt. Sie ist doch relativ neu hier in Pfronten.«

»Auf jeden Fall sollten wir sie mal fragen.«

»Hört auf zu diskutieren, und lasst uns weitermachen!« Lisa-Marie deutete auf den folgenden Umschlag. »Dieser Brief ist wieder von Marie.«

Freitag, 24. November 1944

Lieber Johann,
bitte erschrick nicht, weil ich dir auf diesem Wege eine Nachricht zukommen lasse. Die Überbringerin meines Briefes, Schwester Katharina, ist absolut vertrauenswürdig.
Ich weiß, dass wir uns in zwei Tagen wiedersehen werden. Aber mein Anliegen duldet keinen Aufschub, und du wirst auch gleich erfahren, warum.
Ich erwarte ein Kind.
So viele unterschiedliche Empfindungen durchströmen mich bei diesem Satz: Furcht vor der Verantwortung. Sorge wegen des Krieges. Angst vor deiner Reaktion. Dies ist nicht die Zeit und nicht der Ort, um ein Kind in die Welt zu setzen. Und wenn ich ehrlich bin: Wir sind auch nicht die perfekten Eltern. Aber gleichzeitig fühle ich auch Stolz und Freude. Ich trage ein Teil von dir in mir, den mir keiner nehmen kann. Ich werde ein Stück von uns beiden an einen neuen Menschen weitergeben. In ihm werden wir weiterleben!
Liebster Johann, du hast bis zu unserem Wiedersehen Zeit, um dich mit der neuen Situation vertraut zu machen. Für mich und das Baby habe ich bereits einen Entschluss gefasst: Angesichts meines Zustandes werde ich mich um meine sofortige Ausreise bemühen. Ich würde mir wünschen, dass du mitkommst. Wir finden schon einen Trick, um dich von hier fortzuschaffen.
Trotzdem sollst du dich zu nichts verpflichtet fühlen. Ich werde jede deiner Entscheidungen respektieren.
In Liebe,
deine Marie

»Sie bekommt ein Kind!« Tränen traten in Lous Augen.

»Das ist jetzt nicht wirklich eine Überraschung«, entgegnete Mia und blickte ihre Tante verwundert an. So einen Gefühlsausbruch war sie von Lou nicht gewohnt. »Irgendwann müssen Oma und Tante Katharina ja geboren werden.«

»Aber sie beschreibt das so treffend.« Lou seufzte. »Ich kann sie gut verstehen.«

»Ein Kind zu bekommen, macht immer Angst«, sagte Anne. »Aber besonders in Kriegszeiten möchte ich das nicht durchmachen müssen.«

»Können wir uns darüber nicht später unterhalten?« Mia wurde langsam ungeduldig. »Wenn wir weniger reden und schneller lesen, wissen wir bald mehr.«

Freitag, 24. November 1944

Liebste Marie,
was gibt es denn da zu überlegen? Ich bin der Vater des Kindes, und vielleicht findest du dich jetzt endlich damit ab, dass wir heiraten werden. Darf ich hiermit zum wiederholten Male um deine Hand anhalten?
Es war nur eine Frage der Zeit, bis unsere Liebe in einem neuen Leben gipfelt, und ich kann dir gar nicht beschreiben, wie sehr ich mich freue.
Frag Schwester Katharina! Ich habe sie umarmt, mit ihr getanzt und sie auf die Wange geküsst, als ich deinen Brief gelesen hatte. Mich wundert es, dass sie danach noch bereit war, auf meine Antwort zu warten, um sie dir zu überbringen.
Ich kann es kaum erwarten, dich zu sehen!
Für immer dein,
Johann

»Wie süß!«, flüsterte Lou.

»Pssst!«

»Ist ja schon gut …«

Samstag, 25. November 1944

Mein Liebster,
die Antwort lautet: Ja, ja, und nochmals ja! Ich will dich heiraten, so verrückt das auch ist! Schwester Katharina wird sich um die Trauungszeremonie kümmern. Sie ist ein Schatz – stellt keine Fragen, sondern handelt einfach. Auch wegen ihr habe ich meinen Glauben an eine friedliche Zukunft für uns beide noch nicht verloren. Also: Suche schnell deine Papiere zusammen, und dann bestellen wir das Aufgebot.
In Liebe,
deine Zukünftige

»Darf ich etwas fragen?«, erkundigte sich Lisa-Marie schüchtern.

»Wenn es sein muss«, brummte Mia.

»Wo ist eigentlich Horst? Er wurde bislang mit keinem Wort erwähnt.«

»Tja, das ist allerdings seltsam«, bestätigte Lou. »Ich glaube kaum, dass Marie ihn bei der Flucht aus ihrem Dorf verheimlichen konnte.«

»Inzwischen weiß Johann bestimmt Bescheid«, vermutete Anne.

»Trotzdem wundert es mich, dass sie ihn bei ihren Plänen überhaupt nicht erwähnt.«

»Die nächsten beiden Briefe sind sehr lang. Vielleicht findet sich dort die Lösung des Rätsels.«

Freitag, 12. Januar 1945

Liebster Johann,

es gibt Schwierigkeiten, denn die Ereignisse überschlagen sich. Heute Morgen kam die Anweisung an die Klosterleitung, die Flucht vorzubereiten. Wir müssen alle Waisenkinder und alle Verwundeten so schnell wie möglich reisefertig machen. Ab morgen früh werden wir mit dem Zug zur Küste nach Pillau gebracht und dann auf die Ostsee verschifft.

Diese Angelegenheit duldet keinen Aufschub!

Wenn wir zusammenbleiben wollen, musst du sofort Folgendes tun: Du meldest dich bei deinem diensthabenden Arzt krank und packst rasch das Nötigste zusammen. Gegen Abend kommst du ins Kloster. Schwester Katharina hat dir einen Platz bei den Begleitern verschafft.

Eigentlich sind Männer als Begleitung während der Reise gar nicht erlaubt. Wir müssen uns deshalb einer List bedienen. Bitte sei mir nicht böse, wenn du weiterliest!

Du wirst die Reise als mein minderjähriger Sohn antreten, was biologisch durchaus möglich wäre. Der Altersunterschied zwischen uns beiden beträgt immerhin 17 Jahre. Für diese Lüge müssen wir dich auch zwei Jahre jünger machen, als du eigentlich bist. Ab jetzt lautet dein Geburtsdatum 1927 und nicht mehr 1925.

Deine Papiere müssen wir vernichten und erklären, dass wir sie auf der Flucht verloren haben. Vor Verlassen der Küste wirst du Ersatzpapiere erhalten, das hat Schwester Katharina schon veranlasst. Frage mich nicht, wie sie das geschafft hat. Diese Frau ist ein Engel!

Glaube mir, deine Tarnung wird perfekt sein.
Mir widerstrebt es ebenso wie dir, dich als meinen Sohn auszugeben. Aber manchmal erfordern schlechte Zeiten phantasievolle Mittel, wenn man überleben will, oder? Und weiterleben müssen wir, schon aus Liebe zu unserem ungeborenen Kind. Bitte sei einverstanden! Schwester Katharina wird auf deine Antwort warten.
In banger Erwartung,
deine Marie

»Das ist …« Lou rang nach Worten. »Das ist … unglaublich!«

»Ich fasse es nicht«, murmelte Lisa-Marie. »Horst war gar nicht ihr Sohn, sondern ihr Mann …«

»… und siebzehn Jahre jünger als Marie!«, fügte Anne kopfschüttelnd hinzu. »Sie war sechsunddreißig, und er neunzehn.«

»Sie hat sich quasi in einen Teenager verliebt.«

»Oje!«

»Horst war unser Großvater, stellt euch das mal vor!«

»Unser Opa«, flüsterte Lisa-Marie. »Und er hat es uns nie gesagt.« Ihre Stimme klang auf einmal sehr zornig. »Warum nicht?«

»Hallo!« Ungeduldig musterte Mia ihre Mutter und ihre Tanten. »Könnt ihr eure Gefühlsausbrüche nicht noch so lange zurückhalten, bis wir alle Briefe gelesen haben? Vielleicht klärt sich ja noch das eine oder andere.«

Lou, Anne und Lisa-Marie nickten.

Freitag, 12. Januar 1945

Liebe Marie,

sei unbesorgt: Ich werde bei dem Versteckspiel mitmachen. Ich kann gar nicht anders, schließlich will ich bei dir und dem Kind sein.

Es gefällt mir aber ganz und gar nicht, dass ich »Mutter« zu dir sagen soll. Wenn es schon sein muss, dann sollst du allerdings nicht mit »Johann« antworten. Johann und Mutter gehören nicht zusammen – das tun nur Johann und Marie!

Du solltest mich deshalb lieber mit meinem zweiten Vornamen anreden. Er lautet Horst.

Ab heute sind wir also Horst und Mutter. Schwester Katharina weiß schon Bescheid und hat ihren Segen gegeben. Du hast recht: Sie ist wirklich ein Engel. Wir sollten unsere erste Tochter nach ihr benennen.

Also dann, bis später,

zum letzten Mal für lange Zeit: dein Johann.

Ab jetzt: dein Horst.

Fast gleichzeitig blickten alle Frauen auf.

»Ihr Horst«, wiederholte Lisa-Marie bitter. »Und unser Opa.«

»Tja.« Hilflos zuckte Anne mit den Schultern.

»Unser Opa … mein Opa.« Lisa-Marie sprang auf. »Ich hatte einen richtigen Opa!«

»Natürlich hattest du den. Jeder Mensch hat Großeltern.«

»Aber ich habe meine Großeltern nie kennengelernt. Sie waren alle schon tot, als ich auf die Welt kam. Zumindest dachte ich das …«

»Und was ändert es, dass du es jetzt besser weißt?«

»Ich bin wütend. Johann hat mir die Chance auf einen richtigen Opa genommen.«

»Er war doch wie ein Großvater für uns«, widersprach Lou. »Was macht es da für einen Unterschied?«

»Du verstehst das nicht.« Lisa-Marie schüttelte aufgebracht den Kopf. »Du und Anne, ihr hattet einen tollen Opa, der immer für euch da war. Und was hatte ich? Ein schön gepflegtes Grab auf dem Dortmunder Südfriedhof für den einen Opa und einen anderen, angeblich verschollenen Großvater in Russland, der doch gar nicht so tot war, wie wir alle dachten.«

»Aber das …«

»Nichts aber! Ihr wisst ja gar nicht, wie ich euch um den lebenden Großvater beneidet habe.«

»Du bist ungerecht«, entgegnete Lou. »Horst hat sich immer rührend um uns gekümmert.«

»Ich bin ungerecht? Ich würde eher sagen, Horst war ungerecht! Ungerecht und verlogen.«

»Lisa-Marie!«

»Vielleicht sollten wir auf den Schreck etwas trinken«, versuchte Anne zu vermitteln. »Etwas mit möglichst vielen Prozenten.«

Lisa-Marie atmete tief durch. »Einverstanden«, sagte sie dann, schon etwas ruhiger. »Unsere Mütter haben doch erzählt, dass im Schrank ein Kräuterschnaps steht.« Gleich darauf schlug sie entsetzt die Hand vor den Mund. »O Gott, über meinen Ärger habe ich unsere Mütter völlig vergessen! Sie werden einen Schock bekommen!«

Anne stöhnte. »Wie sollen wir ihnen das nur erklären?«

»Ganz einfach: Ihr zeigt ihnen die Briefe.« Mia blickte erstaunt von einer zur anderen. »Was ist denn so schlimm daran?«

»Ihr Bruder war in Wahrheit ihr Vater«, stieß Anne hervor. »Wie würdest du in einem solchen Fall reagieren?«

Mia zuckte mit den Schultern. »Mal abgesehen davon, dass ich weder Tom noch Jan zum Vater haben wollte, bleibt doch trotzdem alles irgendwie in der Familie. Heutzutage gibt es mit Sicherheit seltsamere Verhältnisse.«

»Was für ein Trost.«

»Er war siebzehn Jahre jünger!«

»Na und? Seit wann seid ihr so spießig?«, wunderte sich Mia. »Die beiden haben sich geliebt, und nur darauf kommt es an.«

»Aber warum hat er uns das nie erzählt?« Lisa-Marie konnte es immer noch nicht fassen.

»Das weiß ich leider auch nicht«, entgegnete Mia und öffnete den letzten Umschlag, der noch auf dem Tisch lag. »Dieser Brief ist ganz schön dick«, stellte sie fest und starrte überrascht auf den Inhalt. Neben einem dichtbeschriebenen Blatt Papier kamen nämlich auch drei alte Fotos zum Vorschein. Es waren typische Schwarzweißaufnahmen aus der Zeit des Zweiten Weltkriegs.

Das erste Bild zeigte das Porträt einer blonden Frau, die ein wenig schüchtern in die Kamera lächelte. »Das muss Marie sein«, flüsterte Lisa-Marie und betrachtete andächtig das Foto ihrer Großmutter. »Sie war wunderschön.«

»Du siehst ihr sehr ähnlich«, sagte Anne zu Mia. »Kein Wunder, dass Horst dich immer so verwöhnt hat!«

»Er hieß Johann«, verbesserte Lou ihre Schwester.

»Für mich bleibt er Onkel Horst.«

»Hier, das scheint das Hochzeitsbild zu sein.« Aufgeregt deutete Lisa-Marie auf die nächste Fotografie, auf der Marie und Johann mit feierlichem Gesichtsausdruck nebeneinanderstanden und sich an den Händen hielten.

Marie wirkte sehr zart und doch höchst elegant in ihrem schlicht geschnittenen, hellen Kleid. Sie hatte einen Seidenschal umgehängt und einen Blütenkranz im Haar. Johann trug Uniform.

»Das ist der Seidenschal aus dem ersten Schuhkarton!«, rief Anne. »Ich dachte mir schon, dass es irgendein Erinnerungsstück sein muss.«

»Johann sieht ziemlich reif aus für sein Alter«, stellte Lou fest. »Eigentlich gar nicht wie ein Teenager.«

»Hier ist noch ein Foto von der Hochzeit«, sagte Mia. Auf diesem Bild hatten Johann und Marie eine Nonne in ihre Mitte genommen, deren runzeliges Gesicht sich zu einem freundlichen Lächeln verzogen hatte.

»Das ist bestimmt Schwester Katharina«, vermutete Lisa-Marie.

»Sie scheint zu dieser Zeit schon ganz schön alt gewesen zu sein.«

»Ich hatte sie mir jünger vorgestellt.«

»Soll ich euch den letzten Brief jetzt vorlesen?«, fragte Mia. »Er ist von Horst. Oder Johann. Oder wie immer ihr ihn nennen wollt.«

Meine Lieben!
Jetzt wisst ihr also, was ihr schon längst hättet wissen sollen:
Mein richtiger Name lautet Johann Zabel, und ich bin nicht der Bruder von Katharina und Helene, sondern ihr Vater. Fünf Monate lang durfte ich auch der Ehemann von Marie sein. Eine viel zu kurze Zeit für diese wundervolle Frau!
Als wir uns damals in Masuren kennenlernten, war sie sechsunddreißig Jahre alt und ich neunzehn. Sie hat sich zu Anfang heftig gegen ihre Gefühle gewehrt –

schließlich war ich so viel jünger als sie. Aber manchmal muss man sich im Leben den Tatsachen stellen und das Beste daraus machen. Marie und ich haben das versucht …

Und ihr fragt euch jetzt bestimmt, warum ich euch nie erzählt habe, wer ich wirklich bin. Ich habe lange darüber nachgedacht, wie ich euch mein Schweigen am besten erklären kann. Die Antwort, die mir am treffendsten erscheint, ist diese: Es hat sich einfach nie der richtige Zeitpunkt für ein Geständnis ergeben. Nach unserer Flucht aus Masuren sind wir bei den Ursulinen-Schwestern in Dortmund untergekommen. Marie ging es während ihrer Schwangerschaft nicht gut, weshalb ich froh war, dass sie dort die Pflege erhielt, die sie brauchte. Während ich nach Kriegsende gleich eine Anstellung in einem Stahlwerk erhielt, kümmerten sich Schwester Katharina und ihre Mitschwestern um meine Marie. Ihr zu diesem Zeitpunkt mehrere mühsame Amtsgänge zuzumuten war einfach undenkbar – und so haben wir den Schein gewahrt.

Dann kam der schönste und zugleich schrecklichste Tag in meinem Leben: die Geburt von Helene und Katharina. Ich kann euch nicht beschreiben, wie wunderbar das Gefühl ist, wenn man seine eigenen Kinder zum ersten Mal schreien hört!

Meine geliebte Marie aber, mein Leben, mein Sonnenschein, mein Alles … sie hat schrecklich gekämpft und am Ende doch verloren. Sie starb, kurz nachdem ich ihr die Babys in den Arm legen konnte, vermutlich wegen des enormen Blutverlustes.

Ich war vor Trauer wie von Sinnen.

Nur Schwester Katharina ist es zu verdanken, dass ich

schließlich doch zurück ins Leben fand. Sie war es, die sich zu Anfang um meine Mädchen kümmerte und mir schließlich vorschlug, den einfacheren Weg der geschwisterlichen Vormundschaft zu gehen, statt meine Vaterschaft vor den Behörden offiziell zu machen. Das hätte nämlich den ganzen Prozess unnötig in die Länge gezogen.

So aber war der Antrag auf Vormundschaft kein Problem. Ich hatte ja die notwendigen (wenn auch gefälschten) Papiere. Durch die Fürsprache und Unterstützung der Nonnen war das Amt schnell davon überzeugt, dass ich ein guter Ersatzvater für meine beiden kleinen »Schwestern« sein würde.

Und so begann mein Leben als alleinerziehender Bruder.

Zuerst schwieg ich, weil Schwester Katharina noch lebte und ich sie nicht in diese Sache hineinziehen wollte. Dann, als sie im hohen Alter von 96 Jahren im Jahre 1975 starb, waren meine beiden Mädchen schon 30 Jahre alt, verheiratet, selbst Mütter und beschäftigt mit ihren eigenen Sorgen. Welches Recht hatte ich da noch, in der Vergangenheit herumzurühren und sie mit einem Geständnis zu verunsichern?

Es war doch gut so, wie es war. Ich hatte immer ein wunderbares Verhältnis zu meinen Töchtern. Eines, das eher liebevoll und freundschaftlich statt väterlich war. Es macht mich glücklich, dass meine Kinder, Enkel und Urenkel gern zu mir kommen und wir gemeinsam als Familie eine wunderschöne Zeit verbracht haben und hoffentlich noch verbringen werden.

Wie schon gesagt: Das Leben stellt einen oft vor vollendete Tatsachen. Aber es liegt an uns, was wir

daraus machen. Ich glaube und hoffe, dass ich das Beste aus unserer Situation gemacht habe.
Ich liebe euch alle und bin stolz auf euch. Das ist das Einzige, was zählt – vergesst das nicht.
Euer Johann

PS: Falls ihr diesen Karton im Austragshäuschen zuerst findet, dann schaut bitte auch noch in meinen Kleiderschrank. Dort steht ein weiterer Karton mit Briefen, die ihr gern lesen dürft. Sie erzählen vom Beginn unserer Liebe.
Ursprünglich wollte ich alle Briefe zusammen aufbewahren. Doch ab und zu überkommt mich die Sehnsucht nach meiner Marie – und deshalb liegt der Stapel mit den Fotos im Austragshäuschen, wohin ich mich gerne zurückziehe und in Erinnerungen schwelge.

Nachdem Mia zu Ende gelesen hatte, flossen nicht nur bei Anne, sondern auch bei Lou und Lisa-Marie die Tränen.

»Was für wunderschöne, ergreifende Worte!«, schluchzte Lisa-Marie und schneuzte sich lautstark die Nase. »Und was für eine traurige Geschichte!«

»Unsere Großeltern haben sehr viel durchmachen müssen«, sagte Anne. »Zuerst ihre außergewöhnliche Liebesbeziehung, dann der Krieg, die Flucht und schließlich das plötzliche Ende durch Maries frühen Tod.«

»Onkel Horst hat nie gern vom Krieg oder von der Flucht erzählt«, begann Lou mit leiser Stimme. Sie räusperte sich und klang danach etwas fester. »Dafür hat er aber umso lieber von Marie gesprochen. Kein Wunder!«

Lisa-Marie nickte wehmütig. »Ich glaube, es entsprach

einfach seinem Charakter, dass er lieber über die schönen Erinnerungen sprach als über das Schreckliche, das er erlebt hat.«

»Heißt das, du kannst ihm verzeihen, dass er uns angelogen hat?«

»Ich denke schon.«

»Ich wünschte, wir könnten noch einmal mit ihm reden«, sagte Lou und wischte sich verstohlen über die Augen. »Ich habe einen riesigen Kloß in der Kehle …«

»Ich hole jetzt wirklich mal den Schnaps.« Lisa-Marie öffnete eine Schranktür und kehrte wenige Augenblicke später mit einer Flasche und vier Gläsern an den Tisch zurück. Nachdem sie den Kräuterschnaps eingefüllt hatte, erhob sie ihr Glas. »Trinken wir auf die unglaublichste Geschichte, die ich bis jetzt gehört habe. Und auf unseren Opa Johann Zabel!«

»Auf Johann!« Die drei anderen Frauen folgten ihrem Beispiel und prosteten sich zu.

»Das kann man nicht trinken, das ist widerlich!« Mia verzog schon beim ersten Schluck das Gesicht, und auch Lou nippte nur vorsichtig am Glasrand.

»Mir schmeckt es.« Lisa-Marie goss für sich und Anne die nächste Runde ein. »Prost!«

Während die beiden ihre Gläser erhoben und sie mit einem Zug leerten, betrachtete Lou noch einmal die Hochzeitsfotos. »Die beiden sehen sehr glücklich aus.«

»Ich glaube, in diesem Moment waren sie es auch«, vermutete Lisa-Marie. »Trotz Krieg und Flucht.«

»Ich habe mich immer gewundert, warum Onkel Horst nie geheiratet hat. Jetzt kenne ich den Grund: Er hat immer nur eine Frau geliebt, sogar weit über ihren Tod hinaus.«

»Ich verstehe nicht, wie er die Wahrheit sein ganzes

Leben lang verschweigen konnte. Das könnte ich niemals«, sagte Anne.

»Ich auch nicht.« Lisa-Marie schüttelte den Kopf.

Lou schmunzelte. »Das liegt am weiblichen Gehirn. Frauen können ein Geheimnis nicht ewig für sich behalten, sie müssen einfach irgendwann darüber reden. Männer sind in dieser Beziehung anders.«

»Schwester Katharina konnte anscheinend schweigen«, gab Lisa-Marie zu bedenken. »Und sie war auch eine Frau.«

»Eine Nonne«, korrigierte Lou. »Sie konnte schließlich jederzeit mit Gott sprechen.«

»Und der hat garantiert nichts weitererzählt.« Mia grinste.

»Aber was sollen wir jetzt mit Horsts Geheimnis machen?« Anne runzelte die Stirn. »Schweigen oder offen darüber reden?«

»Schweigen«, antwortete Lou sofort. »Ich glaube nicht, dass Horst wollte, dass es bekannt wird. Sonst hätte er die Briefe nicht so gut versteckt.«

»Vermutlich hast du recht«, stimmte Lisa-Marie zu. »Außerdem geht es niemanden etwas an, außer uns.«

»Und was ist mit Papa, meinen Brüdern und Christoph?«, gab Mia zu bedenken.

»Die gehören zur Familie und können es ruhig wissen«, beschloss Lou.

»Und Jo?«

»Der leider nicht.« Anne lächelte ihre Tochter entschuldigend an.

»Schon gut«, murmelte Mia. »Obwohl ich es hasse, Geheimnisse vor ihm zu haben.«

»Ich denke, ihr habt noch genug andere Gesprächsthemen, oder? Sofern ihr überhaupt redet.« Lou grinste.

Mia wurde rot und nickte verschämt.

»Zuallererst müssen wir aber unsere Mütter einweihen. Sie haben ein Recht darauf, es als Nächste zu erfahren.«

Lisa-Marie stöhnte. »Das wird nicht leicht.«

»Sie werden vom Stuhl kippen«, vermutete Mia.

»Das ist noch milde ausgedrückt«, sagte Anne. »Wahrscheinlich müssen wir sie danach gleich wieder zur Kur schicken.«

»Wir könnten ihnen ja eine E-Mail schreiben«, schlug Lisa-Marie vor. »Schriftlich kann man so etwas viel besser formulieren.«

»Gute Idee!«, lobte Lou belustigt. »Am besten fassen wir uns kurz und knapp: Regt euch bitte nicht auf, aber wir müssen euch etwas beichten – Horst war nicht euer Bruder, sondern euer Vater.«

»Klingt doch ganz einfach, oder?« Lisa-Marie bemerkte Lous Spott nicht. »Vielleicht kann ich sogar gleich noch anfügen, dass ich mein Geschäft in Dortmund schließen muss.«

»Prima! So werden wir auf einen Schlag alle schlechten Nachrichten auf einmal los.« Lou lachte und jetzt musste auch Lisa-Marie über ihren eigenen Vorschlag grinsen.

»Sorry, das war wohl eine dumme Idee«, gab sie zu.

»Warum?«, widersprach Lou. »Es hätte schon Vorteile, wenn wir es uns so einfach machen könnten und ihnen eine Liste mit den wichtigsten Neuigkeiten schicken. Erstens: Horst ist euer Vater. Zweitens: Lisa-Marie ist pleite. Drittens: Lou ist vielleicht schwanger und …«

»Echt?«, unterbrach Mia sie überrascht. »Du bist schwanger, Lou?«

»Eventuell.«

»Ziemlich sicher«, widersprach Anne. »Gleich morgen

gehst du in die Apotheke und holst dir einen Test. Das hättest du längst tun sollen.«

»Mal sehen.« Lou warf ihrer Schwester einen bösen Blick zu, doch Anne ignorierte das. »Es hilft nichts, die Augen vor der Realität zu verschließen«, sagte sie stattdessen und lächelte nachsichtig.

»Vielen Dank für diesen Ratschlag. Aber das gilt genauso für dich.«

»Für mich? Ich wüsste nicht, in welcher Beziehung.«

»Auch du schiebst unangenehme Themen auf die lange Bank.«

»O nein! Ich habe meine Probleme im Griff.«

»Ach, wirklich?« Lous Miene verfinsterte sich. »Dann lautet der weitere Text der Mail wohl: Anne hat ihre Eheprobleme im Griff …«

»Eheprobleme?«, echote Mia entsetzt. »Davon weiß ich gar nichts.«

»… und schließlich«, fuhr Lou fort, »zu guter Letzt: Mia hat sich den Kerl geschnappt, den wir uns eigentlich für *unseren* Zeitvertreib zugelegt hatten.«

»Ich habe mir überhaupt niemanden geschnappt«, protestierte Mia. »Und für euch ist er sowieso viel zu jung.«

»Vorhin hast du noch behauptet, so zu denken sei spießig«, sagte Lou.

»Da ging es ja auch um echte Liebe und nicht um euren sogenannten zweiten Frühling. Und überhaupt – wenn du schwanger bist, solltest du nicht trinken!« Mia nahm Lou das Glas fort. »Jetzt zu dir!«, wandte sie sich an ihre Mutter. »Du und Papa, ihr habt Eheprobleme?«

»Manchmal.«

»Das hörte sich aber heute Morgen noch ganz anders an«, kritisierte Lou.

»Heute Morgen hatte ich einen schwachen Moment. Mit Abstand betrachtet ist es aber gar nicht mehr so schlimm«, behauptete Anne.

»Warum hast du nicht mit mir darüber gesprochen?« Mia klang verletzt. »Ich hätte vielleicht irgendetwas für euch tun können.«

»Das ist nicht nötig.« Anne schüttelte den Kopf.

»Typisch Anne!«, murrte Lou. »Für alle anderen sorgen, aber sich selbst nicht helfen lassen wollen.«

»Ich kann mir allein helfen.«

»Das können wir auch«, warf Lisa-Marie ein. »Aber es ist leichter, wenn man seine Sorgen teilt. Das hast du neulich erst so ähnlich gesagt.«

»Scheinbar gelten ihre eigenen Regeln nicht für sie selbst«, vermutete Lou.

»Weil du ja sofort immer alle Ratschläge von mir befolgst, nicht wahr?«, wehrte sich Anne. »Wieso diskutieren wir hier eigentlich über Nichtigkeiten, statt uns über die alten Briefe zu unterhalten?«

»Deine Ehe ist keine Nichtigkeit.«

»Sie gehört aber auch nicht an die große Glocke gehängt.« Anne schüttelte verärgert den Kopf. »Aber wenn wir schon dabei sind: Was weißt du überhaupt von einer Ehe und ihren Problemen?«

»Immerhin habe ich Christoph.«

»Ja, natürlich. Du hast Christoph und deine wunderbar dekorierte Wohnung. Wie schön für dich!«

»Neidisch?«

»Nein, kein Stück«, versicherte Anne gereizt. »Meine Familie ist mir tausendmal lieber. Eine schicke Innendekoration macht nämlich noch lange kein richtiges Zuhause.«

»Eine chaotische Familie aber auch nicht, vor allem

wenn der Mann praktisch nie da ist, die Kinder machen, was sie wollen, und die Frau einsam und verlassen in der Küche hockt. Wie idyllisch.«

»Das reicht!«, rief Anne und sprang auf. Zum zweiten Mal an diesem Abend flüchtete sich der Kater unter den Tisch. »So etwas muss ich mir nicht sagen lassen, nicht einmal von meiner eigenen Schwester.«

»Wer soll es dir denn sonst sagen?«

»Keiner. Ich weiß selbst, was gut für mich ist.«

»Aber vielleicht wissen wir es besser.«

»Du auf jeden Fall. Du weißt ja immer alles besser!« Böse funkelte Anne ihre Schwester an. »Aber ich werde mir das nicht länger anhören. Ich gehe ins Bett.«

»Dann geh doch ins Bett«, zischte Lou und erhob sich ebenfalls.

»Hört sofort auf zu streiten!«, rief Lisa-Marie, doch niemand beachtete sie. Beleidigt rauschte Anne als Erste zur Tür hinaus, knapp gefolgt von Lou. Ein paar Sekunden später knallten kurz hintereinander zwei Türen im ersten Stock.

Mia, die den Streit der Schwestern wortlos verfolgt hatte, zuckte zusammen. »Was war das denn?«

Lisa-Marie seufzte. »Das war hässlich, aber notwendig und außerdem längst überfällig. Lou hat deine Mutter zumindest ein bisschen aus der Reserve locken können.«

»Glaubst du wirklich, dass meine Eltern eine echte Ehekrise haben?«

»Ich weiß es nicht.« Lisa-Marie legte ihren Arm um Mia. »Dein Vater würde sicherlich behaupten, dass alles bestens ist. Vermutlich glaubt er es sogar wirklich. Aber deine Mutter leidet. Sie fühlt sich von ihm schrecklich alleingelassen.«

»Das kann ich nachvollziehen.«

»Drüben ist gerade das Licht ausgegangen.« Lisa-Marie deutete aus dem Fenster. »Wenn du dich beeilst, erwischst du Jo noch.«

»Meinst du? Eigentlich sollte ich zu Mama gehen und sie trösten.«

»Nein, das solltest du nicht. Lass sie einfach mal in Ruhe. Sie muss sich allein Gedanken machen. Wenn du bei ihr bist, hat sie wieder einen Grund, sich von ihrem eigenen Kummer abzulenken.«

»Wahrscheinlich hast du recht.«

»Nun geh schon!« Nachdenklich blickte Lisa-Marie Mia nach, die rasch das Zimmer verließ.

Dieser Abend war alles andere als harmonisch verlaufen. Zuerst die Enthüllung über ihren Großvater, die sie immer noch sehr beschäftigte. Und dann der Streit zwischen Anne und Lou. Lisa-Marie überlegte, ob sie auch ins Bett gehen sollte. Doch plötzlich kam der Kater zu ihr aufs Sofa gesprungen und schmiegte sich an sie. Als sie ihm den Kopf kraulte, begann er zu schnurren.

»Wenigstens wir zwei haben unseren Spaß«, flüsterte sie dem Tier ins Ohr und zog sich eine Wolldecke über die Füße. Dabei fiel ihr Blick auf die alten Briefe und Fotos. Nach kurzem Zögern goss sie sich einen weiteren Kräuterschnaps ein und begann erneut zu lesen.

Im Treppenhaus stieß Mia unterdessen mit Jo zusammen. Wortlos fiel sie ihm in die Arme.

»Was ist los?«, fragte er überrascht.

»Frauen«, murmelte Mia und vergrub ihr Gesicht in seinem Hemd.

Er lachte. »Wäre das nicht eigentlich mein Text?«

»Heute nicht. Heute darf ich das auch mal sagen.«

»Was ist denn passiert?«

»Viel zu viel, frag lieber nicht! Ich habe ein paar Dinge erfahren, die mich ganz schön umhauen.«

»Oh.«

»Für die nächste Zeit habe ich genug von geheimnisvollen Enthüllungen.«

»Hm.«

»Kann ich bei dir übernachten?«

»Schon wieder?«

Mia hob ihren Kopf. Amüsiert registrierte er, dass sie rot anlief. »Ich will auch gar nichts von dir, ehrlich.«

»Auch das wäre eigentlich eher mein Text.«

»War das ein ›Ja‹?«

»Natürlich.« Er küsste sie. »Allerdings kann ich dir nicht garantieren, dass *ich* nichts von dir will …«

15

»Wohin gehst du?«, fragte Mia, als Lou am nächsten Morgen im Treppenhaus ihre Jacke anzog und den Geldbeutel in die Jackentasche stopfte.

»In die Apotheke«, antwortete Lou knapp. Sie sah nicht aus, als ob sie noch weitere Details preisgeben wollte, doch Mia erriet ihre Absicht sofort. »Ist heute der große Tag für den Schwangerschaftstest?«, fragte sie grinsend.

»Pssst!«, zischte Lou. »Es muss ja nicht gleich jeder hören!«

»Es weiß doch sowieso schon jeder Bescheid«, entgegnete Mia, ohne ihre Stimme zu senken.

»Jo etwa auch?«

»Nein, beruhige dich. Der kann uns gerade nicht hören, weil er unter der Dusche steht.« Mia wartete auf eine anzügliche Bemerkung, doch ihre Tante blieb stumm. Anscheinend war Lou mit ihren Gedanken woanders. Sie nickte nur zerstreut und streifte ihre Stiefeletten über.

Mia schlüpfte ebenfalls in ihren Anorak. »Darf ich mitkommen?«

»In die Apotheke? Was willst du da?«

»Ich brauche dringend … äh … Zahnseide.«

»Von mir aus.« Gemeinsam verließen die beiden das Haus und machten sich auf den Weg ins Dorf.

»Ganz schön frisch heute Morgen.« Mia zog die Hände in die Ärmel ihrer Jacke zurück.

»Habt ihr euch eigentlich wieder versöhnt, du und Mama?«

»Nein.«

»Schade.«

»Keine Angst, das wird schon wieder. Wir streiten nie länger als vierundzwanzig Stunden. Diese Zeit braucht deine Mutter zum Schmollen, doch irgendwann verzeiht sie mir alles. Das war schon immer so.«

»Gut zu wissen.« Mia nickte zufrieden. »Allerdings erscheinen mir unsere Probleme verglichen mit der Geschichte von Johann und Marie geradezu lächerlich klein«, fügte sie nachdenklich hinzu.

»Das geht mir auch so.«

Mia wartete, ob Lou noch etwas sagen würde, doch ihre Tante blieb stumm. Eine Weile lang liefen die beiden schweigend nebeneinanderher. Dann, als sie in die Hauptstraße abbogen, ergriff Mia wieder das Wort. »Darf ich dich etwas fragen?«

»Natürlich.«

»Welches Testergebnis erhoffst du dir?«

»Keine Ahnung!« Lou blieb so plötzlich stehen, dass Mia gegen sie stieß. »Ich überlege mir das schon seit Tagen, aber ich weiß es nicht.«

»Hm.« Mia hakte sich bei Lou unter, und gemeinsam gingen die beiden weiter. »Vielleicht ist es hilfreich, noch keine Meinung zu haben«, sagte Mia vorsichtig. »Dann kannst du auch nicht enttäuscht werden, wenn der Test ein anderes Ergebnis zeigt, als du es dir erhofft hast.«

»Na, du bist ja ganz schön altklug, liebe Nichte. Aber vielleicht hast du recht«, murmelte Lou.

»Hast du Christoph schon eingeweiht?«

»Nein.«

»Du bist nicht sehr gesprächig heute Morgen.«

»Na und? Ich habe dich nicht gebeten, mich zu begleiten.«

»Kann ich dich trotzdem noch etwas fragen?«

»Was ist denn jetzt schon wieder?«

»Das ist ein bisschen … äh … privat«, begann Mia zögerlich.

»Dann wende dich lieber an deine Mutter. Sonst ist sie sauer, dass sie übergangen wird.«

»Ich glaube nicht, dass das eine gute Idee ist.«

»Worum geht es denn?«

»Tja, also … gewissermaßen … um … äh … Verhütung«, stotterte Mia.

»Verhütung?«, wiederholte Lou und blieb zum zweiten Mal stehen.

»Nicht so laut!«, warnte Mia. »Da drüben auf der anderen Straßenseite läuft Frau Hösle.«

Lou warf einen schnellen Blick auf die andere Straßenseite und schob Mia unter das Regendach einer Bushaltestelle. »Verhütung?«, wiederholte sie erneut. »Glaubst du wirklich, dass ausgerechnet ich bei diesem Thema eine kompetente Beraterin bin?«

»Wieso nicht? Weil du vielleicht schwanger bist?«

Lou nickte.

»Aber du bist die Einzige, die ich fragen kann.« Mia seufzte.

»Und was ist mit deiner Mutter?«

»Die hat gerade andere Probleme. Außerdem ist sie in dieser Beziehung schrecklich verklemmt. Du bist viel lockerer als sie.«

»Also gut, schieß los.«

Stockend begann Mia zu erzählen. »Jo und ich …

also … wir sind … wir haben noch nicht … jedenfalls nicht so richtig … äh …«

»Schon gut«, unterbrach sie Lou lächelnd. »So genau muss ich das nicht wissen.«

»Also, auf jeden Fall …« – Mia holte tief Luft – »… wäre ich gern vorbereitet für den Fall der Fälle.«

»Das ist vernünftig.«

»Aber … wie?«

»Wie? Ich hoffe, ich muss dir jetzt keinen Vortrag über die Vor- und Nachteile verschiedener Verhütungsmethoden halten, oder?«

»Nein! Natürlich weiß ich, wie man sich schützen sollte.«

»Gut.« Lou warf ihrer Nichte einen prüfenden Blick zu. »Ist das für dich das erste Mal, dass du dir solche Gedanken machst?«

»Du meinst, ob ich noch nie … äh …«

»Genau.«

»Nein.« Mia senkte ihren Blick. »Aber es hat mir noch nie so viel bedeutet wie dieses Mal.«

Lou betrachtete ihre Nichte liebevoll. »Also brauchst du gar keine Zahnseide aus der Apotheke, sondern Kondome.«

Mia errötete. »Ich weiß nur nicht, wie Jo es findet, wenn ich mich selbst darum kümmere.«

»Deswegen machst du dir Sorgen?«

Mia nickte. Lou legte den Arm um sie und zog sie weiter. »Er wird denken, dass du eine verantwortungsvolle junge Frau bist«, sagte Lou nach kurzem Nachdenken.

»Sicher?«

»Na klar! Und ich wette, er ist auch vorbereitet. Männer sind da immer ein wenig schneller.«

Mia grinste verlegen. »Wir werden sehen.«

Inzwischen hatten sie die Apotheke erreicht. Im Verkaufsraum wurden sie von demselben Apotheker begrüßt, der Lou schon bei den Hustenbonbons beraten hatte.

»Guten Morgen«, sagte er freundlich. »Was kann ich heute für Sie tun?«

»Fang du an«, forderte Lou Mia auf.

»Ich brauche Kondome«, murmelte Mia schüchtern.

»Gern.« Der Mann nickte und verschwand wortlos im Lagerraum.

»Siehst du, so einfach ist das«, stellte Lou zufrieden fest. Gleich darauf kehrte der Apotheker mit einer kleinen Packung zurück und legte sie vor Lou auf den Ladentisch. »Hier, bitte schön. Extra feuchte und transparente Kondome, ganz ohne Noppen, Rippen oder Geschmack.«

Während er sprach, ging erneut die Ladentür. Ein schwacher Knoblauchduft wehte in den Raum.

Lou seufzte. Sie wusste auch ohne sich umzudrehen, wer die Apotheke betreten hatte, und erwartete jeden Moment das übliche fröhliche »Griaß di!« von Frau Hösle. Doch diese war anscheinend angesichts der Ware, die der Apotheker anpries, dermaßen abgelenkt, dass sie die Begrüßung vergaß.

»Kann ich noch etwas für Sie tun?«, wollte der Mann wissen und verpackte die Box mit den Kondomen in eine kleine Plastiktüte.

»Äh«, murmelte Lou und zuckte unschlüssig mit den Schultern. Sie hatte nicht die geringste Lust, im Beisein von Frau Hösle einen Schwangerschaftstest zu bestellen. »Ich glaube, nicht.«

»Doch«, widersprach Mia und stieß ihrer Tante auffordernd in die Rippen. »Nun mach schon, Lou!«

Als Lou weiterhin stumm blieb, ergriff Mia das Wort. »Wir brauchen einen Schwangerschaftstest.«

Dieser Wunsch schien den Apotheker etwas aus der Fassung zu bringen. Verwirrt starrte er auf die Plastiktüte mit den Kondomen und dann wieder zurück zu Mia. »Sind Sie sicher?«, erkundigte er sich.

»Nein. Deswegen brauchen wir ja den Test«, antwortete Mia freundlich.

Lou warf einen vorsichtigen Blick über ihre Schulter. Frau Hösle stand mit geöffnetem Mund und weit aufgerissenen Augen neben einem Regal mit Kräutertee und sah aus, als ob sie gleich ein starkes Beruhigungsmittel kaufen müsste.

»Soll es ein digitaler Test sein?«, wollte der Apotheker wissen. Wieder stupste Mia Lou an, doch diese schüttelte nur leicht mit dem Kopf und deutete verstohlen hinter sich. Mia folgte ihrem Blick und nickte verstehend. Sie wandte sich dann wieder an den Apotheker.

»Was haben Sie denn noch im Angebot?«, wollte sie wissen.

»Wir haben einen ganz neuen, ultraempfindlichen Test, der schon sieben Tage nach der Empfängnis zuverlässig eine Schwangerschaft anzeigt. Oder einen anderen Test, der Ihnen verrät, in welcher Schwangerschaftswoche Sie sich befinden.«

»Ich nehme den ultraempfindlichen«, beschloss Mia und fügte mit einem Grinsen hinzu: »Sie können ihn gern zu den Kondomen stecken.«

Hinter ihnen schnappte Frau Hösle hörbar nach Luft. Lou brachte ein verlegenes Grinsen zustande, als sie nach dem Bezahlen an Frau Hösle vorbeilief. Mit Mia im Schlepptau verließ sie die Apotheke.

Ein paar Meter weiter, hinter einer Telefonzelle, brach sie in hemmungsloses Gelächter aus.

»Was ist so komisch?«, wollte Mia wissen.

»Hast du ihr Gesicht gesehen?«, prustete Lou. »Sie glaubt, dass die Einkäufe alle für dich sind!«

»Oje!«, stöhnte Mia. »Dann muss sie mich aber für ein ziemliches Flittchen halten!«

»Das passt vermutlich in das Bild, was sie sich von dir machen konnte, als du neulich im Hof halbnackt vor Jo getanzt hast.«

Jetzt musste auch Mia lachen. »Hoffentlich erzählt sie Mama nichts.«

»Keine Sorge! Selbst wenn sie etwas sagt, wird deine Mutter ihren Dialekt nicht verstehen können. Kann ich meinen Test haben?«

»Hier!« Mia kramte den Schwangerschaftstest heraus und stopfte die Tüte danach in ihre Hosentasche. »Muss ja nicht gleich jeder sehen«, murmelte sie.

»Genau!«, bestätigte Lou und warf die Schachtel mit dem Test in ihre Handtasche.

»Wann machst du ihn?«

»Sei nicht so neugierig! Ich frage dich ja auch nicht, wann du die Kondome benutzen willst.«

»Das ist etwas ganz anderes.«

»Kann sein«, musste Lou zugeben. »Aber auf keinen Fall werde ich es vorher ankündigen. Das fehlt mir gerade noch, dass meine gesamte Verwandtschaft zuschaut, wie ich auf den Teststreifen pinkele.«

Um ungestört zu sein, hatte sich Lou den Wecker für den nächsten Morgen schon auf sechs Uhr gestellt. Vorsichtig schlich sie ins Bad und schloss die Tür. Hektisch riss sie die Verpackung des Schwangerschaftstests auf und begann zu lesen. Die Gebrauchsanleitung war einfach formuliert und mit anschaulichen Bildern illustriert. Schritt für Schritt befolgte Lou die Anweisungen, bis sie schließlich ihre Armbanduhr abnahm und die Stoppuhr auf fünf Minuten einstellte.

Zum Warten setzte sie sich auf einen alten Holzstuhl und griff geistesabwesend zu einer Frauenzeitschrift, die Lisa-Marie auf dem Schrank hatte liegen lassen.

Das Titelbild zeigte eine junge Frau, die ein Baby im Arm hielt. »Plötzlich Eltern – und was jetzt?«, lautete die Überschrift, die in fetten rosa Buchstaben geschrieben war. Eine Weile starrte Lou auf das Foto hinab und fragte sich, warum es sie so merkwürdig berührte. Dann seufzte sie und legte die Zeitung beiseite.

»Tja, keine Ahnung, was jetzt«, flüsterte sie und versuchte, ihre Gefühle zu analysieren: Aufregung war dabei, Ungeduld und ein leichter Anflug von Panik. Ob das allen Frauen bei einem Schwangerschaftstest so ging? Ihr fiel ein, was Großmutter Marie geschrieben hatte, als sie erfahren hatte, dass sie schwanger war.

»… Dies ist nicht die Zeit und nicht der Ort, um ein Kind in die Welt zu setzen. Und wenn ich ehrlich bin: Wir sind auch nicht die perfekten Eltern …«

»Das sind Christoph und ich bestimmt auch nicht«, murmelte Lou.

Trotzdem – ihre Großeltern hatten es damals gewagt. Sie dachte an Johanns Antwort, seine Freude über das Baby und seinen unerschütterlichen Glauben daran, dass alles gut werden würde. Bewundernswert, diese Einstellung.

»… Das Leben stellt einen oft vor vollendete Tatsachen. Aber es liegt an uns, was wir daraus machen …«

Eine Schwangerschaft war definitiv eine vollendete Tatsache. Noch dazu eine, die ihr Angst machte.

Aber was wäre, wenn sie es einfach wagen würde? Bislang war sie noch nie vor einer Herausforderung davongelaufen, und ein Baby war gewiss nicht das Schlimmste, was passieren konnte, auch wenn es alles durcheinanderbringen würde. Und trotzdem …

Das rhythmische Piepen der Stoppuhr riss Lou aus ihren Gedanken. Langsam, fast wie in Zeitlupe, erhob sie sich und trat vor das Waschbecken. Dort atmete sie einmal tief durch und zog vorsichtig den Teststreifen aus dem Plastikbecher. Zwei blaue Streifen leuchteten ihr entgegen.

Sie war definitiv schwanger.

Aber es war nicht das Ergebnis, das sie in diesem Moment am meisten überraschte – sondern der Ausdruck auf ihrem Gesicht im Spiegel.

Mit Erstaunen stellte Lou nämlich fest, dass sie lächelte.

»Wieso grinst du heute eigentlich andauernd?«, fragte Lisa-Marie am Nachmittag. Gemeinsam mit Lou stand sie vor den leeren Geschäftsräumen im Dorf und wartete auf den Besichtigungstermin.

»Das tue ich doch gar nicht«, widersprach Lou und bemühte sich, ein ernstes Gesicht zu machen. Es gelang ihr nicht – zu groß war immer noch die Freude über den positiven Test. Doch sie hatte beschlossen, die Nachricht erst einmal für sich zu behalten, wenigstens bis zum Abend. Ungeduldig blickte sie auf die Armbanduhr. »Wann wollte dieser Herr Lampertinger kommen?«

»Er muss jeden Moment hier sein.« Lisa-Marie drehte sich zu den Schaufenstern um. »Und? Wie ist dein erster Eindruck?«

Lou folgte ihrem Blick. »Alles ist sehr hell und sieht solide gebaut aus. Daraus lässt sich etwas machen.«

»Die Regale eignen sich perfekt für Bücher.«

»Ja, das stimmt. Was war noch gleich hier untergebracht?«

»Ein Geschäft für Bauhandel: Schrauben, Werkzeuge, Dübel, Farbe, Kleister, Tapete und was man sonst so braucht«, zählte Lisa-Marie auf. »Im Hof ist ein großer Teil eingezäunt, der als Lager genutzt wurde. Meiner Meinung nach kann man daraus einen wunderschönen Teegarten machen.«

»Du hast ja alles schon perfekt durchdacht«, wunderte sich Lou.

»Stimmt. Ich neige dazu, mir alles in den schönsten Farben auszumalen.«

»Das kann manchmal ganz hilfreich sein. Ich wollte, ich könnte das auch.«

»Das kann man lernen.«

»Hm.« Lou blickte nachdenklich in die Ferne. »Tatsächlich?«

»Wenn es nötig ist, ja.« Lisa-Marie nickte und drehte sich einmal um die eigene Achse. »Mir gefällt es hier im Allgäu. Es ist Zeit für eine Veränderung.«

Lou schmunzelte geheimnisvoll. »Gut gesagt! Das könnte der Spruch des Tages werden.«

Lisa-Marie warf ihr einen erstaunten Blick zu, aber noch bevor sie etwas sagen konnte, bog ein weißer Golf in den Hof ein. »Da kommt Herr Lampertinger«, wisperte sie aufgeregt. Ein großer, leicht untersetzt wirkender Mann mit dunklen Haaren und grauen Schläfen stieg aus dem Auto. Er schaute sich suchend um und steuerte dann direkt auf Lou und Lisa-Marie zu.

»Das gibt es ja gar nicht!«, rief er und blieb plötzlich stehen. Auf seinem braungebrannten Gesicht erschien ein überraschtes Lächeln.

»O nein!«, stöhnte Lisa-Marie.

»Die nette Dame mit dem Kaminholz und dem roten Käfer!« Er schüttelte verwundert den Kopf.

»Der unfreundliche Holzverkäufer aus Füssen«, flüsterte Lisa-Marie so leise, dass nur Lou sie hören konnte. Laut sagte sie: »Was für ein Zufall!«

»Ein sehr schöner Zufall«, entgegnete er herzlich und schüttelte ihre Hand. »Ich dachte schon, ich sehe Sie nie wieder. Dauernd ist jemand anderer mit Ihrem Auto unterwegs.«

»Tja, wir sind eine große Familie.« Lisa-Marie entzog ihm ihre Hand und wies auf Lou. »Das ist übrigens meine Cousine Lou.«

»Marie-Luise Sonntag«, stellte sich Lou vor.

»Freut mich.« Er deutete auf den Laden. »Kommen Sie!« Während er die Tür aufschloss und die beiden Frauen in den Verkaufsraum führte, erzählte er ihnen, dass das Geschäft seinen Eltern gehört hatte. »Sie haben bis letztes Jahr hier Eisenwaren und Baumaterial verkauft, aber dann wurde es ihnen zu mühselig. Inzwischen genießen sie ihr Rentnerdasein.«

»Warum haben Sie das Geschäft nicht weitergeführt?«, wollte Lisa-Marie wissen.

»Mir war es hier zu klein. Ich wollte mehr als nur einen Bauhandel, ich wollte auch Lebensmittel und Gartenmaterial anbieten. Daraus wurde schließlich das größte Einkaufszentrum in ganz Füssen«, erklärte er stolz.

»Ihr Laden ist sehr schön geworden. Man bekommt alles, was man braucht.« Lisa-Marie zwinkerte ihm zu. »Sogar Kaminholz.«

Herr Lampertinger lachte.

»Können wir anfangen?«, erkundigte sich Lou.

»Aber natürlich! Schauen Sie sich einfach in Ruhe um.«

»Und?«, fragte Lisa-Marie, als Herr Lampertinger in einem der hinteren Räume verschwunden war.

»Er ist süß.«

»Lou! Kannst du nicht mal ernst bleiben?«

»Das fällt mir heute aus verschiedenen Gründen nicht leicht. Aber ich werde es versuchen.«

»Wie findest du den Laden?«

»Bislang sehr gut, aber lass mir etwas Zeit.«

Langsam schlenderten die beiden durch die Verkaufsräume. Insgesamt bestand das Geschäft aus vier hellen Zimmern, die alle durch breite Flügeltüren miteinander verbunden waren. Die Decken waren mit Holz vertäfelt, und in einem der Räume, dem ehemaligen Wohnzimmer, prangte in einer Ecke ein großer Kachelofen. Gleich daneben führte eine Tür in eine moderne Küche, die mit allen nötigen Küchengeräten ausgestattet war.

»Ideal zum Kaffee- und Teekochen.« Lou nickte zufrieden. Die heimelige Atmosphäre, die das Geschäft trotz seiner Größe ausstrahlte, gefiel ihr. »Hier fühlt man sich wohl«, stellte sie fest und schritt langsam die Zimmer ab. »Hier ist es gemütlich. Hier bleibt man länger und stöbert herum. Hier kauft man gern ein.«

»Es gefällt dir also?«, fragte Lisa-Marie. Sie hatte vor Aufregung ganz rote Wangen.

»Ja, das tut es. Und wie!« Lou nickte begeistert. »Du musst gar nicht so viel verändern. Die alten Regale sind ideal. Natürlich fehlt die richtige Beleuchtung, aber das sollte kein großes Problem sein. Außerdem würde ich mal im Austragshäuschen nachsehen, ob du nicht den einen oder anderen bequemen alten Sessel findest. Wenn wir es schaffen, hier so eine Art Wohnzimmer-Feeling zu erzeugen, wirst du dich vor Kunden kaum retten können.«

»Sind Sie vom Fach?«, wollte Herr Lampertinger wissen. »Sie klingen wie eine professionelle Raumausstatterin.«

»Ich bin Innenarchitektin.«

Er schien beeindruckt. »So jemanden wie Sie könnte ich gut gebrauchen. Sie glauben gar nicht, wie oft meine Kunden eine komplette Lösung für ihre Bauvorhaben bei mir erfragen.«

»Schade«, bedauerte Lou. »Aber leider bin ich derzeit völlig ausgebucht.«

»Was nicht ist, kann ja noch werden.«

»Hast du schon den Hof gesehen?« Lisa-Marie deutete durch eine hohe Glastür nach draußen.

»Der ideale Platz für eine Café-Terrasse. Mit ein paar großen Kübelpflanzen, Sonnenschirmen, bequemen Stühlen und kleinen Tischen wird das richtig nett.« Lou drückte ihre Stirn gegen das Fenster und betrachtete den Innenhof. Noch wirkte er wegen der vielen Kartons und Container, die dort lagerten, wenig einladend. Doch vor ihrem geistigen Auge war hier bereits ein Teegarten entstanden. »Für den Sommer würde ich alles in Zitronengelb dekorieren: die Schirme, die Tischdecken und die Sitzkissen. Das wirkt sehr freundlich und einladend. Selbst wenn man kein Buch kaufen will, wird man sich gern hier hinsetzen.« Langsam ließ sie ihren Blick weiterwandern. »Du hättest sogar Parkplätze vor dem Haus!«

»Die sind kostenlos«, sagte Herr Lampertinger. Er stand an der Küchentür und hatte einige Papiere in der Hand. »Mir ist sehr daran gelegen, dass hier ein vernünftiger Laden eröffnet. Deshalb würde ich Ihnen auch mit der Miete ein wenig entgegenkommen.«

Lou grinste. So, wie er Lisa-Marie anschaute, würde er ihr sicherlich auch gern in anderen Bereichen »entgegenkommen«. Doch wahrscheinlich lag es nur an ihrer derzeitigen Verfassung, dass sie überall emotionale Schwingungen sah. Sie sollte sich um Sachlichkeit bemühen, schließlich hing für Lisa-Marie einiges von diesem Termin ab! Neugierig deutete sie auf eine Wendeltreppe. »Sind oben noch mehr Räume?«

»Ja. Eine Toilette und zwei kleine Zimmer, die Sie als Lager nutzen können. Im anderen Teil des Obergeschosses und im Dachgeschoss befindet sich meine Wohnung.«

»Oh.« Lisa-Marie runzelte die Stirn. Ob es gut war, dass ihr Vermieter so nahe wohnte?

»Keine Sorge.« Herr Lampertinger lächelte, als ob er ihren Gedanken erraten hätte. »Ich bin den ganzen Tag in Füssen im Supermarkt. Wir werden uns so gut wie nie begegnen.« Das klang fast ein wenig bedauernd. »Es sei denn, ich brauche ein gutes Buch. Ich liebe Bücher.«

»Was lesen Sie denn am liebsten?«, wollte Lisa-Marie wissen.

»Fantasy. Ich bin ein leidenschaftlicher Tolkien-Fan.«

»Wirklich? Die Herr-der-Ringe-Romane sind auch meine Lieblingsbücher.«

Zum ersten Mal betrachtete Lisa-Marie ihr Gegenüber mit echtem Interesse. Sie hatte im Laufe der Jahre oft festgestellt, dass Menschen mit ähnlichem Buchgeschmack auch im Alltagsleben gut miteinander auskamen. Es konnte sicherlich nicht schaden, ein freundschaftliches Verhältnis zu ihrem Vermieter aufzubauen. Außerdem: Ohne den schrecklichen grünen Supermarkt-Kittel wirkte er viel weniger geschäftsmäßig, sondern sehr sympathisch.

Herr Lampertinger errötete unter Lisa-Maries prüfenden Blicken. »D… Darf ich mir Ihre … Ihre Kontaktdaten notieren?«, stotterte er und zog einen Füller aus der Jackentasche.

Bereitwillig begann Lisa-Marie, ihm Name, Adresse und Telefonnummer zu diktieren. »Zurzeit bin ich allerdings hier in Pfronten zu erreichen, auf dem Hof von Horst Zabel.«

»Der Zabel-Horst?« Herr Lampertinger blickte überrascht von seinen Papieren auf. »Waren Sie mit ihm verwandt?«

»Ja, wir sind seine Enk…«, begann Lisa-Marie, als Lou sie plötzlich in die Seite stieß.

»Nichten!«, zischte sie.

»Ja, natürlich. Wir sind seine Nichten«, korrigierte sich Lisa-Marie hastig.

»Mein Beileid.« Herr Lampertinger sah auf einmal sehr traurig aus. »Er war oft Gast im Hause meiner Eltern. Ein ganz feiner Mensch.«

»Danke.«

»Kennen Sie schon den Termin der Beerdigung?«

»Nein, noch nicht.«

»Sagen Sie mir bitte Bescheid? Ich werde selbstverständlich zusammen mit meinen Eltern kommen.« Er schraubte den Stift zu und steckte ihn zurück in seine Jackentasche. »Werden Sie den Hof weiterführen?«

»Natürlich«, hörte sich Lou zu ihrem eigenen Erstaunen sagen.

»Wie bitte?« Überrascht starrte Lisa-Marie ihre Cousine an. »Wann genau haben wir denn das entschieden?«

»Jetzt gerade, nehme ich an. Ganz spontan.«

»Spontan«, wiederholte Lisa-Marie. Sie hatte Mühe, das eben Gehörte zu verarbeiten. »Ausgerechnet du bist spontan?«

»Na ja«, begann Lou zu erklären, »es ist doch die beste Lösung für uns alle. Wenn du tatsächlich hierbleiben willst, dann brauchst du ein richtiges Zuhause.«

»Ich könnte mir eine Wohnung suchen.«

»Warum denn? Wir hängen doch alle an dem Hof. Wieso sollten wir ihn dann verkaufen?«

»Ich glaube, Horst hätte sich das gewünscht«, sagte Lisa-Marie leise. »Dass der Hof weiterhin für die ganze Familie offen steht.«

»Dieser Meinung bin ich mittlerweile auch.«

»Ich bin froh, dass du so denkst.«

Herr Lampertinger beobachtete die beiden Frauen aufmerksam. Als jedoch keine der beiden mehr etwas sagte und Lisa-Maries Augen verdächtig glitzerten, räusperte er sich verlegen.

»Und äh … sagen Sie … wie kommen Sie mit der Arbeit auf dem Hof zurecht?«, versuchte er, die Unterhaltung wieder in sachliche Bahnen zu lenken.

Lou lächelte, dankbar für den Themenwechsel. »Das ist gar kein Problem.«

»Werden Sie die Tiere behalten?«

»Ich denke schon, aber das muss Lisa-Marie entscheiden.«

»Natürlich behalten wir die Tiere.«

»Dann hätte ich eine große Bitte an Sie«, begann Herr Lampertinger. »Tut mir leid, dass ich davon anfange, aber ich bin nun einmal ein Tierfreund. Ich hatte vor ein paar Wochen schon mal mit Horst darüber gesprochen. Es geht um ein Schwein.«

»Ein Schwein?«, wiederholte Lou belustigt.

»Ja. Es gehört einem Freund von mir, einem Bauern, der es nicht mehr haben möchte. Horst hatte zugesagt, es zu übernehmen.«

»Warum will Ihr Freund das Tier denn loswerden?«

»Es ist ein Eber, und er ist zu alt für die Zucht. Horst wollte ihm einen schönen Lebensabend bereiten.«

»Platz hätten wir genug«, sagte Lisa-Marie.

»Und außerdem ein viel zu weiches Herz«, ergänzte Lou. »Wenn Sie mögen, können Sie uns das Tier bringen.«

»Was ist denn heute mit dir los?« Lisa-Marie warf Lou einen erstaunten Blick zu. »Ich hätte nicht gedacht, dass ausgerechnet du das Schwein haben willst.«

»Ich sagte doch schon, heute ist ein seltsamer Tag.« Lou seufzte. »Jetzt muss ich mich nur noch mit meiner Schwester versöhnen, dann hat jeder sein Happy End. Sogar das Schwein!«

Anne rieb sich ihre Hände mit Melkfett ein und strich Mette-Marit vorsichtig über die Flanke. Mit dieser Geste signalisierte sie der Kuh, dass sie mit dem Melken beginnen würde – ein kleiner Tipp von Schwester Bonaventura, der ihr zu Anfang sehr geholfen hatte. Inzwischen jedoch war sie zu einer echten Melk-Expertin geworden und kam ohne große Schwierigkeiten zurecht.

Trotz Jos Anwesenheit hatte sie es sich nicht nehmen lassen, Mette-Marit jeden Tag selbst zu melken. Sie liebte die ruhigen Minuten am Morgen und am Abend, wenn im Stall nur das schläfrige Gackern der Hühner oder das gelegentliche Schnaufen einer Kuh zu hören waren.

Auch heute Abend war es angenehm still, lediglich das leise Geräusch von Kirchenglocken drang durch ein offenes Stallfenster. Zufrieden drückte Anne ihre Stirn in den weichen Bauch der Kuh und atmete deren Duft ein, eine Mischung aus frischem Gras, warmer Milch und leichtem Mistgeruch. Vorsichtig griff sie nach den Zitzen und begann, möglichst gleichmäßig daran zu ziehen. Sofort schoss ein Strahl Milch in den Eimer. Anne lächelte zufrieden. In den zwei Wochen, die sie nun schon hier war, hatte sie ihre Technik perfektioniert.

Gerade, als sie den Eimer gefüllt hatte, öffnete sich die Tür, und Lou betrat den Stall. Vorsichtig blickte sie sich um und kam dann zögernd auf die Box von Mette-Marit zu. »Läuft der Hahn noch frei herum?«

»Nein.«

»Gut.«

»Was willst du hier?«

»Ich muss mit dir reden.« Lou lehnte sich gegen die Stallwand und verschränkte die Arme vor ihrer Brust. »Bislang haben wir es heute ja gut geschafft, uns aus dem Weg zu gehen.«

»Richtig«, entgegnete Anne kühl.

»Bist du immer noch sauer?«

»Was denkst du denn?« Langsam begann Anne, den Euter von Mette-Marit mit Fett einzureiben. Sie ließ sich absichtlich Zeit damit, denn sie wusste, dass Lou früher oder später die Geduld verlieren würde.

»Was machst du da so lange?«, wollte ihre Schwester dann auch prompt wissen.

»Euterpflege.«

»Wann bist du fertig?«

»Es dauert so lange, wie es dauert.«

»Ich muss dringend mit dir reden.«

»Das sagtest du bereits.« Anne nahm eine weitere Portion Melkfett aus der Dose.

»Kannst du nicht mal aufhören, die Brust der Kuh zu massieren? Das macht mich irgendwie nervös.«

»Diese Brust nennt man Euter. Und ich höre nur auf, wenn du mir etwas wirklich Wichtiges zu sagen hast.«

»Das habe ich.«

»Also gut.« Anne richtete sich auf und wischte die Hände an ihrer Latzhose sauber. »Schieß los.«

»Äh …« Lou sah aus, als ob sie ihren ganzen Mut zusammennehmen müsste – ein Verhalten, das Anne von ihr nicht kannte. Sie fragte sich, was sie wohl dermaßen verunsichern konnte.

»Ich bin … ich werde … wir bekommen ein Schwein«, stammelte Lou schließlich.

»Wie bitte?« Überrascht starrte Anne ihre Schwester an. »Kannst du das bitte noch mal wiederholen?«

»Wir bekommen ein Schwein.« Verlegen rieb sich Lou die Nase. Eigentlich hätte sie mit einem ganz anderen Geständnis anfangen wollen. Aber noch gingen ihre Sätze, in denen die Worte »Baby« oder »Schwangerschaft« vorkamen, nicht leicht über die Lippen.

Anne schüttelte den Kopf. »Und das war deine wichtige Mitteilung?«

»Nun, zumindest die Erste von mehreren«, murmelte Lou.

Einen Moment lang sah Anne verärgert aus. Dann aber siegte ihr Sinn für Humor, und sie begann, herzhaft zu lachen. »Ein Schwein!«

»Ein Eber«, stellte Lou richtig und musste nun ebenfalls grinsen.

»Wo habt ihr euch den denn aufschwatzen lassen?«

»Bei der Besichtigung von Lisa-Maries Ladenlokal hier im Dorf. Ihr zukünftiger Vermieter bringt uns das Schwein in der nächsten Woche.«

»Ihr zukünftiger Vermieter? Bedeutet das, dass sie den Laden übernimmt?«

»Ja«, bestätigte Lou. »Ich habe ihr zwar geraten, erst noch eine Nacht darüber zu schlafen, aber du kennst sie ja. Ihre Entscheidung ist gefallen.«

»Wie schön für sie!« Sorgfältig schraubte Anne die Dose mit dem Melkfett zu. »Aber dann braucht sie ein Dach über dem Kopf …«

»… was unser Gespräch auf den Hof und das neue Schwein bringt. Ich glaube, sie möchte am liebsten hier wohnen bleiben und alles so lassen, wie es ist, inklusive der Tiere.«

»Das wäre schön. Insgeheim hatte ich gehofft, dass wir uns so entscheiden würden. Und erst recht nach der Enthüllung von gestern Abend.«

»Das war ein ganz schöner Hammer, nicht wahr?«

»O ja! Seitdem liegt mir der Hof noch mehr am Herzen. Ein Verkauf käme mir wie ein Verrat vor.«

»Mir auch.«

»Lisa-Marie ist bestimmt sehr froh über diese Lösung.«

Lou nickte. »Das war ihr deutlich anzusehen.«

Anne warf ihrer Schwester einen prüfenden Blick zu. »Merkwürdig! Früher hättest du so etwas nicht bemerkt.«

»Früher war ich viel zu sehr mit mir selbst beschäftigt. Heute achte ich auf die Menschen, die mir wichtig sind.«

»Hahaha«, machte Anne. »Gestern Abend hattest du eine sehr eigene Art, das zu zeigen.«

»Aber ich hatte recht.« Langsam löste sich Lou von der Wand und machte ein paar Schritte auf ihre Schwester zu. Jetzt war wohl eine Entschuldigung fällig. »Wir alle wissen, dass du eine starke Persönlichkeit bist und deine Probleme allein lösen kannst.«

»Ganz genau!«

»Aber hast du dir schon einmal überlegt, dass wir dich wirklich gernhaben und dir deshalb helfen wollen?«

»Ist *das* deine Entschuldigung? Dass du mich gernhast?«

»Ja.«

»So etwas hast du noch nie zu mir gesagt.«

»Dann streiche dir diesen Tag rot im Kalender an. Ich wiederhole das so bald nicht mehr.«

»Hm.« Anne runzelte nachdenklich die Stirn. Lous Bekenntnis rührte sie. Außerdem tat es gut zu wissen, dass sie mit ihren Problemen nicht alleingelassen wurde. Sie lächelte und breitete die Arme aus. »Ich weiß zwar nicht genau, was heute mit dir los ist, aber ich verzeihe dir. Komm schon her!«

Erleichtert ließ sich Lou von ihrer Schwester umarmen.

»Gott sei Dank«, kam Lisa-Maries Stimme von der Stalltür. »Ich hatte schon Angst, dass ich euch bei eurer Mutter verpetzen müsste!«

»Nicht nötig«, erwiderte Lou fröhlich. »So etwas haben wir bislang immer noch unter uns lösen können.«

»Darf ich mitmachen bei eurer Versöhnung?«

»Natürlich!«

Erstaunt betrachtete Mette-Marit die drei Frauen, die sich lächelnd in die Arme fielen.

Anne war die Erste, die sich aus der Umarmung löste. »Wenn ich das vorhin richtig verstanden habe, so habt ihr beide heute Nachmittag spontan beschlossen, dass wir den Hof behalten.«

»Bist du böse, weil wir dich nicht gefragt haben?«, wollte Lisa-Marie wissen.

»Nein, natürlich nicht. Schließlich habt ihr genau das beschlossen, was ich schon die ganze Zeit vorschlagen wollte.«

»Was für ein Glück! Ich hasse es, wenn wir streiten.«

»Ich auch.«

»Kommt, lasst uns reingehen und darauf einen Sekt trinken.«

»Moment!«, ging Lou dazwischen. »Ich muss euch noch etwas berichten.«

»Gibt es etwa noch mehr Schweine?«, fragte Anne.

»Nein.« Lou grinste. »Aber ein Baby. Heute Morgen habe ich endlich den Schwangerschaftstest gemacht.«

»Und … freut dich das jetzt oder nicht?«, erkundigte sich Lisa-Marie vorsichtig.

»Natürlich freut sie sich, schau sie doch nur an!«, rief Anne.

Lou nickte. »Ich kann es selbst kaum glauben, aber ich bin glücklich.«

»Wie schön!«

»Was sagt Christoph?«, wollte Anne wissen. »Hast du es ihm schon erzählt?«

»Nein, ihr beiden seid die Ersten.«

»Und wann wirst du mit ihm reden?«

»Ich sage es ihm.« Lous Gesichtsausdruck wirkte verschmitzt. »Aber nicht am Telefon, sondern wenn wir wieder zu Hause sind. Gleich nachdem du mit Stefan gesprochen hast.«

»Das ist Erpressung.«

»Wirkt sie denn?«

»Von mir aus«, seufzte Anne. »Ich werde mit Stefan reden.«

»Gut!«

»Allerdings würde ich das gern noch ein wenig hinausschieben. Es ist so ruhig und friedlich hier, und ich habe noch gar keine Lust auf Stress, Hektik und Streit.«

»Anne!«, warnte Lou. »Es wird nicht besser, wenn du noch länger wartest.«

»Es wird aber auch nicht schlimmer.« Bittend sah Anne die beiden anderen an. »Ich hätte gern noch eine Weile Ruhe und Frieden hier auf dem Hof. Ein Stück heile Welt, nur für ein paar Tage.«

»Verdient hätten wir uns das«, sagte Lisa-Marie. »Wir haben in den letzten zwei Wochen einiges geschafft.«

»Bitte, Lou!«, flehte Anne.

»Von mir aus. Eine Woche Urlaub habe ich noch, bevor ich wieder arbeiten muss.«

Glücklich sah Lisa-Marie von einer zur anderen. »Schön! Dann bin ich nicht so allein hier.«

In diesem Moment wurde die Stalltür aufgerissen, und Mia und Jo stürmten herein. Lachend lief das Mädchen Richtung Hühnerstall, ohne auf ihre Umgebung zu achten, und auch Jo hatte nur Augen für Mia. Bei den Futtersäcken erreichte er sie endlich, umarmte sie und ließ sich zusammen mit ihr ins Heu fallen.

»Jetzt habe ich dich!« Zärtlich drückte er ihr mehrere Küsse auf den Mund. »Und ich werde dich nie mehr loslassen.«

»Auch heute Nacht nicht?«

»Nur wenn du deine Zahnseide dabeihast!«, forderte Lou mit lauter Stimme und trat aus Mette-Marits Box. Erschreckt fuhren Jo und Mia auseinander.

»Was machst du denn hier?«, wollte Mia wissen.

»Ich unterhalte mich mit deiner Mutter und Lisa-Marie.«

»Sind die etwa auch hier?«

»Natürlich.« Hinter Lou tauchten jetzt die beiden anderen Frauen auf.

»Wieso Zahnseide?«, fragte Anne misstrauisch.

Lou winkte ab. »Ach, das ist nicht so wichtig.«

»Nicht mal hier hat man seine Ruhe«, murmelte Mia gereizt. Ihr Gesicht verfinsterte sich noch weiter, als jetzt auch noch Schwester Bonaventura an die Stalltür klopfte. »Störe ich?«, erkundigte sich die Nonne vorsichtig und blickte neugierig von einem zum anderen.

»Keineswegs«, versicherte Anne freundlich. »Mia und Jo wollten gerade mit der Stallarbeit beginnen, nicht wahr?«

»Na klar«, murmelte Jo und erhob sich. Auch Mia stand auf und zupfte sich verlegen das Stroh aus den Haaren.

Schwester Bonaventura grinste amüsiert. »Ich wollte die Milch holen«, erklärte sie. »Haben Sie heute zu fünft gemolken?«

»Nein. Aber wir hatten etwas Wichtiges zu besprechen«, sprudelte es aus Lisa-Marie heraus. Sie hatte aufregende Neuigkeiten noch nie gut für sich behalten können. »Stellen Sie sich vor, Lou bekommt ein –«

»Ein Schwein«, unterbrach Anne sie hastig. »Wir alle bekommen ein Schwein.« Verärgert stupste Lou ihre Cousine in die Seite und deutete ein Kopfschütteln an. Lisa-Marie verstand sofort und entschuldigte sich mit einem zerknirschten Lächeln.

Wenn Schwester Bonaventura diesen stummen Dialog verfolgt hatte, so ließ sie es sich nicht anmerken. »Ist das der alte Eber vom Schmidtbauern?«, fragte sie stattdessen. »Ihr Onkel hat das Tier vor ein paar Wochen erwähnt, aber ich dachte nicht, dass Sie das Schwein haben wollen.«

»Warum denn nicht?«, fragte Lou. »Immerhin war es so vereinbart.«

»Damals lebte aber Ihr Onkel noch, und die Zukunft des Hofes stand nicht zur Diskussion.«

Lisa-Marie sah sich hilfesuchend zu ihren Cousinen um. Sie wollte nicht schon wieder ein Geheimnis verraten. Doch die beiden anderen Frauen nickten ihr aufmunternd zu. »Die Zukunft des Hofes steht auch jetzt nicht zur Diskussion«, verkündete sie deshalb stolz. »Wir werden versuchen, ihn zu behalten.«

»Wirklich?«, entgegnete Schwester Bonaventura überrascht. »Das freut mich sehr.«

»Mich auch«, warf Mia ein. »Aber woher kommt der plötzliche Entschluss?«

»Lisa-Marie wird sich beruflich nach Pfronten verändern«, erklärte Lou. »Das ist eine längere Geschichte.«

Die Nonne lächelte. »Ich habe Zeit.«

»Sie könnten mit uns zu Abend essen, dann erzählen wir Ihnen alles.«

»Gern.«

»Dürfen wir auch dabei sein?«, wollte Mia wissen.

»Natürlich«, antwortete Lou. »Aber zuerst macht ihr mal hier im Stall weiter.«

»Sie meint: mit der Arbeit«, ergänzte Anne schnell. »Und nichts anderes.«

»Schon klar.« Jo grinste und griff zur Mistgabel. »Wir bringen dann auch die Milch mit.«

Auf dem Weg in die Küche hakte sich Anne bei ihrer Schwester unter. »Und du erklärst mir jetzt bitte mal, was es mit der Zahnseide auf sich hat.«

»Kommt nicht in Frage. Ich werde doch nicht das Vertrauen meiner Nichte missbrauchen.«

»Wie du willst«, flüsterte Anne und lächelte verschlagen. »Aber vergiss nicht, dass ich auch bald Tante werde und mich dann ganz fürchterlich rächen kann!«

Lisa-Marie liebte Geschichten mit gutem Ausgang, gleichgültig, wie kitschig das Ende auch sein mochte.

Ob als Liebesroman oder als romantischer Film – sie konnte gar nicht genug davon bekommen. Für sie bestand sogar das Alltagsleben aus vielen kleinen Happy Ends, und sie zog ständig Vergleiche zwischen der Realität und den bekannten Stoffen aus Literatur oder Fernsehen.

Als Anne zum Beispiel ihren Stefan geheiratet hatte,

war es Lisa-Marie fast so vorgekommen wie eine Episode aus der »Schwarzwaldklinik«: Hübsche Krankenschwester findet gutaussehenden Arzt. Für Lou und Christoph war es gelaufen wie bei »Sex & the City«: Erfolgreiche, unabhängige Frau angelt sich ihren Mister Big. Und Mias Romanze mit Jo gestaltete sich ähnlich gefühlvoll wie die Geschichten in den amerikanischen Teenager-Filmen, für die sie eine heimliche Schwäche hegte.

Für sich selbst hatte Lisa-Marie eigentlich immer eine Entwicklung wie in »E-Mail für dich« erhofft: Großer Unbekannter schickt wunderschöne Mails, die Liebe kommt online, und zum Schluss löst sich alles in Wohlgefallen auf. Leider hatte dieses Happy End trotz intensiver Bemühungen ihrerseits bislang noch nicht stattgefunden. Doch Lisa-Marie war ein optimistischer Mensch, der immer positiv dachte und auf sein Glück vertraute. Wenn sich schon nicht die große Liebe einstellte, so war doch wenigstens ihr Familien- und Berufsleben momentan absolut erfüllend, und die Aussichten waren vielversprechend.

Heute Abend, stellte sie fest, als sie in der Küche den Teig für die Spätzle anrührte, hatte sie besonders viele Gründe, um froh in die Zukunft zu blicken: Lou bekam ein Baby und hatte sich wieder mit Anne versöhnt. Mia und Jo harmonierten bestens miteinander. Und sie selbst hatte wie über Nacht eine spannende Herausforderung und ein neues Zuhause gefunden. Alles hier auf *unserem* Hof, dachte sie. Das Haus war tatsächlich zur Heimat für ihre Familie geworden. Wer hätte das noch vor zwei Wochen für möglich gehalten?

Während sie Zwiebelscheiben in der Pfanne anröstete, lauschte sie den Stimmen von Anne, Lou und Schwester Bonaventura, die im Wohnzimmer den Tisch deckten.

Jo und Mia waren vor einer Viertelstunde aus dem Stall zurückgekehrt und tuschelten jetzt leise im Flur miteinander.

»Perfekt«, murmelte Lisa-Marie und meinte damit nicht nur den Bräunungsgrad der Zwiebeln. Dann widmete sie sich wieder den Spätzle. Mit einem Spezialhobel schabte sie den Teig direkt in einen großen Topf mit kochendem Wasser, und bald schon sprudelten die kleinen Nudeln an der Wasseroberfläche.

Schwester Bonaventura steckte ihren Kopf durch die Küchentür. »Hier riecht es richtig gut. Kann ich noch etwas helfen?«

»Sie können den Salat waschen.« Da Lisa-Marie gerade keine Hand frei hatte, deutete sie mit dem Kopf Richtung Waschbecken, wo ein großer Kopf Endiviensalat auf seine Verarbeitung wartete.

»Gern.« Schwester Bonaventura schob die Ärmel ihrer Tracht hoch und drehte den Wasserhahn auf. »Ihre Cousinen haben mir gerade erzählt, dass Sie hier eine Buchhandlung eröffnen wollen. Das ist eine sehr gute Idee.«

»Danke!«

»Ich werde Stammkundin bei Ihnen sein.«

»Das hoffe ich.«

»Es ist schön, dass der Hof für Ihre Familie erhalten bleibt. Ihr Onkel hätte sich das gewünscht.«

»So, wir sind fertig mit Tischdecken.« Lou und Anne traten gemeinsam in die Küche und schauten neugierig über Lisa-Maries Schulter in den Kochtopf.

»Gibt es bald etwas zu essen?«, erkundigte sich Lou. »Ich verhungere!«

»Ach, geht es Ihnen wieder besser?«, fragte Schwester Bonaventura.

»Äh … ja, gewissermaßen«, murmelte Lou.

»Dann war es wohl doch nur eine kleine Magenverstimmung, nicht wahr?«

»Kann schon sein.« Lou biss in ein Blatt Salat. Mit vollem Mund musste sie keine weiteren Fragen beantworten.

Doch glücklicherweise war auch Anne auf einen Themenwechsel aus. »Sagen Sie mal, Schwester Bonaventura«, begann sie, »wissen Sie eigentlich, wie die Verbindung zwischen Ihrem Orden und unserem Onkel zustande gekommen ist? Das fragen wir uns schon die ganze Zeit.«

»Nein, das weiß ich leider nicht«, antwortete die Nonne bedauernd.

»Hat er nie etwas erzählt?«

»Nein. Ich hatte den Eindruck, dass er darüber nicht sprechen wollte.«

»Bei Ihnen im Schwesternheim müssen doch Gerüchte kursieren, oder?«, wollte Lou wissen.

Schwester Bonaventura lachte. »An welche Art von Gerede dachten Sie denn? Horst war immerhin über achtzig und damit um einiges älter als die meisten meiner Ordensschwestern.«

»Kannten Sie Schwester Katharina noch?«, fragte Lisa-Marie. Mittlerweile stand sie am Tisch und schichtete abwechselnd Spätzle und geriebenen Käse in eine große Auflaufform.

»Die Schwester, von der Horst so oft erzählt hat? Nein, ich kannte sie nicht persönlich. Sie ist schon seit vielen Jahren tot. Aber ich weiß, dass sie Ihrer Familie sehr nahegestanden hat.«

Anne nickte zufrieden. Anscheinend hatte Schwester Katharina Horsts Geheimnis tatsächlich mit ins Grab genommen.

»Lou?« Mia öffnete die Küchentür. »Dein Handy klingelt.« Wie zur Bestätigung gab das Telefon, das sie in der Hand hielt, einen melodischen Ton von sich.

»Danke.« Lou warf einen Blick auf das Display. »Das ist Mama«, stellte sie fest und nahm das Gespräch an. »Hallo, Mama! Wie geht es? Macht die Kur noch Spaß?«

Offensichtlich beschrieb Helene ihre Erlebnisse sehr ausführlich, denn Lou blieb zunächst still. Erst nach einer Weile begann sie, in der Küche auf und ab zu laufen. Hin und wieder warf sie ein »Ach, ja?« oder »Nein, wirklich?« in den Raum.

»Die Kur scheint ein voller Erfolg zu sein«, raunte Anne ihrer Cousine zu. »Ich habe selten erlebt, dass Mama so viel auf einmal erzählt.«

»Meine Mutter schreibt mir auch in jeder Mail, wie gut sie sich erholt.«

»Uns geht es allen gut«, antwortete Lou zur selben Zeit am Telefon. »Wie? … Ach so … Lisa-Marie macht gerade Allgäuer Kässpatzen, und Anne und ich helfen ihr dabei … Ja, Mia ist auch noch da … Wie lange noch? … Nun, wir wollen alle noch eine Weile hierbleiben … Ja, genau … Was? Wieso? Ihr wollt kommen? … Am Freitag? Nächsten Freitag schon?« Alarmiert hob sie den Kopf.

»Freitag?«, wiederholte Anne leise.

»Ist denn die Kur dann schon vorbei?« Auch Lisa-Marie war überrascht.

Mia rechnete nach. »Ja, klar, am nächsten Freitag sind die drei Wochen um.«

»So schnell ist das gegangen?« Anne stöhnte und beobachtete ihre Schwester, die inzwischen vor dem Küchenfenster stand und eine Hand auf ihre Stirn gelegt hatte. Sie sah aus, als hätte sie starke Kopfschmerzen.

»Und ihr wollt wirklich gleich herkommen?«, fragte Lou. »Seid ihr sicher? … Mit wem? … Wer ist das? … Ja, natürlich, wenn euch dieser Friedhelm bis Kempten in seinem Auto mitnehmen kann …«

Anne stutzte. »Friedhelm?«

»Erinnerst du dich nicht? Ihr Kurschatten«, erklärte Lisa-Marie grinsend. »Das muss ein toller Tänzer sein.«

»Eine von uns holt euch in Kempten ab … Ja, genau, ihr meldet euch von unterwegs. Alles klar. Viel Spaß noch!« Lou beendete das Gespräch und ließ sich auf einen Stuhl fallen. »Sie kommen am Freitag«, verkündete sie.

»Das ist doch schön«, sagte Schwester Bonaventura. »Dann können Sie Ihren Müttern die Neuigkeiten persönlich mitteilen.«

»O ja«, stöhnte Anne. »Ich kann es kaum erwarten!«

»Wie war das noch mit der erholsamen, friedlichen Zeit, die wir ab jetzt haben wollten?«, fragte Lisa-Marie.

»Immerhin bleiben uns ein paar Tage Gnadenfrist.« Lou seufzte. »Kommt, lasst uns wenigstens das genießen.«

16

Die vereinbarte Ruhepause hielt genau vier Tage an – dann überschlugen sich die Ereignisse.

Dabei begann alles ganz harmlos.

Am Mittwochnachmittag fuhr Max Lampertinger mit seinem grünen Kleintransporter vor und brachte das Schwein. Mia und Jo hatten mit Schwester Bonaventuras Hilfe den hinteren Bereich des Stalls für den alten Eber umgebaut. Jetzt standen die beiden erwartungsvoll vor dem Weidezaun und blickten ihrem neuen Hofbewohner entgegen. Auch Lisa-Marie, Lou, Anne und Schwester Bonaventura, die es sich im Vorgarten bei einer Tasse Tee gemütlich gemacht hatten, erhoben sich neugierig.

»Das Grün des Autos ist genauso schrecklich wie das seines Kittels«, flüsterte Lou ihrer Schwester zu. »Hat dieser Mann denn gar keinen Geschmack für Farben?«

Anne grinste. »Ich finde, er sieht nett aus.«

»Du findest immer, dass alle Menschen nett aussehen.«

»Na und? Wer freiwillig ein betagtes Schwein durch die Gegend fährt, muss einfach nett sein.«

»Oder er hat sich in unsere Cousine verknallt«, wisperte Lou aufgeregt. »Sieh doch, wie er Lisa-Marie anschaut.«

Anne legte warnend ihren Finger auf die Lippen. »Pssst!« Mittlerweile waren sie am Transporter angekommen.

»Grüß Gott«, sagte Max Lampertinger freundlich und schlug die vordere Autotür zu.

»Hallo, Herr Lampertinger«, entgegnete Lisa-Marie lächelnd. »Darf ich Ihnen meine Cousine Anne und Schwester Bonaventura vorstellen? Lou kennen Sie ja schon. Und das ist meine Nichte Mia und ihr Freund Jo.«

Nachdem Herr Lampertinger alle begrüßt hatte, öffnete er vorsichtig die hintere Tür des Transporters und warf einen kurzen Blick ins Innere des Autos. »Jetzt hat er es fast geschafft.«

»Das arme Tier ist sicherlich völlig verängstigt«, vermutete Schwester Bonaventura. »Wir müssen es so schnell wie möglich aus seiner Transportkiste befreien.«

»Soll ich helfen?«, bot sich Lisa-Marie an.

»Nein, lassen Sie mal, das ist keine Arbeit für Damen.« Max Lampertinger schüttelte den Kopf. »Der junge Mann kann mir helfen.« Auffordernd blickte er in Jos Richtung.

Dieser fasste bereitwillig mit an, und schon wenige Minuten später stand der Eber in seinem neuen Stall und schnüffelte neugierig im Stroh herum.

»Herzlich willkommen!« Vorsichtig tätschelte Mia den Rücken des Tieres. »Bei uns wirst du es gut haben.«

»Hat er eigentlich einen Namen?«, wollte Lou wissen.

Herr Lampertinger zuckte mit den Schultern. »Nicht, dass ich wüsste.«

»Dann müssen wir einen Namen aussuchen«, beschloss Mia.

»Einen königlichen«, ergänzte Jo. »Sonst denken die Kühe, sie sind etwas Besseres.«

Mia lachte. »Bloß das nicht!«

»Für das Schwein ist es am besten, wenn wir es jetzt erst einmal in Ruhe lassen, damit es sich an die neue Umgebung gewöhnen kann«, sagte Schwester Bonaventura.

»Es gibt frischen Tee und selbstgebackenen Kuchen im Garten. Haben Sie etwas Zeit?«, fragte Lisa-Marie Herrn Lampertinger.

Dieser nickte erfreut. »Gern. Dann können wir auch kurz den Mietvertrag durchgehen. Ich habe alle Papiere dabei.«

»Schön. Kommen Sie mit!«

Lou stieß Anne in die Rippen. »Er lässt wirklich nichts anbrennen«, flüsterte sie. Anne verdrehte die Augen und schob ihre Schwester vor sich her aus dem Stall.

»Endlich allein!« Kaum war die Tür ins Schloss gefallen, schlang Jo seine Arme um Mias Schultern.

»Hey!« Sie wehrte sich spielerisch. »Wir sind nicht allein. Du hast das Schwein vergessen.«

»Ich wette, das kann schweigen.«

»Es braucht einen Namen.«

»Das hat Zeit. Oder siehst du hier jemanden, dem wir es vorstellen müssen?«

Mia kicherte und versuchte, sich aus der Umarmung zu befreien. »Wir sollten zu den anderen gehen. Hast du keinen Hunger?«

»Nein.«

»Ich aber. Es gibt Kuchen, Lisa-Marie hat wieder gebacken.«

»Egal«, flüsterte Jo ihr ins Ohr. »Hast du dich eigentlich schon mal im Heu geliebt?« Langsam wanderten seine Lippen zu ihrem Mund. Nach einem endlos langen und sehr leidenschaftlichen Kuss gelang es Mia schließlich, etwas Abstand zwischen sich und Jo zu bringen.

»Jo! Sei mal vernünftig. Willst du dich wirklich hier im Heu herumwälzen, wenn jeden Moment jemand zur Tür hereinkommen kann?«

»Okay«, stöhnte er. »Wahrscheinlich hast du recht.«

»Außerdem sieht das Schwein ziemlich verschreckt aus.«

»Meinst du? Ich finde, es wirkt sehr zufrieden.«

»Richtig glücklich wird es erst sein, wenn es einen Namen hat.«

Jo grinste und zupfte Mia an einer Haarlocke. »Du kannst ganz schön starrköpfig sein.«

»Ich weiß.« Sie grinste. »Und? Was schlägst du vor? Weißt du zufällig einen passenden königlichen Namen?«

»Nö.«

»Ich auch nicht. Aber neben dem Kamin im Wohnzimmer liegen alte Zeitschriften. Darin finden wir sicherlich Artikel über Adelshäuser. Kommst du mit?«

Jo schüttelte den Kopf. »Hol die Zeitungen doch her! Dann machen wir es uns im Heu gemütlich und können in aller Ruhe überlegen.«

»Anders herum: Wir überlegen zuerst, und dann machen wir es uns im Heu gemütlich.«

»Ich kann es kaum erwarten.«

»Ich auch nicht.« Sie warf ihm eine Kusshand zu.

»Mia?«

»Ja?«

»Bring Kuchen mit!«

Draußen schoben die anderen gerade ihre Stühle zusammen und setzten sich an den Gartentisch. Lisa-Marie verteilte Kuchen, und Anne spannte einen Sonnenschirm auf.

Niemand beachtete Mia, als sie durch den Vorgarten Richtung Haus lief. In der Küche legte sie einige Stücke Gugelhupf auf einen Teller und schlüpfte dann ins Wohnzimmer. Dort, in einem Weidekorb direkt neben dem Kamin, lag ein dicker Stapel alter Zeitungen. »So starb der King of Pop«, leuchtete es ihr in großen blutroten Buchstaben von der Titelseite der ersten Zeitschrift entgegen. Die weiteren Überschriften kündigten eine Enthüllungsgeschichte über einen Tennisstar an sowie den exklusiven Bericht über die Leihmutterschaft einer bekannten Schauspielerin.

Mia grinste amüsiert. Sie liebte diese Art von Zeitschriften, auch wenn sie das nie zugegeben hätte. Sorgfältig blätterte sie das erste Heft durch.

»Carl-Gustav«, murmelte sie dabei. »Nein, den Namen haben wir schon. Olav. Zu einfallslos. Daniel. Zu deutsch. Hm, das wird schwieriger, als ich dachte.« Gerade, als sie die Zeitschrift zuschlagen wollte, um die nächste Illustrierte aus dem Korb zu nehmen, blieb ihr Blick auf einem Foto unterhalb der Rubrik »VIP – was sonst noch so passierte« hängen.

Es zeigte eine hübsche braunhaarige Frau in einem schwarzen Abendkleid. Alles an ihr wirkte perfekt: die funkelnde Kette über ihrem makellosen Dekolleté, das dezente Make-up, ihre schlanke Figur, ja selbst ihr strahlendes Lächeln. Wie selbstverständlich hatte sie sich bei ihrem Begleiter untergehakt, einem eleganten jungen Mann im schwarzen Smoking.

Vor Schreck ließ sich Mia rückwärts in den nächsten Sessel fallen – denn bei diesem Mann handelte es sich um Jo! Seine Haare waren kürzer, er war sorgfältig rasiert, und im schicken Anzug hatte sie ihn auch noch nie gesehen.

Trotzdem – es war ohne Zweifel Jo.

Fassungslos starrte sie auf das Bild. Dann, nach einer gefühlten Ewigkeit, studierte sie den kurzen Text unterhalb des Fotos.

Schauplatz: Hamburg. Beim Wohltätigkeitsball des Bankhauses Bremthal wich Juniorchef Jonathan Bremthal (20, rechts im Bild) nicht von der Seite seiner jungen Verlobten Cosima von Meyselsteyn (22, links), Erbin der gleichnamigen Porzellan-Manufaktur. Kein Wunder, bei diesem atemberaubenden Anblick!

Mia schluckte. Tränen schossen ihr in die Augen, und das Foto verschwamm zu einem großen, dunklen Fleck.

Das Einzige, was sie noch denken konnte, war, dass Jo sie belogen hatte. Er war nicht einfach nur Jo. Er war Jonathan Bremthal, der Erbe des berühmtesten privaten Bankhauses in Deutschland.

Oder nein! Sie korrigierte sich hastig. Das war noch nicht alles, was sie verstanden hatte. Eine weitere Information hatte Zugang zu ihrem Kopf gefunden.

Jo war verlobt.

Er hatte sie nicht nur über seine Herkunft im Unklaren gelassen, sondern außerdem verschwiegen, dass er verlobt war. Mit einem Porzellanpüppchen, das den bescheuerten Namen Cosima trug! Zornig knüllte sie die Zeitung zusammen und warf sie achtlos in eine Ecke – aber nur, um sie gleich darauf aufzuheben und wutentbrannt durch die Haustür Richtung Stall zu stürmen.

Doch im Vorgarten wurde sie aufgehalten.

»Wohin willst du so schnell?«, rief Lou erstaunt.

»Nirgendwohin.«

»Ist etwas passiert?«, bohrte Lou nach. »Du siehst so komisch aus. Hast du geweint?«

»Nö.«

»Und was willst du mit der alten Zeitung?«, mischte sich jetzt auch Lisa-Marie ein.

»Nichts«, presste Mia mühsam beherrscht heraus. Bei der nächsten Frage würde sie garantiert ihre Fassung verlieren!

Doch zum Glück war ihre Mutter zur Stelle. Anne war eine gute Beobachterin und schien zu ahnen, dass Mia kurz vor einem Tränenausbruch stand.

»Setz dich!« Sanft zog sie ihre Tochter auf einen freien Gartenstuhl und blickte prüfend in die Runde. Solange Herr Lampertinger mit am Tisch saß, würde Mia vermutlich nicht reden.

Deshalb wandte sie sich kurz entschlossen an Lisa-Marie. »Wie wäre es, wenn du mal schnell mit Herrn Lampertinger die Vertragsunterlagen durchgehst? Am besten in der Küche, dann kannst du bei der Gelegenheit noch eine Kanne Tee kochen. Sie haben doch noch ein wenig Zeit, Herr Lampertinger, oder?«

»Gern!« Der Angesprochene nickte und folgte Lisa-Marie bereitwillig ins Haus.

Sobald die Tür ins Schloss gefallen war, brach es aus Mia heraus. »So ein Mistkerl!«

»Wer?«, fragte Lou. »Herr Lampertinger? Du kennst ihn doch gar nicht.«

»Ich meine ja auch nicht ihn, sondern dieses verlogene A…«

»Mia!« Anne schüttelte den Kopf und deutete in Schwester Bonaventuras Richtung. Doch die Nonne lächelte nur nachsichtig und wollte sich erheben. »Ich glaube, ich gehe dann mal.«

»Sie können ruhig sitzen bleiben«, sagte Mia. »Schließlich hat er Sie auch belogen. Er hat uns alle belogen!«

»Wer?«

Wortlos warf Mia die Zeitschrift auf den Tisch. Lou überflog die Titelseite. »Etwa Michael Jackson?«

»Nein, natürlich nicht.« Mia lachte kurz und bitter. »Seite dreiundvierzig, unter der Rubrik VIP!«

Anne und Schwester Bonaventura beugten sich neugierig über die Illustrierte, als Lou die entsprechende Seite aufschlug.

»Das gibt es ja nicht!« Lou fand als Erste ihre Sprache wieder. »Unser Jo ist gar kein armer Streuner, sondern ein reicher Erbe.«

»Ich wusste gleich, dass irgendetwas mit ihm nicht stimmt«, murmelte Anne.

»Kein Wunder, dass sich der Junge mit unserer Geschichte auskennt«, sagte Schwester Bonaventura. »Das Bankhaus Bremthal ist ein großzügiger Unterstützer unseres Ordens.«

»Welche Geschichte?«, fragte Mia, nur um gleich darauf in Tränen auszubrechen. »Ach, ist ja völlig egal«, schluchzte sie.

Tröstend nahm Anne sie in ihre Arme.

»Er hat mich belogen!«, wimmerte Mia.

»Er hat uns alle belogen«, stellte Anne grimmig fest.

»Ich kann nicht glauben, dass er verlobt ist.« Nachdenklich betrachtete Schwester Bonaventura das Foto. »Er ist doch noch viel zu jung dazu.«

»Wer?« Plötzlich stand Jo am Tisch. Erschreckt fuhren die Frauen auseinander, denn keine hatte ihn kommen hören. Mia löste sich aus der Umarmung ihrer Mutter und trocknete hastig ihre Tränen.

»Was ist passiert, Mia?«, fragte Jo besorgt. »Alles in Ordnung?«

»Ob alles in Ordnung ist?«, wiederholte Mia und stand

langsam, fast wie in Zeitlupe, auf. »Ob alles in Ordnung ist?«, sagte sie noch einmal, und dieses Mal überschlug sich ihre Stimme.

»Mia?« Vorsichtig machte Jo einen Schritt in ihre Richtung, doch Mia wich zurück.

»Wage es ja nicht, mich anzufassen.«

»Kann mich mal jemand aufklären?« Hilflos blickte Jo von einer Frau zur anderen. »Mia wollte nur kurz fort, um nach einer Zeitschrift zu suchen. Und jetzt finde ich sie hier bei euch, anscheinend –«

»Ha!«, unterbrach ihn Mia. »Ich sage dir, wie wir das Schwein nennen. Wie wäre es mit Cosima?«

»Das geht nicht, das ist ein Mädchenname.« Er war immer noch vollkommen ahnungslos.

»Dann vielleicht Herr von Meyselsteyn. So richtig schön vornehm mit zwei Ypsilons.« Mia nahm die Zeitung und knallte sie Jo vor die Füße.

»Oh!« Er hob die Zeitung auf und stöhnte, als er den kurzen Artikel las. »Du glaubst das doch hoffentlich nicht, oder?«

»Was? Dass du Jonathan Bremthal bist?« Mia lachte hysterisch. »Natürlich nicht, keine Sorge. Du bist wahrscheinlich nur sein schlecht rasierter Doppelgänger und musst dich auf der Flucht vor seiner Familie bei uns verstecken.«

»Mia, bitte, ich kann es dir erklären.«

»Nicht nötig. In der Zeitschrift steht alles, was ich wissen muss.«

»Aber davon stimmt doch die Hälfte gar nicht!«

»Du hast mich belogen!«, schrie Mia. »Du hast mir nicht gesagt, wer du wirklich bist.«

»Ich hatte meine Gründe.«

»Und die wären? Bist du in geheimer Mission unterwegs? Wolltest du mal testen, wie es ist, mit ein paar ahnungslosen Frauen aus dem Volk zu flirten?«

»Nein, verdammt noch mal!« Jo schüttelte verzweifelt den Kopf.

»Was dann?«

»Mia, bitte, können wir das nicht irgendwo in Ruhe besprechen?«

»Nein. Die anderen können ruhig mitbekommen, was für ein erbärmlicher Lügner du bist.«

»Ich habe nicht gelogen«, verteidigte er sich. »Ich habe nur nicht die ganze Wahrheit erzählt.«

»Das ist genauso schlimm. Ich habe dir vertraut. Du hättest mir die Wahrheit sagen müssen.«

»Aber neulich hast du selbst gesagt, dass du erst einmal keine weiteren Enthüllungen hören willst.«

»Was für eine miese Entschuldigung! Das war doch etwas völlig anderes.«

Jo wollte etwas Heftiges erwidern, überlegte es sich dann aber anders. »Okay. Was willst du hören?«, fragte er stattdessen.

»Die Wahrheit. Nicht mehr und nicht weniger.«

Schwester Bonaventura, Anne und Lou erhoben sich fast gleichzeitig. »Das geht jetzt aber wirklich nur euch beide etwas an«, sagte Anne sanft und strich ihrer Tochter über die Haare.

»Wir gehen in die Küche«, fügte Lou hinzu. »Wenn du uns brauchst, Mia, musst du nur rufen.«

»Und für mich ist es Zeit, nach Hause zu gehen.« Schwester Bonaventura war die Einzige, die auch Jo einen mitfühlenden Blick zuwarf.

»So!« Mia hob den Kopf, als sie allein waren, und sah Jo direkt in die Augen. »Jetzt kannst du anfangen.«

»Mein richtiger Name ist Jonathan Bremthal«, begann

er mit unsicherer Stimme. »Du hast recht, ich habe dir in diesem Punkt nicht die Wahrheit gesagt.«

»Warum nicht?«

»Ich wollte unerkannt bleiben. Die Leute reagieren anders, wenn sie wissen, wer ich bin.«

»So ein Blödsinn!«

»Ich habe mir ein Jahr Auszeit genommen, um in Ruhe überlegen zu können, was ich mit meinem Leben anstellen möchte.«

»Was gibt es denn da zu überlegen? Du bist ein reicher Erbe.«

»Siehst du, schon redest du anders als vorher.« Jo seufzte unglücklich. »Ich will unsere Bank nicht übernehmen, jedenfalls jetzt noch nicht. Ich will zuerst mein eigenes Leben aufbauen.«

»Indem du planlos herumziehst und den Mädchen das Herz brichst? Wie viele Ahnungslose waren es denn schon außer mir?«

»Keine Einzige«, versicherte er ihr eindringlich. »Glaube mir, mich zu verlieben stand bestimmt nicht auf meiner Liste. Aber du … es ist einfach so passiert.«

»Passiert?«, wiederholte Mia aufgebracht. »So siehst du das? Unfälle passieren vielleicht einfach so, aber Gefühle doch nicht! Die entstehen und wachsen.«

»Von mir aus. Nenne es, wie du willst.«

»Ach so? Dann ist dir also egal, was du fühlst? Hast du dir nie Gedanken darüber gemacht?«

»Was wird das jetzt hier? Eine Grundsatzdiskussion?«

»Wir sind mittendrin.« Mia deutete auf das Foto und setzte ihre Befragung fort. »Was läuft mit dieser Cosima?«

»Wir waren eine Zeitlang zusammen.« Er zuckte mit den Achseln.

»Das hast du mir auch nicht erzählt.«

»Du hast mich nie nach früheren Freundinnen gefragt.«

»Eine Verlobte ist ein bisschen mehr als eine Freundin.«

»Wir waren nicht verlobt. Das ist gelogen.«

»Es steht aber in der Zeitung.«

»Du willst doch nicht ernsthaft mit mir über den Wahrheitsgehalt dieses Berichtes diskutieren, oder?« Langsam wurde Jo ärgerlich.

»O nein.« Mia schüttelte den Kopf. »Denn zum Thema Wahrheit hast du offensichtlich ein etwas seltsames Verhältnis.«

»Mein einziges Verbrechen besteht darin, dass ich dir nicht gesagt habe, wer ich wirklich bin.«

»Für mich ist das ein Kapitalverbrechen. Wenn du mir schon nicht sagst, wer du wirklich bist, wie kann ich dir dann den Rest glauben?«

»Du musst einfach.«

»Ich muss gar nichts.« Trotzig hob sie den Kopf.

Jo runzelte die Stirn. »Und was machen wir jetzt?«

»Wir« – sie betonte das Wort – »wir machen jetzt gar nichts mehr.«

»Ich verstehe nicht.«

»O doch, du verstehst das sehr gut. Du musst gehen. Ich kann nicht mehr mit dir zusammen sein.«

»Aber Mia!« Er versuchte, ihre Hand zu nehmen, doch sie schüttelte ihn ab.

»Ich sagte: Geh!«

»Das kann doch nicht dein Ernst sein.«

»Ist es aber.« Inzwischen liefen ihr dicke Tränen über das Gesicht. Als er einen Schritt auf sie zugehen wollte, schüttelte sie stumm den Kopf und flüchtete ins Haus. Er folgte ihr, wurde aber im Treppenhaus von Lou und Anne zurückgehalten.

»Du kennst die Regel.« Annes Stimme klang kalt. »Das Obergeschoss ist tabu.«

»Aber …« Jo warf einen verzweifelten Blick auf Mia, die in diesem Moment im ersten Stock verschwand. »Bitte, ich muss mit ihr reden!«

»Das hättest du dir eher überlegen sollen«, stellte Lou fest. »Und vor allem hättest du es mit der Wahrheit versuchen können.«

»Jeder Angeklagte bekommt das Recht zur Verteidigung.«

»Die meisten lügen dabei munter weiter.«

»Das ist nicht fair.«

»Es war auch nicht fair, uns alle zu belügen.«

»Es tut mir leid.«

»Das glaube ich dir sogar.«

Jo blickte zu Boden. »Sie will, dass ich gehe«, murmelte er hilflos.

»Du hast ihr Vertrauen missbraucht«, sagte Anne. »Erwarte nicht, dass sie einfach weitermacht wie zuvor.«

»Aber vielleicht kann ich sie noch umstimmen.«

»Nein. Ich kenne sie besser als du.«

»Aber …«

»Sie wird dich nicht anhören.«

»Aber vielleicht, wenn etwas Zeit vergeht …«

»Niemals!«, brüllte Mia aus dem ersten Stock. »Hau endlich ab!«

»Mia!« Verzweifelt starrte er auf die Treppe und dann auf die beiden Frauen, die ihm den Weg nach oben versperrten. Schließlich nickte er resigniert. »Ich habe verstanden. Ich packe meine Sachen.«

»Sofort?«, fragte Lou.

»Ja. Es ist wohl für alle besser, wenn ich so schnell wie möglich verschwinde.«

»Wohin willst du gehen?«

»Keine Ahnung. Vielleicht nimmt mich Herr Lampertinger mit nach Füssen.«

Der Angesprochene, der gerade mit Lisa-Marie aus der Küche kam, blieb im Türrahmen stehen. »Äh … ja, natürlich nehme ich Sie mit.« Überrascht betrachtete er die kleine Versammlung im Treppenhaus.

Lisa-Marie erfasste die Situation schnell.

Irgendetwas Schlimmes war vorgefallen. Doch was auch immer passiert war – Jo sah aus, als könne er ihre Hilfe dringend gebrauchen.

»Komm mit«, sagte sie deshalb und zog ihn sanft am Ärmel. Sie schob ihn vor sich her in seine Kammer und schloss die Tür. »Ich helfe dir beim Packen. Und du erzählst mir dabei in Ruhe, was passiert ist«, forderte sie ihn auf. »Vielleicht finden wir gemeinsam eine Lösung.«

Lou zog die dunkelblauen Vorhänge vor die Fenster und knipste die kleine Lampe auf ihrem Nachttisch an. Dann schlüpfte sie unter die Bettdecke und ließ sich aufseufzend ins Kissen sinken. Es war zwar erst acht Uhr am Abend, aber sie war völlig erledigt.

Vier Stunden waren seit Jos überstürztem Auszug vergangen. Vier Stunden lang hatten sie zu dritt auf Mia eingeredet, die Geschehnisse des Tages in alle Einzelheiten zerlegt und unlustig im Essen herumgestochert. Vier Stunden, nach denen sie sich schließlich erschöpft eingestehen mussten, dass sie Mia nicht helfen und nur darauf hoffen konnten, dass die Zeit die Wunden heilen würde.

Lou zog die Bettdecke bis zum Kinn und atmete ein paarmal tief durch. Natürlich würde Mia über Jo hinwegkommen. Sie war nicht das erste Mädchen, das um seine große Liebe weinte. Doch das Unglück ihrer Nichte ging Lou sehr nahe. So nahe, dass sie sich auf einmal nach Christoph sehnte. Sie brauchte Trost und Zuspruch. Und außerdem, gestand sie sich schuldbewusst ein, endlich Klarheit darüber, wie Christoph über das Baby dachte.

Aber dazu musste sie ihm erst einmal berichten, dass sie schwanger war! Und wenn es am Telefon war …

Kurz entschlossen nahm sie ihr Mobiltelefon zur Hand und tippte seine Nummer ein. Christoph meldete sich erst nach dem fünften Klingeln. Das war ein schlechtes Zeichen – er steckte vermutlich mitten in einer Redaktionskonferenz.

»Hallo, Lou!«, lautete dann auch entsprechend knapp seine Begrüßung. Seine Stimme klang gedämpft, anscheinend hatte er sich in eine Ecke des Redaktionsraums zurückgezogen, um seine Kollegen nicht zu stören.

Lou seufzte. Das waren keine guten Voraussetzungen für ein offenes Gespräch. Trotzdem versuchte sie, möglichst fröhlich und selbstbewusst zu klingen. »Hallo, Christoph! Was machst du gerade?«

»Das weißt du doch«, kam es erstaunt zurück.

Natürlich wusste sie es. Mittwochs abends um diese Zeit war er immer im Meeting. Und sie wusste auch, dass er während der Konferenz nicht gestört werden wollte. Sie musste so schnell wie möglich auf ihr Anliegen zu sprechen kommen, sonst verließ sie der Mut.

»Äh … also«, begann sie und hielt nachdenklich inne. Sie hätte sich vorher überlegen sollen, was sie sagen wollte.

»Ist etwas passiert?«

»Nein«, beruhigte sie ihn, nur um gleich darauf hinzuzufügen: »Das heißt, eigentlich doch.«

»Was denn nun: ja oder nein?«

»Chris?«, hörte Lou eine Frauenstimme im Redaktionsraum rufen. »Kommst du? Wir brauchen dich hier!«

»Einen Moment!«, rief Christoph zurück. Seine Stimme klang gedämpft, vermutlich hatte er seine Hand übers Telefon gelegt. Dann war er auf einmal wieder klar und deutlich zu hören. »Lou? Ich hoffe, dass es wichtig ist.«

Sie spürte, dass er überhaupt kein Verständnis für ihren Anruf hatte. Eigentlich verstand sie selbst ja nicht einmal genau, warum sie ihre Neuigkeit gerade jetzt loswerden musste. Vermutlich war der Streit zwischen Jo und Mia schuld. Er hatte ihr deutlich gezeigt, was passieren konnte, wenn man die Wahrheit zu lange für sich behielt.

Es war Zeit, klare Verhältnisse zu schaffen.

»Ja, es ist wichtig«, entgegnete sie deshalb mit fester Stimme. »Ich bin schwanger.«

So, jetzt war es gesagt!

Am anderen Ende der Leitung herrschte Schweigen.

»Christoph?«, fragte sie vorsichtig nach.

»Ich bin noch da.« Seine Stimme klang heiser, und er räusperte sich.

»Ich werde das Kind behalten«, fügte sie schnell hinzu. »Gleichgültig, was du sagst.«

Er sagte gar nichts.

»Chris?« Erneut kam eine Stimme aus dem Hintergrund. »Kommst du endlich?«

»Ich … einen Moment, ich …«, stammelte Christoph. Offensichtlich war er mit der Situation völlig überfordert.

»Tut mir leid!«, entschuldigte sich Lou.

»Schon gut, ich … ich bin … das ist … wow!«

»Vielleicht sollten wir das Gespräch beenden, und du rufst mich später wieder an«, schlug Lou vor.

»Äh … ja.« Christoph schien erleichtert, dass Lou ihm die Entscheidung abnahm.

»Also dann, bis später!« Schnell drückte Lou den roten Hörer, doch sie blickte noch lange nachdenklich auf das Display ihres Handys.

Es zeigte ein Porträt von Christoph am Strand von St. Tropez. Er trug eine Sonnenbrille, seine Haare waren vom Wind zersaust, und auf der Nase hatte er einen leichten Sonnenbrand. Gut gelaunt und sehr entspannt – ganz anders als der gestresste Journalist, mit dem sie gerade gesprochen hatte.

Aber was hatte sie erwartet? Hatte sie ernsthaft darauf gehofft, dass er die Neuigkeit mit spontaner Begeisterung aufnehmen würde?

17

Anne stahl sich am nächsten Morgen leise aus dem Schlafzimmer. Behutsam schloss sie die Tür hinter sich und schlich die Treppen hinab in die Küche.

Wie erwartet, saß Lisa-Marie schon am Küchentisch und las Zeitung. Der Duft von frischem Kaffee hing in der Luft, und auf dem Küchentisch lagen eine Brötchentüte und die Reste des Gugelhupfes vom Vortag.

»Guten Morgen!« Anne nahm sich eine Tasse aus dem Schrank und setzte sich zu ihrer Cousine an den Tisch. Wortlos schob Lisa-Marie ihr die Kaffeekanne herüber, und Anne bediente sich. Nach dem ersten Schluck ließ sie sich seufzend zurücksinken. »Das tut gut.«

»Wie geht es Mia?«

»Sie schläft noch.«

»Und wie war die Nacht?«

»Ich hatte schon bessere.«

»Ich auch!« Lou schlurfte in die Küche und blieb vor dem Frühstückstisch stehen. »Warum bist du noch nicht angezogen, Anne? Wir haben gleich halb zehn.«

»Ich hatte noch keine Lust zum Duschen. Außerdem siehst du auch nicht besonders ordentlich aus.«

Lou hatte sich zwar Jeans und Pulli übergezogen, wirkte aber ungekämmt und unausgeschlafen. »Was soll's? Es ist kein Fremder mehr im Haus, für den wir uns schick machen müssten.«

»Tja«, sagte Lisa-Marie seufzend. »Jo ist weg.«

»Sag das bloß nicht, wenn Mia nachher runterkommt«, warnte Anne. »Sonst bricht sie gleich wieder in Tränen aus.«

»Die Arme!«

»Ich brauche erst einmal einen Tee.« Lou schaltete den Wasserkocher ein. Dabei fiel ihr Blick durchs Küchenfenster auf den Stall. »Hat sich heute schon jemand um die Tiere gekümmert?«

»Ich habe sie gefüttert, aber alles Weitere müssen wir später noch erledigen«, antwortete Lisa-Marie.

»Ich helfe dir«, versprach Anne. »Und Mia kann es nicht schaden, wenn sie ein wenig an die frische Luft kommt.«

»Ich will auch dabei sein«, sagte Lou. »Wenn ich arbeite, muss ich wenigstens nicht nachdenken.«

»Worüber?«

»Über Christoph.« Sie seufzte unglücklich. »Ich habe ihn gestern Abend angerufen und ihm gesagt, dass ich schwanger bin.«

»Und?«

»Nichts. Er war mitten in einer Konferenz, also haben wir vereinbart, dass er sich später noch mal meldet. Aber bis jetzt hat er das nicht getan.«

»Vielleicht ist er noch beschäftigt«, vermutete Lisa-Marie.

»So beschäftigt, dass er nicht mal Zeit findet, seine Freundin zurückzurufen, die ihm eröffnet hat, dass sie schwanger ist?«, fragte Anne.

»Du hast recht, das ist nicht sehr wahrscheinlich.«

»Ich habe heute Morgen schon mehrmals versucht, ihn zu erreichen. Aber er geht nicht ans Telefon«, erzählte

Lou, während sie den Tee aufgoss. Ihre Bewegungen wirkten müde und antriebslos.

»Es gibt mit Sicherheit einen Grund für sein Verhalten«, sagte Lisa-Marie. »Sich gar nicht zu melden sieht ihm nicht ähnlich.«

»Nein, das passt nicht zu ihm«, bestätigte Anne.

»Aber wenn es so ist?«, fragte Lou leise. »Was mache ich dann?«

»Dann bist du herzlich willkommen im Club der gebrochenen Herzen«, kam Mias heisere Stimme von der Tür. Sie sah verweint aus, brachte aber immerhin ein Lächeln zustande. Bereitwillig rückten Anne und Lisa-Marie zur Seite und machten ihr auf der Eckbank Platz.

»Möchtest du einen Tee?«, wollte Lou wissen.

»Was für eine Sorte?«

»Gute-Laune-Tee mit Ingwer und Zitronengras«, las Lou von der Packung ab und grinste entschuldigend. »Der heißt wirklich so.«

»Ich nehme am besten gleich eine ganze Kanne«, murmelte Mia. »Vielleicht hilft es ja.«

»Auf die Männer, die es nicht wert sind!« Lou prostete Mia mit ihrer Teetasse zu.

Mia nickte grimmig. »Auf alle Männer, die uns belügen und betrügen.«

»Ganz genau! Ohne sie geht es viel besser.«

»Wer braucht schon Männer?«

In diesem Moment klingelte ein Telefon. Sowohl Lou als auch Mia stellten hastig die Tassen ab und kramten ihre Handys hervor, steckten sie jedoch verlegen wieder fort, als Anne amüsiert feststellte: »Das ist der Amtsanschluss, hört ihr das nicht?«

Das Telefon stand im Wohnzimmer auf einem kleinen Beistelltisch. »Bei Zabel«, meldete sich Anne.

»Anne? Bist du das?«, erkundigte sich eine hohe Frauenstimme, die etwas kurzatmig klang.

»Daggi?«

»Ja, wer denn sonst? Gut, dass ich dich gleich erwische! Mit diesen langen Handynummern komme ich nämlich nicht zurecht, deshalb habe ich es auf dem Festnetz versucht.«

»Ist etwas passiert?«

»Nein, beruhige dich. Den Jungs geht es gut.« Sie machte eine kunstvolle kleine Pause – eine ihrer typischen Marotten, die Anne normalerweise zum Wahnsinn trieb. »Aber ich werde diesen Zustand nicht mehr lange mitmachen.«

»Warum nicht?« Anne befürchtete Schlimmstes. Hatte die Putzfrau nicht richtig saubergemacht? War der Kühlschrank kaputtgegangen? Waren die Jungs frech geworden?

»Warum nicht?«, wiederholte Daggi und lachte bitter. »Ich finde Stefans Verhalten einfach rücksichtslos.«

»Wie bitte?« Anne glaubte, sich verhört zu haben.

»Rücksichtslos und egoistisch.« Wieder eine kleine Pause. »Er denkt nur an die Arbeit. Seine Söhne und seine Mutter sind ihm scheinbar völlig egal.«

Er hat auch noch eine Frau und eine Tochter, dachte Anne, doch sie verkniff sich eine entsprechende Bemerkung. »Wir sprechen hier beide von Stefan, deinem Sohn«, stellte sie vorsichtshalber klar.

»Genau.«

»Er ist ein erfolgreicher Arzt, da muss man Kompromisse machen. Das hast du mir selbst immer wieder gesagt.«

»Da hatte ich auch noch keine Ahnung, wie wenig Zeit er mit seiner Familie verbringt. Wie hältst du das nur aus?«

»Es ist nicht immer leicht«, gab Anne zu. Mehr wollte sie nicht preisgeben, denn es war ihr unheimlich, dass ihre Schwiegermutter ohne Vorwarnung die Seiten gewechselt hatte.

»Ihr müsst etwas ändern!« Daggi schwieg, und Anne zählte leise bis drei. »Sonst kannst du gleich die Scheidung einreichen. Dein Alltag ist mit Sicherheit leichter, wenn du nicht ständig auf ihn warten musst.«

»Ja, vielleicht«, murmelte Anne. Hatte ihre Schwiegermutter ihr tatsächlich gerade die Scheidung empfohlen?

»Ich bleibe noch bis Sonntag.« Pause. »Dann fahre ich nach Hause. Das habe ich auch Stefan schon gesagt, er will dich heute irgendwann anrufen.«

»Ich komme Sonntag nach Hause.«

»Und ich werde versuchen, meinen Sohn zur Rede zu stellen«, versprach Daggi. »Da hat er eine so tolle Familie und kümmert sich nicht um sie.«

Anne schluckte. Sie wusste nicht, was schlimmer war: dass ihre Schwiegermutter für sie Partei ergriff oder dass Daggi die Wahrheit so schonungslos zur Sprache gebracht hatte.

»Anne? Hast du mich gehört?«

»Ja«, presste sie heraus. »Wir sehen uns dann am Sonntag.«

»Was ist los?«, wollte Lou wissen, als Anne wieder in die Küche kam.

»Das war Dagmar. Sie will am Sonntag wieder nach Hause fahren.« Zerstreut nahm sich Anne ein Stück Gugelhupf. »Ich glaube, ich gehe wieder ins Bett und ziehe mir die Decke über den Kopf.«

»Das verstehe ich nicht«, sagte Lisa-Marie. »Ich dachte, du bist immer froh, wenn sie wieder abreist?«

»Dieses Mal nicht«, erklärte Anne mit vollem Mund. »Denn erstens bin ich gar nicht dabei, zweitens heißt das, dass ich spätestens am Sonntag nach Hause muss. Und drittens ...« Sie zögerte.

»Ja?«, bohrte Lou nach.

»Drittens ergreift sie sozusagen die Flucht, weil sie es bei uns nicht länger aushält.«

»Es liegt bestimmt an Jan und Tom«, vermutete Mia sofort. »Ich kenne doch meine Brüder.«

»Irrtum.« Anne schüttelte den Kopf. »Es liegt an Stefan.«

»Hat sie sich mit ihm gestritten?«

»Nein, im Gegenteil. Sie sieht ihn so gut wie nie. Ihrer Meinung nach kümmert er sich zu wenig um seine Familie.«

»Diese Frau ist zwar nervig, aber schlauer, als ich dachte«, murmelte Lou.

»Tja.« Anne spülte den Kuchen mit einem Schluck Kaffee hinunter. »Ich fürchte, jetzt ist es vorbei mit der Idylle hier im Allgäu. Ich muss nach Hause.«

»Du musst mit Papa reden!«

»Ich weiß. Und davor graust es mir.«

»Willst du auch einen Gute-Laune-Tee? Vielleicht hilft er.«

»Nein danke.« Anne warf ihrer Schwester einen genervten Blick zu. »Den könnt ihr allein trinken.«

»Tja, manchmal läuft es im Leben nicht so, wie wir uns das wünschen«, zitierte Lou ihren Großvater Johann.

»Aber es liegt an uns, was wir daraus machen«, ergänzte Anne.

Eine Weile lang blieb es still am Tisch, dann sprang Mia auf. »Was sind wir nur für trübe Tassen! Kommt, lasst uns in den Stall gehen. Arbeit hat noch niemandem geschadet.« Gemeinsam mit Lou und Lisa-Marie verließ sie die Küche.

Anne blieb allein zurück.

Sie räumte die Tassen ab, faltete die Zeitung zusammen, gab dem Kater etwas zu fressen und klopfte anschließend sogar die Sitzkissen auf der Eckbank aus.

Danach fand sie zu ihrem Bedauern keine weitere Tätigkeit mehr, die sie von ihrem Telefonat mit Stefan abhalten konnte. Also griff sie zu ihrem Handy und begann zu wählen. Seine Sekretärin meldete sich nach dem zweiten Klingeln.

»Ich bedauere, Frau Wassermann, aber der Doktor ist im OP.«

»Und wann ist er zurück?«

»Das kann ich nicht sagen, das wissen Sie doch.«

»Hat er am Nachmittag Termine?«

»Ja, da findet die wöchentliche Konferenz der Chefärzte statt. Sie beginnt um zwei Uhr, und dieses Meeting ist immer recht lang.«

»Schade«, sagte Anne leise.

»Kann ich ihm etwas ausrichten?«

»Nein, ist schon gut. Ich melde mich später wieder.« Sie legte auf und nahm sich noch ein Stück Gugelhupf. Doch bald schon hatte sie einen riesigen Kloß im Hals – und sie wusste, dass dieser nicht vom Kuchen kam.

Stöhnend sank sie auf den nächsten Küchenstuhl. Sie schaffte es einfach nicht, mit Stefan zu sprechen! Er war ständig besetzt, sowohl im wörtlichen wie auch im übertragenen Sinne. Wie lange konnte sie diese Situation noch ertragen?

»Gar nicht mehr«, flüsterte sie mit tränenerstickter Stimme und stützte den Kopf in ihre Hände.

So fand Schwester Bonaventura sie, als sie fünf Minuten später in die Küche trat.

»Anne?«, fragte sie vorsichtig.

Die Angesprochene blickte auf.

»Fühlen Sie sich nicht wohl?«

»Doch.« Hastig trocknete Anne ihre Tränen.

»Ich dachte nur, weil Sie im Nachthemd hier sitzen.«

»Das hat sich heute irgendwie so ergeben.«

»Wo sind denn die anderen?«

»Im Stall.«

»Alle? Hat sich Mia mit Jo vertragen?«

»Nein.« Anne schüttelte den Kopf und fügte nach einer kleinen Pause leise hinzu: »Jo ist fort.«

»Wie schade!« Seufzend ließ sich Schwester Bonaventura auf den nächsten Küchenstuhl fallen. »Aber ich habe es geahnt. Kommen Sie ohne ihn zurecht?«

»Keine Ahnung.«

Die Nonne musterte ihr Gegenüber nachdenklich. So wortkarg hatte sie Anne noch nicht erlebt. »Was ist mit Ihnen?«, erkundigte sie sich. »Irgendetwas beschäftigt Sie doch. Es ist nicht allein die Sache mit Jo, nicht wahr?«

»Nein«, räumte Anne widerstrebend ein.

»Kann ich Ihnen vielleicht irgendwie helfen?«

»Das glaube ich kaum.«

»Ich könnte es zumindest versuchen.«

»Was wissen Sie schon von Eheproblemen?«

»So einiges.«

»Sie sind nicht verheiratet.«

»Streng genommen bin ich das«, widersprach Schwester Bonaventura augenzwinkernd. »Aber lassen wir das mal beiseite.«

Anne lächelte.

»Sehen Sie? So gefallen Sie mir schon besser. Und jetzt raus mit der Sprache! Was bedrückt Sie?«

»Eigentlich sind es nur ein paar lächerliche Terminschwierigkeiten«, gab Anne nach kurzem Nachdenken zu. Sie hatte eigentlich nicht vor, ihre Eheprobleme vor Schwester Bonaventura auszubreiten. Andererseits konnte es auch nicht schaden, sich den Rat einer Außenstehenden anzuhören. »Mein Mann hat nie Zeit für ein klärendes Gespräch.«

»Er ist ein bekannter und erfolgreicher Arzt, nicht wahr?«

»Ja, sozusagen ein Heiliger.« Anne musste über ihren eigenen Vergleich schmunzeln. »Wie ist das bei Ihnen? Hat Gott immer genügend Zeit für Sie?«

»Wie meinen Sie das?«

»Na ja, er muss doch ständig die Welt retten und kann nicht immer bei Ihnen sein.«

Schwester Bonaventura nickte verstehend. »Wenn ich mit ihm reden will, dann gehe ich einfach zu ihm.«

»Nette Idee«, murmelte Anne und versuchte, sich vorzustellen, was Stefan sagen würde, wenn sie plötzlich im OP erscheinen würde.

»Nein, ernsthaft, manchmal muss man ihm hinterherlaufen, notfalls bis in die Kirche.«

»Und wenn da viele andere Menschen stehen, die seine Hilfe benötigen?«

»Dann warte ich auf einen freien Termin. Wenn er für andere da ist, muss er auch für mich da sein.« Schwester Bonaventura zwinkerte Anne zu. »Probieren Sie es aus!«

»Vielleicht werde ich das tatsächlich tun«, sagte Anne nachdenklich. »Danke für den Tipp!«

»Gern geschehen.« Schwester Bonaventura erhob sich.

»Und jetzt gehe ich in den Stall und schaue nach, ob die anderen meine Hilfe brauchen.«

»Ich komme gleich nach. Aber zuerst muss ich noch etwas erledigen.«

Überrascht und nachdenklich starrte Anne Schwester Bonaventura nach. Ihr einfacher Ratschlag, sich einen Termin bei Stefan zu holen, war leicht umzusetzen. Und wenn er erst einmal in seinem Terminkalender eine Stunde für sie reserviert hatte, musste er ihr zuhören!

Wieder meldete sich Stefans Sekretärin nach dem zweiten Klingeln. »Ich hätte gern einen Termin bei Doktor Wassermann«, sagte Anne mit leicht verstellter Stimme.

»Haben Sie eine Überweisung von Ihrem Hausarzt?«

»Ja«, log Anne.

»Ist es dringend?«, wollte die Sekretärin wissen. »Haben Sie Beschwerden?«

»O ja, sehr heftige«, versicherte Anne ihr. »Sie dulden keinen Aufschub mehr.«

»Sie haben Glück. Gerade hat jemand kurzfristig für Montag abgesagt. Um zehn Uhr?«

»Gern. Ist notiert.«

»Wie lautet Ihr Name?«

»Thune«, antwortete Anne, ohne zu zögern. »Marie Thune.«

»Alles klar, Frau Thune, dann sehen Sie Herrn Doktor Wassermann am nächsten Montag um zehn Uhr.«

18

»Hat sich Christoph inzwischen gemeldet?«, fragte Lisa-Marie beim Nachmittagskaffee.

Lou schüttelte traurig den Kopf. Tränen schimmerten in ihren Augen. »Ich erreiche ihn nicht.«

»Die Männer sind doch alle gleich«, murmelte Mia. »Zuerst haben sie ihren Spaß, und dann lassen sie uns sitzen.«

»Oder sie kümmern sich nicht mehr um uns«, fügte Anne nachdenklich hinzu.

Mia nickte. »Das ist dasselbe.«

»Nein, ist es nicht«, widersprach Anne. »Denn dagegen kann man etwas machen.«

»So?« Erstaunt hob Lou den Kopf. »Was denn?«

»Ich habe mir einen Termin geben lassen. Ganz offiziell in Stefans Sprechstunde. Da kann er mir nicht weglaufen.« Anne lächelte. Zum ersten Mal seit vielen Tagen sah sie entspannt und gelöst aus. »Nächsten Montag ist es so weit.«

»Montag?«, fragte Mia betroffen. »So bald schon fährst du nach Hause? Muss ich mit?«

»Natürlich fährst du mit. Schließlich hast du ja auch bald deine Prüfung.«

»Ich will hier nicht fort«, jammerte Mia. »Trotz dieser

dummen Geschichte mit … mit …« Sie hatte Schwierigkeiten, seinen Namen auszusprechen. »Mit Jo«, brachte sie schließlich heraus. »Mir gefällt es hier. Außerdem braucht Lisa-Marie Unterstützung, sowohl im Stall als auch im neuen Geschäft.«

»Und was ist mit deinem Studium?«

»Das beginnt doch erst im Oktober. Darum kümmere ich mich noch, keine Sorge.«

»Ich würde mich freuen, wenn du bleibst«, sagte Lisa-Marie. »Ich hatte schon Angst, dass ich hier bald allein sitzen muss.«

»Mit Sicherheit nicht«, mischte Lou sich in das Gespräch ein. Ihre Stimme klang ungewohnt dünn. »Ich … ich überlege mir nämlich auch gerade einen Neuanfang.«

Drei überraschte Blicke trafen sie. »Einen Neuanfang?«

»Ohne Christoph.« Lou schluckte.

»Ist das jetzt nicht etwas übereilt?«, fragte Anne.

»Hast du eine bessere Idee?«

»Nein«, musste Anne zugeben. »Aber warum ausgerechnet hier in Pfronten?«

»Alles ist besser, als Christoph ständig über den Weg zu laufen. Warum also nicht hier? Es ist viel schöner, ein Kind auf dem Land großzuziehen. Was spricht dagegen?«

»So ziemlich alles«, entgegnete Anne entschieden.

»Zum Beispiel?«

»Dein Job. Was machst du mit deinem Büro in Dortmund?«

»So etwas kann man delegieren. Ich eröffne einfach hier ein zweites Büro. Frag mal Lisa-Marie, ihr neuer Vermieter hat garantiert schon ein paar Aufträge für mich.«

»Ich weiß nicht«, warf Lisa-Marie schüchtern ein. »Ob er das ernst gemeint hat?«

»Wenn nicht, ist es auch egal. Ein gutes Geschäftskonzept setzt sich durch.«

»Und deine Freundinnen in Dortmund? Willst du alles aufgeben?«

»Meine Freundinnen sind kinderlose Karrierefrauen. Die kann ich sowieso vergessen, wenn das Baby kommt.«

»Aber wo willst du wohnen? Willst du bei Lisa-Marie einziehen?«

»Nein. Aber ich könnte mir zum Beispiel das Austragshäuschen herrichten.«

»Bist du sicher? Das ist viel Arbeit.«

»Ich weiß. Aber das schaffe ich.« Lou lächelte ein wenig gequält. »Bis jetzt habe ich immer alles geschafft, was ich mir vorgenommen habe.«

Anne musterte ihre Schwester prüfend. Sie kannte Lou und wusste, dass diese bei Problemen gern die Flucht nach vorn antrat. »Hat Christoph überhaupt noch einen Platz in deinen Plänen?«, erkundigte sie sich vorsichtig.

»Nein. Ich habe ja anscheinend auch keinen Platz mehr in seinem Leben.«

»Das weißt du noch nicht.«

»Dann erkläre mir mal, warum er sich nicht meldet.«

»Keine Ahnung.« Anne zuckte ratlos mit den Schultern. »Trotzdem wirst du irgendwann mit ihm reden müssen.«

»Wenn er etwas will, soll er herkommen«, sagte Lou und schob trotzig ihr Kinn vor.

»Es verletzt dich, dass er dich ausgerechnet jetzt im Stich lässt.«

»Ja!«, fauchte Lou und sprang auf. »Aber ich will nicht mehr darüber reden. Und jetzt entschuldigt mich, ich werde mir mal in Ruhe das Austragshäuschen anschauen.«

Sobald Lou das kleine Haus betreten hatte, versuchte sie, ihre negativen Gedanken abzuschütteln. Sie war enttäuscht, wütend und verletzt – und fühlte sich schrecklich hilflos. Aber es nutzte nichts, weiter über Christophs Verhalten nachzudenken.

Anscheinend musste sie von nun an ohne ihn zurechtkommen. Aber im Grunde war sie nicht allein. Sie hatte ihr Baby – und Lisa-Marie, Anne und Mia. Ihre kleine Familie, die ihr in den letzten Wochen sehr ans Herz gewachsen war. Auf diese Frauen konnte sie sich verlassen.

Sicher, sie waren anders als ihre Freundinnen. Nerviger, lauter und manchmal ziemlich eigenartig. Und doch wusste sie, dass ihre Verwandtschaft sie niemals im Stich lassen würde, gleichgültig, was passierte.

Die Idee mit dem Umzug nach Pfronten hatte sie schon den ganzen Tag lang beschäftigt. Doch erst nachdem dieser Plan am Kaffeetisch zur Sprache gekommen war, hatte sie festgestellt, dass es ihr tatsächlich ernst war damit.

Hier könnte ihr neues Heim entstehen.

Während sie durch das Haus schritt, versuchte sie, die Räume mit dem professionellen Blick einer Innenarchitektin zu betrachten. Das Lesezimmer würde sie so lassen, wie es momentan eingerichtet war. Natürlich müssten viele der Bücher, die jetzt noch in den Regalen standen, aussortiert werden. Stattdessen würde sie ihre eigenen Bücher herbringen, und im Laufe der Zeit kämen bestimmt auch einige Kinderbücher hinzu – Pipi Langstrumpf, die kleine Raupe Nimmersatt oder Winnie Puh.

Bei dieser Vorstellung konnte sie zum ersten Mal wieder lächeln.

Langsam lief sie weiter. Der Holzboden im Flur sah noch sehr gut aus, den brauchte sie nur abzuschleifen und zu ölen. Die alte Küche musste komplett saniert werden, doch Lou sah die neue Einrichtung jetzt schon vor sich: alles im Landhausstil. Der dritte Raum im Erdgeschoss war groß genug, um als kombiniertes Wohn- und Spielzimmer zu funktionieren. Neugierig stieg sie die Treppe hinauf und bahnte sich einen Weg um alte Möbel und Kisten herum in Richtung der drei Schlafzimmer.

Als sie die Tür zum ersten Raum öffnete, hielt sie überrascht inne. Mitten im Raum stand die alte weißgestrichene Wiege, die Johann für seine Enkel gebaut hatte. Lou hatte nicht gewusst, dass das Bettchen überhaupt noch existierte. Liebevoll strich sie über das lackierte Holz und warf einen Blick in das Innere der Wiege. Bald schon könnte dort ein Baby liegen.

Ihr Baby!

»Hallo, Lou!« Christophs Stimme klang nicht so fest wie sonst, trotzdem fuhr Lou erschreckt zusammen. Für einen Moment wurde ihr schwindelig, und sie tastete hilfesuchend nach dem Rand der Wiege. Doch das Bettchen begann sofort zu schaukeln und bot ihr keinen Halt. Dann war plötzlich Christoph neben ihr und nahm sie in den Arm.

»Vorsicht!«, flüsterte er und drückte sie an sich.

»Aber … was … warum? Wo kommst du denn auf einmal her?«, stotterte Lou und versuchte, gegen die Tränen anzukämpfen, die ihr in die Augen traten. Vergeblich. Christophs Bild verschwamm vor ihren Augen.

»Ist ja gut«, sagte er und strich ihr beruhigend mit der Hand über die Wange.

Schluchzend vergrub Lou ihren Kopf an seinem Hals. Christophs Arme umschlossen sie noch ein wenig fester. Zärtlich wiegte er sie hin und her.

»Geht es wieder?«, erkundigte er sich leise.

»Ich weiß nicht«, kam es jämmerlich zurück. Sein

plötzliches Auftauchen hatte sie aus der Bahn geworfen und brachte Gefühle ans Tageslicht, die sie bislang mühsam unter Kontrolle gehalten hatte. Erschreckt, verwirrt und dennoch überglücklich weinte sie Träne um Träne in seinen Hemdkragen. Erst nach einer Weile hob sie den Kopf. »Entschuldige!«

Er legte seinen Finger auf ihre Lippen. »Du musst dich nicht entschuldigen.«

»Es war nur, weil … ich dachte, dass … du nicht mehr kommst … und da habe ich –«

»Moment!«, unterbrach er sie mit rauer Stimme. »Heißt das, du hast ernsthaft geglaubt, dass ich dich hängenlasse?«

Lou nickte und wischte sich die Tränen aus dem Gesicht. Allmählich sorgten seine Wärme und seine Nähe dafür, dass sie sich beruhigte.

»Lou Sonntag!« Sanft schob er sie ein wenig zur Seite, so dass sie sich in die Augen blicken konnten. »Du solltest mich eigentlich besser kennen.«

»Ich war schrecklich durcheinander«, verteidigte sie sich und legte unbewusst eine Hand auf ihren Bauch. »Das alles kam so unerwartet, so völlig ungeplant!«

»O ja, das stimmt.« Er lächelte zaghaft, und seine Hand schob sich auf ihre Finger. Sein Blick wanderte langsam auf Lous Bauch und dann zurück zu ihrem Gesicht. »Aber diese ›Planänderung‹, wie du es bezeichnest, bedeutet doch nicht, dass ich gleich davonlaufe. Schließlich liebe ich dich … ich meine … euch«, sagte er mit zärtlicher Stimme. Mit der freien Hand zog er sie wieder an sich und küsste sie.

Erneut wurde es Lou schwindelig. Doch dieses Mal genoss sie das Gefühl. Denn Christoph war bei ihr.

Und alles war gut.

»Dein Hemd ist nass.« Bedauernd blickte Lou wenig später auf Christophs Kragen.

»Macht nichts.« Er grinste.

Lou zupfte den Stoff zurecht und fuhr mit der Hand über den nassen Fleck. Erst jetzt stellte sie fest, dass Christoph keine Jacke bei sich trug. »Wo sind deine Sachen?«

»Drüben im Haus, bei Lisa-Marie.«

»Sollen wir rübergehen, damit du dich umziehen kannst?«

»Nein. Zuerst würde ich gern noch ein paar Minuten ungestört mit dir verbringen.«

Sie schmiegte sich an ihn. »Wie schön.«

»Deine Reaktion vorhin …« Er zögerte. »Hast du wirklich gedacht, ich würde dich im Stich lassen?«

»Na ja, so genau weiß ich auch nicht, was ich gedacht habe. Aber schließlich habe ich gestern Abend und heute Vormittag nichts von dir gehört. Da kann man schon mal auf dumme Gedanken kommen.«

»Gestern ist es in der Redaktion sehr spät geworden. Da wollte ich dich nicht mehr stören. Und heute Morgen habe ich ein paar Dinge erledigen müssen, bevor ich mich ins Auto gesetzt habe und so schnell wie möglich hergekommen bin.«

»Warum hast du nicht angerufen?«

»So etwas Wichtiges kann man doch nicht am Telefon diskutieren.«

»Wir hätten es versuchen können.«

»So ähnlich wie unser Gespräch gestern Abend? Bloß nicht!« Er schüttelte den Kopf. »Es hat sich angefühlt wie ein Schlag auf den Kopf, und danach lag ich während des gesamten Meetings sozusagen im geistigen Koma.«

»Tut mir leid.«

Seine Finger berührten die Wiege. »Ich war zuerst ganz schön geschockt.«

»Tut mir leid«, murmelte Lou wieder.

»Das muss es nicht, schließlich bist du ja nicht allein dafür verantwortlich, oder? Immerhin war ich zu fünfzig Prozent beteiligt.« Er lächelte ihr aufmunternd zu.

Sie nickte.

»Aber dann, gestern Nacht, habe ich nachgedacht«, fuhr er fort. »Und habe festgestellt, dass ich ein Esel bin.«

»Ein Esel?«

»Ja. Ein dreiundvierzig Jahre alter verwöhnter Esel, der es gern bequem und luxuriös hat. Ich kann es mir nur schwer vorstellen, mein Leben wegen eines Kindes komplett umzukrempeln.« Er seufzte und tippte sich mit seiner freien Hand an die Brust. »Doch irgendetwas tief in seinem Herzen sagt dem alten Esel, dass dies vielleicht die letzte Chance ist, eine eigene Herde zu gründen.«

»Gleich eine ganze Herde?«

»Keine Sorge! Auch drei Tiere bilden eine Herde: Vater Esel, Mutter Esel und ein kleines Eselchen.«

»Du willst also eine Herde mit mir gründen.« Lou versuchte, sachlich zu klingen, konnte es aber nicht verhindern, dass sich ihre Stimme vor Freude überschlug.

»Ja, das will ich.«

»Gott sei Dank! Ich dachte schon, ich würde eine alleinerziehende Eselin werden.«

»Auf keinen Fall.« Er schloss sie wieder in seine Arme und küsste sie zärtlich. »Ich weiß zwar noch nicht, was uns erwartet, aber ich glaube, das wird das größte Abenteuer unseres Lebens.«

»Das glaube ich auch.«

»Unser Leben wird sich völlig ändern.«

»Ich weiß.«

»Wir werden umbauen müssen, unsere Wohnung ist nicht kindertauglich.«

»Oder wir ziehen um.«

»Von mir aus. Was würde dir denn gefallen? Ein Häuschen mit Garten im Dortmunder Süden?«

Lou zögerte. »So ähnlich. Nur vielleicht noch südlicher …«

»Du hast schon eine Idee, nicht wahr?«

»Na ja …«

»Raus damit!«

»Also gut.« Sie holte tief Luft. »Wie findest du dieses Haus?«

»Wunderschön.« Er sah sich um, ohne sie aus seinen Armen zu lassen. »Es hat mir schon immer gefallen. Aber ist es nicht ein bisschen weit weg von Dortmund?«

»Du hast immer schon gesagt, dass du überall leben könntest.«

»Ja, klar. Aber … was ist mit unseren Jobs?«

»Das lässt sich bestimmt irgendwie regeln.«

»Hm.« Nachdenklich runzelte er die Stirn.

»Du erledigst sowieso schon vieles zu Hause.«

»Hm«, machte er wieder.

»Und für ein Kind ist es auf dem Land sicherlich schöner als in der Stadt.« Gespannt beobachtete Lou Christoph. Langsam verschwanden die tiefen Falten auf seiner Stirn, dafür verzog sich sein Mund zu einem amüsierten Grinsen. »Du scheinst ja alles schon genau durchdacht zu haben. Wann hast du eigentlich den Entschluss gefasst hierherzuziehen?«

»Erst heute«, gab Lou kleinlaut zu.

»Dafür bist du aber schon sehr weit mit deinen Überlegungen.«

»Geht dir das zu schnell?«

»Na ja, an überraschende Entwicklungen habe ich mich in den letzten Tagen gewöhnen müssen.«

»Heißt das, du wirst dir meinen Vorschlag überlegen?«

»Ja, natürlich.« Er küsste sie auf die Stirn. »Außerdem habe ich auch Pläne gemacht.«

»Wirklich?«

»Ich hatte immerhin während der Autofahrt sechs Stunden lang Zeit dazu.«

»Wenn dir langweilig war, hättest du ruhig mal bei mir anrufen können!« Lou gab ihm einen sanften Klaps auf den Rücken.

»Nein. Telefonieren während der Fahrt ist ab sofort verboten«, sagte er gespielt vorwurfsvoll. »Das ist viel zu gefährlich. Ich bin nämlich nicht mehr nur für mich selbst verantwortlich, sondern auch für meine Familie.«

»Deine Familie«, wiederholte Lou leise. Aus Christophs Mund klang das noch etwas fremd – doch sie würde sich gern daran gewöhnen.

»Aber zurück zu meinen Plänen«, nahm Christoph das Thema wieder auf. »Die gingen zwar nur bis zu einem neuen Auto und eventuell einem kleinen Haus im Grünen, aber ob dieses Haus hier im Allgäu oder sonst wo steht, das ist eigentlich gleichgültig.«

»So gleichgültig ist das auch wieder nicht«, widersprach sie. »Hier ist schließlich unser Familiensitz, der mir sehr viel bedeutet.«

Christoph musterte sie erstaunt, doch Lou winkte ab. »Lange Geschichte. Das erkläre ich dir später.«

Er nickte. »Wenn es dir wirklich so wichtig ist, hier zu leben, dann sollten wir uns ernsthaft an die Planung machen. Hier im Haus müsste einiges renoviert werden.«

»Ich weiß.«

»Außerdem könnte ich mit meiner Redaktion sprechen, inwieweit sie mich tatsächlich vor Ort brauchen«, überlegte er weiter.

»Gute Idee!«

»Und vielleicht fahre ich morgen nach München in den Presseclub. Es schadet nie, ein paar Kontakte zu den lokalen Zeitungen zu knüpfen.«

»Wow, du bist aber schnell!«

»So viel Zeit haben wir nicht mehr, oder?« Er ließ seinen Blick noch einmal über ihren Bauch wandern. »Wann kommt das … unser Baby?«

Bei seinen letzten Worten wurde es Lou plötzlich ganz warm ums Herz. »Unser Baby« hatte er gesagt! Ein weiterer Begriff, an den sie sich erst gewöhnen musste.

»Keine Ahnung«, gab sie zu. »Ich habe noch keinen Termin beim Arzt gemacht.«

»Dann wird es höchste Zeit«, stellte Christoph fest. »Du kennst doch die alte Journalisten-Regel: Verschlafe niemals den Erscheinungstermin deiner Erstausgabe!«

19

Am Freitagmittag faltete Lisa-Marie rote Servietten zu kunstvollen kleinen Papierschwänen und arrangierte diese jeweils auf einem Kuchenteller. Dann trat sie einen Schritt zurück, um ihr Werk zu betrachten.

Sie hatte den Kaffeetisch zur Feier des Tages im Wohnzimmer gedeckt und frühlingshaft dekoriert: Tischdecke und Servietten waren in Rot gehalten, Kerzen und Kerzenständer in einem hellen Grün, und neben der selbstgebackenen Käsesahnetorte stand ein dicker Strauß gelber Tulpen.

»Jetzt fehlt eigentlich nur noch etwas Blaues«, murmelte sie.

»Wir können ja den Karton mit den Liebesbriefen in blaues Geschenkpapier einpacken«, schlug Lou vor. Sie stand am Fenster und beobachtete die Zufahrtsstraße zum Hof. Anne war vor zwei Stunden aufgebrochen, um Helene und Katharina aus Kempten abzuholen. Sie musste jeden Moment zurück sein. »Oder wir ziehen alle etwas Blaues an. Obwohl ich da nicht so viel zur Auswahl habe.«

»Lou!« Lisa-Marie schüttelte lächelnd den Kopf. »Was ist bloß heute mit dir los?«

»Ich bin einfach glücklich.«

»Das kann ich verstehen.« Seit ihrer Aussprache mit Christoph am Abend zuvor wirkte Lou wie ausgewechselt.

»Ich nicht«, ließ sich Mia vernehmen. »Dieses dauernde Grinsen geht mir auf den Wecker.«

»Ach, Kind!« Lou verließ ihren Platz am Fenster und setzte sich zu ihrer Nichte aufs Sofa. »Auch du wirst irgendwann wieder lachen können.«

»Ich wüsste nicht, worüber.«

»Warte ab.«

»Sie kommen!« Aufgeregt deutete Lisa-Marie nach draußen. Dort fuhr Anne gerade den roten Käfer vor.

»Ganz ruhig!«, warnte Lou. »Sonst merken sie sofort, dass hier etwas passiert ist. Wir haben vereinbart, dass wir nicht gleich mit der Tür ins Haus fallen. Lass sie erst mal in Ruhe ankommen.«

»Du hast gut reden«, flüsterte Lisa-Marie, während sie in Richtung des Autos winkte. »Du konntest dich schon immer gut beherrschen. Ich schaffe das nicht.«

Doch Lisa-Maries Bedenken waren unnötig.

In den folgenden zwei Stunden redeten vor allem Helene und Katharina. Nach einem ausführlichen Rundgang über den Hof setzten sich die beiden alten Damen an den Wohnzimmertisch und ließen sich Kaffee und Kuchen schmecken. Zu Anfang war die Stimmung noch etwas gedrückt, denn für die Schwestern war es nicht leicht, zum ersten Mal nach Horsts Tod wieder in dessen Haus zu sein. Doch allmählich kehrte die gute Laune zurück, was nicht zuletzt daran lag, dass Helene und Katharina begeistert über die Kur erzählen konnten.

»Ich fühle mich wie neu geboren«, strahlte Helene. »Habt ihr gesehen, dass ich beim Friseur war?«

»Na klar, das ist ja nicht zu übersehen«, entgegnete Mia. »Wie nennt man diese Haarfarbe?«

»Das ist Kupfer, ein ganz neuer Trend in diesem Jahr.«

»Wir haben während der Kur so viele nette Leute kennengelernt«, schwärmte Katharina.

»Dieser Friedhelm hat es euch besonders angetan, nicht wahr?«, fragte Anne. »Ihr konntet euch ja vorhin in Kempten kaum von ihm trennen.«

Helene errötete. »Ein feiner Mann.«

»Allerdings! Hast du den Zettel mit seiner Telefonnummer noch?«, fragte Katharina.

»Ja, natürlich.« Helene kramte eine Weile in ihrer Handtasche und zog dann ein Stück Papier hervor. »Hier!«

»Wollt ihr euch den Mann teilen?«, erkundigte sich Mia belustigt.

»Mia!«, schimpfte Anne.

»Das ist eine berechtigte Frage«, kam Lou ihrer Nichte zu Hilfe.

»In unserem Alter kann man sich durchaus auch zu zweit mit einem Mann treffen«, sagte Helene. »Man muss ja nicht gleich eine Affäre mit ihm beginnen.«

»Obwohl mich das reizen würde«, kicherte Katharina. »Auch wenn er zehn Jahre jünger ist als wir.«

»Was spielt das für eine Rolle?« Helene lächelte versonnen.

»Keine«, bestätigte Anne. »Wo die Liebe hinfällt …« Sie warf ihrer Schwester und ihrer Cousine einen auffordernden Blick zu. Das war doch eine gute Überleitung zu Horsts Briefen!

Lou verstand und holte die beiden Kartons hervor. »Wir haben in Horsts Nachlass etwas gefunden, das ihr unbedingt ansehen solltet.«

»Schuhe?« Helene beugte sich interessiert vor.

»Nein, keine Schuhe«, stellte Anne richtig. »In den Kartons sind alte Briefe und Fotos.«

Lou schob die Sahnetorte ein Stück zur Seite und stellte die beiden Schachteln vor Katharina und Helene auf den Tisch. Dann öffnete sie eine und zog die Fotos hervor. »Hier! Das ist eure Mutter«, sagte sie leise und zeigte den beiden alten Damen das Bild von Marie.

Helene presste fassungslos ihre Hand vor den Mund, während Katharina ungläubig mit dem Kopf schüttelte. »Aber … aber Horst hat immer gesagt, dass es kein Foto von unserer Mutter gibt.«

»Tja, Horst hat so vieles gesagt«, murmelte Lou. »Am besten gehen wir das jetzt mal Stück für Stück durch.«

»Sie war wunderschön.« Endlich hatte Helene ihre Sprache wiedergefunden. Zärtlich betrachtete sie das Foto.

»Genau so habe ich sie mir immer vorgestellt«, sagte Katharina und rückte ihre Brille gerade. »Gibt es noch mehr Bilder?«

Wortlos schob Lou die beiden Hochzeitsfotos zu ihnen hinüber. »Das ist unser Vater!«, rief Katharina aufgeregt. »Sieh nur, Helene.«

»Er hat große Ähnlichkeit mit Horst.«

Lisa-Marie, die sich bislang aus dem Gespräch herausgehalten hatte, brach in hysterisches Gelächter aus. Katharina warf ihrer Tochter einen erstaunten Blick zu. »Was hast du?«

»Ich denke, jetzt ist der Zeitpunkt gekommen, dass wir euch etwas erklären müssen«, kam Anne ihrer Cousine zu Hilfe. »Aber es wird nicht ganz einfach werden.«

»Kindchen, jetzt machst du mir Angst«, stöhnte Helene und fasste sich an die Brust. »Es ist doch hoffentlich nichts Schlimmes?«

»Nein, eigentlich nicht«, beruhigte sie Lou. »Eher ungewöhnlich. Vielleicht solltet ihr einmal die Briefe lesen.«

In der nächsten Stunde war das Ticken der großen Standuhr das einzige Geräusch, das die Stille durchbrach. Gespannt beobachteten Lisa-Marie, Lou, Anne und Mia, wie die beiden alten Damen die Umschläge öffneten. Sie ließen sich Zeit, lasen jeden Brief sorgfältig und verständigten sich jeweils mit einem Kopfnicken, dass sie fertig waren und der nächste Brief geöffnet werden konnte.

Schließlich legten sie auch das letzte Schreiben, Horsts Abschiedsbrief, zur Seite und blickten fast gleichzeitig auf. Ihr Gesichtsausdruck machte es nahezu unmöglich, ihre Gefühle zu ergründen. Wortlos nahm Helene Katharinas Hand und drückte sie.

»Und?« Lou konnte das Schweigen kaum ertragen.

Lisa-Marie sprang auf. »Wollt ihr einen Schnaps?« Sie holte die Flasche mit dem Kräuterlikör aus dem Wohnzimmerschrank.

»Mama?«, fragte Anne vorsichtig. »Tante Katharina?«

Mia war die Einzige, die still blieb.

Schließlich hielt es Lou nicht mehr aus. »Nun sagt schon etwas!«, forderte sie die beiden Schwestern auf.

»Ach …«, stöhnte Helene, und auch Katharina ließ nur einen langgezogenen Seufzer hören.

»Geht es ein bisschen ausführlicher?«

Katharina nickte wie in Zeitlupe. »Ich glaube, wir haben so etwas geahnt«, sagte sie dann.

»Horst war immer mehr als nur ein älterer Bruder«, ergänzte Helene nachdenklich. »Wie soll ich das erklären? Es gab eine sehr starke emotionale Bindung zwischen uns.«

»Ich denke, er war von Anfang an eher wie ein Vater

zu uns. Wenn sich nun herausstellt, dass er tatsächlich unser leiblicher Vater war, erscheint mir das irgendwie …« – Katharina suchte nach dem richtigen Wort – »irgendwie logisch.«

»Aber eigentlich ändert es nichts«, sagte Helene.

»Doch«, widersprach Katharina ihrer Schwester. »Hätte ich das früher gewusst, hätte ich auf manche Gespräche mit Horst verzichtet.«

»Welche denn?«, fragte Lisa-Marie neugierig.

Katharina lächelte versonnen. »Ich habe ihm in aller Ausführlichkeit von meiner ersten Liebesnacht erzählt.«

»Nein!«

»Wie peinlich!«, rief Mia.

»Das habe ich auch getan«, schmunzelte Helene. »O Gott, wenn ich mir vorstelle, wie er sich dabei gefühlt haben muss …«

»Und dann die Geschichte mit der Alkoholvergiftung, weißt du noch?« Katharina schüttelte beschämt den Kopf. »Meinem Vater hätte ich das nicht gebeichtet.«

»Erinnere mich bloß nicht daran! Mich wundert es, dass er dabei so ruhig geblieben ist.«

»So war er einfach. Ich hatte immer das Gefühl, dass ich mit allen Sorgen zu ihm kommen kann.«

»Dann hat er viel mehr erreicht als viele Eltern heutzutage«, murmelte Anne. »Vielleicht war das einer seiner Gründe, warum er bis zum Schluss geschwiegen hat.«

»Mag sein.« Katharina nahm erneut die Fotos zur Hand. »Diese Bilder sind das Schönste, das er uns vererben konnte. Seht nur! Unser Vater und unsere Mutter …« Ihre Stimme brach.

»Ist schon gut.« Tröstend nahm Helene ihre Schwester in den Arm. »Würde es euch etwas ausmachen, uns ein wenig allein zu lassen?«, fragte sie.

»Äh … nein, natürlich nicht.« Die anderen erhoben sich zögernd.

»Tja, dann … dann gehen wir wohl so lange in die Küche«, beschloss Lisa-Marie und räumte das benutzte Geschirr vom Tisch.

Katharina trocknete ihre Tränen. »Lass den Schnaps stehen«, bat sie ihre Tochter. »Den werden wir brauchen.«

»Sie sind jetzt schon seit über einer Stunde allein.« Lou schaute ungeduldig auf die Küchenuhr. Zusammen mit Mia saß sie am Küchentisch und hatte die Zeitung vor sich aufgeschlagen. »Was machen sie so lange da drinnen?«

»Reden, nehme ich an«, sagte Lisa-Marie. Sie lehnte am Waschbecken und füllte Kohlblätter mit gewürztem Hackfleisch. Dann gab sie die Krautwickel an Anne weiter, die sich daranmachte, die Blätter mit einem Bindfaden zu verknoten.

»Wie viel Schnaps war eigentlich noch in der Flasche?«

»Lou!« Anne schüttelte den Kopf. »Was du immer denkst.«

»Wieso? Wir sollten doch wissen, was uns gleich erwartet.«

»Es reicht sicherlich nicht aus, um sich zu betrinken«, sagte Lisa-Marie. »Schon gar nicht zu zweit.«

»Na, dann ist es ja gut.«

»Mich wundert, dass sie so ruhig geblieben sind«, bemerkte Mia. »Das war fast schon unheimlich.«

Anne nickte. »Große emotionale Ausbrüche waren noch nie ihr Ding, da sind sie sich sehr ähnlich.«

»Ja«, bestätigte Lisa-Marie. »Vor allem, wenn sie zusammen sind. Dann wirken sie immer so stark und gelassen.«

»Sie geben sich gegenseitig Halt. Vielleicht ist das so bei Zwillingen, vielleicht ist geteiltes Leid tatsächlich halbes Leid.« Seufzend faltete Lou die Zeitung zusammen.

»Das ist nicht nur bei Zwillingen so«, widersprach Lisa-Marie. »Ich finde, wir vier sind ebenfalls auf einem sehr guten Weg.«

»Auch ein guter Weg kann manchmal steinig sein«, sinnierte Lou und blickte wieder zur Uhr. »Trotzdem – ich finde, sie könnten ihre traute Zweisamkeit langsam beenden.«

Lou musste sich noch eine weitere halbe Stunde gedulden, dann endlich öffnete sich die Küchentür. Arm in Arm traten Helene und Katharina in den Raum. Man sah ihnen an, dass sie geweint hatten, denn ihre Augen waren gerötet. Dennoch versuchten sie ein Lächeln, als sie sich zu Lou und Mia an den Tisch setzten.

»Und?«, erkundigte sich Anne vorsichtig. »Seid ihr darüber hinweg?«

»Nein.« Helene schüttelte den Kopf. »Ich denke, wir werden noch lange Zeit brauchen, um diese Geschichte zu verarbeiten. Aber für den Moment haben wir unseren Frieden mit Johann und Marie gemacht, nicht wahr?«

»Ja«, bestätigte ihre Schwester. »Ich wünschte zwar, er hätte es uns erzählt, solange er noch lebte, aber das ist nun mal nicht mehr zu ändern.«

»Tja«, seufzte Lisa-Marie. Sie wischte sich ihre Hände an einem Tuch sauber und trat an den Tisch.

Misstrauisch sah Katharina ihre Tochter an. »Es gibt noch mehr Neuigkeiten, nicht wahr?«

»Wie?« Alarmiert hob Helene den Kopf. »Etwa noch mehr solcher Nachrichten?«

Lou strich ihr beruhigend über den Rücken. »Keine Angst, Mama, so ein Knaller wie die Geschichte mit Horst ist nicht mehr dabei.«

»Sollen wir das Gespräch nicht lieber verschieben?«, fragte Anne. »Ich finde, es reicht für heute.«

Helene und Katharina tauschten einen kurzen Blick. »Nein. Lieber erfahren wir alles sofort. Raus damit!«

»Na gut, wie ihr wollt.« Auffordernd blickte Lou in die Runde. »Wer fängt an?«

»Ich.« Umständlich klemmte sich Lisa-Marie eine Haarsträhne hinter das Ohr. »Es geht um den Hof. Wir würden ihn gern behalten. Weil ich nämlich –«

»Gott sei Dank!«, unterbrach ihre Mutter sie. »Wir möchten ihn auch unbedingt behalten. Selbst wenn das schwierig wird, weil wir nicht in Pfronten wohnen. Aber irgendeine Lösung wird sich finden, da bin ich mir ganz sicher.«

»Ich glaube, die Lösung haben wir schon gefunden.« Lisa-Marie lächelte. »Ich werde nämlich hierbleiben.«

»In Pfronten?«, rief Helene erstaunt.

»Ja, hier auf dem Hof.«

»Und deine Buchhandlung? Wovon willst du leben?«, erkundigte sich Katharina besorgt.

»Ich werde mein Geschäft in Dortmund schließen und hier von vorn beginnen.«

»Bist du sicher, dass das eine gute Idee ist?«

»Ja, Mama, ganz sicher.« Lisa-Marie erklärte ihre geschäftliche Situation mit wenigen sachlichen Worten. »Du siehst, es ist alles schon gut durchdacht«, schloss sie.

»Tja, das ist wirklich eine Überraschung«, murmelte Katharina.

»Aber nicht die Einzige.« Anne seufzte. »Ich muss euch

auch etwas sagen. Früher oder später erfahrt ihr es sowieso.«

»Bleibst du auch hier?«, wollte Helene wissen.

»Nein.« Anne schüttelte den Kopf. »So weit bin ich noch nicht. Noch glaube ich daran, dass alles gut werden wird.«

»Wovon redest du? Ich verstehe nicht.«

»Stefan und ich haben Probleme«, erklärte Anne nüchtern. »Ich habe euch das bisher nur verschwiegen.«

Entrüstet runzelte Katharina die Stirn. »Es ist doch hoffentlich keine andere Frau im Spiel, oder?«

»Nein. Aber er kümmert sich nicht mehr um mich und lebt nur noch für seine Arbeit.«

»Habe ich es dir nicht neulich erst gesagt!« Helene warf ihrer Schwester einen raschen Blick zu. »Ich weiß doch, wenn bei meiner Tochter irgendetwas nicht stimmt. Und was wirst du unternehmen?«

»Ich fahre am Sonntag nach Hause und stelle ihn zur Rede. So einfach ist das.«

»Hoffentlich!« Besorgt musterte Helene ihre Tochter. »Aber wenn du Hilfe brauchst, dann sagst du es bitte.«

»Natürlich.«

»Komm mal her.« Helene rückte ein wenig zur Seite und zog Anne mit auf die Eckbank. Dann nahm sie ihre Tochter zärtlich in die Arme. »Was immer passiert – ich bin für dich da.«

»Das weiß ich.« Trostsuchend schmiegte sich Anne an ihre Mutter.

»Und was ist mit mir?«, erkundigte sich Lou ein wenig eifersüchtig.

»Was solltest mit dir sein?«, fragte Helene lächelnd. »Du warst immer schon die Starke.«

»Aber jetzt ist das anders.«

»So? Warum?«

»Ich bin schwanger.«

»Wirklich?« Ungläubig starrte Helene ihre Tochter an. »Du? Aber du wolltest doch nie Kinder.«

»Manche Dinge passieren einfach.«

Ihre Mutter schüttelte den Kopf, schien aber langsam zu begreifen. »Ich werde noch einmal Oma! Das hätte ich nie gedacht!«

»Ich auch nicht.«

»Meine Kleine bekommt ein Baby ... wie schön! Was hat Christoph dazu gesagt?«

»Viel.« Lou lächelte in Erinnerung an den gestrigen Abend. »Er kommt später noch vorbei, dann könnt ihr ihn selbst fragen.«

»Wieso?« Suchend sah Helene sich um. »Ist er hier?«

»Er ist in München, sollte aber zum Abendessen zurück sein.«

»Na, das ist aber eine Überraschung!«

»Das kannst du laut sagen.«

Katharina blickte nachdenklich von einer zur anderen. »Lou ist also schwanger, Anne hat mit Eheproblemen zu kämpfen, und Lisa-Marie zieht um«, fasste sie zusammen. »Sind wir jetzt durch?«

»Hast du uns vielleicht auch etwas zu berichten, mein Liebling?«, wandte sich Helene an ihre Enkelin.

»Ich?« Mia errötete. »Ich war ... ich meine ... ich ...«, stammelte sie, unfähig, über ihren Liebeskummer zu sprechen. »Nein«, antwortete sie schließlich und senkte ihren Blick. »Alles bestens.«

»Wirklich?«

»Ja, wirklich«, bestätigte sie und lächelte tapfer.

»Gut.« Helene wirkte nicht überzeugt, aber sie ließ ihre Enkelin in Ruhe. Es würde sich später noch genügend

Zeit finden, mit dem Mädchen zu reden. Sie lachte auf. »Da lässt man euch mal drei Wochen allein, und schon stellt ihr alles auf den Kopf!«

»Mein Hals tut weh vom vielen Reden«, klagte Lisa-Marie am späten Abend, als alle im Bett lagen.

Es hatte etwas länger gedauert, bis sie sich einig geworden waren, wer in welchem Raum schlafen sollte. Katharina und Helene hätten auf ihre angestammten Zimmer verzichtet, was ihre Töchter jedoch entschieden abgelehnt hatten.

Und so teilten sich jetzt Anne, Mia, Lou und Lisa-Marie das große Gästezimmer mit den vier Betten, während die beiden alten Damen ihre eigenen Zimmer bezogen hatten. Christoph, der erst gegen Abend von seinen Gesprächen aus München zurückgekehrt war, wollte in der kleinen Kammer im Erdgeschoss übernachten.

Schweren Herzens hatte Lou ihn ziehen lassen und mit einigen Bedenken an die bevorstehende Nacht gedacht. Sie war es nicht gewohnt, mit so vielen Menschen in einem Zimmer zu schlafen.

Vermutlich würde sie kein Auge zutun.

Doch dann hatte sie sich einen Ruck gegeben. Schließlich war dies vorläufig die letzte Gelegenheit, bei der sie mit ihrer Schwester, ihrer Cousine und ihrer Nichte allein sein konnte. Eigentlich ein würdiger Abschluss nach den drei Wochen, die sie zusammen verbracht hatten.

»Ich bin auch ganz heiser«, sagte Anne in die Dunkelheit hinein. »Hat jemand Lutschtabletten?«

»Ich habe noch die Hustenbonbons, die Lou mir geschenkt hat«, ließ sich Lisa-Marie vernehmen. »Möchtest du eines?«

»Ja, gern.«

Ein kurzes Rascheln und Knistern war zu hören.

Danach blieb es eine Zeitlang still, bis sich Anne wieder zu Wort meldete. »Hat jemand etwas dagegen, wenn ich das Fenster öffne?«

»Ja, ich«, flüsterte Lou. »Man weiß nämlich nie, wann es dem Hahn einfällt zu krähen. Außerdem regnet es ziemlich heftig.«

»Es regnet draußen, und nicht hier im Zimmer.«

»Mir wird immer so schnell kalt, wenn ich Regen höre.«

»Aber ich kann nur bei geöffnetem Fenster schlafen, sonst schnarche ich.«

Lou stöhnte. »Dann mache es in Gottes Namen auf.«

»Und ich lese normalerweise immer noch, bevor ich schlafe«, sagte Lisa-Marie. »Stört es jemanden, wenn ich das Licht wieder anmache?«

»Ja, mich«, zischte Lou.

»Schon wieder du.«

»Ich bin scheinbar die Einzige, die ohne merkwürdige Gewohnheiten einschlafen kann.«

»Bitte! Wenigstens ein Hörbuch. Dazu muss ich kein Licht machen.«

»Bist du immer noch bei Portugiesisch?«

»Nein. Inzwischen lerne ich Russisch.«

Anne lachte.

»Pssst!«, machte Lou. »Ich glaube, Mia schläft schon.«

»Nein, ich bin noch wach.«

»Wenn alle noch munter sind, können wir uns doch noch ein wenig unterhalten«, schlug Lisa-Marie vor. »Ich liebe es, im Dunkeln zu plaudern. Das ist fast noch besser als lesen.«

»Von mir aus«, brummte Lou.

»Was hat Christoph erzählt? Wie lief es bei seinen Gesprächen im Presseclub?«

»Ganz gut. Er hat ein paar wichtige Kontakte knüpfen können. Ich glaube, wenn er möchte, dann findet er schnell einen guten Job in München.«

»Und?«, erkundigte sich Anne. »Möchte er?«

»Ich denke schon.«

»Dann werdet ihr beide hierher zu mir ziehen.« Lisa-Marie klang sehr zufrieden.

»Ins Austragshäuschen«, stellte Lou richtig.

»Ob da oder hier, das ist doch gleichgültig. Den Hof werden wir auf jeden Fall zusammen bewältigen.«

»Wer hätte das vor ein paar Wochen noch gedacht?«

»Ach, ja ...« Alle seufzten und hingen ihren Gedanken nach.

Dann war es wieder Anne, die die Stille unterbrach. »Ich muss mir im Internet noch eine Bahnverbindung für Sonntag heraussuchen.«

»Wo ist eigentlich der Laptop, Lisa-Marie?«, fragte Lou. »Sonst lag er immer im Wohnzimmer, aber seit ein paar Tagen ist er verschwunden.«

»Ich habe ihn weggeräumt.«

»Warum?«

»Ich habe derzeit keine Lust auf Online-Chat.«

»Du gehst lieber in Füssen einkaufen, nicht wahr?« Lous Grinsen konnte man förmlich hören.

»Das eine hat mit dem anderen gar nichts zu tun.«

»Viel Glück beim Lottospielen!«

»Das verstehe ich jetzt nicht«, mischte sich Anne ein.

»Macht nichts. Es reicht, wenn Lisa-Marie es versteht.«

»Können wir vielleicht das Thema wechseln?«, bat diese.

»Gern«, sagte Anne. »Also ... wem soll ich morgen das Melken zeigen? Eine von euch muss es übernehmen, wenn Mia und ich am Sonntag nach Hause fahren.«

»Ich mache das«, erklärte sich Lisa-Marie bereit.

»Und sobald meine Matheprüfung vorbei ist, komme ich zurück und kümmere mich um den Stall«, ergänzte Mia. »Darin bin ich inzwischen Profi.«

Schließlich habe ich Jo oft genug dabei geholfen, setzte sie in Gedanken hinzu – und wunderte sich gleich darauf, dass sie nicht, wie sonst, wenn sie an ihn dachte, in Tränen ausbrach. Sie blinzelte, doch ihre Augen blieben trocken. Wahrscheinlich war sie zu müde zum Weinen.

»In den nächsten Monaten könnt ihr noch mehr Hilfe gebrauchen«, gab Anne zu bedenken. »Es steht einiges an: der Umzug, der Umbau im Austragshäuschen, die Geschäftseröffnung und das Baby. Ihr werdet für jede Unterstützung dankbar sein.«

»Wir könnten Hösles fragen, ob sie wieder kommen wollen«, schlug Lisa-Marie vor.

Lou lachte. »Vermutlich musst du nur ein Wort sagen, und schon hast du die gute Frau Hösle in der Küche stehen. Sie brennt doch nur darauf zu erfahren, was hier vor sich geht.«

»Wir haben ihr ja auch einiges geboten«, bemerkte Anne amüsiert. »Denkt doch bloß an Mias Ankunft.«

»Oder die Sache mit dem BH«, kicherte Lisa-Marie.

»Diese Frau kommt aber auch immer im falschen Moment dazu«, sagte Lou und erinnerte sich schmunzelnd an ihre Begegnungen mit Frau Hösle in der Apotheke.

»Sie würde bestimmt gern auf dein Baby aufpassen, Lou«, vermutete Anne.

»Bist du verrückt geworden? Dann lernt das Kind kein Hochdeutsch, und ich bräuchte einen Dolmetscher, um mich verständigen zu können.«

»Heutzutage schadet es nie, fremde Sprachen zu lernen.« Lisa-Marie gluckste. »Das habe ich euch schon vor ein paar Wochen gesagt.« Anne und Lou stimmten in ihr Gelächter mit ein.

Und dann passierte es: Mia lachte mit. Als sie sich selbst dabei ertappte, schloss sie überrascht den Mund und schluckte. Wie konnte sie jetzt schon wieder fröhlich sein? Es war doch erst zwei Tage her, dass Jo sie verlassen hatte! Nachdenklich starrte sie in die Dunkelheit. Sie war froh darüber, dass keine der anderen ihr bei ihren Überlegungen zuschauen konnte.

Würde sie ihren Kummer am Ende doch überleben? Konnte sie eventuell irgendwann wieder genauso fröhlich sein wie vorher?

Eigentlich hatte sie vorgehabt, in ihrer Trauer zu versinken und nie wieder glücklich zu sein. Aber hier, in diesem Haus, in dem heute so viele Menschen waren – hier war kein Platz für einsame Trauer. Hier wurde geweint, gelacht, erzählt, gebeichtet, gestritten und sich wieder versöhnt.

Hier war Familie.

Ein lautes Knacken unterbrach ihre Gedanken.

»Wer zerbeißt sein Hustenbonbon?«, fragte Lou mit strenger Stimme.

»Ich«, gab Lisa-Marie zu.

»Das ist ungesund für die Zähne. Du stehst jetzt auf und putzt dir noch einmal die Zähne.«

»Okay.«

»Du auch, Anne!«

»Aber ich habe es doch gar nicht zerbissen, sondern nur gelutscht.«

»Egal. Weißt du, wie viel Zucker in einem Bonbon ist?«

»Nein.« Anne knipste ein Licht an. »Aber bevor ich mir jetzt einen Vortrag darüber anhören muss, gehe ich lieber gleich ins Bad.«

»Brav«, lobte Lou und richtete sich im Bett auf. »Ich stoppe die Uhr. Mindestens drei Minuten Zähne putzen!«

Als Anne und Lisa-Marie das Schlafzimmer verlassen hatten, zwinkerte Lou ihrer Nichte zu. »Wenn wir uns beeilen, schlafen wir schon, bevor sie zurück sind«, flüsterte sie und löschte das Licht. »Schlaf gut, meine Kleine!«

»Gute Nacht«, wisperte Mia. Sie drehte sich auf die Seite, wickelte sich fest in ihre Decke und schloss die Augen. Schläfrig lauschte sie in die Dunkelheit.

Immer noch klatschte der Regen gegen die Fensterscheiben. Irgendwo draußen bellte ein Hund. Aus dem Badezimmer war das Brummen der elektrischen Zahnbürsten zu hören, das ab und zu von leisem Getuschel unterbrochen wurde. Im Wohnzimmer schlug die große Standuhr elfmal, und im Dachgeschoss knackte ein Holzbalken.

Vertraute Geräusche.

Beruhigend und tröstend.

Und auf einmal wusste Mia, dass es keinen Platz auf der Welt gab, wo sie in diesem Moment lieber gewesen wäre.

Epilog

Ende August begann ein langer, warmer Spätsommer.

Morgens und abends lag zwar schon dicker Nebel auf den Wiesen, doch tagsüber schien die Sonne noch genauso warm und strahlend wie in den letzten Monaten. Die Familienurlauber verabschiedeten sich aus Pfronten und packten ihre Kinder und ihr Gepäck ins Auto. Sie machten Platz für Wandergruppen, Senioren und alleinstehende Paare, die nun die Dorfstraßen bevölkerten.

An einem Mittwochvormittag lenkte Mia den roten Käfer über die belebte Hauptstraße und bog auf einen Parkplatz am Bahnhof ab. Mit eiligen Schritten lief sie Richtung Bahnsteig, denn über Lautsprecher wurde bereits die Ankunft des Zuges aus Kempten angekündigt.

»Griaß di!« Auf einmal stand Frau Hösle vor ihr. Sie trug einen großen Einkaufskorb am rechten und eine prallgefüllte Plastiktüte am linken Arm und stellte somit ein Hindernis dar, das man nicht einfach überwinden konnte.

»Grüß Gott, Frau Hösle!« Freundlich nickte Mia der Nachbarin zu und hoffte, dass diese keine weiteren Fragen stellen würde.

Vergeblich. »Fehrsch du uf Kempte?«, wollte sie wissen.

Mia war mittlerweile lange genug in Pfronten, um die Frage zu verstehen. Sie schüttelte den Kopf. »Nein, ich fahre nicht nach Kempten. Ich soll nur eine Büchersendung für meine Tante abholen.«

»I han ghert, dass dr Lade reacht guat lofft.«

»Ja, danke, wir können uns nicht beklagen, der Laden läuft gut.«

Das war stark untertrieben. Die Wahrheit lautete: Das Geschäft in Lisa-Maries Bücher-Café brummte. Wurden in den Schulferien vor allem Kinder- und Jugendbücher verkauft, so fragten die Kunden jetzt nach Krimis und historischen Romanen. Das Café war außerdem schnell zum beliebten Treffpunkt geworden, gleichgültig ob für Einheimische oder Touristen.

»Guat.« Frau Hösle nickte zufrieden. Aber sie war mit ihrer Befragung noch nicht fertig. »I siech dei Tante manchmal mit'm Lampertinger Max«, murmelte sie und kniff verschwörerisch ihr rechtes Auge zusammen.

Mia schmunzelte. In einem so kleinen Ort wie Pfronten blieb nichts lange verborgen, auch wenn sich die Romanze zwischen Lisa-Marie und Max nur sehr zögerlich entwickelte. Beide waren beruflich stark eingespannt. Aber immerhin hatte Max Lampertinger Lisa-Marie neulich zum ersten Mal zum Abendessen eingeladen.

»Na ja, manchmal unternehmen sie etwas gemeinsam«, antwortete Mia ausweichend.

Frau Hösle wartete gespannt, ob sie noch etwas hinzufügen würde. Als jedoch keine weitere Information kam, ging sie zu ihrer nächsten Frage über. »Und wia goat's dir?«, wollte sie wissen.

»Prima«, antwortete Mia knapp.

Das war nicht einmal gelogen. Langsam überwand sie ihren Liebeskummer und machte Pläne für die Zukunft. Ab Oktober würde sie in München Medizin studieren. Sie hatte sich sogar schon ein Zimmer im Studentenwohnheim besorgt. An den Wochenenden würde sie allerdings weiterhin nach Pfronten zurückkehren. Ihre Familie brauchte ihre Hilfe, und außerdem hatte sie in Anna, Florian und Phillip aus Füssen gute Freunde gefunden.

Nur manchmal, da kam der Schmerz zurück. Und die Sehnsucht. Und ein leises Bedauern darüber, dass sie so heftig reagiert und Jo nicht den Hauch einer Chance gelassen hatte. Doch Mia war fest entschlossen, sich von diesen Gefühlen nicht unterkriegen zu lassen.

Frau Hösle schien sich mit der knappen Antwort zufriedenzugeben und wechselte das Thema. »Dei Tante und ihr Ma bauet des Austragsheisle aus«, stellte sie fest und sah Mia auffordernd an.

Mia seufzte. Doch noch war der Zug nicht eingefahren, also konnte sie ihre Wartezeit auch dadurch verkürzen, dass sie Frau Hösle auf den neuesten Stand der Bauarbeiten brachte. Ab Oktober würde das Ehepaar Hösle Lisa-Marie bei der Arbeit im Stall und im Haushalt unterstützen – und spätestens dann würde Frau Hösle sowieso bestens informiert sein.

»Meine Tante und ihr Freund« – sie betonte das Wort »Freund« – »werden noch vor dem Winter ins Austragshäuschen ziehen. Schließlich kommt das Baby schon im Dezember.«

Dass es sogar Zwillinge werden würden – zwei Mädchen –, behielt Mia für sich. Lou hatte laut gelacht, als sie die Neuigkeit erfuhr, und hatte irgendetwas von einer »größeren Herde« gemurmelt. Christoph hingegen hatte sofort begonnen, eine zweite Wiege zu bauen. Beide waren sehr glücklich über ihr neues Leben.

Mia war so in Gedanken versunken, dass sie Frau Hösles nächste Frage überhörte. »Und wia goa's deine Eltre?«, wiederholte Frau Hösle deshalb etwas lauter.

»Meinen Eltern geht es gut.«

Anne hatte ihren Termin in Stefans Sprechstunde tatsächlich wahrgenommen. Mia hätte gern das erstaunte Gesicht ihres Vaters gesehen. Nach der ersten Überraschung hatte er sich die »Beschwerden« seiner Frau angehört und – was in Mias Augen noch viel wichtiger war –, er hatte sie ernst genommen.

In den Sommerferien waren Anne und Stefan mit ihren Söhnen ins Allgäu gekommen. Helene, Katharina und Mia hatten dafür gesorgt, dass Anne und Stefan viel Zeit miteinander verbringen konnten. Man hatte den beiden angesehen, wie gut ihnen die gemeinsame Zeit tat. Anne war richtiggehend aufgeblüht. Darüber hinaus hatte Oma Helene zugesagt, an drei Tagen pro Woche Annes Haushalt zu übernehmen. Damit ermöglichte sie ihrer Tochter die Rückkehr in ihren Beruf als Krankenschwester. Seit Anne wieder im Krankenhaus arbeitete, wirkte sie viel ausgeglichener und zufriedener.

Ja, ihre Eltern waren auf einem guten Weg, stellte Mia erleichtert fest.

In diesem Moment fuhr unter lautem Donnern und Quietschen der Zug ein. Mia deutete entschuldigend auf den Bahnsteig und rief Frau Hösle einen Gruß zu. Dann versuchte sie, sich einen Weg durch die ankommenden Reisenden zu bahnen. Lisa-Marie hatte gesagt, dass das Paket mit den Büchern im letzten Waggon sei und dass ein Bahnbeamter ihr den Karton überreichen würde.

Doch der letzte Waggon war das Erste-Klasse-Abteil. Weit und breit kein Bahnbeamter.

»Hallo, Mia«, sagte eine Stimme hinter ihr.

Mia schloss für einen kurzen Moment die Augen. Diese Stimme hätte sie unter tausend anderen erkannt! Langsam drehte sie sich um.

Nur einen Meter von ihr entfernt stand Jo.

Wie üblich war er in Jeans, T-Shirt und Turnschuhen gekleidet. Auf dem Rücken trug er seinen alten Rucksack. Mit der einen Hand hielt er eine Gitarre fest, mit der anderen schob er seine Sonnenbrille in die Haare und gab damit den Blick frei auf seine Augen, die heute nicht so lebhaft wie sonst in die Welt schauten. Stattdessen waren sie forschend, beinahe ein wenig ängstlich auf Mia gerichtet.

Sie fragte sich, wie man gleichzeitig so große Freude und ungeheuren Schmerz empfinden konnte. Das war wie … wie Zahnweh an Heiligabend.

Nur noch intensiver.

Sie musste sich anstrengen, um möglichst gelassen zu klingen. »Was willst du hier?«

»Tja«, begann er, offensichtlich erleichtert darüber, dass sie überhaupt mit ihm sprach. »Das ist nicht so einfach zu erklären, schon gar nicht auf einem Bahngleis.«

»Versuche es trotzdem.«

»Jetzt? Hier? Ich hatte gehofft …«

»Du hast genau sechzig Sekunden Zeit«, unterbrach sie ihn. Viel länger würde sie seinen Anblick nicht ertragen können, ohne in Tränen auszubrechen.

Jo seufzte. »Geht das nicht auch ohne diese alberne Zählerei?«

»Fünfundfünfzig Sekunden.« Demonstrativ blickte sie auf ihre Armbanduhr.

»Zuerst einmal muss ich dich wohl um Entschuldigung bitten. Es war nicht richtig, dass ich dich über meine Herkunft im Unklaren gelassen habe.«

»Oh, wenn es nur das ist …«

»Ich bin noch nicht fertig. Es gibt noch viel mehr, was ich dir zu sagen habe.« Er sah aus, als müsse er seinen ganzen Mut zusammennehmen. »In den letzten Monaten ging es mir ziemlich dreckig. Ich habe alles versucht, um dich zu vergessen: Ich habe mich ins Partyleben gestürzt, viel zu viel getrunken und das eine oder andere Mädchen kennengelernt.« Verlegen schaute er zu Boden. »Darauf bin ich nicht besonders stolz.«

»Vierzig Sekunden«, murmelte Mia und korrigierte sich im Stillen selbst. Das war kein Zahnweh – das war eine Operation am offenen Herzen.

Ohne Betäubung.

Jetzt hob Jo den Blick wieder. »Ich habe aber auch etwas Sinnvolles gemacht. Ich habe mich darum gekümmert, dass unsere Bank ihr Engagement für wohltätige Organisationen verstärkt.«

Mia nickte. »Darüber habe ich in irgendeiner Zeitschrift gelesen.« Das war gelogen. Genaugenommen hatte sie entsprechende Artikel aus fünf verschiedenen Illustrierten ausgeschnitten. »Dreißig Sekunden.«

»Schließlich habe ich meine Eltern davon überzeugt, dass ich etwas Eigenes starten muss. Ob ich jemals die Bank leiten werde, steht in den Sternen. Mein Vater hat wegen meiner Zukunftspläne zwar ganz schön schlucken müssen, aber letztendlich hat er sie akzeptiert.«

»Zwanzig Sekunden«, sagte Mia und setzte nach kurzem Zögern hinzu: »Fünfundzwanzig, wenn du mir deine Pläne verrätst.« Innerlich verfluchte sie ihre Neugierde – aber jetzt war sowieso schon alles egal.

Zum ersten Mal wagte Jo ein schüchternes Lächeln. »Ich werde in München Musik studieren. Im Oktober geht es los.«

»In München?«, rief Mia überrascht. »Dort studiere ich auch.«

»Ich weiß.«

»Woher?«

»Lisa-Marie hat die ganze Zeit Kontakt mit mir gehalten.«

»Tatsächlich?«

Vorsichtig machte Jo einen Schritt in ihre Richtung. »Du vergisst übrigens gerade weiterzuzählen.«

»Das ist egal.« Mia zuckte mit den Schultern. »Ich weiß auch von allein, wann die Minute vorbei ist. Außerdem muss ich mich noch um eine Büchersendung kümmern. War nett, dich wiederzusehen!« Sie drehte sich um und wollte gehen, doch Jo hielt sie fest.

»Vergiss das Buchpaket. Das kommt nicht.«

»Warum nicht?«

»Es war nur ein Vorwand, um dich herzulocken.«

»Also wirklich!« Lisa-Marie konnte etwas erleben, wenn sie nach Hause kam.

»Bitte, Mia …«

Erstaunt registrierte sie, dass Jo immer noch ihre Hand hielt. Und noch überraschter war sie darüber, dass sie es zuließ. Sie räusperte sich, um ihre Unsicherheit zu überspielen. »Du verschwendest die letzten Sekunden«, blaffte sie und versuchte, dabei möglichst unfreundlich zu klingen.

»Irrtum«, entgegnete er ernst. »Ich habe meine Zeit noch nie so intensiv genutzt wie in diesem Moment.«

»Ach ja?«

Er führte ihre Hand zu seinem Mund und berührte sie zärtlich mit den Lippen. Die Unsicherheit war aus seinem Blick verschwunden. »Ich glaube, ich liebe dich, Mia.«

Mias Herz schlug plötzlich bis zum Hals, doch noch wehrte sich ihr Verstand gegen ihre Gefühle. »Wie bitte? Du meldest dich fast vier Monate lang nicht, und dann tauchst du einfach wieder auf und erklärst mir, dass du mich liebst?«

»Falsch! Ich habe keinesfalls vier Monate lang gebraucht, um zu realisieren, was du mir bedeutest. Das wusste ich schon vom ersten Moment an.« Er legte seine Hände an ihre Wangen und zwang sie, ihm in die Augen zu blicken. »Aber ich musste erst einmal Ordnung in mein Leben bringen.«

»Und jetzt?«

»Jetzt bin ich hier, um mir das zu holen, was mir zu meinem Glück fehlt: nämlich dich!«

Mias Augen füllten sich mit Tränen. Jo war tatsächlich zu ihr zurückgekommen und sagte genau die Worte, von denen sie fast jeden Abend geträumt hatte.

Er liebte sie.

Er war hier, und er würde bei ihr bleiben.

Und was tat sie?

Sie heulte!

Verlegen versuchte sie, ihre Tränen fortzublinzeln und die Situation mit einem Scherz zu überspielen.

»Tut mir leid, Jo«, seufzte sie und bemühte sich, ein ernstes Gesicht zu machen.

»Was tut dir leid?«, fragte er leise und sah auf einmal sehr besorgt aus. »Willst du mich am Ende gar nicht mehr?«

»Doch, natürlich will ich dich«, erwiderte sie und stellte sich auf Zehenspitzen, um ihm die nächsten Worte ins Ohr flüstern zu können. »Aber deine Redezeit ist um.«

»Kein Problem!« Er zog sie an sich. »Den Rest kriegen wir auch ohne Worte hin.«

Und dann küsste er sie – mitten auf dem Bahnsteig, mitten auf den Mund und mitten hinein ins Glück. Engumschlungen standen sie vor dem Erste-Klasse-Abteil und ließen sich weder durch den hektischen Betrieb noch durch den Lärm stören. Was zählte, war allein das Gefühl, endlich wieder zusammen zu sein.

Erst als eine blecherne Stimme aus dem Lautsprecher die Abfahrt des Zuges ankündigte, löste sich Mia von Jo.

»Darf ich dich eigentlich Jonathan nennen, oder bestehst du auf Jo?«, fragte sie ein wenig atemlos.

»Du darfst mich nennen, wie du willst, wenn es nicht gerade so ein albernes Kosewort wie Schatzilein ist.« Zärtlich strich er ihr die Haare aus dem Gesicht.

»Dann also Jonathan.«

»Von mir aus.« Er lächelte. »Da wir gerade von Namen reden: Wie heißt eigentlich das Schwein?«

»Wir haben es Ernst-August getauft.«

»Ups, hoffentlich verklagt euch der Prinz nicht.«

»Keine Sorge!«, winkte Mia ab. »Wir haben gegoogelt. Es gibt in der deutschen Geschichte noch mindestens fünf andere Adelige mit diesem Namen.«

»Okay, das beruhigt mich.« Jo legte den Arm um Mias Schultern und griff nach seinem Gepäck. »Übrigens habe ich deinen Namen auch gegoogelt. Wusstest du, dass Mia die schwedische Form von Marie ist?«

»Natürlich weiß ich das. Und ich bin stolz darauf.«

»Ich dachte, du kannst den Namen nicht leiden.«

»Das dachte ich auch. Aber jetzt weiß ich ein paar Dinge über meine Urgroßmutter Marie, die mich sehr stolz machen.«

»Zum Beispiel?«

»Sie war eine tolle Frau. Eine Dorflehrerin, die sich eines Tages Hals über Kopf verliebte.« Arm in Arm mit Jo schlenderte Mia zu dem roten Käfer zurück. »Bei Gelegenheit werde ich dir die ganze Geschichte erzählen. Alles begann vor vielen, vielen Jahren in Masuren …«

Ein Dankeschön – oder: viele Worte statt grosser Torte

In diesem Buch wird sehr oft gebacken: Gugelhupf, Cremerolle oder Mandarinentorte, um nur einige der Kreationen zu nennen.

Wenn ich könnte, dann würde ich jetzt am liebsten auch backen – nämlich für alle Menschen, die mir bei der Entstehung dieses Buches geholfen haben. In der Mitte des Kuchens würde ein großes »Dankeschön« stehen, geformt aus Marzipanbuchstaben und mit Schokolade verziert. Und damit auch wirklich jeder etwas davon hätte, gäbe es auch noch eine kalorienreduzierte und eine laktosefreie Version dieser Torte.

Aber leider werde ich die Leute, bei denen ich mich heute bedanken möchte, nur sehr schwer alle um einen Tisch bekommen. Deshalb spare ich mir das Backen. Statt Mehl, Zucker und Butter mische ich jetzt ganz viele »Dankeschöns« zusammen und serviere sie gleich hier:

- Die ersten Bissen gehen an meine Agentin Petra Hermanns, meine Lektorinnen Marion Vazquez und Petra Förster, die Außenlektorin Gisela Klemt sowie alle Damen vom Ullstein Verlag. Lasst sie Euch schmecken!
- Ein großes Dankeschön oder »Vergelt's Gott« (wie man im Allgäu sagt) geht an Herrn Franz Lotter, der einzelne Textstellen vom Hochdeutschen ins Pfrontnerische übersetzt hat. Ich glaube, er hat nie ernsthaft in Er-

wägung gezogen, einmal an einem Frauenroman mitzuschreiben. Umso mehr hat es mich gefreut, dass er sich ohne zu zögern bereit erklärt hat, mir zu helfen.

- Meine Leserinnen bekommen ein besonders süßes, zart schmelzendes »Dankeschön« – für die Begeisterung, die sie meinen Büchern entgegenbringen, und das Feedback, das ich regelmäßig erhalte. Ihr verdient zu Recht die Sahnestücke!
- Die Gemeinde Pfronten hat (ungefragt) eine tolle Kulisse für meinen Roman abgegeben. Dafür bedanke ich mich herzlich. Allerdings habe ich den Ort kleiner gemacht, als er tatsächlich ist. Dafür entschuldige ich mich natürlich ebenso aufrichtig. Wer neugierig geworden ist, wie es tatsächlich dort aussieht, dem empfehle ich eine Reise nach Pfronten. Es lohnt sich!
- Danken möchte ich außerdem noch allen Isländern, Vulkanologen und Vulkaniern, die den Eyjafjallajökull genau im richtigen Moment zum Explodieren brachten. Wer weiß, was passiert wäre, wenn Lou (wie ursprünglich geplant) in die Karibik gereist wäre?
- Meine Familie schließlich bekommt den Rest der »Dankeschöns« – und noch einige mehr, denn ohne Eure Unterstützung und Eure Geduld hätte ich dieses Buch nicht schreiben können. Für Euch backe ich demnächst mal wieder einen richtigen Kuchen. Versprochen!

Hofheim, im September 2012 Heike Wanner